安東能明
Ando Yoshiaki

ブラックバード

Douglas
A-26
Invader

祥伝社

ブラックバード

Douglas A-26 Invader

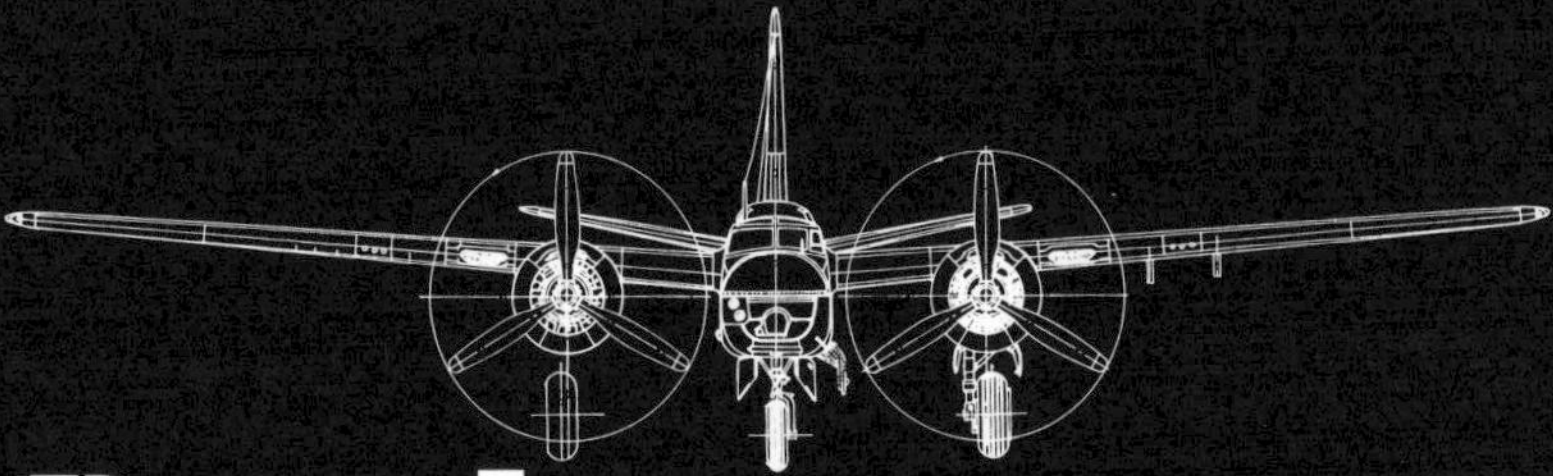

Douglas A-26 ブラックバード Invader

CONTENTS

序章 9
第一章 合流 27
第二章 空輸 127
第三章 対決 189
第四章 戦局 259
第五章 Dデイ原子力 315
第六章 発進 377

Douglas A-26 Invader

終章 473

参考文献 483

主要登場人物

堀江《ほりえ》 功《いさお》	元逓《てい》信《しん》省《しょう》海軍委託操縦生、秘密飛行パイロット
中尾《なかお》純利《すみとし》	元逓信省陸軍委託操縦生、伝説の名パイロット
内田《うちだ》和夫《かずお》	元逓信省海軍委託操縦生、秘密飛行パイロット
片岡《かたおか》 弘《ひろし》	元逓信省海軍委託操縦生、秘密飛行パイロット
松尾《まつお》静磨《しずま》	航空保安庁長官
白砂《しらす》次郎《じろう》	元貿易庁長官、吉田《よしだ》茂《しげる》首相のブレーン
李承晩《イスンマン》	大韓民国大統領
朴源孝《パクウオンヒヨ》（宮木紀夫《みやきのりお》）	元逓信省海軍委託操縦生、韓国空軍パイロット
韓道峰《ハンドオボウ》（村井恵《むらいけい》）	韓国大統領の側近
内田光子《うちだみつこ》	内田和夫の妹、堀江たち四人の世話係
ロイス・オリバー	秘密飛行のリーダー
ダグラス・マッカーサー	連合国軍最高司令官
ローレンス・バンカー	マッカーサー副官

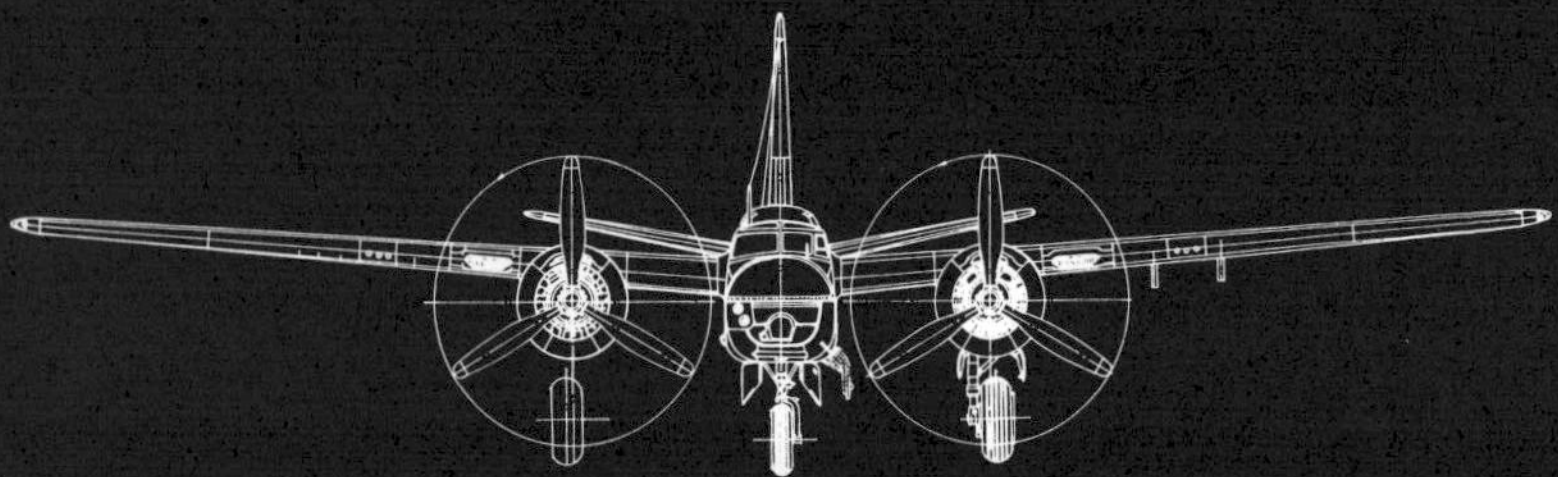

コートニー・ホイットニー　連合国軍最高司令部民政局局長
チャールズ・ウィロビー　連合国軍最高司令部参謀第二部部長
ジョージ・ストラトマイヤー　極東空軍司令官
マシュー・リッジウェイ　アメリカ第八軍司令官
ジャック・キャノン　参謀第二部直属秘密諜《ちょう》報《ほう》機関長
ハリー・トルーマン　米国大統領
ジョージ・マーシャル　米国防長官
フランク・ペイス　米陸軍長官
ベデル・スミス　米CIA長官
ホイト・ヴァンデンバーグ　米空軍参謀総長
ジョセフ・コリンズ　米陸軍参謀総長
オマール・ブラッドレー　米統合参謀本部議長
ディーン・アチソン　米国務長官
アヴェレル・ハリマン　大統領特別補佐官
カーチス・ルメイ　米戦略空軍司令官

Douglas
A-26
Invader

ブックデザイン　五十嵐徹
芦澤泰偉事務所
A-26作図　鈴木幸雄

Douglas A-26 Invader

序章

満州《まんしゅう》　鞍山《あんざん》飛行場

昭和《しょうわ》二十年（一九四五）五月二十八日

食堂から戻って来た板倉《いたくら》中尉がどっかりと木椅子《いす》に腰を落ち着けた。赤茶の子犬を抱き上げ、テーブルの器《うつわ》に盛られたトウモロコシを抜き取る。実をしごいて手のひらに載《の》せ、子犬の口元に持っていった。

「イッサク、ほら、食え」

内地に残してきた息子の名前で呼びかけると、子犬は小さな歯を見せて嚙《か》み出した。いまが旬《しゅん》のトウモロコシは、犬の舌にも合うのだろう。

「コーリャン飯は飽《あ》きたか？」

なにげない調子で板倉に訊《き》かれる。

「汁をかけて食べましたよ」

堀江功《ほりえいさお》中尉は答えた。

「うそ言え、半分残しただろ」

人懐《なつ》こそうな笑みを浮かべ、満州《まんしゅう》ビールをラッパ飲みする。

ちょび髭《ひげ》を生《は》やした四角顔。去年の鞍山、昭和製鋼所《しょうわせいこうしょ》空襲でB29を営口湾《えいこうわん》まで追いかけて撃墜した百四戦隊のエース。飛行時間千時間を超える猛者《もさ》だ。

天幕《てんまく》張りのピスト（待機所）にいる操縦士たちも、昼間から酒を飲む板倉を気にかけない。

ここ鞍山飛行場に駐留するふたつの部隊は、帝国陸軍第二航空軍の指揮下にある。航空軍司令官の板花義一《いたはなぎいち》中将は、豪放磊落《ごうほうらいらく》な性格で知られているが、麾下《きか》兵力を南方に根こそぎ奪われ、ちかごろでは酒に救いを求めて体調をくずし、臥《ふ》すときが多いと聞く。実際、基地で稼働できるのは四十機足らずで、内地の二倍もある満州南域すべてを防御するのは夢物語になっていた。

ただ、B29の発進基地が中国の成都《せいと》から、太平洋のマリアナ諸島に移ったことにより、内地への空襲が本格化した。そのせいもあって、今年に入ってからB29による鞍山空襲はなくなり、飛行場はのんびりしたものだった。

風が強い。テントの端《はし》が音をたててなびいている。

堀江はやかんのカルピスを茶碗に注《そそ》いで飲んだ。妙に濃《こ》くて、地面に吐《は》いた。

「浮かない顔して、どうした？」

また板倉が言う。

「酸《す》っぱくて」

そう答えるだけだった。

数日来、片肺を取られたような気分が続いている。

黄海《こうかい》方面への単独の偵察飛行に出た下村弘光《しもむらひろみつ》操縦の百式司偵《してい》が連絡を絶《た》ったのは四日前の早朝。本土決戦用の穀類《こくるい》を運ぶ貨物船が大連《だいれん》港から出る。これを狙《ねら》う連合軍の潜水艦の哨戒《しょうかい》が任務だった。

堀江と下村は同じ逓信省《ていしんしょう》海軍委託《いたく》操縦生出身。昭和十四年（一九三九）、逓信省八尾《やお》飛行学校卒業後、予備役《よびえき》下士官待遇となり、ともに中華航空《ちゅうかこうくう》に入った。大型双発旅客機ＤＣ３を駆《か》り、競《きそ》うように大陸を飛び回った。松戸中央《まつどちゅうおう》航空機乗員養成所《じょういんようせいじょ》をへて、たがいの任地が変わった。去年の夏、独立飛行第八十一中隊に配属され、先に着任していた下村と二年ぶりに再会したときは、夢かと抱き合った。香川《かがわ》の高松《たかまつ》中学一の明晰《めいせき》な頭脳の持ち主で飾らぬ人柄だった。

かすかな羽音が聞こえた。北からだ。操縦士たちが一斉《いっせい》に音の方角に駆け出した。尻が浮きかけた。本部から敵機来襲の電話はなく、サイレンも鳴らない。南に向けた電波警戒機が稼働しているから、敵機が来ればわかる。

まさか、ソ連機……。

板倉が耳をそばだてて、イッサクを地面に下ろす。

ピストを出た。昨夜の大雨で、地面は濡《ぬ》れていた。空中勤務者も整備兵も、長い滑走路の中ほどで固まり、北の空を見上げている。堀江もその中に割り込み、同じ方角を見上げた。

北二キロ、高度三〇〇〇メートルほどに二機の機影が確認できた。複葉機ではないか。一機は後方、やや上側に張りついている。

「ユングマン、ユングマン」

宮木《みやき》こと朴源 孝《パクウオンヒヨ》曹長が声を上げ、帽子を盛んに振り出した。

去年まで陸軍航空輸送部に所属して、アジア中を飛んでいた朝鮮人飛行兵。堀江よりふたつ年下だ。同日付で堀江と同じ部隊に転属してきたこともあり、堀江を兄と慕っている。

「教育隊か」

あちこちで声が上がる。

B29や艦載機の来襲で戦場と化した内地から、航空士官学校の操縦生徒たちが満州に送り込まれた話は聞いていた。沖縄《おきなわ》戦たけなわの日本海を渡り、携《たずさ》えて来たドイツ製練習機を生徒自ら組み立てたという話も。

「手前は生徒ですよ」かたわらに来ていた朴が言った。「ふらついてる。単独飛行だ」

「よく見えるな」

視力のよいのが朴の自慢だ。昼間でも空の星が見えるらしい。

「あぶない着陸になりますよ」

西風が強く、滑走路の吹き流しが右に大きくなびいている。

「どこから飛んで来たんだ？」

生徒らは牡丹江《ぼたんこう》近辺の基地に散らばっているはずだ。

「たぶん、アルコールで飛んでる。奉天《ほうてん》で補給したんだ」

満州ではアルコールが入手できるが、ガソリンと比べて、アルコール燃料の航続距離は半分だ。

「速成《そくせい》だな。生地《せいち》飛行か」

訓練を終えた操縦生徒たちの卒業飛行だ。

「支那《しな》との最前線を見させようっていう教官の魂胆《こんたん》じゃないですか」

そんなことを喋《しゃべ》っているうちに、先頭の機が着陸態勢に入った。みるみる高度が下がる。地上一〇〇メートルまで落ちた。機首は滑走路を向いたままだ。横風着陸を強行する気か？　ならば機首を風上側に向け、着陸寸前に滑走路と正対させなければならない。そんなことができるか。

追い抜いた教官機が頭上を通過する。

「復行《ふっこう》、復行」の声が上がった。生徒機の翼が傾き、東に流された。

ようやく、機首が左を向いた。

そのまま、すとんと前輪が地に着いた。跳《は》ねるように上下しながら、飛行場標識に胴体ごとぶつかり、ぐるっと回転して止まった。

板倉と顔を見合わせる。

その場にいた全員が事故機に向かって走り出した。そのとき、機付整備兵の清水《しみず》上等兵が駆け足でやって来た。

「堀江中尉殿、中隊長がお呼びです」

何事だろう。

本部前に中隊長の大和田《おおわ だ》進《すすむ》少佐が姿を見せていた。教育隊機の事故が気になるらしく、首を伸ばして滑走路端《たん》に目をやっている。

「いまさっき、教育隊から電話があったよ。到着の通報を忘れてたそうだ」

「そうでありましたか」

「優秀なのを選んで、単独飛行させてるみたいだ。入ろう」

大和田のあとをついて中隊本部に入った。

中隊長室の机の横でこちらを振り返り、

「下村が見つかったぞ」

と大和田が言った。

「えっ、下村が」

思わず一歩前に出る。

大和田は指し棒を持ち、壁の地図に歩み寄った。

棒が突《つ》いたところは、渤海《ぼっかい》の北側、遼東《りょうとう》湾沿いにある山海関《さんかいかん》。万里《ばんり》の長城《ちょうじょう》の東の端《はし》だ。

「たったいま、北京《ペキン》の方面軍司令部から電話があった。華北《かほく》交通の興亜《こうあ》号が山海関駅で停車したとき、乗っていた警護員が箱詰めを見た」

「箱詰め……」

言葉を呑《の》み込む。

興亜号は釜山《プサン》と北京を結ぶ路線を二日間かけて走る列車だ。

「列車の前に停《と》められたトラックの荷台に、真っ赤に塗りたくられた箱が載せられていたらしい。興亜号の停車と同時に、とんでもない悲鳴が上がったそうだ」

意味がわかりかけて、目の前が暗くなった。

日本人飛行兵は中国人にとって、もっとも嫌われる存在だ。その首に、一万元《げん》の賞金をかけたポスターさえ出回っている。

下村は不時着して共産ゲリラの捕虜《ほりょ》になったのか。そうなれば、鉄格子のついた小さな木箱に押し込められ、村から街へと引き回される。排泄《はいせつ》物は垂《た》れ流しだ。捕虜になれば、東洋鬼《トンヤンキー》——日本人は舌を嚙んで死ぬと思われていて、捕まったその場で舌を切り落とされる。二度と操縦ができないように指を切り落とされる、とも。どちらかの責めを下村が山海関駅前で受けたのかもしれなかった。周辺はすでに抗日ゲリラの勢力圏内にあり、救出などできない。警護員の日本人が見ている前で、これみよがしの蛮行だったのではないか。

当日の飛行経路の説明を求められたので、堀江は地図に近づいた。

「午前六時ちょうどに発《た》って、錦州《きんしゅう》から山地に入り、大凌河《だいりょうが》を右に見てから一路南下して渤海、黄海を回るはずでした」長城を通り越し、海に出る手前で指を止める。「六時四十分、連絡が途絶えたのはこのあたりです」

海に出る三キロほど手前だ。

「あの日は黄砂《こうさ》がひどかったな」

「かなり」

この時期、渤海湾は黄砂が吹き荒れる。飛行機のトラブルで不時着した可能性も考えられた。そして抗日ゲリラの餌食《えじき》になった……。

「自決できなかったのかもしれん」

「はい……」

不時着時に、怪我《けが》を負い、意識を失っていたのかもしれない。

その後の下村が受けた仕打ちを思うと、全身が鋼《はがね》のようにこわばった。箱の中、海老《えび》のように身を屈して血を流す下村の姿がまざまざと浮かんだ。

「行く気はあるか?」

ふいに問いかけられ、中隊長の顔をまじまじと見つめた。

「四戦《よんせん》を用意してある。ただし、大きな戦端《せんたん》は開けない。行くなら単独になる」

思いがけない大和田の言葉に、全身が張りつめた。

「行かせてもらいます」

敬礼し、即答する。

「現地は快晴だ。南南東の風が強いらしい」

「了解しました」

「敵機がいるかもしれん。低空で飛べ」

「はっ」

「行け」

大和田の言葉に押されて、中隊本部を出る。ピストまで走った。第二種航空服の上に縛帯《ばくたい》を装着し、落下傘《らっかさん》を取り付ける。航空頭巾《ずきん》をかぶった。マフラーを首に巻きつける。何事がはじまったのかという顔で、板倉に訊かれたので、答えた。

「ひとりでか？」

さすがに、信じられない面持《おもも》ちだった。一緒にいる朴も同様だ。

「行かせてもらえるだけでも、ありがたいです」

「……無茶だ」

「急ぎます」

拳銃嚢《のう》に収まっているブローニングの弾倉を確認して肩掛けする。防吐《ぼうと》ドロップをひとつかみ腰ポケットに入れ、航空メガネと白手袋を手に取り、滑走路に出た。朴があとを追ってくる。

「堀江兄《にい》」

「連れていきたいがだめだ」

事故機の処理が続く反対側に走った。教官機はすでに着陸して駐機場に収まっている。

ぼってりした鈍《にび》色の四式戦闘機の前で清水が手を振っている。垂直尾翼に百四戦隊標の〝4〟。プロペラをクランクする始動車も接続されていた。右主翼に二五〇キロ爆弾、左には燃料の詰まった落下タンクが装着されている。

「胴体銃、翼内砲、合わせて千発装塡《そうてん》しています」

清水が声をかけてくる。

存分にやって来いということだった。

「了解」

座布団《ざぶとん》のように広い翼に足をかけ、風防の枠《わく》をつかんで操縦席に収まった。落下傘を尻の下に敷《し》く。航空頭巾から伸びた電纜《でんらん》を無線機に接続する。

追いかけて来た板倉が顔を出し、

「降爆の経験はあったか？」

と訊いてきた。

「訓練で一度」

去年のB29への体当たり特攻作戦で五名が戦死した。堀江は百式司偵専門だが、その補充要員として、四式戦闘機――疾風《はやて》は五度ほど搭乗した。去年の夏、配備されたばかりの決戦機だ。訓練弾も投下している。

「命中したのか?」

「しました」

実際は三〇メートル離れて着弾した。

呆れ顔で見守る板倉の視線を受けながら、プロペラピッチを上げ、過給器レバーを手前に引く。点火開閉器を確認し、カウルフラップを全開させる。燃料系をチェックし、スロットルを二度あおった。

顔を上げ、始動車の前にいる朴に手を振る。

「回せ」

モーター音とともにプロペラが回り出した。一〇〇回転まで上がる。

「点火っ」

清水の声とともに、点火開閉器をひねる。機全体がぶるんと揺れ、轟音《ごうおん》とともにエンジンがかかった。白煙が上がる。足踏桿《フットバー》を踏みつけ、制動する。プロペラピッチを見る。配電盤のスイッチを入れ、各種計器の作動を確認。下げ翼、油圧系統も異常なし。安全バンドを体に巻き付け、手袋をはめた。足踏桿を離すと、機が動き出した。

「追い風緩降下、一五〇〇で標準、五〇〇で投下、いいな」

しがみついていた板倉が離れる間際《まぎわ》、そう怒鳴《どな》ると竹包みを放って寄こした。

弁当?

服の中にしまい、後方に敬礼する。朴が走ってついてくる。

コンクリート舗装《ほそう》された滑走路に入った。滑走路端の事故機はすでに走路外へ出されていた。

プロペラピッチを絞《しぼ》り、フラップを下げる。五〇ミリの赤ブーストでスロットルを押し出した。エンジンがうなりを上げ、加速しはじめる。五〇、七〇、たちまち一〇〇キロを超えた。エンジン回転計が二五〇〇まで上がり、一二〇キロに達する。ゆっくり操縦桿《かん》を引く。機首が上を向き、空に持ち上げられた。風防を閉じ、フラップを収納する。

二千馬力のエンジンがうなりを上げ、ぐんぐん上昇していく。上げ舵《かじ》は要《い》らなかった。二〇〇ミリの赤ブーストだけで、ぐんぐん上昇していく。三〇〇〇メートルで水平飛行に移った。右旋回《せんかい》を二度行い、南へ機首を向けた。

左手に白煙を吐く昭和製鋼所の煙突が見える。去年の九月の空襲以降、高炉は修復され、生産が再開している。しかし、資材を内地へ運ぶ船がないため、連合軍の爆撃目標から外《はず》されている。

飛び立ってきた滑走路から手を振る隊員の姿をみとめた。整備員たちが動き回る真冬の光景がよぎる。飛行機のガソリンや潤滑油は凍《こお》りつき、エンジンは炭火で温めておかないと使い物にならない。

記憶とともに、滑走路は過ぎ去った。ブーストを下げる。目の前の光像式標準器が邪魔だが、視界は良好だ。DC3と比べれば、操縦は手のひらに載せた玉を転《ころ》がすようなものだった。しかし、なめらかに歌うようなエンジン音はない。無骨な音を響かせている。基地から無線の呼びかけが入る。

「無理するなよ」

板倉の声だ。

「了解」

「敵機に見つかりそうになったら、引き返して来い」

「了解」

まだまだ、感度良好だ。

三十分も飛べば、電波は届かなくなる。

鞍山の街が後方へ消えた。下村機と同じく、対空監視哨のある錦州を目指す。

大雨のせいで遼河平原は水浸《みずびた》しだった。陽《ひ》の光が水面下に射し込み、畑や道が透《す》けて見える。

柳の並木が道を描き、部落へとつながっていた。水田に映り込んだ自機の機影が矢のように走る。滑るように飛行し、高度五〇〇メートルまで上げる。みるみる機影が薄くなった。

正面に定規《じょうぎ》で引いたような線が近づいてくる。満鉄の河北線《かほくせん》だ。右旋回し、線路に沿うように飛ぶ。電波警戒機の有効範囲の外側だ。三〇〇キロまで速度を上げた。四式戦疾風は重戦で、速度計は750km/hまで振ってある。

錦州の対空監視哨を確認してから、四〇〇キロまで速度を上げた。

下村の顔が浮かんだ。松戸中央のあと、堀江はハノイ、下村は漢口《かんこう》勤務になった。サイゴン、バンコック、ジャカルタと堀江は推測航法《すいそくこうほう》で洋上を飛び、地文《ちもん》航法で地上を飛んだ。下村も同様に、中国大陸を駆けた。地文、推測、どちらの航法も有視界飛行が基本だ。陸地では下界の地形を見て飛び、海では、波頭のくだける方向を注視して偏流《へんりゅう》角度を測定し、あとはコンパスの指針を信じて飛行する。気象データも通信も、精度が低く、運を天にまかせて離陸するしかないのは、いまも同じだ。その後、堀江は陸軍直轄の南方輸送部隊に召集され、飛行範囲は東南アジア全域に広がった。そして、昨年、下村を追いかけるように鞍山に移った。再会時、互いの飛行時間は四千時間を過ぎていた。どっちが先に一万時間を越えるか勝負だ、と発破《はっぱ》をかけあう毎日。

五年前、上海《シャンハイ》に着任したての頃、日本軍に抵抗する若い便衣《べんい》隊のゲリラが憲兵に射殺される現場に居合わせた。下村は「おれだって自分の国が他国から侵略されたら、抵抗する」と洩《も》らした。堀江は一言も返せなかった。

もう空を飛べないおまえに代わって、自分は必ず一万時間を超えてみせる。

山間地に入り、頭が浮き上がるようになった。思い出して左肩側にあるトリムタブのハンドルを回した。揚力《ようりょく》が抑えられ、機は安定した。

急に腹が減ってきて、懐《ふところ》の包みを開けた。小麦生地に包まれたチェンピンだ。口に放り込むと、甘いネギと味噌《みそ》の味が舌に広がった。呑み込むように、ひとつ平らげた。

エンジンは快調な音をたてていた。緑の山並みに茶色い蛇《へび》のような長城が伸びていた。尻のあたりが強《こわ》ばった。越えれば本物の敵地になる。あっという間に飛び越した。山のあいだに川が流れ、小高い山の上に九門口《きゅうもんこう》長城が望まれた。

めざす地点まで、あとわずか。

敵機の機影はない。操縦桿を少し左に倒し、左フットバーを踏み込む。さらに操縦桿を左に傾け、引いた。四五度旋回し、水平に見えた山が縦《たて》になる。操縦桿を右後ろに引く。姿勢が水平に戻りかける。フットバーを踏んだまま、操縦桿をさらに右に引くと、完全に水平になった。谷のあいだを縫《ぬ》って飛び、目印になる角山《かくさん》長城の真横を通過する。

前方に山海関の街とその先に海が広がっていた。あの中に下村がいる。人懐こい顔が目の前に浮かんだ。

中国に戦争をしかけたのは日本だから、甘んじて、その責めは受ける――。まさか、そんなことを思う余裕などあるはずがなかった。

日本は悪いのかもしれない。しかし、何もそこまでしなくてもよいのではないか。窓越しに見る景色が涙でにじんでいた。目をこすり、水気を払った。

城壁に囲まれた一帯が視界に収まる。左手に天下第一関と呼ばれる東門城楼《とうもんじょうろう》、右にある西門《せいもん》城楼のあいだを抜け、山海関駅に通じる大路の真上に針路を取った。左右に伸びる線路のなかほどに、黒っぽく駅が見えてきた。街路樹の葉っぱや洗濯物が海とは反対方向になびいている。

スロットルを絞り、ゆっくり操縦桿を倒した。高度は二〇〇。ぐんぐん、駅舎が近づいてくる。汽車はいない。だだっ広いホームに数人の人影が見える。駅すれすれまで近づいた。それらしい箱はない。またたく間に通過する。振り向いた右手奥、壁に囲まれた広場で人が散るのが見え、その中ほどに赤っぽいものをとらえた。

高度を上げ、海に出たところで右に急旋回をかける。

左爆弾投下スイッチの位置を確認し、ふたたび山海関の街を目指した。

追い風高度五〇〇、東門と西門城楼の位置を確かめ、駅舎を視界の中心に据える。急降下の圧に耐えられるか不安だった。やや左に向きを変え、時速二〇〇キロで降下開始。

一〇〇〇メートル手前。駅舎横の広場、トラックの荷台に、赤く塗られた箱が置かれている。いや、あれは檻《おり》だ。スロットルを絞る。速度一五〇。ゲリラたちが小銃を構えていた。残り五〇〇。標準器越しに赤い檻を見つめる。綿花の綿のように小銃が白い煙を咲かせる。鉄格子がはまった奥に動くものがあった。一ミリたりともずらさない。距離四〇〇、三〇〇……。

「ティ」

爆弾投下スイッチを押す。

通過。後方で、爆発音とともに土埃《つちぼこり》が上がった。上昇しながら、首をひねってそこを見た。宙に浮かんだトラックが地面に落ちた。赤い檻は跡形もなく消えていた。

山側に駆け上がり、反転してふたたび駅舎を目指した。高度を下げ、東門と西門のあいだを抜け、大路上空をすれすれに飛んだ。驚いた人の波がよけていく。

駅舎の屋根が見える。操縦桿の安全装置を上げ、親指を胴体銃ボタン、翼内砲レバーに人さし指を当てる。標準器の目盛りを黒っぽく焼け焦げたトラックに合わせる。一五〇キロまで速度を落とした。高度四〇〇、三〇〇……二〇〇メートル。ボタンを押し込み、レバーを引いた。四門の機銃が火を噴いた。掃射音とともに、広場に波立つような規則正しい土埃が上がる。ゲリラたちが一斉に散った。トラックのがれきを撃ち抜き、土壁を破壊する。

通過。後方の防弾ガラスに跳弾があった。低高度のまま、速度を上げ、海まで突っ切った。海上で反転し、もう一度同じコースをたどった。三〇〇メートル上空に近づく。広場めがけて、とどめの掃射をする。ゲリラたちが逃げまどう。トラックの残骸《ざんがい》に全弾を撃ち込んだ。

あっという間に駅舎が遠ざかる。

急上昇し、山側で左旋回して海に出た。北に針路を取る。いまごろ、基地では電波警戒機の像に自分の機影が映っている。長居できない。右岸に見えるはずの遼東半島は黄砂でかすんでいた。波頭を目視しながら、高度を上げる。

何度も振り返った。笑顔の下村の顔がよぎった。目尻から熱いものがつたう。おまえの苦痛を和《やわ》らげることはできただろうか。

行く手に真夏のような積乱雲が張り出している。陸からの風が翼をもぎ取るように強く吹いていた。

Douglas
A-26
Invader

第一章 合流

1

昭和《しょうわ》二十五年（一九五〇）五月二十五日。

新橋《しんばし》駅烏森《からすもり》口から流れてくる人が増えた。寿司《すし》屋からビヤホールまで軒を並べる〈新生《しんせい》マーケット〉は、稼《かせ》ぎ時を迎えていた。甘栗を焼き、天ぷらを揚《あ》げる香ばしいにおいが鼻先をかすめる。空っぽの胃がせつなそうに鳴った。今夜は外食券食堂で、そばでも食べるか。

「野菜サラダ五十匁《もんめ》、それとナスの天ぷら四枚」

いつも来る主婦から声がかかる。

「お待ち」

サラダを秤《はかり》にかけて包みにくるみ、ナスの天ぷらも渡す。

「しめて七十円」

シワだらけの百円札を受け取り、釣り銭を差し出す。

陳列棚の前で、中折れ帽をかぶった小柄な年配の男が、じっとこちらを見ていた。買い物に困っているらしく、突然、傍《かたわ》らに歩み寄ってくると、

「急降下《ピッケ》やったきみか？」

男の口からふいに航空用語が出た。

頬骨《ほおぼね》が張り、引き結んだ口元は情が強《こわ》そうだった。高級そうな灰色の背広に、京織物と思える濃紺《のうこん》のネクタイ。糊《のり》のきいたワイシャツの袖口《そでぐち》にカフスが見える。

男は右手をしきりに振り、

「ほら、三宅坂《みやけざか》の陸軍航空本部だ。きみら、召喚《しようかん》されただろ？」

その言葉を聞いて、身が強ばった。

本部に呼び上げられたのは、後にも先にもあのとき一度きりだ。

飛行禁止区域になっていた伊豆大島《いずおおしま》の灯台めがけて、仲間とともに急降下をかけ、海軍横須賀《よこすか》鎮守府《ちんじゅふ》から大目玉を食らった。本来なら航空士免許剝奪《はくだつ》のうえ、軍法会議にかけられ、軍を放逐《ほうちく》されてもおかしくなかった。しかし、陸軍航空本部があいだに入ってくれたおかげで、軽い処分で終わった。忘れもしない昭和十七年（一九四二）の三月八日のことだ。それを知る者は、ほんの一握りしかいない。

「名前は何と言ったか？」

男の口上に軍人の気勢を感じ、その場で直立不動の姿勢を取った。

「はっ、堀江功、当時、松戸中央航空機乗員養成所、予備役伍長でありました」

「そうそう、そんな名前だった」男は目を細め、帽子を脱いだ。「覚えとらんか？　河辺《かわべ》だ」

「あっ」

思わず洩《も》らした。

広い額《ひたい》と、白く短めの髪。

鞭《むち》で打たれたように、背筋がピンと伸びた。

「河辺虎四郎《とらしろう》閣下……」

昭和十七年当時、陸軍中将で陸軍航空総監部、航空本部総務部長。急降下査問の場に同席していたではないか。終戦時、参謀本部次長職にあり、日本を代表してマニラに赴《おもむ》き、終戦交渉を行った人物だ。

「その節はお世話になりましたっ」

かかとを合わせ、敬礼する。

「その声、その声。痩《や》せた色男だったけど、『大島が海軍要塞《ようさい》とは通知されておりませんでした』って申告した声が野太くて、よく覚えてるよ」

「恐縮いたします」

「まあまあ」河辺は帽子をかぶり直し、小野《おの》食品の看板を見上げる。「ここで働いてるのか？」

「はい、そうであります」

「たしか、きみは中華航空所属だったな。松戸のあとはどこへ行った？」

「はい、仏印《ふついん》ハノイであります」

「そうか」河辺は思案げな表情を見せた。「これから、めしでもくわんか？」

命令と同じで、拒《こば》むことなど論外だった。

「はい、わかりました。お待ちください」

反対側の通路にいる女将《おかみ》に駆《か》けより、次第を告げ、ぼろ雑巾《ぞうきん》のような前掛けを外《はず》して女将の手に預ける。

「困るよ、これから混むのに」

「申し訳ない」

さきほどの場所に、河辺の姿はなかった。国電《こくでん》寄りにある電話ボックスの中に、ようやく見つけた。

前でしばらく待っていると、すぐ河辺は出てきた。

「失敬、じゃ、行こうか」

「この恰好《かっこう》でよいのでしょうか？」

着ている秋冬兼用のジャンパーとすり切れたズボンを見下ろす。

どこに行くにせよ、河辺に恥はかかせられない。

「気にするな、さ」

ともに国電ガードをくぐり、芝《しば》新橋へ抜ける。露店の並ぶマーケット前から銀座《ぎんざ》方面へ足を向けた。曇《くも》り空の、風のない夕方だった。

「女房から佃煮《つくだに》を頼まれてね」

河辺が口にした。

「でしたら、玉木屋《たまきや》に寄りますか？」

堀江が問いかけると、右手に持った包みを上げ、

「買ってきたから」

と言った。

「承知しました」

「そう硬い口をきくな。あそこのこぶ豆が好物でね」

汐留《しおどめ》川を渡り、銀座の繁華街に入った。電車通りを北に向かう。

パーマをかけたロングスカートの女性たちとすれ違う。

「さっきの店、長いのかね？」

「はっ、この二月から、夕方だけ出ています。ほかの時間はパチンコ屋で働いております」

「それまでは、どこにいたの？」

「立川《たちかわ》のフィンカムで雑役をしていました」

「ほう、フィンカムにいたのか」

　進駐軍の極東航空資材司令部だ。

「はい。フィリピン人が雇い上げられて、代わりにやめさせられました」

「それは災難だ。きみ、英語はどうかね？」

「米兵の知り合いから教わりました」

「そうか、それはいい」

　資生堂《しせいどう》を左手に見ながら、観光客の団体をよけて歩く。唸《うな》るような音を立てて、ぎっしりと人を乗せた都電が追い越していった。

「あれに乗る気にはならんな」

「はい」

　都電にしろ、国電や私鉄は戦前の乗客数を回復し、さらに伸ばしているのだ。

「きみ、国はどこか？」

「長崎《ながさき》です」

「長崎か……ハノイで軍に取られた口か？」

「はっ、南方航空輸送部に二年、独立飛行第八十一中隊に一年おりました」

河辺が足を止めた。

「八十一……鞍山《あんざん》に集められた口か？」

知っているような感じで訊《き》かれたので、背筋が強ばった。

「はっ」

「よく生き延びたな。終戦は鞍山で？」

「いえ、二十年の七月、陸軍航空輸送部に移り、赤とんぼの空輸で満州《まんしゅう》に行く直前、福岡《ふくおか》で終戦を迎えました」

「特攻用の赤とんぼだな。それは苦労かけた」

「いえ、自分は幸運でした」

同期の多くは、制空権のない空を裸同然で飛び回り、敵戦闘機の餌食《えじき》となって戦死を遂《と》げたのだ。

「めしはあとでいいか？」

「はい、けっこうです」

どこか別の行き先があるようだ。

「しかし、百貨店が増えたな。来るたびに新しいのが建ってる」

「そうであります」

三越《みつこし》や松屋《まつや》などの老舗《しにせ》以外に、銀座《ぎんざ》デパートや小松《こまつ》ストアなどの新興百貨店が角ごとに建っている。銀行も増え、服飾品や貴金属を売る店も軒を連ねていた。

陸軍航空隊について、あれこれ話しながら松坂屋《まつざかや》を過ぎ、銀座四丁目交差点に差しかかった。

進駐軍のPX前は、壁際《かべぎわ》に通行人の品定めをする進駐軍のGIが並び、歩道は着物姿の女性たちでごった返していた。木台に乗る巡査の指示に従い道路を渡り、数寄屋橋《すきやばし》へ足を向ける。

「申し遅れましたが、急降下の処分につきまして、閣下の寛大なご措置を賜《たまわ》り、感謝に堪《た》えません」

歩きながら、頭を下げる。

「おれじゃなくて、航空本部長が動いてくれたんだよ」

土肥原賢二《どひはらけんじ》大将だ。対中強硬派として、満州に特務機関を作り、陸軍士官学校校長などを歴任した。しかし、二年前の東京裁判で絞首刑になった。歩みをともにする河辺も同じく、陸軍中枢にいた。戦犯にならなかったのは、連合国との交渉役を務めたからだろうか。東京裁判では、何度も証言台に立ったはずだ。

河辺は日劇《にちげき》前で壁に飾られた〝細雪《ささめゆき》〟の映画看板を指さした。

「あれ、観《み》たかね?」

「観ておりません」

「観るといいよ、なかなかいい」

映画に興味はないが、反論などできない。

「そういたします」

日比谷《ひびや》交差点に着いた。どこまで行くのだろう。

交通整理の巡査の手が上がるとフォードやシボレーがどっと走り出した。排ガスの立ちこめる通りを渡り、内堀《うちぼり》通りを歩く。進駐軍の名づけたAアベニューだ。人通りが減った。お堀端は外車が数珠《じゅず》つなぎで停《と》まり、馬場先門《ばばさきもん》まで続いている。正面にGHQ本部があり、屋上に星条旗と国連旗がなびいていた。本部前の石段で、ぴかぴかに光るヘルメットをかぶった衛兵を横目に見ながら通り過ぎる。

Yアベニューこと、鍛冶橋《かじばし》通りを渡る。河辺がすぐわきの建物を指し、

「ここ明治生命《めいじせいめい》ビルだけど、米極東空軍が入ってるよ」

と教えてくれた。

なぜそんなことを、と思いながら進む。

ひと区画手前で右に折れ、駐車場の中を突っ切ってビルの裏手に回った。

「郵船《ゆうせん》本社ビルだ」

河辺は口を利《き》きながら、警備に立つ米軍MPと日本人の警官に敬礼し、中に入った。

ここも進駐軍関係の施設のはずだった。軽快な足さばきで大理石《だいりせき》の階段を三階まで上がる。長い廊下のふたつめの部屋に入れられた。待っていてくれ、と言うなり河辺は去っていった。

窓は高く、小さな机と椅子《いす》があるだけの部屋だった。五月なのに、真冬の牢獄に入れられたように寒々しい。どうしてこんなところに連れ込まれたのだろう。都電に乗れば、半分の時間で来れた。健康状態はどうか、視力は落ちていないかなど、歩きながら詳しく訊かれた。何の意味があったのか。ドアノブをつかんで回したが動かない。鍵が掛けられている。なぜ?

窓の外を望む。左に丸《まる》ビル、駐車場をはさんだ先にも似《に》たような建物がある。このあたりのビルは進駐軍に接収されて、一般人は近づかない区域だ。静かすぎて、ますます不安に駆られた。

靴音《くつおと》がしたかと思うと、鍵が回されドアが開いた。

背広姿の男が入室してきた。

机をはさんで向こう側に座った男は、河辺の下で働く青木《あおき》と自己紹介し、長崎のご両親はいかがですか、と訊いてきた。髪は黒々として四十歳前後、唇が厚い。河辺の部下だろうか。軍人らしさはない。

「両親と弟は原爆にあって、亡くなりました」

「妹さんは？」

「長与《ながよ》の国民学校で、原爆投下の四日後に亡くなりました」

その対応はどことなく、すでに調べがついているような感じだった。

「あなたが長崎に戻ったとき、驚いたろうね」

「それはもう……」

浦上《うらかみ》駅前に立ったときの、一面焼け野原になった故郷の情景が一瞬よぎった。

「洋上飛行の経験はありますか？」

「南方輸送部では毎日。サイゴン、海南島《かいなんとう》、洋上を日本にも飛びました」

「なるほど」青木は意を強くしたように言った。「松戸にいたとき、外国語の成績がトップだったそうですね」

「はあ」

英語と中国語が必須で、どちらも性《しょう》に合っていた。

「いまはどうですか？　フィンカムで、米兵から習っていたみたいだけど」

「ラジオの『カムカム英語』は聞くようにしています」

午後六時からなので、まれに聞く程度だ。

「素晴らしい。もう一度、飛行機に乗りませんか？」

前触れもなく、さらりと青木が口にした。

意味がつかめなかった。

終戦の年、ＧＨＱは航空禁止令を公布し、日本人による航空機の操縦から製造、研究にいたるまですべてを禁止したのだ。なのに。

「飛行機に乗る？」

青木は笑みを浮かべ、

「そうです。アメリカさんが、逓信省委託《ていしんしょういたく》出身の優秀なパイロットを募集しているんです。いかがですか？」

「はい……」

腹の底に溜《た》まっている渇望《かつぼう》をかなえてくれる言葉が、突然降りかかってきたことに驚いた。

「あなたの飛行五千四百時間は、充分すぎるほどの資格がありますから」

そこまで調べ上げているのかと気味が悪くなった。

河辺がボックスで電話していたのは、自分の履歴を調べるよう指示した、と推察できた。

もう一度、操縦桿《かん》を握りたい――。

その思いを抱いて、二年前の四月、東京に出てきた。航空関係者が集まる代々木《よよぎ》の鶏明社《けいめいしゃ》に顔を出し、運良く立川基地での職にありつけたのだ。

鶏明社には、その後も顔を出しているが、日本人パイロットの募集など聞いたこともない。だいいち、日本人は飛行機という言葉すら口にしてはいけない、という風潮なのだ。

「もう間もなく講和です。占領政策が変わります」青木が続ける。「航空禁止令も解かれるでしょう。日本の民間航空の再開の日に備え、日本人パイロットを集めて米軍が訓練する段階に入ったんですよ」

なんの根拠があって、かと思った。たしかに、マッカーサーは早くから講和条約締結をうたっていた。年内にも講和と期待する新聞社もある。ドッジラインにより、激しいインフレがおさまったものの、不景気のどん底に苦しめられているのがいまの日本だ。

地理的なものか。二年前、朝鮮半島は、南に大韓民国《だいかんみんこく》、北に朝鮮民主主義人民共和国《ちょうせんみんしゅしゅぎじんみんきょうわこく》とふたつの国に分かれた。去年の秋には、国共《こっきょう》内戦が終わり、毛沢東《もうたくとう》による中華人民共和国《ちゅうかじんみんきょうわこく》が生まれた。日本も、いよいよ自立するときを迎えたのか。

「月給制で月五十ドルです」

青木の口から出た額に驚いた。

日本円で一万八千円。ふつうの給料取りの五倍ではないか……。

「乗る、ということでよろしいですね？」

いま一度確認してくる。

「けっこうです」

座ったまま両ひじを張り、頭を下げる。

読むようにと一枚の紙を差し出されて、目を通した。

訓練期間中は米軍指揮下に入り、宿舎、食事ほかすべての生活を米軍が提供する。訓練の中身や要員については秘密厳守。いっさい他言してはならない。万が一、ＧＨＱから訊かれても否定すること。

「誓約書です」とボールペンを渡された。訓練期間や訓練終了後の予定については何も記《しる》されていない。しかし、それについて訊くのはためらわれ、署名して返した。

青木は誓約書を懐《ふところ》にしまい、席を立ちながら、

「健康診断を受けてもらいますので、お待ちください」

と言い残すと、慌《あわ》ただしく部屋を出ていった。

自分の身に起きたことが信じられなかった。先ほどの人は本当に河辺閣下だったのか。軍人として、米軍と戦った自分が米軍、いや進駐軍のパイロットになる？　狐《きつね》につままれている気分だった。これは夢か。

戻ってきた青木とともに部屋を出た。一階に下りて、裏口の前に待機していたジープに乗せられた。米兵の運転で、駐車場を出る。鍛冶橋通りで左に折れ、ふたつめの建物の裏手に滑《すべ》り込む。

接収前の丸《まる》の内《うち》は、三菱《みつびし》系列の会社の建物で占められていたが、ここもそのうちのひとつのようだった。青木の案内で、衛兵の立つ裏口から建物に入った。陸軍病院と教えられる。

長椅子に順番待ちしている様子の米兵が並んでいた。黒人もいる。包帯を巻いた者もいた。米兵らの視線を受けながら、長い廊下を歩き、一階奥にある部屋に入る。白衣を着た金髪で長身の医師らしき男が待ち構えていた。

その場で着衣を脱がされ、聴診器を胸に当てられた。全身の骨格を調べられ、座高、体重、身

長が測られた。これまで経験した病気、いま現在の疾病《しっぺい》のあるなしを英語で問われ、青木による通訳でまったくないと答えた。注射器で血を抜かれ、レントゲンを撮られた。

「今度の月曜日、二十九日、予定はありますか？」

検査を終えて、青木に訊かれる。

「いえ、ないですが」

アルバイトの時間帯だが、無視していいだろう。

「新橋駅土橋口《どばしぐち》はご存じですよね？」

「知っています」

「じゃ、午後三時、そちらに来てください」

それまでに、住んでいたアパートを引き払うように付け足され、建物から出た。すっかり日は落ちていた。

まるで、これまでとはべつの、異界に放り込まれたような気分だった。

半信半疑で東京駅から国電に乗り、アパートのある大井町《おおいまち》まで帰った。駅に着いたその足で、大家の元に出向いた。半信半疑のまま、身の回りの物を処分しアパートの解約手続きをすませた。今月分はすでに払っているので、追加の支払いはなかった。気が大きくなり、外食券食堂でライスカレーとうどんを食べた。合わせて九十円支払ったが、安いとはじめて感じた。

2

副官室のドアが開き、ウィロビー少将の気難しい顔がのぞいた。

「元帥《ゼネラル》に報告がある。いいか？」

ドイツ語アクセントのある英語で声をかけてくる。

連合国軍最高司令官総司令部《GHQ》で、諜報《ちょうほう》と保安を管轄する参謀第二部《G2》の部長だ。

ローレンス・バンカー大佐は、腕のオメガに目を落とした。午後十二時四十分。

「一時に来客があります。それまでなら」

バンカーが先に副官室を出て、となりの部屋をノックする。入れ《カムイン》の声とともに、ドアを開け、執務室に足を踏み入れる。

マッカーサー元帥は窓際に立ち、ぴんと背筋を伸ばして外を見ていた。

連合国軍最高司令官。日本における絶対権力者。カーキ色の陸軍平服、薄い頭髪を丁寧《ていねい》にとかし込んでいる。呼びかけに答えて、一八〇センチの体軀《たいく》をこちらに向けた。

「わが愛するファシスト、何かね？」

「朝鮮で動きがあります」ウィロビーが形式張った調子で続ける。「先月、北鮮軍は、三十八度線から三マイル以内の区域に住んでいる住民を退去させましたが、空《あ》いた家には、第三師団とゲリラが入っているようです」

北朝鮮情勢については、今年に入って、G2から四百回ほど報告が上がっている。マッカーサーのかたわらにいるコートニー・ホイットニー准将が冷ややかな視線を送る。太平洋戦争中から、フィリピン統治の実務面を取り仕切った辣腕《らつわん》家だ。民政局の局長として、マッカーサーの信頼が最も厚い。

金日成《キムイルソン》率《ひき》いる北朝鮮は国土完整《こくどかんせい》、かたや李承晩《イスンマン》の大韓民国は武力北進統一をかかげて、一歩も譲ろうとしない。互いに、すきあらば、攻め込む腹だ。北朝鮮には、戦車や航空機などが続々とソ連から送りつけられている。一方の大韓民国は、好戦的な李承晩の性格がわざわいして、米軍側から、重火器は与えられていない。ソウルに四百名の米軍事顧問団がいるだけだ。

「それは先週、韓国の国防部長が言っていた」マッカーサーが口にする。

李承晩も五月か六月に、北鮮軍の侵攻がある、と声明を発表しているのだ。

「おっしゃる通りですが、中共人民軍もすでに相当数が北鮮入りしています」

「それも去年のことではないか」

「昨年は一個師団ほどですが、それ以上の数の人民軍が、三十八度線に集結しています。平壌《ピョンヤン》には三百名のソ連派遣団もいて、北鮮軍はその指揮下に入っていると思われます」ウィロビーは一呼吸置いて言った。「今月ないしは来月、戦端《せんたん》が開かれるとみていいのではないでしょうか」

「わかった。とくと考慮する。安心したまえ」

マッカーサーは、これで終わりだと言うように、両手を広げて見せた。

重大な予測を口にしたにもかかわらず、ウィロビーは、当面の義務は果たしたという顔でバンカーをふりかえった。朝鮮半島に関しては、あまりに多くの情報がもたらされ、どれが真実なのかわからない。それをふるいにかけるのがウィロビーの役目だが、充分にそれを果たしているとは言えない。

「ラリー」ウィロビーがいなくなると、バンカーはマッカーサーに通称で呼ばれた。「ヨシダがしきりと会いたがっている。どうかね」

「特使としてアメリカに派遣されたイケダ氏が、この日曜日に帰国しました」

占領開始後、バンカーは副官として信頼を勝ち取り、日本政府との調整をはじめとして、主立った占領政策を采配していた。昨晩も宿舎にしている帝国《ていこく》ホテルの部屋に、吉田《よしだ》の娘が訪ねてきたばかりだった。

「どうりで」

「われわれの予想以上に、イケダ氏はあちこち回ったようですね」

「回りすぎたのではないか」

少し呆《あき》れるようにマッカーサーが言った。

派遣の表向きの理由は経済政策の協議だが、単独講和後も日本防衛のため、米軍に駐留してもらいたいとの要望をしていたのは、マッカーサーにとって寝耳に水だった。手放しで吉田と会える状態ではない。

「パンナムのオートウィン支社長から、面会の申し入れがありましたが、いかがいたしますか?」

「どうせ、国内の定期航空の申請だろ、いい」

ホイットニーが口をはさんだ。

「心得ました」

いま、日本に存在するのは、外国の航空会社による国際線だけだ。終戦直後から、民間による日本国内の定期航空路線は禁止されている。いわば、手つかずの処女地だ。再開されれば、莫大な利益が見込まれるため、羽田《はねだ》に乗り入れている外国の航空各社は、路線開設の許可をGHQから得るべく、激しいせめぎ合いをしている。昨日はノースウェスト航空のドン・キング支店長が訪れたばかりだ。

「それから極東空軍のブラウン大佐が、航空保安庁長官とともに、面会に来ていますが、どうしますか？」

「マツオを連れて？」ホイットニーが言った。「まさか、ブラウンに例の通達が洩れてはいないだろうな？」

米本国の民間航空局（CAA）から、先週届いたばかりのものだ。

松尾静磨《まつおしずま》は、日本の民間航空の要《かなめ》の人物だ。二十年秋に航空禁止令が出された直後、日本の民間航空の実態を知るために、GHQから、はじめての呼び出しを受けた日本人でもある。当時、運輸省航空局の次長だった松尾は、『日本にある飛行場の航空灯台や無線を管理してきたのは、われわれ航空局です。それをなくしてしまっては、占領軍の飛行機は一機も飛べませんよ』と言ってのけた。

けっきょく、GHQは航空保安施設の維持管理をするため、逓信省に航空保安部を設置せよと、命令を出さざるを得なかった。それをいいことに、松尾は一万四千名にも及ぶ航空関係者を航空保安部の名のもとに隠し、航空勢力の温存をはかるのに成功した。

「われわれしか、知りえません」

「なら、いいが」ホイットニーがマッカーサーに言う。「マツオが知ったら、何をするかわかりませんよ」

「おっしゃる通りです。どちらにしても、早めに発表するのが得策かと思います」

「そうだな、コート、来月早々にも、談話を出そう」

腹心の部下のホイットニーをコートと呼ぶ。

「賢明なご措置です」

「しかし、ブラウンも困ったやつだな。マツオをひいきにして」

ホイットニーが文句を垂れる。

「注意しておきます」

時間が来たのでバンカーは部屋を出て、エレベーターに向かった。

3

月曜日。新橋駅のガード下。

小雨《こさめ》のぱらつく天気だった。約束の時間より少し前に、烏森口方面から濃緑色のプリムスが走ってきた。目の前で停まり、後部座席にいる外国人男性に手招きされた。堀江はドアを開け、後部座席におさまった。男も運転手も米空軍の軍服を着ている。英語でホリエさんか、と訊かれ、そうですと英語で応じた。

「ロイス・オリバー大佐です」

男が手を差し出してきたので、握った。

所属は告げなかった。

ゆっくり車が動き出した。運転手は日系二世のようだった。タナベと紹介される。

「あなたは優秀なパイロットと聞いている」オリバーはゆっくり話してくれる。「われわれと一緒に、また空を飛びましょう」

じっと目を覗《のぞ》き込みながら言われた。かぎ鼻で彫りの深い面長《おもなが》の顔立ち。五十歳ほどだろうか。痩せて手足が長い。思慮深そうな眼差《まなざ》しは牧師のようだ。

「はい、わかりました」

そう、答えるしかなかった。

「待遇やこれからのことは聞いていますね?」

「聞いています」

「わかりました。くれぐれも秘密で。いいですね?」

「承知しました」

硬いやり取りをしながら、プリムスはFアベニュー(青山《あおやま》通り)を走る。六本木《ろっぽんぎ》から渋谷《しぶや》に入った。焼け野原の玉川《たまがわ》通りを西へ飛ばす。フィンカムでの仕事について訊かれた。

「輸送機の物資積み下ろしをしていました」

「グローブマスター?」

「ええ」

「操縦室を見たかね?」

「まさか、貨物室に出入りしていただけです」

「それはよかった」オリバーは笑い、堀江の肩を叩《たた》いた。「いずれ、きみも操縦できる」

下着とすり切れた服、上海《シャンハイ》で購入した航法計算盤《フライトコンピューター》がおさまった布袋を抱え、移り変わる車窓を見つめた。

焼けトタンづくりの町屋が並ぶ三軒茶屋《さんげんぢゃや》らしい町を過ぎた。戦災を逃れたエリアが多くなり、茅葺《かやぶ》き屋根の農家が田園に点在している。砂利道になった。雨のおかげで道は湿《しめ》り、ほこりはたたない。多摩川《たまがわ》の橋を渡り、起伏の多い道を進んだ。一時間ほど過ぎた。どこへ向かっているのか。不安がふくらんでくる。川崎《かわさき》から横浜《よこはま》あたりのようだ。大和《やまと》町という、はじめて見る町を過ぎる。田んぼの中を走る相鉄《そうてつ》線と並行して走り、南に折れた。左手に深い谷の続く道の行き止まりに、衛兵が立つ門がかまえていた。

「厚木《あつぎ》基地だ」

とオリバーが言った。

衛兵と言葉を交わすと、プリムスは基地の敷地に入った。舗《ほ》装《そう》された広い道を進む。青々とした芝生広場の横で一時停止すると、合羽《かっぱ》姿の米海兵隊員らが好奇の目で覗き込んでくる。作業する日本人が多くいる。彼らは興味を示さない。左手奥に、滑走路が見えた。マッカーサーが終戦時、降り立った飛行場だ。ちょうど、軽爆撃機が離陸していくところだった。

基地のいちばん奥まで走った。まわりを隔《へだ》てる金網の外は、一面の田んぼで民家はない。ブリキ屋根のカマボコ宿舎の前で、プリムスが停まった。オリバーのあとをついて、宿舎に入った。円い天井からつるされた電球の明かりが、三つの椅子を照らしていた。三人掛けの長椅子に座っていた背の高い男が、すっと立ち上がったかと思うと、歩み寄ってきた。

「堀江くんか」

落ち着いた声が響く。絶句した。

広い額とくっきりした眉《まゆ》。意志の強そうな唇が動き、炯々《けいけい》とした目で見下ろされた。

「……中尾《なかお》さん」

「久しぶり、十七年の台北《たいほく》空港以来か」

骨張った手が絡《から》みつく。堀江も強く握り返した。

「そうです。ぼくがちょうど南方航空輸送部に召集された五月に」

「そうだったな」

肩を叩かれる。

乗り継ぎ便の待合のため、空港で小一時間ほど話し込んだのを覚えている。なぜここに、中尾がいるのか、さっぱり呑《の》み込めない。

部屋は居間のようで、冷蔵庫も備え付けられていた。奥に続き部屋がある。

「いつから、こちらに?」

「一昨日から。おれも訓練要員だよ」

「そうでしたか」

中尾純利《すみとし》は民間パイロット養成を目的にした逓信省陸軍委託操縦生制度の第一期生。卒業後は三菱重工のテストパイロットとなり、昭和十四年には、純国産機〝ニッポン号〟で世界一周をやり遂げ、日本中の賞賛を浴びていた。ドイツにも派遣され、欧州の空を飛び回った経験も持ち合わせていた。日本のリンドバーグとも称されて、名実ともに、民間航空の英雄だったのだ。その中尾は十七年当時、満州航空から大日本《だいにっぽん》航空のパイロットに転じていた。中華航空勤務だった堀江は、中継地の広東や台北の宿舎で、何度も寝起きをともにした。教えを乞《こ》い、酒を酌《く》み交わし、遊びもした仲だ。

「戦後は鹿児島《かごしま》に帰っていたとお聞きしましたが」

堀江は訊いた。

「阿久根《あくね》で漁をしてたよ。それで、先月呼び出された」

そう言う中尾は今年、四十七歳になるはずだ。顔のシワが増え、髪は薄く銀髪が目立つ。

「紹介しよう」

中尾は別の椅子に座るふたりを振り向いた。役人っぽい怜悧《れいり》な顔つきの男と人懐《なつ》こそうな笑みを浮かべた男がその場に立った。どちらも、古びたジャンパーと汚れたズボン姿だった。

「昭和十一年と十三年の海軍委託組だ。内田和夫《うちだかずお》くんと片岡弘《かたおかひろし》くん。ふたりとも、大日本航空出身だ。アジアを飛び回っていた」

呼びかけに答えた内田が、

「日本橋《にほんばし》の薬種会社にいてね」

と、少し暗い顔つきで言った。

「おれは、名古屋《なごや》で喫茶店をしていたんだけど、中尾さんからお呼びがかかった」

と片岡が明るい口調で言った。

「堀江功です。よろしくお願いします」

と頭を下げる。

かたわらで見ていたオリバーに案内され、奥の部屋に入った。

鉄パイプのベッドが間隔を開けて四つ並んでいた。シャワールームもある。ここで寝起きし、外出は禁止、食事はさっきの部屋で取ると説明される。訓練は明日からで、今晩はゆっくり休んでくれと言い残し、オリバーは去っていった。

中尾によれば、今月の中頃、鶏明社に米人がやって来て、空を飛ぶ話が持ち込まれた。その鶏明社の社主から呼び出しを受けて、中尾は即座に上京。内田と片岡を選んで、きょうの日を迎えたという。

午後六時になると、内田と片岡が部屋の隅《すみ》に積まれた木箱から、缶詰や小箱を取り出して、テーブルに並べた。米軍のレーションではないか。

缶切りで肉と野菜のハッシュ缶を開け、包装紙にくるまれたビスケットをかじりはじめた三人を見習い、堀江も口にした。電気コンロで沸かしたポットの湯を粉末の野菜スープに注《そそ》ぐ。食後にチョコレートを口に放り込み、タバコを吸った。

堀江らのいる宿舎は、米軍人たちの宿舎からは離れていて、行き来する人はいなかった。基地には軍人向けの食堂や酒場もあるはずだが、そちらに出向いてはならないのだ。

味気ない食事をすませ、空を飛ぶ話に戻る頃、夜の帳《とばり》が降りていた。四日前に、中尾らは横須賀の海軍基地で健康診断を受けたが、不合格の人間がひとり出た。それを知らされた河辺が偶然、堀江を見つけて、中尾に推薦したという。河辺が急いでいた理由が呑み込めた。彼と出会っていなければ、自分はまだ、新橋の総菜屋で働いていたのだ。

興奮がさめず、ろくに眠りも取らないまま、翌朝は六時すぎにベッドから抜け出た。すでに起きていた中尾とともに、朝飯用のレーションを食べた。中尾という稀代《きたい》のパイロットとともに、米軍の訓練を受ける意味について考えた。そもそも、三十五年もの歴史を持つ日本の航空産業すべてを否定するGHQの航空禁止令はあまりに厳しすぎないか。

「いまでも、GHQは日本が空軍を再建して、また侵略戦争をはじめるとでも思っているんでしょうか」

堀江は口にした。

「終戦当時はそう思っていただろう。羽田にあった飛行機はブルドーザーで池に埋めたてられたし、軍用民間を問わず、日本中の飛行機が燃やされたから」しみじみと洩らす。「でも、われわれパイロットっていうのは、いったん空に取り憑《つ》かれたら、地上ではなくて空の人になっちゃうからね」

アメリカとの講和がしきりと報道されているが、そうなった暁《あかつき》には、日本人が自由に空を飛べるのだろうか。そうやすやすと、占領軍が航空禁止令を解除するとは思えない。だからこそ、秘密裏にメンバーが集められ、こうして特別な訓練を受けるのは、別の意味合いがあるのかもしれなかった。

「英語が達者だそうだな」

コーヒーを飲みながら、中尾が口を開いた。

「中尾さんには、かないませんよ」

「これから、毎日、英語責めだ。覚悟しろよ」

「ええ」

「飛びたかっただろ?」

「もちろんです」

「米軍さんらが考えていることは、わからんが、せっかくの機会だ。新しい航空世界をみっちり勉強させてもらおう」

航空世界という言葉が出て、戸惑《とまど》った。

「空を飛べなくなったこの五年で、日本は後《おく》れを取りましたね」

堀江の問いかけに、中尾が首をかしげた。

「昔と違って、いまは、ただパイロットが飛行機に乗って、飛び回るような時代じゃなくなってるぞ。アメリカでは、戦前から全土に無線標識《ビーコン》が設置されて、管制センターも置かれていた。全天候型の航空路網が完成していたんだよ」

「計器飛行で飛べたんですか?」

「ああ。終戦の前年、シカゴで国際航空を統括する国際条約もできた。日本は十年以上遅れてしまったかもしれん」

「……このままじゃ、ますます、おいていかれますね」

「そうならないために、われわれがいる。そう思えばいいじゃないか」

4

翌日も雨の降る小寒い日になった。午前八時、日系二世のタナベが、ふたりの米空軍士官を連れてやって来た。ウォレスとギルバートと名乗った。すぐとなりにあるカマボコ宿舎が訓練場所だった。部屋割りがされていない広い空間は、以前酒場だったようで、丸い壁一面に、裸体の女の絵が描かれていた。黒板の前に四脚《きゃく》の椅子が置かれ、壁には映写用スクリーンが吊《つ》るされている。金髪を短く刈り上げたウォレスにより、英会話の講習からはじまった。続いて航法の講義が英語で行われ、そのつどタナベが通訳した。内容は理解できるものの、専門用語が多く、何度も辞書を引いた。英語の専門学校に通ったこともある中尾はメモを取る程度だったが、片岡と内田は苦労していた。

二日目も似た天気だった。目つきの鋭い、がっしりした黒髪のギルバートによる航空気象の講習が行われた。以降も英会話の講習はずっと続いた。三日目から、ウォレスによる航法の講習が本格化した。

地上の海岸線や鉄道線路などを目視し、地図と比較しながら、目的地に向かう地文《ちもん》航法は、すぐに終わった。しかし、推測《すいそく》航法は時間をかけた。

洋上を飛ぶとき、島影や波の形を測定しながら、飛行中に受ける風や気流、対地速度、そして飛行時間から自機の位置を割り出し、飛行コースを修正しながら飛ぶ方法だ。熟練した技術が必要だが、悪天候下や視界の利かない状態でも飛ぶことができる。戦時中、堀江も航法士と組み、この航法によって、日本からフィリピン、そしてアジア全域を飛び回ったのだ。

翌日も、推測航法の講習が延々と続いた。雨脚《あまあし》がひどくなり、丸いブリキ屋根を打ちつける雨音がうるさかった。午後は、実際に乗る飛行機の操縦を、実地で解説する映画が繰り返し上映された。飛行機の操縦席の模型が運び込まれ、英語のマニュアルが渡された。

脱出方法からはじまり、徹底的に操作方法を教えられた。用語はすべて英語で、速度はノット、高度はフィートで表す。翌日も同様の講習が行われた。地図が渡され、本日付の気象情報にもとづき、航法計算盤による飛行経路の計算と線引き、航法計画書の作成をやらされた。日本の飛行学校時代とは、まるで違う教育方法に目を見張る思いだった。

それでも、堀江はいぶかった。米軍や民間の航空会社の飛行は、大がかりな航空管制が敷《し》かれ、無線《ホーマー》による計器飛行が当たり前になっているはずだが、なぜかその方面の講習はない。

一週間が経《た》った六月五日の朝、オリバーがやって来た。きょうから、実地訓練に入ると言われ、新品の米海兵隊の制服が支給された。気象図とテレタイプの気象情報が渡され、飛行経路のチャートと計画書を作らされた。目的地は大島だった。

「これからは、あちこちの基地に飛ぶことになる」オリバーが緊張した顔で声をかける。「きみたちに説明した通り、今回の訓練は極秘事項だ。日本人が飛行機を操縦していたのが露見すれば、大変なことになる。言っておくが、GHQにも洩らしてはならない。飛行場でも、飛び立ってからでも、いっさい日本語を使うな。その点、くれぐれも注意してもらいたい」

「わかりました」

中尾が代表して答えた。

「かりに日本人から接触してきても、日系の二世か朝鮮系の米国人を装《よそお》ってもらいたい。私物の携行も禁止する。家族にも、この件は秘密にしてもらいたい」

四人は同時にうなずいた。

堀江をのぞいた三人は妻帯者だが、内田の家族以外は、まだ、それぞれの故郷にいる。

ジープに乗せられ、基地を一周した。前日までの荒天はおさまっていた。澄み切った空が気持ちよかった。格納庫は、旧日本海軍のときのままで、B26らしき機体が並んでいるだけだ。

軽フライトジャケットを着込んだ四人に、米軍兵士の異様な視線が集まった。滑走路南端の駐機場で、銀色の機体が陽光に反射して輝いていた。スクリーンで何度も見せられた、ツインビーチの愛称で知られるビーチクラフト18型だ。双発機で垂直尾翼もふたつ付いた均整の取れた中型旅客機。かつて堀江が乗務した中島《なかじま》AT2をひとまわり小さくしたような機体だ。最大速度は三七〇キロ、航続距離は二五〇〇キロもあり、乗客定員は九名。

同じ型の飛行服を着たウォレスとギルバート、ふたりの米人整備兵もいる。どちらも黒人だった。飛行前点検リストを携《たずさ》えながら、飛行機のまわりを歩き、各部の名称と働きを教えられる。外板やアンテナ類の異常のあるなし、各翼の動き、オイルの量など逐一《ちくいち》、点検リストで確認する。

「着陸は気をつけろ」

中尾から声がかかる。

「そうですね」

打ち合わせでは、まず堀江が操縦すると決まっていた。

二本の主脚は翼についているが、あと一輪は尾部《テール》にあるため、正確な三点着陸が求められるのだ。しかし、この程度の機なら、目をつむっても操縦できると堀江は思った。

中ほどにあるハッチが開けられ、ウォレスに続いて四人が乗り込んだ。対面式の椅子のあいだの通路を進み、堀江は区画をまたいで、左側の正操縦席に腰を落ち着けた。五年ぶりの操縦席は、少し硬かった。チャート類を脇に置く。ラダーペダルに足が届くように、座席を前にずらした。目の前に、模型で見たものと寸分違《たが》わない計器類とレバーが並んでいる。期待と不安の入り交じった興奮が湧き上がる。かつて敵国だった国の飛行機の操縦席にいることが不思議な気分だった。パラシュートのハーネスを締め、無線や酸素マスクのホースを接続する。副操縦席についたウォレスの冷《ひ》ややかな目線を感じながら、パーキングブレーキを解除した。緊張しながら点検リストを膝《ひざ》に載《の》せ、声を出して計器類のチェックをはじめる。それがすんで、英語で完了《コンプリート》と声をかけると、ウォレスは黙ってマスタースイッチを指した。

堀江は示されたレバーを押し、主点火スイッチを入れた。レバーで混合気を送り込み、「スタート」のかけ声をかける。右エンジンの点火スイッチを押すと、ぶるんという乾いた音とともに、プロペラがゆっくり回り出した。左エンジンもかける。左右エンジンの回転数を八百回転まで上げる。油圧をチェック。異常なし。模型による訓練通り、順調にきた。うしろにいる三人が、固唾《かたず》を呑んで堀江の操縦を見守っている。

ウォレスが外に声をかけると、整備員が車輪止めを外して、わきに退《の》いた。続けてウォレスは無線のスイッチを入れ、マイクを手に取る。

「管制塔、こちら２７３２、地上誘導を要求、どうぞ（Tower, 2732, request taxi instruction, over)」

と太い声で放った。すぐ応答があった。

「こちら管制塔、滑走路の使用を許可。風向、北西、風速七、送信終わり（This is tower, cleared to runway. Wind north west seven, over)」

ウォレスの「前に」の合図とともに、左手で操縦桿を握り、右手でふたつのスロットルを押し込んだ。とたんに、尻が左に振られた。左右のエンジンの回転数がわずかに違うため、まっすぐ転がってくれないのだ。あわてて左スロットルを前に動かした。速度が増し、今度は右に振られた。滑走路に出る頃、ようやくまっすぐ進むようになった。

5

「中尾さん、猛作戦《たけし》の上野精養軒《うえのせいようけん》以来だろう」

大きな体を畳《たた》むように、あぐらをかきながら、松尾静磨が言った。

縁側《えんがわ》にテニスラケットがある。午後はテニスをやるらしく、運動着姿だ。

「あのときの壮行会、松尾さんは、航空局を代表して参加されていた」

中尾が笑みを浮かべながら答える。

ここは、中目黒《なかめぐろ》にある松尾の官舎。垣根《かきね》に囲まれた、閑静《かんせい》な一軒家の客間だ。日曜日のきょうは、昨日に引き続いて好天だった。

「終戦直前だったな。きみは、熊本《くまもと》にある大日本航空の航空訓練所長をしていた」

「そうでした」

「しかし、南方のシンガポールやフィリピンにいる陸軍パイロットを連れて帰るなんて、正気の沙汰《さた》じゃない」

「こちらこそですよ。当時、陸軍の航空総監をしていた河辺さんから、電報が入りましてね。本土決戦に備えて、仏印プノンペンに集結している九百名の乗員を連れてきてくれっていう」

「軍ではどうしようもなかったから、大日本航空に泣きついたんだよ」

「三宅坂の参謀本部で、河辺さんから『是非、頼む』と頭を下げられましてね」

「そりゃ、すごい。民間相手でも、皇軍トップなら命令一下ですむのに。たしか、MC20で編成したんだよな」

「ええ、空襲のなかった朝鮮の金浦《キンポ》空港を基地にして。十五機、百人態勢でした」

所属こそ違っても、中尾は戦時中から河辺と深いつながりがあったようだ。

「制空権は敵さんに握られちゃってるし、夜しか飛べなかったんだから、命なんていくつあっても足りない」

松尾がピースに火をつけた。

「六月から終戦まで、半分の三百六十五名を連れて帰りましたよ」

「たいしたものだ。中尾さんだからこそ、みんな、ついていったんだ」

松尾の視線が堀江を向いたので、中尾が紹介してくれた。

「そうか、あなたも徴用されて、南方を飛び回ったか」

「はい、猛作戦の頃は、特攻機の輸送《フェリー》をやらされていました」

堀江が答える。

「それも大変だ」

奥方が持ってきてくれたキリンビールで、とりあえず乾杯する。

松尾静磨は電気通信省の外局、航空保安庁の長官。全国の飛行場に航空保安事務所を置き、二千名からの職員を抱える大所帯の主《あるじ》だ。戦前、伊丹《いたみ》空港を作り、終戦後は日本の航空関係を取り仕切ってきた。中尾と同じく、民間航空にかける情熱では引けを取らない。ふたりは、同じ明治《めいじ》三十六年生まれ、四十七歳ということもあり、昔から、互いを尊重し合っていたのだ。

三人になったところで、松尾は中尾を向いた。

「しかし、きみを羽田で見たとき、腰を抜かしたぞ」

口ひげについたビールの泡を、指で拭《ぬぐ》う。

「驚かすつもりは、なかったんですけどね」

「こそこそ、逃げるから。海兵隊の服を着てるし、何だと思ったよ」

金網越しに見つかって、呼び止められたのだ。

「羽田はよく来られますか？」

「何言ってる。羽田は航空保安事務所の元締《もとじ》めだよ。行かなくてどうする？」

「これは、失敬しました」

そう言って、中尾がビールに口をつける。

「羽田じゃ、元パイロットの五十人が、工事監督に励《はげ》んでる。管制こそ米軍だが、空港用のビーコンの建設や保守で大忙しだよ」

「そうみたいですね」

そのようにして、優秀なパイロットを温存しているのだろう。実際、羽田には、飛行場内で働く日本人が多くいる。

「去年、運輸省ができた。うちも、いまは電気通信省の配下だが、まもなく、運輸省の傘下《さんか》に入るかもしれん」

中尾が火をつけたラッキーストライクを、松尾がじっと見る。

「すっかり、進駐軍だな」

「これしか配給されないんですよ」

さあ、という目で松尾が中尾の発言を促《うなが》している。

中尾は、先月初旬、鶏明社を通じて米空軍の将校と会い、米軍機の操縦訓練を行う誘いに応じたことを説明した。訓練は極秘で、決して、外に洩らさないという誓約書を書かされた。訓練は当初、厚木基地で行われ、ひと月近く経ったいまは、羽田空港で続いていると話した。

明かしてしまっていいのか、と堀江はいぶかった。中尾としても、ことはあまりに重大であり、自分たちだけで抱え込むには無理がありすぎる。何より民間航空再開が迫っているいま、松尾にだけは話を通さなければいけないと判断したのだ。しかし、一方の松尾の顔は、みるみる赤く染まり出した。

「わたしに相談もなしに、極秘に訓練……」

そう洩らし、タバコをきつく灰皿に押しつけた。日本人が空を飛ぶのを禁止されているにもかかわらず、勝手に応じたことに対して、中尾に激しい憤《いきどお》りを覚えているようだった。

「GHQではなくて、直接、米空軍から誘いを受けたんだな？」

納得いかない様子で、松尾が問いただす。

「われわれが接しているのは、米空軍の人間だけです」中尾が答えた。「GHQは、いっさい関わっていません」

GHQにも極秘にしろ、と命令されたと中尾が付け足す。最初の十日間は、ビーチクラフト機を使って、相模湾《さがみわん》沖を飛び、藤沢《ふじさわ》飛行場とのあいだで離着陸訓練が行われた、と中尾が続ける。

聞いているうちに、松尾の顔から血の気が引いた。

「マッカーサーの知らないところでやってるわけか？」

「そうです」

「もし、マッカーサーに知られたら、銃殺ものだぞ」

「そう思います」

戦時中、自らも痛めつけられた日本の航空関係すべてをマッカーサーは忌《い》み嫌っている。

松尾は息を吐《は》き、考えをめぐらした。少し落ち着いたようだった。

「ビーチクラフトは、訓練にはぴったりだろう？」

「三日目には、われわれだけの単独飛行でした」堀江が言った。「藤沢飛行場への往復です。教官は滑走路脇の芝生に寝転がってました」

「それもすぐ終わって、夜間飛行用の訓練ですよ」中尾が言う。「日中飛ぶんですが、操縦席の窓に黄色いほろをかけるんです。そのままなら、外が見えるけど、特殊なメガネをかけると、夜と同じように外が見えなくなる。おもしろい仕掛けです」

「ほう、そんなものがあるのか」

しきりと松尾が感心する。

「いきなり、夜間飛行の訓練というのも、ちょっと変だなと思いましたけどね」

「何か下心がありそうだな」松尾が言う。「羽田に移ってからは、どんな訓練だ？」

「先週から、B26に乗ってます」

「マーチンの軽爆か？」

「あれは退役するようで、双発のダグラス・インベイダー。カテゴリーが変わる前、A26と言われていたやつです」

「乗り心地は？」

「旧陸軍の四式重爆と似ていて、軽快です。キビキビ飛んでくれますね。五〇〇キロ出せるし、マスタングと空中戦もできそうです。着陸はクセがありますけど」

松尾は天井を仰《あお》いだ。

「しかし、きみらが操縦する飛行機が、おれの頭の上を飛んでいるとはな」

そう言って、タバコの煙を吐き、中尾を見る。

「あなたを含めて、四人はいま、どこに住んでいるのかね？」

「大森《おおもり》の山王《さんのう》にある接収《せっしゅう》住宅に。土日以外、毎日、米軍が迎えに来ます」

「住まいも極秘か……」やれやれという顔で、松尾はため息をつく。「訓練内容はどんなかね？管制や計器飛行はやってるのか？」

「管制はほとんどありません。推測航法による訓練ばかりですね。とにかく英会話が重点です」

「どこか、遠くへ飛ぶのか？」

戦争中は、海の波頭を見て飛ぶ推測航法で、アジア全域を股《また》にかけて飛んでいたのだ。

「いまのところは、相模湾や遠州灘《えんしゅうなだ》などの洋上を飛んでいます」

「推測航法ばかりか……」松尾は解《げ》せない顔で堀江のコップにビールを注《つ》ぐ。「あなたがたは、英語ができるのか？」

「わたしと堀江はできます。ほかの二名は特訓中ですが、あとひと月もすれば、独り立ちできると思います」

「中尾さんは、英語の専門学校卒だからな」

「大昔ですよ」

「謙遜《けんそん》せんでもいい。四人とも、逓信省陸海軍委託出身なんだろ？」

「そうですね。旧軍にだけ籍を置いたパイロットは、最初から排除すると言っていました」

「どうして？」

「長距離を飛ぶ推測航法に不慣れだからではないか、と思います。それに、旧軍籍の人間が訓練を受けているのが外部に洩れたら、ソ連を刺激しますし。ゆくゆくは、遠くまで飛行機を飛ばすようになるような気もしますね」

「南洋か？」

「わかりませんが」

松尾は意味深げに、中尾と堀江の顔を見る。

「……しかし、どうして飛行が禁止されている日本人を、わざわざ訓練するんだ？」

「講和が近く、そうなれば日本人が航空機の操縦を許されると、言われています」

「だったら、米本土に連れていってやればすむ話だ。おまえたち、クーリエでも、やらされかねないな」

「あり得ます」

米司令部同士の重要文書の送受だ。航空定期便を使わず、文書を持った将校を飛行機で運ぶ。その際、無線は使わず、地文航法と推測航法で飛ぶのだ。

「池田《いけだ》大蔵《おおくら》大臣によれば、来年にも米国との単独講和が締結されるぞ」

松尾の言葉に堀江は驚いた。

「講話を見越して、訓練させるとオリバー大佐は言っていましたが」

と口にした。

「鵜《う》呑《の》みにするな」松尾が堀江に視線を移す。「それと、おまえたちがやっているのは関係がない」

「池田大臣と会われたのですか？」

中尾が訊いた。

「ときどき、呼ばれる。日本人の手に、日本の航空権益が戻ってくるのを、いまかいまかと待ち受けてるよ。わたしのよき理解者だ。吉田首相は反対だけどな」

「首相がそう言ってるのですか？」

「飛行機なんて贅沢《ぜいたく》品だから、外国人にやらせとけと言ってる」

首相がそんなことを考えていて、講和後は大丈夫なのだろうか。

「なにか、魂胆《こんたん》があるぞ」松尾は低い声で続けた。「こうして、きみがわたしに話していること自体、米軍との約束を破っていることになるが……日曜日は自由なのか？」

「土日は自由になりました。わたしと堀江くん以外のふたりは、自宅に帰っていますから。尾行もありません」

「きょう以降は、気をつけろよ。わたしと会ったのがばれたら、それこそ元も子もない」

「わかりました」

「いま、うちじゃ、全力を上げて航空法の策定に入ってる。あんた方の飛行訓練が公《おおやけ》になったら、蜂《はち》の巣《す》を突《つつ》いたような騒ぎになるぞ。これからも秘匿《ひとく》でいくしかない」

「そのつもりでいます」

松尾は思案げに首をかしげた。

「……しかし、これは、いつか使えるな」

とひとりごちる。

航空保安庁も講和が近いと判断し、日本に航空権益が戻ってきた日に備えて、航空法を作っているのだ。しかし、後段で松尾が洩らした言葉の意味は、堀江にはわからなかった。

「それより」松尾は続ける。「問題は、日本の国内航空路だよ。明日付で、マッカーサーが開設許可を出す。日本に乗り入れている外国の航空会社に対してだ」

「日本は外されているのですか？」

中尾が驚いた顔で問い返した。

「新聞を読んどらんのか？　航空禁止令は解けておらんぞ」

「いまは読みますが、訓練に入った直後は、読む機会がありませんでした」

松尾は床の間にある書類の束《たば》から、新聞紙を引き抜いて卓袱台《ちゃぶだい》に広げた。

『国内航空路の開設　マッカーサー元帥《げんすい》許可　運営は外国会社』

の見出しが、目に飛び込んできた。

六月十六日の朝刊だ。中尾とともに、記事に目を通す。

GHQ渉外局発表、scap2106覚書。総司令部係官は、十五日、このほど日本における国内航空路の開設が、連合国軍最高司令官によって許可されたと発表がなされた。日本国内の民間航空サービスに対する要望に鑑《かんが》み、日本側経営によらざる国内航空路の開設を許可したものである。なお、本年一月一日以前に日本まで航空路を開設した国際航空会社に限る。パン・アメリカン、ノースウェスト、ワールド、トランスオーシャン、カンタス、ブリティッシュ、エンパイア、カナディアン、パシフィック、シビル、フィリピン。

航空便は日本人も利用でき、国鉄の二等料金よりも若干《じゃっかん》高めの料金設定。北は北海道から南は奄美大島《あまみおおしま》までカバーする路線で、三十六人乗りのDC3型機を利用する。年内にも運航開始が予想され、日本人はエアガールとして採用されるが、操縦士、その他の技術者は採用されない、と書かれていた。

中尾が上体を前に倒し、松尾を見た。

「こんなことが許されたら、日本人の手に空が戻ってくるなんてありえん」

声に悲壮感が満ちていた。堀江も怒りに似たものがよぎった。

「負けた国はどこでもそうだ。ドイツなんか見てみろ。ベルリン封鎖をいいことに、英米の航空会社が、好き放題、国内路線を飛んでるぞ」

松尾の言葉に、中尾がはっとした顔で息を吞む。

「ノースウェスト航空が猛烈にGHQに食い込んでる」松尾が言う。「ほかに厄介《やっかい》なのは、パンナムだ。バックに白砂次郎《しらすじろう》氏がいる。オヤジの吉田首相を味方につけて、今年のはじめ、パンナムはGHQから認可を勝ち取る寸前までいった」

「貿易庁長官だった、あの白砂？」

松尾は苦い顔でうなずく。

「パンナムは南米と北米を牛耳《ぎゅうじ》ってる。ノースウェストとは仇《かたき》同士だ。そんな航空会社が日本の国内路線を取ってみろ。それこそ、日本の空は永久に日本人の手に戻ってこんぞ」

「認可は下りなかったわけですね？」

「アメリカだけの利益になるからって、ほかの国から文句が出た。でも、事は複雑だ。去年までは、日本の国内定期航空路線を、GHQ本体も狙《ねら》っていた」

「どういうことです？」

「マッカーサー専用機のパイロットで、ストーリー少佐というのがいる。こいつに、去年の暮れ、GHQまで呼び出しをくらった。衛兵に取り囲まれたり、さんざんだったが、何、言われたと思う？　国内定期航空路線の会社を作るから、ついては、おまえが副社長になれと、こうきた」

「松尾さんを副社長に？」

「ああ、航空機材はアメリカ本国から持ってくるから、営業や切符売りなどを日本側がやれと。

役員もずらっと名前が出ていて、細かな定款《ていかん》もあった。その場で、引き受けるかどうか、決めろとすごまれたよ」

「マッカーサーの小遣い稼ぎじゃないですか？」

中尾が言った。

「たぶんな。ホイットニーあたりが思いついたんだろう」

ホイットニーは、マッカーサーの側近中の側近。日本の民主化を引っ張ってきた親玉だ。弁護士で、ソロバンを弾《はじ》くのに長《た》けている。

「その話は、まだ生きているんですか？」

堀江は口にした。

「どっちも、まだ、生きてる話だよ」松尾がつぶやく。「問題は白砂氏だ」

「日本製鉄広畑《ひろはた》製鉄所を売り飛ばそうとした白砂か」

中尾が言った。

「よく知ってるね？」

「日本一の製鉄所を、イギリスに、二束《そく》三文《もん》で売り渡そうとした張本人でしょ」皮肉っぽい口調で中尾が言う。「ご破算《はさん》になりましたが、わたしのお膝元の九州じゃ、去年、その噂《うわさ》で持ちきりでしたから」

白砂次郎の名前は、新聞や雑誌によく出てくる。四月には、連合国との講和問題で、池田大蔵大臣とともに渡米して新聞紙面を賑《にぎ》わせたばかりだ。イギリスのケンブリッジ大学卒の英語の達人で、欧米人を前に、一歩も引かないらしく、吉田現首相とのつきあいも古い。吉田から終戦連絡中央事務局参与に指名され、ＧＨＱと丁々発止《ちょうちょうはっし》の渡り合いをしたことで名前を売った。民間人でありながら、政治工作に巧《たく》みで、貿易庁長官にも就任し、去年は通商産業省を設立した。いまは、政界から身を引いているらしいが、その辣腕《らつわん》ぶりは堀江まで届いているのだ。

「そうだな。鼻が利く。この四月の渡米も、講和問題なんかそっちのけで、単独でニューヨークに行っていたらしい」

「パンナムと交渉するために？」

「利権のあるところ、白砂氏はどこにでも顔を出す。そして、必ずもめる。しかも、今回は日本製鉄から二連敗だ。しゃかりきになって、また取りに来る」

航空行政に口を突っ込んできた白砂次郎を、松尾は、本気で恐れているようだった。

「どっちにしたって、国内定期便を外国人が好き放題やるのを黙って見ている国なんかどこにもない」松尾は拳で卓袱台を叩く。「戦争に負けたからって、あくまで民間事業だ。外国勢力に明け渡すのは断じて許さん」

「でも、マッカーサーの通告には、かなわないじゃないですか？」

中尾が苦しげに発した。

「そこなんだ」松尾が睨《にら》みつける。「占領軍の通告は通告だ。でも、この日本で民間航空に免許を与える仕事は、運送免許を扱う日本の運輸省じゃなきゃおかしいだろ？」

「……とは思いますが」

「ＧＨＱも今回に限って、単独では動けない。外国の目もあるから、裏でアメリカ本国の民間航空局と詰《つ》めている。とにかく、おれはこれから、この通告の中身を徹底的に突くつもりだ」

「GHQに乗り込むんですか?」

「そんなことは許されんよ。近いうち、山崎《やまざき》運輸大臣と会う。国内定期便の許可を与える仕事を、このわたしが握るように依頼する」

「航空保安庁はまだ電気通信省の所管じゃないですか?」

中尾が疑問を呈《てい》する。

「山崎大臣もおれと同じ考えだ。うちが丸ごと運輸省に移れるように、算段してもらうしかないだろ」

「なるほど」

感心する中尾を横目に見ながら、松尾が立ち上がり、縁側に立った。

「梅雨の晴れ間だな」松尾がラケットを持ち、両手を上げて背筋を伸ばす。「きょうは、加茂《かも》くんていう子の家でテニスだ」

中尾も並んで立った。

「中尾くん、こっちのほうはどうだ?」

と松尾はラケットで、ゴルフクラブを振る仕草をする。

「今年に入って、一度も」

「きみほどのゴルフ好きが、よく我慢できるな。堀江くん、知ってるか? この御仁《ごじん》、ニッポン号で世界一周やったとき、アメリカでゴルフクラブを買ったが、その分、重量オーバーになって燃料を抜いたんだぞ」

「その話は聞かせたくなかったな」中尾が言う。「好きこそ、なんとやらです。いまに、飽きるほどやらせてもらいますよ。松尾さん次第だけどね」

松尾は中尾の横顔を振り返った。

「おいおい、こっちこそ、中尾さん、あんたが肝《きも》だよ」

「わたしは、一パイロットに過ぎないですよ。日本人の手に翼が戻ってくるのは、松尾さん、あなたの双肩《そうけん》にかかってますから。間違っても、外国資本に明け渡さないでください」

「買いかぶるなよ。何事にも、GHQのご意向ってものがある。まずは講和だ」

「米国と単独講和ですね？」

「それしかないよ」

共産党や一部の知識人は全面講和を叫んでいるが、戦勝国すべてとの講和など、ありえないと堀江も思う。

奥方が「ラジオでおかしなものが」と言ってきたので、居間に移った。ラジオのボリュームを奥方が上げる。

「……UP通信によりますと、朝鮮半島の三十八度線地域において、北朝鮮は日曜日の朝、すべての境界線で全面攻撃を開始した模様です。こちらNHK第一放送、臨時ニュースを申しあげます。UP通信――」

松尾が顔をしかめ、中尾も雷に打たれたように、じっとして動かなくなった。

新聞に掲載される朝鮮半島情勢は、悪化の一途をたどっていた。戦争が間近いと扇動するような見出しもあった。あれが現実になったのか……。堀江は固く拳を握りしめ、ラジオのスピーカーを見つめた。

昭和二十五年六月二十五日。日曜日、午前十一時五十五分を過ぎていた。

6

六月二十九日、木曜日。

羽田を飛び立ってから四時間。元帥専用機バターン号が水原《スウォン》に着く時刻が近づいていた。相変わらず、厚い雲に覆《おお》われて、地上は見えなかった。怒濤《どとう》のような北朝鮮の侵攻がはじまって五日目。首都ソウルは陥落《かんらく》し、大韓民国大統領李承晩《イスンマン》は、列車で大田《テジョン》に落ち延びている。金浦空港はすでに敵の手に落ち、ソウル南方三〇キロにある水原飛行場が唯一《ゆいいつ》残されているだけだ。

飛行機が右向きに針路を変え、下降態勢に入った。レーダーによる着陸誘導管制《GCA》がはじまった。厚い雲を抜けると、低い山並みに囲まれた水原飛行場が視界に入った。滑走路の北側で、黒煙が横になびいていた。バンカーは目を見張った。バターン号と同じく、ダグラスDC4を改造したC54軍用輸送機《スカイマスター》が、尾翼部分を跳ね上げるように、燃え上がっている。機体の前半分が爆発により、すっ飛んで消えていた。

爆音とともに、ジェット機のF80シューティングスターの編隊が横切っていった。滑走路が間近に迫ってくる。長い滑走路はところどころ、イボのような穴が開いていた。爆撃の痕《あと》だ。着陸の障害にならなければよいが、とバンカーは胸で十字を切った。

機が左右に翼を振った。水平に立て直されたと思ったら、いきなり急降下し、ドスンと音をたてて着陸装置が接地した。荒っぽい着陸だった。護衛についていた四機のマスタングは、飛行を続けて哨戒《しょうかい》態勢に入った。午前十時半になっていた。

管制塔の前で飛行機が停まり、タラップがかけられた。マッカーサーが一番先にドアの前に立った。色あせたカーキ色の軍服。マッカーサーは双眼鏡を首にかけ、黒のサングラスをかけた目で滑走路を見渡した。

タラップの真下に、チョゴリ姿の李承晩大統領が待ち構えている。パナマ帽をかぶり、色黒の顔の、細く光った双眸《そうぼう》がマッカーサーに向けられていた。降り立ったマッカーサーに歩み寄り、両手を差し出す。

「ようこそ、おいで頂いた、わが友、元帥《ゼネラル》」

流暢《りゅうちょう》な英語で、李が声をかける。

「参りました。大統領閣下」

七十四歳になる李が抱きつくように、マッカーサーの腰に手を回した。頭ひとつ分、李が低い。そうしてから、体を離し、互いの顔を見合わせた。

「元帥がはるばる来られて、わたしは天にも昇る気持ちです」

「もっと早く来るべきでした。遅くなって、申し訳ありません」

「とんでもない。この非常事態にわざわざこうして来てもらえるだけで、どれほどうれしいか、言葉にできません」

分厚い雲を通して、機銃の掃射《そうしゃ》音が響いていた。空中戦が展開されているようだ。

泥にまみれた背広を着たムチオ大使の手が伸びた。メガネをかけた気難しい顔で、「お出《い》でいただき、感謝に堪えません」と声をかける。

「きみこそ、韓国《かんこく》在住米国民の引き揚げを成し遂げてくれた。ありがとう」

米極東空軍は、輸送機を使って韓国在住のアメリカ人を避難させたのち、様々な補給の輸送をはじめている。

「当然のことですので」

「着替えはないのかね？」

「昨日、大田に向けてこちらを出発する間際、ソ連製のヤク戦闘機に襲われました」

「それは運が悪かった。ここには、飛行機で戻ってきたのだろう？」

「はい、わたしも、李大統領も、あちらのやつで」

指さす先のエプロンに、蚊《か》のような、みすぼらしいL5型偵察機が二機、停まっている。

「ほんの一時間前です」ムチオが言った。「大田を離陸直後に、わたしたちもヤクに襲われました。わたしの乗機は難を逃れたのですが、李大統領の機は、しつこく追われてしまって」

L5は操縦士のうしろに、ひとり分の座席があるだけだ。武装もない。

李が控《ひか》えていた男を前に出し、その肩を強く叩いた。

「この朴源 孝《パクウオンヒヨ》大尉が、見事な操縦で切り抜けてくれたんです」李が手真似《まね》をして続ける。「低空飛行で谷間に逃げ込んで、木に触れるほどのところをずっと飛んだのですよ。大尉がいなかったら、わたしは、とっくに死んでおりました」

朴は思いがけない言葉に背筋を伸ばし、さっと敬礼した。剃《そ》ったように眉は薄く、四角く骨張った顔が緊張していた。切れ込んだ大きな目が印象的だった。三十歳手前だろう。

「それは素晴らしい働きだ」マッカーサーが力をこめて、朴の腕をとった。「きみのような軍人が韓国軍にいてくれて、大統領もさぞかし心強いだろう」

李がさかんにうなずきながら、

「この二月、日本へ飛んだときも、操縦席におりました。勲章を授与せんといかん」

悪化する一方の日韓関係を改善するため、マッカーサーが李を日本に呼んだのだ。

「そう、なさるべきです」

「こころえました。さ、まいりましょう」

李とともにマッカーサーは、歩き出した。

そのとき、空を裂くような音が響き渡った。

真正面に二機のプロペラ機が現れた。ヤクだ。対空機関銃が火を噴いた。息つく暇もなく左手から、耳をつんざくような飛来音とともに、ジェット機が出現した。四機のF80が、ヤクの飛行経路めがけ、猛烈なスピードで突っ込んできた。ヤクがあわてて、機首を切り返す。小さな黒いものが地面に落ちてきた。爆弾ではないか。

「庇《かば》え」

幕僚たちが、マッカーサーにのしかかるように地面に伏した。

一〇〇メートルたらずのところで、爆発音が轟《とどろ》いた。地面が揺れ、煙が上がった。

間一髪だった。上空では、機銃の掃射音が響いていた。背面を見せ、雲間に入ろうとしていたヤクが、ぱっと火に包まれた。もう一機も、火だるまになった。尾を引くように黒煙を吐きながら、地上に落ちた。オレンジの閃光《せんこう》とともに、二機は粉々になった。

マッカーサーは立ち上がり、ほこりを落とした。

「わが友、元帥」李が青ざめた顔で声をかける。「荒っぽいスターリンと金日成の歓迎挨拶《あいさつ》でしたな」

「そのようです。ふたりにはたっぷり、お返ししないといけませんな。それにしても、大統領閣下、ご無事で何よりでした」

「ありがとうございます。元帥、米軍による攻撃はどうなっていますか?」

李が不安げに尋《たず》ねる。

「芦屋《あしや》基地からB26の編隊が繰り返し出撃しております。それから沖縄の嘉手納《かでな》基地から発進したB29が現在、金浦空港を爆撃している最中です。F80もこの通り」

とマッカーサーは空を飛ぶF80の編隊を指した。

「トルーマン大統領閣下はなんとおっしゃっていますか?」

「昨晩、韓国軍への武器供与を正式に発表しました。同時に中国共産軍による台湾《タイワン》への侵攻を阻止するため、米第七艦隊を台湾海峡に派遣するとも」

「中共軍の具体的な動きはあるのですか?」

「いまのところ、侵攻の兆候はありません」

「それは台湾も心強いでしょうな」

「ええ」

これまで、米国は蔣介石《チャンチエシー》率いる台湾の国府《こくふ》に、まったく信頼を寄せていなかったが、中国の侵攻が現実味を帯びたため、やむなく介入に踏み切った。

ふたりは談笑しながらジープに乗り、GHQの前線指揮所《ADCOM》に移動した。バターン号は爆撃の危険を避けるため、いったん離陸して水原から離れた。マッカーサーが日本に帰る直前に、戻ってくるのだ。

ADCOMにあてられた農業試験場の部屋には、チャーチ准将《じゅんしょう》らによる戦況報告図が貼《は》り出されていた。到着すると、李大統領が真っ先に挨拶した。

「わが韓国は危急存亡のときを迎えている。一刻も早いアメリカの大規模な支援を心の底から望んでいます」

「わかりました」マッカーサーが丁寧に応じる。「具体的には、どのような支援が必要でしょうか？」

「日本に駐留《ちゅうりゅう》しているアメリカの地上軍です」

「米陸軍第八軍ですね。本日中にも、ワシントンにいるペイス陸軍長官に派遣を要請するつもりです」

マッカーサーは自信たっぷりに答えた。

動乱勃発《ぼっぱつ》直後はショックで沈んでいたが、いまは十歳も若返ったように見える。

「ぜひともそう願いたい。北朝鮮のうしろにはソ連がいる。もはや、米海軍や空軍だけの支援では歯が立たないのです」

白髪を揺らし、感情をこめてソ連と口にした李承晩は、筋金入りの反共主義者だ。若い頃から、朝鮮の独立運動に関わり、日本に対して、激しい憎しみを抱《いだ》く反日派でもある。四十年前の韓国併合時、上海に置かれた大韓民国臨時政府の大統領になった。このとき、米国に対して、ひそかに、独立ではなく、国際連盟による委任統治を依頼していたのが発覚して、李は糾弾され、大統領職も失い米国へ逃亡した。長い米国滞在で日本の脅威を叫びながら、有力者の知己《ちき》を増やし、戦後、彼らのツテで、韓国に帰還した。その頃、朝鮮半島では、朝鮮人民共和国の建国が宣言され、李承晩のほかに共産党を標榜《ひょうぼう》する金日成も新政府の一員として名をつらねていた。しかし、反共主義者である李は、金日成が気に入らず、アメリカの要人に働きかけて南北統一を潰《つぶ》した。そのあと、朝鮮半島南部で大韓民国、北部では金日成を首班とする朝鮮民主主義人民共和国が相次いで建国され、南北に分断された。

財閥と結びついた李承晩は、初代大韓民国大統領の座に収まったものの、親日派の粛清《しゅくせい》をはじめて、いまに至っている。ひそかに政敵を葬《ほうむ》るのも辞《じ》さない、強権的な独裁政治家だ。

「おっしゃる通りだと思います。大統領閣下」マッカーサーが続ける。「二月に東京でお会いしたときのことを覚えていらっしゃいますか？」

李は大きくうなずいた。

「もちろんですとも。この老体を励《はげ》ましていただいた言葉を忘れるはずがないではありませんか」

「そうです。大統領閣下」マッカーサーは胸を張って答えた。「ソ連か中国が朝鮮半島に攻め入ってきたら、わがアメリカは、原爆をも辞さない覚悟でこれを阻止します」

李は感極まった顔で、

「原爆を」と口にした。「それを信じてよろしいのですね？」

「もちろんです」

「ありがとう、ありがとう」

李が相好《そうごう》を崩し、ちぎれんばかりにマッカーサーの腕を握った。

そのわきで、李を支えていた朴源孝の背筋が伸びたのをバンカーは見逃さなかった。

7

七月十一日。

京浜《けいひん》急行大鳥居《おおとりい》駅前を通り過ぎた。焼け野原に立つ糀谷《こうじや》の工場の煙突から、白い煙が上がっている。タナベの運転するプリムスは、空港方面に向かう新道に入った。申し訳程度に舗装《ほそう》された沿道に、安バラックの商店が、欠けた櫛《くし》の歯のようにまばらに建っている。そぼ降る雨の中、トラックとバスに前後を挟《はさ》まれ、場末の新開地を走る。山王の宿舎を出てから、堀江のとなりに座る片岡は、B26のパイロット・マニュアルと首っ引きだった。その横の内田も、険《けわ》しい顔でインストラクション・ブックをめくっている。どちらも英語だ。

「しっかり、勉強してくれ」助手席から中尾が声をかける。「じゃないと、全体責任で、わたしらも落ちちゃうから」

「そりゃ、あんたらは英語が得意だからいいけど」内田が陰気そうに訊く。「だめだったら、どうなるのかな?」

「学校じゃないから、落第はないですよ」

堀江が代わって答えた。

「土日つぶして、試験勉強やってきたんだよ。だめだったら、もういいや」

あっけらかんと、片岡がマニュアルを放り出した。

「紙の試験なんて、あてにならん」不服そうに内田が言う。「だいたい、実地で飛ばしてるんだから、いいかげんにしろだ」

タナベは涼しい顔で聞かぬふりをしている。

海老取川《えびとりがわ》にかかる弁天橋《べんてんばし》を渡り、検問所でMPのチェックを受けて、羽田空港の場内に入った。ここから先は、一般の日本人の立ち入り禁止地区だ。砂漠のように、広く殺風景な敷地は、芝生《しばふ》以外に一本の樹木もない。大小様々な建物や施設がひとかたまりずつになって、点在している。ターミナルが近づくと、沿道の両側に格納庫や倉庫が軒を並べるようになった。駐機場には、米軍の輸送機や旅客機が並んでいる。

「軍用機は飛んでませんね」

滑走路方向を見て、堀江が言った。

「福岡の板付《いたづけ》基地からが多いんだろ」

中尾が言う。

「半島に近いから」内田が言う。「もう、灯火管制はないのかな」

「あれは先月の二十九日だけだったでしょ」

開戦四日後の二十九日夜、正体不明の飛行機が一機、北九州に近づいた。警戒警報が発令され、灯火管制が実施されて、戦闘機が飛び立った。ラジオで報じられ、号外も出て、いよいよ日本も戦争かと、全国民が肝《きも》を冷やしたのだ。

「板付にそんな優秀なレーダーなんてあるのかな」

内田がいぶかしむように言う。

「志賀島《しかのしま》のレーダーが睨みをきかせてるから」中尾が声を低める。「まだ、警戒は怠《おこた》らないよ」

博多《はかた》湾に浮かぶ志賀島には、朝鮮半島南端の釜山《プサン》あたりまで、飛行物体を探知できる米軍の巨大レーダーがある。警戒警報の話題で持ちきりだった先月末、中尾から聞いた話だ。

「ここだって、軍事基地なんだから、いまにソ連機が飛んでくるぞ」内田が言う。「そうなったら、東京も戦時中に逆戻りだ」

悲観的な内田だが、大げさではない。米軍は六月末、地上軍の投入を決め、先週はマッカーサーを司令官とする国連軍もできた。しかし、その国連軍は北朝鮮軍に押しまくられ、水原はおろか、その南の天安《チョナン》まで後退している。北朝鮮軍の勢いは止まりそうにない。米軍は三十八度線以北の平壌《ピョンヤン》まで、B29による爆撃を続行中だが、焼け石に水のようだ。

「日本だって軍隊ができたから、平気だよ」

軽い口調で片岡が言う。

「国警の増員か？　あんなもの、軍隊とは言えん」

七月八日、マッカーサーが吉田茂に対して警察予備隊創設を指示した。警察予備隊として、七万五千人の募集が行われているのだ。

「進駐軍はぜんぶ動乱に駆り出される」中尾が言った。「日本は日本人の手で守れということだよ」

「手のひら返したように、まったく」内田は神経質そうに窓ガラスを叩いた。「きょうはこの天気じゃ、飛ばんんか」

昨日までの好天から打って変わって、風は強く、低い雲が垂れ込めている。

米軍教会のところで左に曲がり、教習用に使われている二階建ての建物前で停まった。雨をよけるように、足早に入る。

スクリーンが取り付けられた一階の教習部屋は、先週と変わりない。ウォレスとギルバートにより、学科試験を受けさせられた。二種類のマニュアルから抜き書きされたものばかりで、解答には困らなかった。昼前に終わり、天候が回復すれば、午後は飛行訓練をすると言われた。近くにある食堂でハンバーガーとコーラの昼飯を取り、堀江は中尾とともに、ターミナルに足を向けた。雨はやんでいた。日本人は立ち入り禁止区域なので、ひとりもいない。すれ違うGIは、海兵隊の服を着ている堀江に見向きもしなかった。どちらも、貧弱な外観だ。ターミナルは、国際線と国内線の発着所が距離を置いて立ち並んでいた。どちらも、貧弱な外観だ。国内線の発着所は、できあがったばかりで、まだ使われていない。それでも、中尾は気になるらしく、四角い建物の窓から中をのぞき込んでいる。

堀江はひとりで国際線の発着所に足を踏み入れた。戦時中、中華航空にいた頃、何度も来た場所だ。あの時代、客は軍人やアジア各地に赴任する公務員や記者に限られていたが、いま日本人はひとりもいない。通路突き当たりの右手にある食堂は、空《す》いていた。反対側の待合室は、一般客や軍人の搭乗客で賑わっていた。荷物検査所も接続していて、ここから滑走路《かっそうろ》に出るのだ。

朝鮮動乱がはじまっても、国際線の定期便は、定刻通り運航している。時差の都合で、離着陸は夜間が多いが、この時間帯は台湾便と香港便があるようだ。乗客は外人ばかりだった。

外に出てみた。米軍の男たちが、タバコをふかしながら、鉄パイプの長椅子に座って飛行機を見物している。目の前に、巨大なナマズのような形をしたパンナム航空のストラトクルーザーがあった。左手の駐機場には、ずんぐりしたグローブマスターやスカイトレインが並んでいる。どれも、米軍輸送部隊《MATS》のものだ。最前列の席に、米軍の将校服を着たアジア人っぽい男がふたりいた。手前にいる若い男が、タラップを動かそうとしている作業員の動きを観察していた。角張ったその横顔を見て、息が止まりそうになった。

「宮木」

呼びかけると男はこちらを向き、まじまじと堀江を見つめた。

「……堀江兄《にい》」

言うなり、席を立ち、堀江に飛びついてきた。

「元気だったか？」

堀江が声をかけた。

「はい、ご覧の通り、ぴんぴんしてます」

宮木紀夫《のりお》こと、朴源孝は、堀江の体を離し、切れ長の大きな目を輝かせた。

「どうして、こんなところに？」

「こっちこそですよ。何ですか、これは？」

朴は堀江の着ている軍服の肩口に手を当て、好奇心に満ちた顔で訊いた。

堀江は、朴をとなりの男から引き離して、

「ちょっと事情がある。訊くな」

と念を押した。

朴はまごつきながらも、首を縦《たて》に振った。

「いつから、米軍に入ったんだ？」

堀江は訊いた。

「これですか」朴は着ている将校服を叩いた。大尉のピンバッジが襟《えり》で光っている。「こいつが、いちばん重宝《ちょうほう》するようですから。どこでも手に入るし」

将校服はＰＸで売っているが、身分証明なしでは買えないはずだ。

深くは訊かないことにした。自分のこともある。

「ちょうど五年だな」

堀江の言葉に、朴がすぐ反応する。

「そうですよ、もう五年になります」

朴は開城《ケソン》の市議会議長を務めた親日派の父親を持つ。高校を卒業した昭和十五年、少年飛行兵に志願し、米子《よなご》地方航空機乗員養成所に入った。操縦成績優秀で、松戸中央航養所を経て、母校の米子乗員養成所の教官を拝命した。その後、陸軍航空輸送部に転属し、フィリピンからビルマ、タイの全戦域にＤＣ３でパイロットたちを運んだ経歴の持ち主だ。終戦の年、乗機不足で堀江がいた鞍山に転属してきた。当時から軍きっての技量を持つ操縦士だったのだ。

「終戦は鞍山で迎えたんだろ？」

「いえ、奉天で。鉄西区《てっせいく》の工場街で暴動が起きて大火災でしたよ。たまたま近くにいて、このざまです」

鉄西区には、二千を超える重工業の工場があった。いまでも、奉天は中国国内で有数の重工業都市として発展しているはずだ。

朴は着ている服の袖口《そでぐち》をめくり、右手前腕を見せた。肘《ひじ》のあたりに、火傷《やけど》のケロイドが残っている。

「十九日の朝、奉天北飛行場にソ連の戦闘機がやってきて占領されました」

と朴は続ける。

「おまえはどうしたんだ？」

「戦勝国民扱いで何事もなく、安東《アントン》行きの汽車に乗って朝鮮に帰りました」

「そのあとは？」

「国防警備隊に入って、そのあと陸軍歩兵学校、陸軍航空隊、去年の秋にできた韓国空軍に横滑りです」朴は大げさに敬礼して見せた。「軍番157、朴大尉であります」

韓国に、空軍などあったのか？

素朴な疑問が湧《わ》いたが、訊かないでおいた。

「家族は無事か？」

「どうにか、逃れて、いまは蔚山《ウルサン》の親戚の家にいます」

「それはよかった」

釜山の北だから、安全だろう。

「堀江兄の家族は？」

唯一の生き残りになったことを話した。

「そうか、長崎だし……韓国空軍は千九百名ほど、おりますよ」

疑問を解くように朴が言った。

「けっこうな数じゃないか」

「韓国空軍の創設者はみな、旧陸士出身か少年飛行兵上がりです。若いですよ」

「装備は？」

韓国に、戦車や戦闘機などの兵器は与えられていないはずだ。

「偵察機と練習機、あわせて二十機ほどです。李大統領がマッカーサー司令官に依頼して、マスタングを十機ほどもらい受けました。現在、仲間が板付で受領、飛行訓練を受けています」

「板付から来たのか？」

「はい。さっき、米軍の連絡機に乗せてもらって着いたところです」朴は、となりにいた六十がらみの男に視線を振った。「あの方の操縦士兼護衛です。わたしは、ほかの航空機の操縦を習ったり、米軍との連絡役で、しばらく横田《よこた》基地の韓国空軍司令部に滞在します」

戦時中から、操縦教官を務めていた朴にとって、単座戦闘機の操縦など、目隠しされてもできるはずだ。

朝鮮半島の戦局を訊くと、朴の顔がみるみる曇った。

「将校が逃げ出したりして、韓国軍は総崩れですよ。とにかく、北朝鮮の戦車はめっぽう強いです。地雷もだめだし、バズーカの弾も跳ね返されますからね」

「ソ連の戦車なんだろ？」

「ええ、T34。ばけものです。運転はソ連兵です。ヤクだって、ソ連兵が操縦してますから」

「本物のソ連兵を見たのか？」

「戦車乗りは何人も目撃されています。飛行機も、米軍のF80のパイロットは見ています」

「……韓国は保《も》つのか？」

このまま押されれば、海に蹴《け》り落とされてしまうのではないか。

「国連軍ができたし、まもなく、李大統領はマッカーサー司令官に作戦指揮権を譲ります。でも、米軍がよっぽど、兵力を増援してくれなければ……わたしたちは祖国を失ってしまう」

力なく言ったので、堀江は朴の肩に手をあて、さすった。目の端《はし》に、朴の横にいた男が入った。

「あれ、誰だ？」

「李大統領側近ですよ。一昨日《おととい》まで、大統領とともに釜山にいました。韓道峰《ハンドオボウ》さんです」

堀江と目が合うと、韓は歩み寄ってきた。顎《あご》の張った小柄な男だ。薄い銀髪を、丁寧にとかしている。唇を引き結び、温和そうな笑みを浮かべ、手をさしのべてきた。

「村井恵《むらいけい》です」

流暢《りゅうちょう》な日本語で名乗られたが、珍しいことでもない。

値踏みするように、こちらをじっと見つめる小さな目に、したたかなものを感じた。

「景武台《けいぶだい》にいらしたんですね？」

ソウルの大統領府だ。

「いえ、わたしは学生時代から、ずっと日本です。いまは韓国代表部に籍があります」

韓国代表部と言われても、何のことかわからなかった。

「村井さんは李大統領の信任がとても厚くて、韓国と日本を行き来してます」朴が言った。「おかげでわたしも、往復の飛行機で、操縦見習いをさせてもらっています」

「何に乗るんだ？」

「ジェット機以外は、ひととおり乗ります。C47からB29まで」

どちらも、大型の輸送機と爆撃機だが、戦中からDC3に乗っていた朴にとっては朝飯前だろう。

「彼は李大統領直属のパイロットで、操縦技能がずば抜けていましてね」村井が言った。「韓国空軍で、大型機の操縦ができるのは彼しかいない。もうじき、米軍から航空機の貸与がはじまるので、米軍の全航空機の操縦を覚えろと厳命されているんです」

「それは大変だ」

「先月末、マッカーサー司令官が水原に来た日です。彼が大田から偵察機に李大統領を乗せて水原まで飛びましたが、このとき北朝鮮の飛行機に襲われて、間一髪のところを逃げ切りました」

「そんなことがあったのか」

朴は照れくさそうに、

「しかし、遅いですね」

と腕時計を見ながら言った。

韓国代表部は、銀座の服部《はっとり》時計店の四階にあり、そこから迎えが来るという。服部時計店の一階は進駐軍のPXだ。

村井は電話をかけてくると言い残して、ターミナルに入っていった。

「あの方、李大統領と同じく、とても熱心なクリスチャンです。李大統領が日本に住んでいたときも、寝起きをともにしていたそうですから」

一九〇四年当時、独立運動に加担して投獄されていた李大統領は、その年の八月、特赦《とくしゃ》で出獄してすぐ、日本に渡った。このとき、明治学院《めいじがくいん》の神学部の学生だった韓は、クリスチャン仲間から紹介され、李大統領が渡米する十二月まで、鎌倉《かまくら》に一緒に住んでいたという。

「四十年来の同志というわけか」

日本の新聞に、大の日本嫌いを喧伝《けんでん》されている李大統領だが、日本に住んでいた時期があったのは、驚きだった。

「李大統領は、この四十年間のほとんどアメリカにいて、外から韓国の独立運動を指揮していましたけどね。いずれにしても、韓さんには、変わらず信任をおいています」

「重要人物じゃないか」

「そうです。しかし、大きな飛行場になりましたね」滑走路に視線を移しながら朴が言った。

「戦時中は直交する八〇〇メートルの滑走路が二本あっただけなのに」

「そうだった」堀江はターミナルの反対側を向いた。「終戦の年、海老取川から、こっち側に住んでいた千三百世帯を立ち退かせ、海を埋め立てて、全体は三倍以上になったらしい」

「すぐ、二一〇〇メートルと一六〇〇メートルの滑走路を作ったんでしょ?」

「うん。米軍の飛行場建設部隊が、間組《はざまぐみ》や大林組《おおばやしぐみ》を使って、半年で完成させたようだ。いまじゃ、酒場もボウリング場も映画館も、何だってある」

「あれは管制塔?」

赤と白のペンキで塗られた塔を朴が指した。

「そうだ。上のガラス張り部分がタワー管制。その下に計器飛行用のレーダーを備えた専用室（ＩＦＲ）がある。天候の悪い時に使われる『アプローチ・コントロール』も入ってるよ」

「ＧＣＡルームですね」

「知ってるじゃないか」

ターミナルから村井が出てきた。

「しばらく東京にいます」堀江の袖口《そでぐち》をつかみ、朴は離れていく。「近いうちに、また会いましょう。ここに電話をください」

渡された名刺には、韓国代表部の電話番号が記されていた。

「わかった。また会おう」

韓国代表部の男と連れだって、去っていく朴の背中を見守った。戦時中、志を同じにしていた男は、この五年のあいだに、すっかり祖国大韓民国の信奉者に変貌を遂げていた。空白となった五年間について、堀江は感慨を覚えずにはいられなかった。

8

夕方、雨脚が強くなった。タナベが運転するプリムスは、池上《いけがみ》通りを国電と並んで走った。大《おお》森《もり》駅の山王口を西にとり、ジャーマン通りの坂を上った。途中で左に寄せて停め、プリムスは去っていった。接収住宅を示す「２６１」の看板のついた塀の内側に、二階建ての洋館がひっそり佇《たたず》んでいる。雨をよけるように、四人はアーチ型の玄関に駆け込んだ。

室内用の靴《くつ》に履《は》き替え、居間に入った。中尾は夕刊を手に取り、ソファに座った。内田と片岡も、テーブルの椅子に腰掛けて、タバコに火をつけた。堀江は、においに誘われるように台所に足を向けた。

広い台所の流しで、エプロン姿の内田光子《みつこ》がジャガイモの皮をむいていた。床はタイル張りで、二ヶ所に白いエナメル塗りの食器棚がある。堀江より背の高い電気冷蔵庫が音を立てていた。

「きょう、早かったですね」

手元に目を当てたまま、内田光子は言う。

縞《しま》模様のロングスカートに半袖の白いシャツ。髪を後ろでまとめた人形のような小顔で、眉が美しい。

流しが高い位置にあり、光子は木箱の上に乗っている。ここは以前、外人が住んでいたので、すべてが、その仕様になっているのだ。

「そうだね。いつもより、一時間早いか」

「まだ、夕ご飯の支度、できていないのに」

「大丈夫。みんな待つのは平気だから」

「そうかしら。兄さん、ぶつぶつ言ってない？」

「言わないさ。言うもんか」

光子は二十二歳になる内田の妹だ。近くの旗《はた》の台《だい》に、両親と三人暮らし。米軍のレーションでは、力がつかないと内田がオリバーと交渉した末、四人の料理や身のまわりの世話をするため、光子が雇われた。給料は月に一万円。進駐軍に雇われるメイドは、だいたい八千円だから、少し高いが、延長して働いても、その分の割り増しは出ない。

耐熱皿に、鶏肉の切り身が五つ載《の》っている。胡椒《こしょう》と塩で味付けしてあるので、焼くだけだという。ジャガイモは、ベーコンと一緒に煮物にするようだった。

「罪滅《ほろ》ぼしに、焼こう」

「いつも、ごめんなさい」

電気コンロのオーブンを開け、皿ごと入れて火をつけた。食材は大森駅近くにある進駐軍専用の食料配給所《カミサリー》で買うと決められており、三日おきに光子が行く。和食用の食材はない。日本人が住んでいるという噂が立ってはいけないので、献立はすべて洋食だった。それでも、レーションよりずっとうまい。

「ソ連が日本の労働組合や学生たちをあおって、蜂起《ほうき》させるってほんとう?」

鍋《なべ》にジャガイモを入れながら、光子が不安げにつぶやく。

「どこから聞いたの?」

「法政《ほうせい》大学に行ってる友だちの弟。なんでも、ソ連はそれに合わせて、樺太《からふと》から北海道へ侵攻するらしいけど」

「それは左翼を抑えるために、政府が流したデマだよ」

「ならいいけど。でも、今度の動乱で、国連軍はどんどん半島の端に追い込まれてるんでしょ?いまに日本にだって、ソ連機が飛んできて、いつ原爆を落とすか、わからないじゃない」

小さな、薄く紅《べに》を塗った唇《くちびる》が動く。

「……どうかな」

まだ広島と長崎にピカドンが落とされて、五年しか経っていない。今回の動乱がはじまってから、三度目の原爆が日本に落とされると、本気で恐れている日本人は少なくないのだ。つい先週もアメリカの国会議員が、朝鮮戦争の劣勢を挽回《ばんかい》するために、原爆を使え、と主張した記事が新聞に載ったばかりだ。

「原爆戦争は嫌《いや》。わたし、毎日自転車で通いながら、空ばかり見上げるの。ソ連の飛行機が怖くて。いつ、空襲警報が鳴ってもおかしくないでしょ」

「おい、早くしてくれよ」

光子の兄が、こちらをのぞき込んでいた。

「すぐだから、もう少し待ってて」

「十分以内だぞ」

不服そうに言い、姿を消す。

「兄さんたら、せっかちなんだから」

「きみだから言えるんだよ」

レンジの中を見る。まだ、焦げ目もついていなかった。

「いけない。ごめんなさい」はッとした顔で、光子は堀江を向いた。大きな目が少し潤《うる》んでいた。「堀江さんのご家族のこと、すっかり忘れちゃって」

「うん？」

「長崎のピカドン……」

「いいさ、事実だし」

ほっとした表情で、光子は鍋の中をかき回す。

「嫌かもしれないけど、わたし、どうしても知りたいと思って」

「ピカドン？」

申し訳なさそうに、うなずく。

「飯のあと、片付けしながら話すよ」

汚れた食器は、粉《こな》の洗剤を使って泡立ててから湯をかければ、油が落ちてすっかりきれいになる。はじめて見たとき、驚いた。

「片付けはすぐ終わるから、わたしの部屋に来て」

玄関脇にある女中部屋が光子の部屋だ。

「どっちでも」

占領軍は、原爆に関する報道を禁じていた。それについて記された記録は、地深く埋められ、写真はおろか、絵に至るまで新聞に掲載されたためしはなかった。原爆投下の年、長崎市の人口は二十四万人だった。その三分の一としても、八万人は犠牲になっているのではないか。ソ連が原爆製造に成功した去年あたりから、隠しておくこともできず、原爆という文字が出るようになった。しかし、どこから話すべきか。堀江は原子雲の残ったあの日のことを頭に巡《めぐ》らせた。

一九四五年当時、堀江が所属した陸軍航空輸送部は、本来、フィリピンなど南洋の第一線部隊に、兵士や資材を空輸するのが任務だった。しかし、制空権を失った戦争末期は、沖縄にも行けず、満州へ特攻機を送るくらいがせいぜいだった。八月八日、堀江は、赤とんぼを満州の新京《しんきょう》まで空輸する命令を受けた。赤とんぼは、一四〇キロ足らずの速度しか出せない練習用の複葉機だが、操縦性にすぐれ、敵に発見されにくいため、特攻機として扱われるようになっていたのだ。

姫路《ひめじ》の鶉野《うずらの》飛行場で、海軍から赤とんぼを受領し、翌九日朝、福岡の大刀洗《たちあらい》飛行場に向けて飛び立った。目立たぬよう、全体が濃緑色に塗られた赤とんぼは、おりからの向かい風とエンジンの不調が重なり、到着できたのは、午後一時すぎだった。飛行場に降り立つと、きょうの午前中、広島に続いて、長崎に謎の新型爆弾が投下されたらしいという情報が飛び交っていた。

赤とんぼの修理に丸一日を要するとわかり、長崎に行くため、部隊長の許可をもらった。福岡行きの車の連絡便に乗せてもらい、博多駅に向かった。運良く、午後三時発の長崎行きの汽車に乗ることができた。長崎到着予定は、午後九時二十六分。六時間半の長旅だが、きょうじゅうに、長崎に着けるのはこの便しかない。

乗客は少なかった。鳥栖《とす》を過ぎ、長崎本線に入る頃になると、頻繁《ひんぱん》に警戒警報が鳴り響くようになった。午後八時、二時間遅れで、ようやく肥前山口《ひぜんやまぐち》駅に着いた。長崎はまだ八〇キロも先だ。それからも、歩くような徐行運転で進み、諫早《いさはや》駅に着いたのは、午前零《れい》時を回っていた。四時間の遅れだ。汽車は、そこで停まったきり動かなくなった。目を凝《こ》らすと、暗いホームに、薪《まき》のように積まれたものが人の死体であると気づいて、愕然《がくぜん》とした。

長崎方面から汽車がやって来た。対面に停車した客車から、うめき声が洩れてきた。すすり泣くような声も聞こえ、室内灯の淡《あわ》い明かりに照らされて、包帯をぐるぐる巻きにした怪我《けが》人が目に入った。腐敗臭が漂《ただよ》ってきて、ぎゃっ、という嗚咽《おえつ》が聞こえた。こんなに人が苦しむ声を、一度に聞いたことは、はじめてだった。

あとを引くように呻吟《しんぎん》する声を残して、汽車は出ていった。しばらくしてまた、長崎方面から汽車がやって来て、目の前に停まった。もっと多くの怪我人が詰め込まれていた。苦悶《くもん》する声がホームに満ちた。やがて、汽車は出て行き、次の汽車が、また現れた。おなじように、怪我人だけをたくさん乗せていた。

噂は本当のようだった。新型爆弾による怪我人を運んでいるのだ。しかしなぜ、これほどの人を運ばなければならないのか。長崎は、それほどひどいのか。

諫早駅を出たのは午前一時近かった。喜々津《ききつ》駅に着いた。対面に停車した汽車に、ホームの灯火管制の淡い明かりが当たり、ぞっとするような光景が目に飛び込んできた。手から布のように皮膚が垂れ下がっている者、顔中が焼けて、目も鼻もない者、手や足の骨がむき出しになっている者……。苦しむ声が静寂な空気を震わせていた。

午前三時、道ノ尾《みちのお》駅に着いた。博多を出て、十二時間が経っていた。汽車はそこで停車したきり、動かなくなった。長崎駅はふたつ先なのに、ここまでしか行けないらしかった。

駅構内は大勢の人で埋まっていた。助けを求めて、動けず、横たわったままの人が床を占領し、苦しげな声があちこちから上がっていた。聞けばやはり、救援列車を待っていたという。自分たちが乗ってきた汽車だ。

とどまっていても埒《らち》があかず、先を急がなければならなかった。目指すのは城山《しろやま》町にある自宅だ。浦上《うらかみ》街道のゆるい坂を下った。真っ暗な夜道だった。空は澄んで、星が青白く瞬《またた》いている。

西の空から、三日月の明かりが差し込んでいた。ぼんやり浮かび上がる家という家すべてが、巨人の手で薙《な》ぎ払われたように、壊れていた。あちこちで家が燃えている。長崎は五キロも南なのに、この惨状は何なのか。

すぐわきの線路には、たくさんの人が道ノ尾駅に向かって歩いていた。赤迫《あかさこ》の丘に出ると、熱風が顔に当たった。長崎の街らしいものを眺《なが》めることができた。上空に霧のような雲がかかり、ちょろちょろと狐火《きつねび》のようなものがあちこちで燃えていた。暗すぎて道がわからなかった。疲れが出て、一歩も前に足が出なくなった。しばらく、その場所にとどまった。

一時間ほどして、そこから街の方角に向かった。ところどころに、人の死体があるので、下ばかり見て進んだ。暗がりから助けを求める声や手を伸ばす人がいるが、無視して歩くしかなかった。

住吉《すみよし》町から大橋《おおばし》町へ下った。三菱の兵器工場が燃えさかっていた。線路も土手も、大勢の負傷者で埋まっていた。浦上のほうから、うめき声を上げながら、両手の皮膚をだらりと垂らした人、そして、黒焦げになった人が、幽霊のように歩いてくる。焼けた髪が逆立ち、目だけが異様に光っていた。口々に、「水を水を」と言い寄ってくる。「ない」と断った。先頭に、ぼろぼろの服をまとった無傷の兵隊がいたので、思わず長崎弁で声をかける。

「城山んほうは、どうなっと―?」

人の流れとは逆方向へ歩く堀江に驚いたようで、

「城山は全滅らしい。わいんがたは、燃えてなくなったかもしれんぞ」

と答えた。

全滅……。

あちこちで死体が積まれて、道がふさがれていた。よけようとして、腕に触れたとき、焦げた皮がむけて、ピンク色の肉が現れた。慎重に進むしかなかった。

浦上川にかかる大橋にたどり着いたとき、朝日が昇った。おびただしい数の人が、川の中に埋まるように死んでいた。多すぎて、川面《かわも》が見えなかった。橋げたが途中で落ちているので、先に進めそうになかった。ひとつ上流にある本大橋《もとおおはし》も、橋げたがなくなっている。しかし、死体は少なかったので、川まで下りて、靴を脱いで水に入った。三〇センチほどの水かさだった。小さい頃、川遊びをした場所だ。夏の今頃は、毎日泳いで、エビをとり、竹筒でウナギを捕まえた。なのに……。女の死体の長い髪が水面《みなも》にゆらゆら揺れ、幼い子がおぼれかけていた。助けることはできなかった。

堤防を上がると、地面が熱かった。大橋町まで川沿いに戻り、南を向いた。建物がいっさいなくなり、となりの浦上駅のほうまで見渡せた。道路らしきものは、どこまでも残骸《ざんがい》に覆われ、根元から折れた電柱に電線が絡《から》んでいた。川沿いの、かろうじて、道とわかるくぼみを歩いた。

かすみのように、うっすらした煙が、地を這《は》うように流れている。家も木も電柱も、ことごとくなぎ倒されて、粉々になった破片が一面を埋め尽くしていた。木々は北に向かって根元から折れ曲がり、竹藪《たけやぶ》の竹という竹ぜんぶが、なぎ倒されている。道も堀も、どこもかしこも死体ばかりだった。目を黄色く腫《は》らした人が、両手を前に突き出して歩いている。あちこちで、助けを求める声が響いた。熱風が渦巻いていた。ちろちろと狐火のように、ところどころ燃えている。焼け焦げた死体は男女の区別がつかない。たった一発の爆弾で、これほどになってしまうのか。

道が広くなった。両親は城山町の南四条《みなみしじょう》で、理容店を営《いとな》んでいた。このまま行けば、着けるはずだった。左手の丘の上に、浦上天主堂らしきものが見えた。美しかった塔は吹き飛んで、壁しか残っていない。祭壇のあるあたりで、マッチの火のようなものが燃えていた。その手前に、基礎の部分だけ残った建物は、長崎刑務所のようだった。廃虚の中に転がる人の死体は、みな助けを求めるように虚空《こくう》をつかんでいた。死んだ馬の目が飛び出ていた。路面電車のわきで、折り重なるように人が倒れていた。焼け焦げた死体は、まるで土でできた人形のようだった。

ずっと先に、何本かの煙突が立ち、真っ黒い鉄骨の骨組みが残った三角屋根の工場が目に入った。長崎製鋼所の工場に間違いない。浦上から城山町へ渡る簗橋《やなばし》は残っていた。川向こうの丘の上に、四階建ての城山国民学校の建物がある。しかし、その下に広がる残骸に、建物はひとつも見えなかった。簗橋はコンクリートの欄干《らんかん》の片方がなくなり、反対側の欄干が崩れて橋の上に転がっていた。ところどころに、黒焦げの死体があった。親かもしれないと思い、ひとりひとり見ていく。判別できない。川の下をのぞき込んだ。人や腹の割《さ》けた馬の死体があったが、それらしいものはない。

渡りきったそこは、一面のがれきに覆われていた。等間隔に割れた屋根瓦《がわら》やブリキ板で埋め尽くされている。焼け焦げたにおいが漂っていた。人影もなかった。両親も弟も妹も、この中にいる。

橋のたもとから、見当をつけて北へ分け入った。橋から一〇メートルほど西に、木らしいものがあった。根元から、一メートルほど残されているだけでその先はない。しかし、この木に間違いなかった。自宅前にある桐《きり》の木だ。そのあたりから、ぷすぷすと白い煙が上がっていた。上にかぶったブリキ板をつかんだが、熱くて持てなかった。足で蹴るように、わきへどかした。粉々になった屋根瓦を遠くへ放った。柱の破片を取り除くと、真っ黒く焼けた死体が現れた。父だと思った。思わずつかむと、肉がバラバラくずれた。その横にも、黒焦げの死体があった。横向きで、両目に手を当てている。髪の中に、鼈甲《べっこう》の髪留めが刺《さ》さっていた。母だ……。ふたりとも、家の中で、やられたのだ。その場で拳《こぶし》を握りしめた。

……父ちゃん、母ちゃん、どうして防空壕に入っとらんやった。

心の中で、叫び声を上げた。

はっとして、あたりを見た。

昭二《しょうじ》は？

夢中で瓦礫《がれき》を取り除いたが、弟らしい死体はない。顔を上げ、あたりを窺《うかが》った。城山国民学校に通じる階段の麓《ふもと》で、四、五人が固まっていた。その方向に足をむけた。途中で何度も防空壕をのぞいた。空だった。

階段近くの防空壕の前で、仰向きに横たわっている子どもがいた。年恰好は同じだ。髪の毛はちぢれ、顔の皮がむけ、全身の皮膚が剝がれ落ちて、肉で真っ赤だった。制服の胸に名札があった。堀江昭二　血液型A型　城山国民学校初等科五年生。

新型爆弾の熱線を浴びて、どうやって、ここまで来たのか。ここにたどり着いたときは、まだ生きていたのではないか。そう思うと不憫《ふびん》でいたたまれなくなった。膝から崩れ落ちた。両親も弟も哀れで、涙があふれてきた。しばらく、そうしていた。妹はどこにいるのか。

もう一度、自宅に戻り、瓦礫を掘り起こしたが、見つからなかった。燃えるものを拾い集めて、三人の遺体を焼いた。じりじりと脂肪を焼く音が、そのあとも、ずっと耳に残った。

話を終えた。堀江は五年前の、あの夏の日にいるような気分だった。

「妹さんはどうだったの？」

目に涙をためた光子に訊かれた。

「近所の人から、トラックで長与にある国民学校に運ばれたと聞いて、そっちに向かった」

校庭に敷かれたむしろに重傷者が折り重なり、妹を見つけるのも容易でなかった。民子《たみこ》は目も開けられず、うなり声を上げるだけだった。赤チンを塗ってやるだけで、上空を敵機が通過するたび、身が凍りつくほど恐怖を味わった。

「……助からなかったのね」

「だめだった。両手の骨がむき出しになって、虫の息だった」

原爆に遭《あ》った四日後に、妹の民子は息を引き取った。学校裏にある仮墓地に埋葬した。

けっきょく、福岡には戻らず、長与で終戦を迎えた。戻りたくても、電車には、怪我人しか乗れなかった。しばらく、光子は黙り込んだ。

「長崎って、原爆が落とされる前、空襲があったの？」

「何度かあった。その前年の十一月が、はじめてだったと思う」

「焼夷弾《しょういだん》で？」

「いや、ふつうの爆撃。原爆投下の直前にも、三回あったらしい。当時の長崎の人口は、九州では福岡に次いで二番目だったから」

「軍需工場がたくさんあったんでしょ？」

「うん、戦艦武蔵《むさし》を作った長崎造船所や三菱製鋼の大きな工場があった」

高性能魚雷を作る三菱長崎兵器製作所など、軍需工業都市だったのだ。

「そのときも、被害は大きかったの？」

「百人単位で犠牲者が出たと思う。空襲があってから、長崎は高射砲を増設したり、警防団を作って、食料や医薬品を備蓄したんだけどね」

浦上天主堂に、それらは仕舞われたのだ。

堀江は続ける。「子どもらの中には、米軍のエンジン音を聞いただけで、飛行機の名前をぴたりと当てる子もいたらしい」

「怖かったでしょうね。米軍の飛行機から、原爆を落とすっていうビラも撒《ま》かれたんでしょ？」

「それは、投下のあとみたいだよ」

「そう……」

ドアが開いて、光子の兄が顔を出した。

「おい、もう遅いぞ」

「すみません。話が長くなって。ぼく、送ってきますから」

「いいよ、いいよ。自転車でひとっ走りだから」内田は光子の顔を見た。「おい、早く帰れ」

光子は目元を拭《ふ》きながら、部屋から出ていった。

何を話したのか、という顔で内田がこちらを睨んでいた。

9

七月十四日。午前七時二十分。

四日間降り続いた雨はやんで、羽田の空は早朝から晴れ渡っていた。ふたつある滑走路から、休みなく軍用機が飛び立っている。毎日、四百機の離着陸があり、計器飛行と有視界飛行の割合は、半分ずつだと、ウォレスから教えられた。

雨で飛べなかったあいだに、とうとう無線航法の座学が行われたのだ。

いま、日本の空は、岡山《おかやま》を境に、西と東の空域に分けられている。東は入間《いるま》のジョンソン基地、西は福岡の板付基地が管制に当たる。空域内では、離陸から着陸まで、すべて管制の指示を受け、飛行場周辺の五マイルは、特に厳密なコントロールを受ける、という。もちろん、すべて英語だ。

米国人の管制官に、操縦しているのが、日本人であると気取《けど》られてはならない、と厳しく申し渡されている。新しい飛行方式を教えられるたび、堀江はやっていけるだろうかと不安にかられた。管制官との英語によるやりとりは、恐怖すら感じる。

これまで、日本の管制施設といえば、幼稚な航空灯台があっただけだ。飛行機にしても、放送局の電波を探る装置がついていた程度だったのだ。

「異常はなかったか？」

ウォレスに声をかけられ、堀江は、異常なし、と英語で答えた。

格納庫前にある双発のダグラスB26インベイダーの機体は、まばゆい陽光が反射して、銀色の光沢を放っている。全長一五メートルの高速中型爆撃機で、乗員は三名。翼幅二一メートル、高さは五・六メートル。水平尾翼が不自然なほど、上側に反り返っている。機首の爆撃手席は透明な風防で覆われ、機体すべての銃座は取り外されていた。

汗だくになりながら、点検帳による機体の外回りチェックは、まるまる十分かかった。

爆撃手席の下部ハッチを開けて、内田が潜《もぐ》り込んだ。席に着き、安全ベルトをつけた小柄な内田でも、まるで金魚鉢《ばち》の中に押し込まれたように、狭苦《せまくる》しそうだ。

堀江も軽フライトジャケットの上からパラシュートを背負《しょ》い、黄色い救命胴衣を身につける。ずっしりくる重さだ。

「行け（Go ahead）」

ウォレスのかけ声とともに、堀江は、勢いをつけ、機体側面に飛びついた。腰の高さにある足がかりに右脚を入れ、そこをテコにして、さらに上にある足がかりをつかむ。跳ねるように、一気に主翼までよじ登った。左側の透明な天蓋《キャノピー》を開き、身をくねらせて、コンソールの狭い空間に脚を入れ、操縦席に尻を落とした。天蓋を閉めると、ガラスが頭すれすれだ。目の前にずらっと計器が並び、ひどく圧迫される。酸素マスクの付いた革ヘルメットを被《かぶ》り、ヘッドホンをその上から装着する。右の天蓋から、ウォレスが下りてきて、がっちりした体を航法士席に落とし込んだ。そこは椅子があるだけだ。操縦のための操縦輪《りん》も計器もない。がらんどうで、その前に、爆撃手席につながる狭い通路が空いている。

点検帳で、反時計回りにすべての計器類を確認する。たっぷり五分かけて行い、大声で内田に確認する。

「エンジンスタートチェック完了（Eng start C'k complete）」

「エンジンスタート準備よし（Ready for eng start）」

狭い通路から、物憂《ものう》げな内田の肉声が通ってくる。

内田の席にも、計器類は装備されている。

ウォレスが小さくうなずいた。エンジン始動に向けて、手順に従いボタンを押していく。マスタースイッチを入れると、各計器が動き出した。頭上にある点火スイッチを入れる。轟音《ごうおん》とともに、二番エンジンが唸って、白煙を吐き出した。風車のようなプロペラが回り出す。続けて、一番エンジンを稼働させた。一度引いた汗がまた噴き出てきた。

ウォレスが無線スイッチを入れ、酸素マスク兼用のマイクを口元にあてがい、交信をはじめた。飛行計画は、ウォレスが電話で伝えてある。まず、地上を移動するタクシー許可をもらう。

「東京タワー、こちらSkippy2、感度いかが？（Tokyo Tower, this is Skippy2, how do you read?）」

Skippy2とは機体のコールサインだ。

「Skippy2、こちら東京タワー、感度良好、どうぞ（Skippy2, this is Tokyo Tower, reading you five, over）」

「了解、目的地、大島、計器飛行、地上滑走、離陸指示願います（Roger, request taxi and take off, instructions, IFR to Oshima Homer, over）」

気象状況を知らせる交信が続き、地上滑走の許可が下りた。堀江が親指を立てると、地上員がチョークを外した。ブレーキを解除し、スロットルを軽く押し込む。エンジン出力が上がると、機は簡単に動き出した。地上滑走は容易だ。ビーチクラフトのように、左右に振られることもない。管制塔を左に見ながら、北向き滑走路（ランウエー33）への誘導路を進む。滑走路の端まで来て、待機した。飛行高度のやりとりがあり、ウォレスが離陸に向けた最終確認をする。

「東京タワー、こちらskippy2、離陸準備完了、管制承認を要求（Tokyo Tower, this is Skippy2, ready for take off, request ATC clearance, over)」

「Skippy2、こちら東京タワー、ＡＴＣクリアランス受理、準備できたか？（Skippy2, tower has your ATC clearance, are you ready to copy?)」

「準備完了（Roger, go ahead)」

「大島ホーマー（無線標識）までのプランを承認します。離陸後、右旋回《せんかい》して、その後は提出したプラン通り飛行のこと。三〇〇〇フィート（九〇〇メートル）まで上がれ（Approve the plan up to Oshima Homer, after take off, right turn then to the flight plan route, climb and maintain 3000 feet)」

「Skippy2、了解（Skippy2, roger)」

何度も聞かされているので、聞き取りは簡単だった。離陸後、右旋回して、提出したフライトプラン通り通過せよという指示だ。計器を見ていく。速度はノット、距離はマイル表示。感覚がつかめないので、頭の中で、自然とキロメートルに変換する。

堀江は自動方向探知機《ADF》を館山《たてやま》ホーマーの周波数二一六キロサイクル《KC》にセットした。東京ホーマーも同様にセット。エンジン出力を上げると、また機は動き出した。北向き滑走路に入る。パワーを抑えながら、左スロットルを使って右旋回し、機首を滑走路の中心線に合わせて停まった。

ブレーキを開放し、スロットルを押し倒す。

プラット・アンド・ホイットニー社製のエンジンが爆音を立てて、機は走り出した。ぐんぐん速度が上がる。右後方から、八キロほどのダウンウインドがある。しかし、四五メートル幅の滑走路からはみ出す恐れはない。エンジン回転数を二七〇〇までもっていく。加速度がつき、背中が席に押しつけられた。瞬く間に二〇〇キロまで、上がった。操縦輪を軽く引くと、機体前部にある首輪《しゅりん》が浮いた。二一〇キロ。機体は滑走路を離れた。

右太ももの横にある脚レバーを上げる。ドンと音を立てて、主脚が機体に収まった。フラップを上げる。みるみる地上が遠くなる。右旋回をかけながら、西向き選定高度の高度六〇〇〇フィート（一八〇〇メートル）まで上がり、南に針路を向けた。姿勢表示計を見ながら、水平飛行に移る。スロットルを引き、プロペラ回転数を下げる。一六〇ノットの巡航速度に調整。計器を指さし、エンジン温度や潤滑油《じゅんかつゆ》温度をチェックする。すべて、正常だった。

車輪の引き上げや細かな操作は、副操縦士の受け持ちだが、B26にかぎっては、すべてパイロットひとりの仕事になる。計器や頭上のスイッチは、軽く手を伸ばせば届く位置にあり、それを可能にしているのだ。

「まるで単座機だな」

額の汗をぬぐいながら、堀江は英語でつぶやいた。

「そのとおり」ウォレスが言った。「こいつは、ひとりで操縦できるように設計されてる」

「たいしたものだと思います。日本もこいつに、こっぴどくやられた」

爆撃のため、長崎にも飛来しているのだ。

「そう言うな。今度の動乱の緒戦で、平壌飛行場を攻撃したんだ。二十五機も破壊したし、ヤクも撃ち落とした」

「さながら戦闘機ですね」

「そう言ってもいい。こいつは頑丈《がんじょう》にできてる」

軽く、天蓋を叩く。

「でも、いまはシューティングスター（F80）のひとり舞台じゃないですか」

新聞報道によれば、戦果のほとんどを、ジェット機が上げている。

「いや、こいつには抜群の航続距離がある。岩国《いわくに》基地所属のB26編隊は、通常爆弾とロケット弾を抱えて、おまけに十四挺《ちょう》の固定機銃もある。それでも、ゆうゆうと敵地を飛び回って、ソウルあたりで、トラックを二百台、T34も五十台近く破壊してるぞ」

「そんなに……」

全兵装の重さは、五トンを上回るのだ。

「航続距離は二一〇〇キロ、時間にして六時間、とありますが、実際、どうなんですか？」

続けて、堀江は訊いた。

「うまくやれば、兵装時でも、巡航速度で二七〇〇キロ、八時間は飛べるよ。天候によっては、それ以上伸ばせるし、兵装なしなら、その倍はいく」

「五〇〇〇キロですか。羽田から北京まで、楽に往復できますね」

「もちろんだ」

「旧陸軍の四式重爆と同じだな」

「何だって？」

「何でもありません」

ここで張り合っても、意味はない。

「それでも、敵は強いみたいですね」堀江は今朝見た新聞記事のことを語った。「どんどん、押されて、北朝鮮軍は大田《テジョン》の手前まで来ていますよ」

「そうだな……」

意気消沈したので、それ以上話すのはやめた。

東京湾はビロードのように凪《な》いで、房総《ぼうそう》の君津《きみつ》あたりから、うろこ雲が広がっていた。地上では、左右に突き出たエンジンは視界の邪魔だが、舞い上がってしまえば何のこともない。ほどほどに伸びた機首は、うまい具合に水平線と対照できて、安定した飛行姿勢を保つことができる。

館山ホーマーに合わせてある自動方向探知機の指針は、左一〇度の方向を指していた。順調にいけば、五分足らずで館山だ。無線飛行は楽だ。視程に頼らず、機械が針路を決めてくれるからだ。昔どおりの、有視界飛行には戻れない気さえする。空気は冷たく、汗が引いてくる。

いきなり、フードを被された。頭に回されたバンドで固定するもので、大きなツバがあるだけだ。

「計器に専念しろ」

ウォレスがツバを下ろすと、窓から外の景色が見えなくなった。視界にあるのは計器だけだ。

「集中しろ」

「了解」

ウォレスが提出した飛行計画は、大島までの往復飛行になっているが、それだけで終わるはずがなかった。どこまで飛ばせる気なのか。

日に照らされ、上半身は暑い。すきま風が入ってきて、腰から下は少し冷えるが、この高度なら、電熱服は要《い》らない。

瞬く間に、館山ホーマーを通過する。自動方向探知機の針が、くるっと半周回って、真下を指した。大島ホーマーの周波数三七三に合わせると、たちまち針は元に戻り、進行方向を指した。

高度を上げる。

ウォレスが管制官とやりとりをはじめた。

「東京コントロール、こちらskippy2、どうぞ（Tokyo Control, this is Skippy2, over）」

「Skippy2、こちら東京コントロール、どうぞ（Skippy2, this is Tokyo Control, over）」

「Skippy2、館山ホーマーから南西約二五マイル、三〇〇〇フィート、目的地を串本《くしもと》に変更することを要求、ついては、高度六〇〇〇フィートにて、航空路レッド2を飛行したい、どうぞ（Skippy2, about 25 miles southwest of Tateyama Homer, at 3000 feet, request to change destination to Kushimoto Homer by the route red2, and request altitude change to 6000FT over）」

大島はやめて、さらに西、紀伊《きい》半島沖へ向かう様子だった。途中にある訓練空域で飛行訓練をさせる気だろうか。いつものことなので驚きはなかった。燃料は満タンなので余裕だ。

承認された航空路レッド2を飛行し、訓練空域は何事もなく横切って飛んだ。串本ホーマーを八時半に通過したところで、ウォレスが管制と交信しはじめた。気象状況を通知してもらい、有視界飛行へ移りたい旨を申告し、了承された。これ以降、管制との交信は必要なくなる。フードが取り外された。

「ホリエ」ウォレスが声をかけてくる。「次の飛行、管制とのやりとりは、おまえにまかせるからな」

「次回から？」

驚いて、訊き返した。

「おまえなら充分できる。まごついたら、おれが適当に口をはさむ。大丈夫だ」

航空管制で使われる英語の用語は、ある程度限られている。それらは、すべて頭に入れてあるが、突発的なやりとりは必ず起きる。

「そろそろ、やるか」ウォレスがマイクを口元に当てる。「ウチダ、現在地の風向、風速を知らせろ」

いきなり、質問を投げかけたが、内田は、「わかりました」と待ち構えていたように答えた。

現在、受信できるホーマーは串本のみだ。二ヶ所から受信できれば、現在地を割り出せるが、いまはできない。地上に目標物もなく、見渡す限り海原《うなばら》だ。しかし、内田は現在地を確実に推測しているはずだ。一分足らずで、返答があった。

「風向一二七度、風速三四ノット」

東風だ。いつものことながら、計算の速さには驚かされる。

飛行機は実際に飛ぶとき、常に風で流されている。飛行前、あらかじめ地図に引いた飛行経路とは、ずれるのだ。内田は離陸直後から、常に地上を視認し、実際に飛行している地点を地図に書き込んでいる。地図上の飛行経路と速度から導かれる現在地、それに実際の地点を結べば、細長い三角形ができる。その図により、流された分の誤差を計算すれば、風向と風速を弾《はじ》き出せるのだ。

ウォレスも驚いた様子で、肩をすくめた。しかし、それだけだった。ウォレスは、膝に乗せた地図に、航法用スケール《デバイダー》を当て、航法計算盤《フライトコンピューター》を回しはじめた。

「速度このまま、方位一九五で一五〇マイル（二四〇キロ）」

そうマイクで告げた。またしても、推測航法の訓練のはじまりだ。

「了解、方位一‐九‐五で一五〇マイル」

堀江がマイクで復唱すると、内田も同様に応じた。

堀江は方位計をじっと見つめる。ゆっくり、操縦輪を左に回した。ほぼ真南の方向。機は傾き、海面が真横に見える。方位計の針が、じりじり回転し、一九五度近くになる。操縦輪を元に戻し、少しずつ機を水平に持っていく。このまま、一五〇マイル飛ぶのだ。行く手に積乱雲が盛り上がっている。機が揺れ出した。

五分後、またウォレスが内田に、現在地の風向風速を尋ねた。

二分ほどで、返答があった。

「風向一三五度、風速四〇ノット」

風がきつくなっている。

計算には、正確な現在地の把握が必要だが、今度も海原しか見えない。しかし、海軍委託生の内田は、長時間の洋上飛行を強《し》いられる波頭航法の訓練を受けている。必死になって、波頭が砕ける白い波の方向や波高を凝視し、偏流角度《へんりゅう》を測定し、あとは目の前のコンパスの指針を信じて飛行するのだ。

「よし、では、アブラッコウ（油津港）へ向かう。針路を言え」

ウォレスがふたたび、内田に呼びかけた。

宮崎でも屈指の規模を誇る日南《にちなん》の漁港。戦時中、たしか回天《かいてん》が配備された港だ。そこへ向かうには、現在地を正確に把握していなければならない。

「了解」

あっさり、内田が請け負った。

二分後、「二－七－三度に変針」の返事があった。

指示に従い、堀江は方位計を睨みながら、操縦輪を右に回した。そして、二七三度に向けた。

「アブラッコウまでの距離と到達時間は？」

ウォレスが問いかける。

「油津港まで、三九五キロ、一時間二十分で到達」

即答され、ウォレスは本当か、という顔で堀江を振り返った。

堀江は、ただうなずいた。

「まあ、いい、いけばわかる」

突き放すように、ウォレスが言うと、またフードを被せられた。

方位計は、まっすぐを指している。機体も水平だ。高度計が五〇〇〇フィート近くまで下がっていたので、ゆるく操縦輪を引く。選定高度まで戻した。

一時間後、フードが外された。行く手にまっすぐ横に伸びた陸影が目に飛び込んできた。さらに進むと防波堤のある港らしきものが見えてきた。五分後、栈橋《さんばし》上空に到達した。堀江は、操縦輪を倒し、競《せ》り市場の建物に向かって急降下した。「油津」の看板が見えたので、ウォレスに間違いないと告げた。すぐ、舞い上がった。

となりで、ウォレスが大きくため息をついた。

「ワン・ヘディングで着いたか……」

たった一度の針路変更で、目的地にたどり着いたのだ。ウォレスが驚くのも無理はない。

ウォレスが指をくるくる回したので、旋回して、また洋上に出た。

それからも、ウォレスに言われるまま、針路をトレースした。

四国の陸影をとらえたのは、二十分後だった。

緑濃い低い山並みがぐんぐん近づいてくる。海辺に打ち寄せる白い波頭が、陸と海の境界を作っていた。

「まっすぐ」

ウォレスが指さす。

陸地のあいだに、途切《とぎ》れた部分がある。大きな川の河口のようだ。

また、ここかと思った。四万十川《しまんとがわ》の河口だ。

北から南に向かって、川が下っている。河口は三〇〇メートルほどもあり、右手から半島のような陸地が伸びている。河口に小さな島が連続して、いくつかある。河口の手前ぎりぎりのところで、ウォレスが右手の海岸線を指した。

「あの岬まで、下降しろ！　高度、五〇〇フィート」

ウォレスが命令した。

およそ一五〇メートル。低空だ。

岬まで、およそ八キロほど。

「了解」

操縦輪を右に切った。姿勢表示計を見ながら、操縦輪を押し込む。

二〇〇〇フィートから、五〇〇フィートまで、一気に下る。半島のような陸地を左に見ながら、洋上を渡る。ウォレスが岬を示す。

「このまま、一〇〇フィートまで下降。機速一五〇ノットで、岬を通過しろ」

「了解」

速度二七〇キロで、三〇メートルまで高度を落とせとは！

歯を食いしばり、スロットルを引く。操縦輪を倒した。左手から、なだらかに連《つら》なる山並みが、みるみる近づいてくる。

「おい、ぶつかる気かっ」

インターホンから、内田の驚きの声が上がった。

小高い山の山頂に茂る木々が、風で揺れている。枝、一本一本が手の届くほどのところまで接近した。

「おー」

内田が叫んだ。

山頂をかすめて、木々のあいだを抜けるように洋上に出た。

脂汗《あぶらあせ》が額に伝わった。

「よくやった」

ウォレスに肩を叩かれる。

「いい加減にしてくださいよ」

堀江の言葉に耳を貸さず、また別の針路に向かうように命令した。

羽田を出て、すでに四時間近く経過していた。

きょうは燃料ぎりぎりまで、訓練が続くようだ。金魚鉢にいる内田は、さぞかし消耗しているだろう。無線航法でなければ、とうてい羽田には帰投できないはずだった。

10

八月六日、午前九時半。

雨模様の羽田空港に、アヴェレル・ハリマン特使一行を乗せた特別機が着陸した。マッカーサーは、特別機から降り立った特使と握手を交わした。彫りの深い顔に、完璧な笑顔を浮かべている。

アヴェレル、ダグラスと互いにファーストネームで呼びかけた。

ハリマンは駐ソ大使、商務長官を経て、現在は大統領特別補佐官。ソ連の脅威を西側に知らしめた人物として有名で、トルーマン大統領の全面委任を受けての来訪だ。

その後ろで、三つ星の将官服を着た、いかめしい顔の男が、ふたりのやりとりを見つめている。

「マット」

マッカーサーに声をかけられ、リッジウェイ米陸軍参謀次長は、素早く手を差し伸べた。

「元帥《ゼネラル》、お久しぶりです」

マッカーサーは軽くうなずき、ハリマンを専用車に案内した。バンカーも助手席に乗り込んだ。大使館に着くとハリマンは、ひとりだけ大使館の客間に通された。マッカーサーが客間に掲げられた地図を指しながら、戦況報告をはじめる。

「朝鮮半島第二の河川である洛東江《ナクトンガン》は、南北一三〇キロ、東西九〇キロの天然の要害を形成していて、ここを最終防衛ラインと定め、わが第八軍による釜山円陣を設定しています。一昨日より、北朝鮮軍と激しい戦闘になっていますが、われわれは本日、まさに、いまから、霊山《ヨンサン》をはじめとする各所で反撃を開始します」

暑いにもかかわらずマッカーサーは、涼しげな顔だが、ハリマンは、しきりとハンカチで額の汗をぬぐっている。

六月二十八日のソウル陥落以来、北朝鮮軍の進撃はすさまじく、米主力第二十四師団は、戦略的撤退を続け、かろうじて釜山円陣を形成していた。

「師団の損害はどの程度ですか⁉」

ハリマンが口を開いた。

「師団の半分に当たる七千名を失いました。装備も同様に。韓国軍も半数の兵力を奪われた」

すか？」

「北朝鮮軍は、国連軍の中にゲリラを侵入させて、混乱を図っていると聞いていますが、どうですか？」

「さほど、心配なさらなくてもよろしい。われわれは、陣地を盗まれているあいだに、戦力を集結する時間を手に入れたのですよ」

そう言って、マッカーサーがホイットニーに視線を振ったので、

「先月下旬から、五万五千名の米兵が上陸しました」とホイットニーが説明した。「韓国軍七万と合わせて、北朝鮮軍の倍以上となります。わが極東空軍は、これまで九千回の出撃を行いました。対戦車攻撃をはじめとして、朝鮮半島の橋梁《きょうりょう》や道路の破壊、さらに平壌の操車場や兵器廠《しょう》、元山《ウォンサン》の製油所など、北朝鮮の戦争遂行能力をほぼ壊滅状態にしつつあります」

「五インチのロケット弾とナパームで、T34を血祭りにしていますよ」

マッカーサーは、ブライヤーパイプでタバコをふかした。

ハリマンは、ようやく納得顔でうなずいた。

「大統領は、全面的な支援をなさるつもりでおられますが、元帥がいま、何を必要としているのか、それを知りたがっています」

ハリマンが言った。

「朝鮮の冬はことさら厳しい」マッカーサーがやんわりした口調で答える。「雪が降る前に、北朝鮮軍を撃退しなくてはなりません。ソ連が優秀な兵力を北朝鮮軍に送り込んでいる現状から見て、米軍ならびに国連軍の増援をお願いしたい」

「それは難しいとお伝えしているはずですが」

マッカーサーの要請に、大統領と統合参謀本部は、増援は困難で、欧州の兵力を回すことはできない、と一蹴した。そんなトルーマンの名代《みょうだい》としてやって来たハリマンに、マッカーサーの怒りが爆発するのではないかと思ったが、マッカーサーから異議は出なかった。

「ワシントンは、次の世界大戦は必ず欧州で起こると信じています」ハリマンは本題を切り出す。「その意味合いからも、今回の元帥の台湾訪問について、大統領は、非常に憂慮《ゆうりょ》しておられます」

北朝鮮の侵攻直後、アメリカは台湾の保護を発表し、一方の北京政府は、台湾を攻略すると宣言した。マッカーサーは、ワシントンの要請を受け、七月三十一日、部下を引き連れて台北を訪れた。しかし、政治的言動をとったせいで、台湾と米国が軍事同盟を結んだかのように新聞が書き立てた。さらに、マッカーサーはワシントンが弱腰との談話を発表したため、トルーマンとアチソン国務長官が激怒し、今回のハリマンの急派につながったのだ。

「台湾側から援軍の申し出がありましたが、断りました」マッカーサーは答えた。「軍隊のいなくなった台湾は、中国の攻撃を受ければひとたまりもない。それは、大統領の命令と一致しているでしょう」

「いや、元帥の訪問で、蔣介石《ジャイモ》は、すっかり同盟関係になったと喜んでいます。そこが問題なのです。ジャイモがどのような人物か、元帥もご存じでしょう？」

ジャイモとは台湾総統蔣介石《チャンチエシー》の蔑称《べっしょう》だ。

ハリマンは、一歩も引く様子がない。

「もちろん知っています。独裁色は強いですが、共産勢力と戦う強い意志の持ち主です」

マッカーサーが、悠々《ゆうゆう》とタバコを喫《す》う。

蔣総統《ジェネラリシモ》こと、ジャイモは、長いあいだ、米国にとって悩みの種だった。年初まで、米国は、台湾切り捨て政策を取っていたが、今回の開戦で、台湾の中立化に踏み切らざるをえなくなったのだ。

「お言葉ですが、そのような人物が実権を握る国に、アメリカは肩入れできない。台湾が朝鮮に兵を送れば、ジャイモに大陸反攻のきっかけを与えるも同然、それがきっかけで、全面戦争がはじまり、世界大戦に巻き込まれるのを大統領は非常に危惧されている」

みるみるハリマンの表情が硬くなっていく。

マッカーサーから、出て行くように目で促《うなが》されて、バンカーとホイットニーは部屋をあとにした。ふたりだけの会談は、まだまだ、続きそうだった。ワシントンの抱いている危機感がこれほどとは、思わなかった。以前にも、マッカーサーはトルーマンの怒りを買ったことはあるが、今回は違う。うまく矛先《ほこさき》を収めることができなければ、最悪、解任もありうる。


朝鮮の前線視察をはさみ、八日の午前十時から、GHQ本部のマッカーサー執務室で、ふたたびハリマンとマッカーサーは向かい合った。窓は開いているが、風が入らず、蒸し暑い。ドアわきで、バンカーは様子を見守った。今回はリッジウェイも同席しているので、マッカーサーは、さっそく、前線の様子について尋ねた。

「北朝鮮軍は優秀で士気も高いですが、迎え撃つ我が方の人員と物資は豊富で、当面、前線を支えられると思います」リッジウェイは慎重に言葉を選んで続ける。「しかし、歩兵は車両に頼りすぎて、部隊同士の連絡も不十分。指揮官や参謀も、いささか力量に欠けるよう見受けられました」

いきなり、批判めいたことを口にしたが、マッカーサーは表情を変えず、米国の空挺団を立ち上げた歴戦の勇士を見守っている。マッカーサーにとって、リッジウェイは陸軍士官学校時代の教え子だ。

「わかった。ところで、わが大統領は、今回の動乱で、原爆は使わないと声明を出したが、これに変わりはないかね？」

マッカーサーは言い、パイプのタバコに火をつけた。

「いまの時点では、そうかと思いますが、先月末に、B29の部隊をイギリスとグアムに展開したことから、推察願えませんでしょうか？」

核兵器を搭載できるB29の編隊を飛ばすことにより、いつでも核兵器を使用できると共産側を脅す効果があったのだ。

「あれは見事な戦略だった。戦略空軍（SAC）のルメイ中将の発案だろう。彼には礼を言わねばならん。傘下の五つの爆撃大隊をわが極東空軍に送ってくれたのだからね。最近、彼はどうしてる？」

「自軍を厳しく訓練して、部下から悲鳴が上がっていますよ」

「彼の元には四百発の原爆が送り込まれているんだろ？　B29を飛ばし、三日間でソ連のすべての都市を破壊する計画ができあがっていると聞いているが」

戦略空軍を率いるカーチス・ルメイは、皆殺しのルメイと畏怖される冷酷な軍人だ。戦中、ドイツを空から爆撃して焦土《しょうど》化し、焼夷弾で日本を焼き尽くした張本人でもある。

「おっしゃる通りです。ソ連が一年前に核実験を成功させたので、より具体的になっています」

「ソ連にはかなりの数の原爆があるはずだが、合衆国まで往復できる爆撃機はないのではないか？」

「片肺飛行は可能ですので、あなどれませんよ」

「我が方の原爆は海軍の艦載機、ＡＪサヴェージでも投下できるんだろう？」

「できます。現在、地中海にて、第六艦隊所属のコーラル・シーが発着訓練を行っています」

原爆の話題になり、やりとりが明るくなった。

北朝鮮軍の侵攻間もない先月の七日、マッカーサーは陸軍参謀本部のリッジウェイあてに、原爆使用が可能かどうか、至急電を打っているのだ。平時は大統領府の原子力委員会の管理下にある原爆だが、これを有事に備えて、軍の元に移動させ、現場の司令官に、実際に投下するかどうかの決定権を委譲できるかどうか、も検討しているはずである。

「すばらしい。いずれは、空母からも原爆を投下できるわけだ」

「可能です。長崎に投下したファットマンを改良し、より空中の落下姿勢を安定させたＭａｒｋ４を使います。この型をＢ29に搭載する場合、核弾頭は飛行機内でも装着可能です。重さこそ、同じ五トンですが、長崎型より三割程度、威力が増しています」

マッカーサーは身を乗り出した。かねてから、原爆があれば、通常兵力を使わずに敵を倒せると考えている。日本の再軍備に消極的だったのも、いざとなれば、原爆を使えば済むと考えていたからだった。

「いよいよ、実戦配備が可能になるわけだ」

リッジウェイは、軽くうなずき、

「空母のオリスカニーとプリンストンで、Ｍａｒｋ４の運搬と組み立てができるように、改装中です」

「何よりだ。急いで頼む」

「ボルト作戦部長は、我が方が朝鮮半島から追い払われる事態になれば、敵の重要な拠点に対して、一〇発から二〇発の範囲で、原爆を使うことができるとしています」

バンカーは驚いた。釜山橋頭《きょうとう》堡《ほ》での防戦でしのいでいるいま、そのときが近づいているのか。

「それはきみから聞いているが、かねてからの戦術利用については、どう考えているかね？」

タバコの煙をはきながら、マッカーサーが訊くと、リッジウェイの表情が強ばった。

「元帥、原爆の戦術的利用については、朝鮮半島全域において、どこに投下すれば効果的かを調査する専門チームを九月にも、こちらに派遣する予定です」

マッカーサーは深々とうなずいた。

「とにかく、ソ連と中国を朝鮮半島から締め出さなくてはならん」マッカーサーは手振りで示した。「軍が満州とウラジオストク両面から入る道筋には、多くのトンネルがある。原爆を使ってこれらを壊滅させれば、当面復旧できない。これほどの有力な手立てを見過ごしてはならないよ」

「ちょっといいかな」ハリマンが言った。「原爆使用については、国家安全保障会議でも議論中だ。そちらも踏まえてほしいね」

ハリマンが割り込んだので、マッカーサーはそちらに体を向けた。パイプを振りながら、

「いやいや、ご覧になってわかったと思いますが、かろうじてというところですよ。あくまでわれわれは、釜山に橋頭堡を確保しているに過ぎません」

「失礼ですが特使」リッジウェイがハリマンに遠慮するように言う。「元帥は事態打開のための作戦をお持ちのはずです」

マッカーサーは、にやりと笑みを浮かべ、立ち上がった。壁に張られた朝鮮半島の地図を指し、

「いま、われわれは、いずれか三地点で、水陸両用上陸作戦を計画している。ここだ」

マッカーサーは、西海岸の仁川《インチヨン》と群山《クンサン》、そして、東海岸にある注文津《ジュムンチン》の三ヶ所を続けてパイプで指す。

「アヴェレル、きみはどこがふさわしいと思うかね?」

ハリマンも立ち上がり、間近で地図を睨んだ。バンカーもそれに習った。

「注文津はないし、仁川は釜山橋頭堡から遠すぎる。ここだね」

と群山をつついた。

するとマッカーサーは大げさに両手を広げ、

「ド・キ・オブジェ(De que objets)」

標的は何かと、フランス語で言い、仁川に指をあてた。

言語に堪能《たんのう》なふたりは、即座に理解した。

「敵の喉《のど》元ですね。仁川には敵部隊が常駐しているし、港の干満《かんまん》の差が激しくて、狭い水道を突

破しなくては、上陸できないと聞いています」リッジウェイも、横から言った。「それに港には、巨大な砲台があります」

「だからこそ、行くのだ、マット。まさか、ここに国連軍が上陸するとは、敵も思っていないからね」

「水道の幅は、一〇〇メートルに満たないはずですが」

「干潮のときを狙って敢行《かんこう》する。九月十五日だ」

「危険な賭けになりますね。満潮の時間帯は、二時間しかない……」

「危険は承知だよ。これは根性と勇気の問題だ。勝たなくては意味がない。仁川を取れば、ソウルはもう二〇キロ。一気に形勢を逆転できる」

「ソウルを奪還できれば、越したことはないが、それに意味があるのかね？」

ハリマンが言うと、マッカーサーは自信ありげに、彼の目をのぞき込んだ。

「われわれは制空権と制海権を握っていますから、敵は戦場への補給に、陸上輸送しかできていない。北からの補給品はすべてここ、ソウルを通る」マッカーサーはソウルにパイプをずらした。「ここを押さえ、さらに釜山橋頭堡にいるわが軍とはさみ撃ちにすれば、敵を一挙に壊滅できる」

「なるほど、それはありますね」リッジウェイが言う。「すばらしい作戦です」

「無謀ではないですか」

ハリマンが口をはさんだが、マッカーサーは意に介さず、延々と戦史をひもとく。ハリマンの表情は厳しさを増した。

三人はソファに戻った。ハリマンが機先を制するように、欧州擁護の持論を展開した。冷戦は終結する見込みがなく、米国はソ連という強大な敵と接している地域に、軍を増員しなくてはならないと力説する。

「それは理解できますよ」マッカーサーが答えた。「しかし、あなたもご覧になってきたように、いままさにアジアのこの地域で、巨大な戦争がはじまっているのです。これに目をつむってしまえば、共産側のやりたい放題になるではないですか」

熱を帯びてきたので、マッカーサーは、リッジウェイとバンカーを退出させた。ドアを閉めたとき、ハリマンの声がひときわ高くなった。まだまだ、会談は終わりそうもなかった。

Douglas A-26 Invader

第二章

空輸

1

八月十三日、日曜日。午後三時。

窓もない鶏明社の木造ホールは蒸《む》し暑い。二百人ほどだろうか。人が集まり出して、息苦しさが増した。ひな壇に、『民間航空人大會《みんかんこうくうじんたいかい》』と書かれたプレートが吊《つ》るされている。開襟《かいきん》シャツはましなほうで、ランニングシャツ一枚の者もいる。全員、立ちっぱなしで、一様に痩《や》せているが、どの顔も明るかった。都内あちこちに張り出されたポスターや呼びかけで集まった航空関係者だ。

ＧＨＱの許可を得て、航空関係者の集会を開けるのは、戦後はじめてで、再会を果たした者たちが、「生きていたのか」と声をかけあっている。

「堀江じゃないか」

腕を摑《つか》まれ、振り向くと、ハンチング帽をかぶった若い男が、タバコの切れ端《はし》をくわえ、じっとこちらを見ている。

「杉野《すぎの》？」

八尾飛行学校の同期生だ。北支《ほくし》戦線で戦闘機乗りになった。

「いいなりしてるな、どこに勤めてるんだ？」

「ヒューム管を作る会社だよ」

用意していた答えを口にする。

「下水管か？　羽振《はぶ》り良さそうだな」

「おまえは何してる？」

「池袋駅の西口で、ちっぽけな乾物屋をやってる」杉野が、ちらっと部屋の隅《すみ》を見る。「壁際《かべぎわ》でタバコ吸ってる野郎、デカだぜ」

そちらに視線を振る。開襟シャツを着た四十前後の男が、ぽつんと立っていた。

「進駐軍のイヌめ」

杉野は唇を嚙《か》んで、離れていった。禁止が解かれていない航空関係者の集まりだけに、警察当局も警戒しているのだろう。堀江はゆっくり、最前列に出た。航空保安庁の役人にまじって、ネクタイを締《し》めた背広姿のオリバー大佐がいた。同様に、背広を着込んだ中尾と片岡の姿もある。

鶏明社の社主・田中不二雄《たなかふじお》が、壇上で開会を宣言する。

明治《めいじ》大学出身の田中は、戦前から在野の航空事業家で、女優兼パイロットの細君《さいくん》を持ち、翼を失った航空人たちの世話役を買っている。挨拶《あいさつ》のあと、田中はひな壇に座る外国人を紹介する。

「本日は、ノースウェスト航空から、ふたりのパイロットを迎えております」

どっと拍手が起こる。あちこちで、写真を撮るフラッシュが焚《た》かれた。

続けて、戦前、世界を一周したニッポン号代表の大原《おおはら》やパンナム社シャーマン総支配人、ブリティッシュ航空やフィリピン・エアなどからの祝電が披露された。

田中は、来年には講和条約が締結されて、いよいよ、日本人が空を飛べる日も近い、と威勢のよい口上を述べてから、妙な提案をした。

「占領軍による日本人の飛行訓練なども、はじまるやに聞いておりますが、いまの飛行機乗りは昔のようにはいかん。航空管制のもとでの飛行となりますため、英語が必要不可欠であります。こうした情勢も手伝いまして、航空保安庁のほうから、次代を担《にな》う航空要員を選考し、養成する調査会を作りたいというご依頼がございました。この会の会長を、中尾くんにお願いしたいと思っておりますが、よろしいですね？」

また呼応する拍手が起き、異議なしと声が上がる。

名指しされた中尾が、ひな壇に上がり、大きな体を折り曲げるように、丁寧《ていねい》にお辞儀《じぎ》をした。

堀江は知らされておらず、驚いた。講和後の日本人パイロットの養成は、困難を極めるはずで、まずはその人選を中尾にまかせるというものだろうか。中尾なら、文句は出ないはずだ。ひな壇から降りた中尾の元に、大勢の人が集まった。その空《あ》いた空間に、ぽつんと取り残された背広姿のふたりの男に目がいった。丸顔で黒メガネをかけた背の低い四十前後の男、もうひとりは、背が高く、上等な麻のダブルスーツに身を包み、銀髪をきれいにまとめている。彫りの深そうな顔立ち。あれは……。

肩を叩《たた》かれて、顔を向けると、朴源孝《パクウォンヒョ》が立っていた。

「来てたのか」

「ポスターを見て、懐《なつ》かしくなって。友だちと会えましたよ」

胸ポケットのついた白シャツに、細身のズボンを穿《は》いている。

「訓練は終わったのか？」

「まだ、まだ。板付《いたづけ》で訓練を受けていた韓国空軍の連中は、戦地に行ってしまいましたけどね。ろくに覚えていないのに」

「おまえは行かなくていいのか？」

朴の顔が引きつった。

「すぐにでも行きたいですよ。でも、空軍大将から、米軍機の全機種を自信をもって飛ばせるようになるまで、帰ってくるなと言われてます」

「李承晩《イスンマン》大統領の飛行機は、誰が操縦する？」

「大統領は釜山《プサン》から動けないですよ」朴は胡散臭《うさんくさ》げな目で堀江を見る。「さっきの飛行訓練の話、ひょっとしたら、堀江兄《にい》は、もう、やってるのかな？」

「でかい声で言うな」

「すみません」手ぬぐいで汗をぬぐいながら、朴があたりを窺《うかが》う。「韓国じゃ、もうとっくに民間定期航空事業免許が下りましたよ。ＫＮＡ（大韓国民航空《だいかんこくみんこうくう》）っていうのができましてね。李大統領の元秘書が社長を務めていたりして、去年、国内三路線があっさり認可されたんだけど、動乱で足止めされちゃって」

「うらやましいな」

韓国でも戦後すぐは飛行禁止令が出ていたのだ。

「この大会、ずっといますか？」

「いや、まだ、当分終わりそうもないな。夕飯を食いに行くか？」

式典の最後までつきあうのは、しんどそうだった。五時に有楽町《ゆうらくちょう》駅で、内田光子と待ち合わせているから、朴を紹介してもいい。

「それはうれしい」

「そうしよう。行くぞ」

先だった朴の背中について、ホールをあとにする。

ふと思い出して、出口から歩いてきた方向を振り返った。

二人組の男らは見つけられなかった。銀髪の男、あれはたしか、白砂次郎だ。新聞で何度も目にしている。間違いない。

「どうかしましたか?」と朴から声をかけられたが、何でもないと答えた。

大っぴらな大会だから、航空利権を狙《ねら》っている人物が姿を見せても、おかしくない。しかし、集《つど》う人と距離を置いていたのが気にかかる。

鶏明社を出て、代々木駅まで急いだ。きょうも、焼け跡から掘り出した鉄くずを載《の》せたリヤカーを曳《ひ》く男たちが行き交っている。ここひと月で町工場が増え、旋盤《せんばん》を回す音がひっきりなしに届く。五時ちょうどに有楽町駅に着いた。靴磨《くつみが》きの人々が並ぶガード下で、光子と会い、朴を引き合わせた。水玉模様の落下傘《らっかさん》ワンピースに身を包んだ光子の足下から、パーマをかけた頭まで、朴がしげしげと眺《なが》める。

「ほめ言葉ぐらいかけろよ」

「あ、きれいです、とっても」

「そう? 同じ服着た人いっぱい、いるわよ。ほら、あそこも、ここも」

と軽く身を回しながら、光子が口にする。

「行きましょ」

光子に腕を取られ、日劇《にちげき》のほうへ歩き出す。朴は、駅前に並んだカストリ雑誌の露店から、なかなか離れなかった。

「やっぱり、男ね」

振り返りながら、光子が言う。

「冷やかすな。祖国が大変なんだから」

「そうね、でも、のんびりしちゃって」光子が軽く指を絡めてくる。「きょうの大会、お兄さんは行った？」

「来なかった」

「行かなくてよかったのかしら。あんまり、乗り気じゃなかったけど」

「そうなの？」

「ええ。家に帰ってくるたび、ぶつぶつ、不満ばかり言ってるわ。英語ばかりで、息もつけないって。おまけに、自分たちのやっていることを絶対に洩《も》らすなって言われてるでしょ。おれが死んだら、どこでだれが葬式出してくれるんだ、とかね」

堀江は驚いた。内田はふだんから口数が少なく、教官に言われたとおり、黙々と訓練をこなしている。

追いついてきた朴が声をかける。

「どこ、行っちゃったかと思いましたよ」

聞き流して、数寄屋橋《すきやばし》を渡り晴海《はるみ》通りを歩いた。動乱の特需で景気がよくなったせいか、ひと月前と比べて、はるかに人が多い。

「きょうは、どこに連れて行ってくれるのかしら？」

いたずらっぽい口調で、光子に訊《き》かれる。

「外食券食堂でいいか？　こいつの分も、おごらないといけないからさ」と朴を見る。

「この先に、ちょっと高級な洋食店があるじゃない？　あそこなんか、どう？」

「フランス料理のみかわや？　ちょっと手が出ないぞ。それに、いつも、洋食ばかりだし」

「まあ、わたしのつくる料理が気に入らないなら、もう行くもんですか」

歩調を早めて、光子が離れかける。

服部時計店のある銀座通り交差点に来ていた。朴の顔が、すぐ横にある進駐軍のＰＸに向いた。

「ＰＸで買い物でもするか？」

「いえ」朴は上の階を見上げ、ひとりごちる。「きょう、韓道峰《ハンドオボウ》さんは、いるかな」

羽田飛行場にいた村井とかいう男のことだろう。この建物の四階に韓国代表部があると言っていた。これから行く店の名前と場所を教えてやると、朴は建物に入っていった。

「そこ左」

光子の背中に声をかけ、銀座一の繁華街を、京橋《きょうばし》方面に向かう。

「とっておきの洋食屋があるから」

行ったことはないが、そこそこの値段で、うまいものを食わせるという評判を聞いているのだ。都電を横に見ながら、四丁目から二丁目まで、ゆっくり歩く。銀座デパート前で、朴が追いついてきた。通りを渡った銀座一丁目は、百貨店もなく、間口の狭い新興の衣料品店が多い。戦災に遭《あ》わなかった昔ながらの街並みが続き、江戸時代の殿様の調度品を並べた骨董《こっとう》屋を過ぎて、

〝つばめグリル〟の看板の出た洋食屋に入った。目を輝かせ、店内の装飾を見る光子を、奥の四人掛けのテーブルに案内する。

「いい感じ」

光子が洩らす。淡《あわ》い照明も気に入ったようだ。

メニューのいちばん上にあるハンバーグを三人分注文する。

備え付けの新聞を広げた朴が、少し声を荒らげ、

「あさっては、解放記念日なのに、台湾なんかを相手にしてる場合じゃない」

日本の終戦日は、韓国の解放記念日なのだ。

先月末、台湾を訪問したマッカーサーに、米国首脳部は不満らしく、毎日のように新聞に出る。軍事問題だけを討議してきたというマッカーサーの釈明が、この日も新聞の一面に掲載されていた。去年起きた三鷹《みたか》事件の九被告に、無罪判決が出たという記事も大きな扱いだ。堀江は下段にある〝洛東江《ナクトンガン》で北朝軍猛攻〟の見出しを指した。

「釜山橋頭堡《きょうとうほ》は保《も》つのかな？」堀江は訊いた。「李大統領の要請で、米軍から引き渡された十機のマスタングはどこにいる？」

「米軍の中佐に指揮されて、大邱《テグ》飛行場にいますよ」

「大邱か。最前線じゃないか」

「ええ。操縦は未熟だけど、地上から呼べば、すぐ飛んでくるので、評判がいいです」朴が嘆息する。「李大統領は、山口《やまぐち》県に亡命政権を作るみたいですよ」

「山口に何を？」

「韓国政府が、六万人規模の亡命政権を山口に作りたいと日本に打診しています」

「動乱で韓国が負けたらの話だろ？」

それでも、朝鮮半島から韓国政府が蹴落《けお》とされる事態になれば、現実味のある提案になるかもしれない。

「そんな話を誰から聞いた？」

あらためて、堀江は訊いた。

「代表部の韓道峰さんから。あの人、参事官のお目付役ですから」

「誰のだって？」

「そこの代表部にいる柳泰夏《ユテハ》参事官。もともと、李大統領の奥さんのフランチェスカ夫人に取り入って、参事官まで出世したんですけどね」

「参事官がよからぬことでもしているのか？」

朴が首を横に振る。

「李大統領は、今回の動乱を予期していたんですよ。それで、手持ちのダイヤや宝石、それに日本の株券や土地の権利書なんかを特別機で日本に運んで、三井信託《みついしんたく》銀行の地下金庫におさめました。二十億円はあるみたいですよ」

「どうして、おまえが知ってる？」

「大田《テジョン》飛行場で仕立てた特別機を操縦しましたから。北朝鮮軍の侵攻の二日前の六月二十三日です。運び込んだ私財の管理は、柳参事官の役目なんですけど、それを監視するのが韓道峰さんの任務です」

「よっぽど、大統領の信頼が厚いんだな。いざとなれば、私財は亡命政府に渡すんだろ」

「からかわないでください。われわれの大統領ですから」

目を据えて、朴が言った。すっかり、韓国政府の要人になったような顔付きだ。

入り口のドアが開いて、背広姿の韓道峰が姿を見せた。

「ここの食事代は、韓さんにまかせましょう」

そう言って朴が立ち上がり、席に韓を招いた。

堀江も腰を浮かせて、挨拶した。

「この前は、どうも」

「いやいや、うちの朴が世話になっていますから」

朴の横に座った韓に、光子を紹介した。

「それはそれは、美しいお嬢さんですね」

にこやかに、韓が言う。

来たことがあるらしく、韓は堀江らと同じ料理とビールを二本、注文した。

「日曜日なのに、お仕事ですか？」

堀江が訊く。

「日曜も月曜もないですよ。半島が戦場です。代表部に泊まり込みです」

堀江はかねてから抱いていた疑問があった。動乱がはじまったとき、韓国が北朝鮮軍の圧倒的な侵攻を許した理由は何なのかを尋《たず》ねた。

「すべては緒戦でした。漢江《ハンガン》に架かる鉄橋のひとつが爆破されないで、残ってしまってね」丁寧に言葉を選ぶ態度に好感が持てた。「敵は戦車を載せた貨車を悠々《ゆうゆう》と走らせたんです。こちらには大砲ひとつないから、指をくわえて見守っただけですよ」

その橋が爆破されていれば、韓国側に有利な展開になっていたのだろう。

「国連軍の士気は旺盛《おうせい》ですか？」

「なにしろ、共産軍という得体の知れない連中が相手でしょ。最初は戸惑《とまど》っていましたね。李大統領も、米軍は世界一強い軍隊なのに、どうして負け続けるのかとおっしゃっていました。いまは、Ｂ29がじゅうたん爆撃をしていますから、敵も悲鳴を上げているはずです」

韓は、目でとなりの朴に語りかける。

「わたしだって、いつまでも日本にいるわけじゃないです」朴が目を輝かせる。「Ｂ29の操縦訓練が終わったら、釜山に渡って、敵を蹴散らしますから」

そう言った朴の肩を韓が叩く。

「ここにいる朴もそうですが、日本帝国陸海軍で鍛えられた軍人が韓国空軍を創設しました。彼らが戦いを支えています」韓が言う。「これからも、朴の面倒を見てやってください」

「もちろんです」

かつて、鞍山でともに戦っていたときより、朴は、生き生きしている。たとえ、生死をかけた戦いになろうとも、飛行機に乗れる喜びを体中から発散しているようだった。

出身を訊かれて、長崎と答える。

「それはご苦労されましたね」

原爆投下前後の状況について詳しく話した。

「朴から少し聞きましたが、危険な業務に携《たずさ》わっているようですね」

途中で遮るように、韓に訊かれた。羽田空港での初対面のとき、堀江は海兵隊の服を着ていたし、口の軽い朴が、想像も交えて話したのだろう。

「それほどでもないですよ」

「もし、自分がお役に立てることがあったら、いつでも、お電話ください」真摯《しんし》な口ぶりで言う。「このあたりなら、たぶん、あなたより詳しいですから」

思わぬところで味方ができたような気がして、うれしかった。持つべきものは友か、と思う。

「それにしても、鉄道がらみの事件が多いですね」韓が新聞の見出しに目を落として言う。「三鷹事件は、どう思いますか？」

去年の七月、三鷹駅構内で無人列車が暴走し、多くの死傷者を出した事件だ。

「新聞にあるとおりだと思いますけど」

「判決で、共産革命を狙う共同謀議説は否定されましたけど、実際、どうでしょうね？」

「起訴された国鉄職員が、共産党員だったとしても、そこまでやるかなと思いました」

「同じ頃に起きた下山《しもやま》事件は？」

どことなく査問を受けているような気がする。

「あれも、新聞発表どおりじゃないですか」

国鉄総裁の下山定則《さだのり》が、出勤途中に行方不明になり、常磐《じょうばん》線の綾瀬《あやせ》駅近くで、その死体が見つかった事件だ。

「自殺説に賛成？」

「さあ」

国鉄総裁が、自身の国鉄の線路で自殺するはずがないと堀江は思っていたが、口にはしなかった。

女給が運んできたビールの栓《せん》を光子が抜いて、三人に酌《しゃく》をした。

乾杯して、一口すすった。冷えている。うまい。

「李大統領はいま、釜山にいるのですか？」

堀江が訊く。

「いえ、となりの鎮海《チネ》の大統領別邸にいます。もうじき、上陸Dデイがありますから、まあ見ていてごらんなさい」

鎮海は、日本海軍の軍港として発展した街だが、上陸云々《うんぬん》については、わからなかった。しかし、重大な秘密を口にしたように感じられた。

ソースのかかったハンバーグが四人前運ばれてきた。フォークで切り分けて口に放り込む。肉と野菜の甘みが舌の上に広がり、食欲が増してきた。猛烈な勢いで、肉をかきこむ朴を見ていると、人一倍の愛国心を持った韓国人に生まれ変わったのだなと、堀江はつくづく思った。

2

車窓から入る生暖かい夜風が、頬《ほお》にまとわりつく。部下が運転するシボレーは、暗い本郷《ほんごう》通りの交差点を通過した。

「鶏明社の田中って、どんな人ですか？」

じっと考え込んでいる白砂に、小山孝弘《こやまたかひろ》は訊いた。

民間航空人大會では、一介の民間人のくせに、航空業界を仕切っているような話しぶりだったのだ。

「父親が外交官で、母親は名古屋の財閥出身のお坊ちゃんだよ。ちょっとクセがある」

「航空保安庁の人間もいましたね」

「あんなのは、官庁の部類に入らん。それより、中尾だ」

わざわざ大会に足を運んだのは、白砂が並々ならぬ関心を寄せる民間航空業界の戦後初の動きだったからだ。去年発足したばかりの通商産業省の官房長に抜擢された小山も、いずれ航空機製造の時代が到来する、という白砂の言葉に従って、お供した。その通商産業省を作った張本人の白砂は、さっさと官職を捨てて、南多摩《みなみたま》郡の鶴川《つるかわ》村に引っ込み、畑を耕《たがや》す生活だ。

「民間航空の英雄ですから、あの場にいても、おかしくはないですよ」

「そっちじゃない。連中、何を企《たくら》んでるかだよ」

航空再開の日は近いと田中がアジっていたが、それを見越して、すでに、日本人が飛行訓練を受けているような口ぶりだったのが気にかかるのだ。

そう、答えるのがせいぜいだった。

シボレーは、ぎしぎし音を立てて切通坂《きりとおしざか》を下る都電を追い越していった。不忍池《しのばずのいけ》の手前で左手に折れた。樫《かし》の門の手前で、部下が降りて開け、ふたたび発進する。暗闇《くらやみ》の砂利道を上りきったところに、鹿鳴館《ろくめいかん》時代を思わせる洋館が姿を現した。大きく取られたガラス窓の灯《あか》りが、ぽつんと立つ大銀杏《おおいちょう》を照らしている。まわりに広がる森の中には、書院造りの日本家屋や土蔵などが散らばっている。三菱財閥岩崎《いわさき》家の建物だったが、接収され、いまは反共工作専門のGHQ諜報機関の本部、本郷ハウスだ。

小山は胃のあたりが強《こわ》ばった。あまり、寄りつきたくない場所だ。遊びで拳銃を撃つ主《あるじ》のキャノン中佐は、始末に負えない人間だが、G2のウィロビー直属なので、とがめる者もいない。警官すら立ち入らないのだ。しかし、白砂とは、吉田首相の参謀役の辰巳栄一《たつみえいいち》元陸軍中将をウィロビーに紹介したのが縁で、太い絆《きずな》で結ばれている。ウマが合いすぎて、泊まり込みになる夜もあるほどだ。

いつものように、右手奥にあるサロンに入っていくと、国家地方警察本部長官の斎藤昇《さいとうのぼる》やその部下の村井順《むらいじゅん》、東京都知事の安井誠一郎《やすいせいいちろう》が、ローストビーフを肴《さかな》に、バドワイザーを飲んでいた。おぅと、その横から、メガネをかけ、カマキリのような精悍《せいかん》な顔立ちの男が声をかけてきた。日本共産党から転向した大物フィクサー、田中清玄《たなかせいげん》だ。ひとつ席を置き、ちょびヒゲを生やした室町《むろまち》将軍こと、三浦義一《みうらぎいち》も、ふっくらした顔をアルコールで赤く染めている。どちらも、政財界をはじめとして、闇の人脈に通じる策士だ。ふたりの横で、オールドパーを舐《な》めている髪の薄い、小柄できまじめそうな男は、はじめて見る顔だった。

テーブルをはさんで、田中と向き合うように、籐椅子《とういす》に座った白砂は、「あんたがた、いつも暇《ひま》そうだな」と声をかけた。

「そういうあんたは、いま何をやってるんだ?」

田中が目を細め、面白がって、訊き返す。

「百姓」

「ドリンク・ウォーターか？」

「うん、水呑《の》み百姓だ。農繁期で忙しいよ」

「その合間に、アメリカからやって来る、お偉方の相手をするわけか？　あんたくらいデカくないと、恰好《かっこう》がつかんからな」

「そうだな。ダレスなんてデカいよ。ローヤル長官なんかもな。ニューヨークで道歩いていても、デカいやつばかりだ」

「そういや、アメリカに行った土産《みやげ》話を聞いてなかったな」

「向こうじゃもっぱら、企業人とつきあってたよ」

「あんたが、引っ張り込もうとして、パーになったパンナムあたりだろ。こっちじゃ、ノースウエストが熱心で、一枚上じゃないのか。ソウル・東京便の運航を許可されてるし」

「あんな田舎会社に何ができるってんだ。やっぱりパンナムだよ」

白砂は、日本人の給仕が運んできたバドワイザーを、一気に呑み干した。

「しかし、あんたの飛行機好きは並じゃないな」田中が胡散《うさん》くさげに言う。「外国人に、鉄鋼や石油の権益を売ろうっていうときより、ずっと生き生きしてる」

「そう言うな。いいかい、これからは飛行機の時代なんだぜ。アメリカじゃ、汽車より飛行機の運賃のほうが安いんだ。ニューヨークとシカゴ間が、汽車だと片道四十八ドルだけど、飛行機は四十四ドルだ」

「おれは、くわばらくわばらだな。あんな重たい鉄の塊《かたまり》に乗るのは、ごめんこうむるよ」

「おいおい、向こうじゃ待合室にボックスがあって、一ドル入れてガチャンと押せば、一万ドルの保険金が下りる契約書が出てくる」

「だから、何としても日本の国内航空路線の免許を取りにかかってるわけか。でも、パンナムでだめだったんだから、あきらめろよ」

「まだまだ。やり方はいくらでもあるさ」

小山はひやりとした。夕刻は丸ビルで、パンナムのオートウィン支社長と会い、その足で、帝国ホテルに住んでいるバンカー中佐を訪ねた。まったく別のやり方で、外国の航空会社が参入できるよう、GHQに働きかけているのだ。

白砂はタバコに火をつけ、「きょう、面白い大会があったぜ」と民間航空人大會について、ひとしきりしゃべった。

「中尾って、あのニッポン号の中尾か?」

三浦が訊く。

「そうだよ。あいつが日本人パイロット候補生を選抜すると抜かしやがって」

「航空保安庁もいたなら、もう筋ができてるんだろ」田中が言う。「やっぱり、あんたんとこは芽がねえや」

「ジャックはいるか?」

「G2に呼び出し食らって、さっき長光《ながみつ》と帰ってきたところだ。様子が変だぜ。すぐ、上がっちまった」

電話で中座した白砂とともに、二階に上がる。階段の途中で、小山は、田中の横にいる男は誰なのか訊いた。

「最近顔を見せなかったからな。韓道峰だよ。朝鮮人だ。日本名は村井恵。日、韓、中、露、英、仏、六ヶ国語がぺらぺらで、ここに集まってくる警察やCIC（米諜報部隊）のレポートを訳して、ジャックにアドバイスする」

「スパイで使えそうなやつを選別するのか……」

「ああ、スパイをまとめて北朝鮮に送り込んでる」

本郷ハウスの目的は、対ソ、対中国の情報収集と反共工作だ。多くの支部を抱え、二重スパイの獲得や養成に日々明け暮れている。

「戦時中、日本陸軍の特務機関員になったやつでな」白砂が続ける。「甘粕正彦《あまかすまさひこ》の下で特務機関をつくって働いていたが、その一方で韓国独立運動の連中とくっついて、上海《シャンハイ》爆弾事件を裏で采配していた」

上海事変が起きた年、白川義則《しらかわよしのり》陸軍大将が死亡し、重光葵《しげみつまもる》公使が右脚を失った爆弾事件だ。韓自身、二重スパイだったようだが、いまでも、それなりの使い道があるのだろう。

「取り締まっている側に犯人がいたんだから、まあ、わからねえな。朝鮮で動乱がはじまって、銀座の韓国代表部に詰めてる。本人はしごくまじめだから、ジャックにも気に入られてるけどさ」

「なるほど。で、いまの電話は？」

「久山《ひさやま》からだ。連中の住処《すみか》がわかった」

「それはよかった」

久山秀雄《ひでお》は白砂と同郷で、兵庫《ひょうご》出身の東京警察管区本部長だ。

民間航空人大會に出ていた中尾や進駐軍関係者を、公安の刑事に尾行させていたのだ。

「中尾は大森の山王にある接収住宅に住んでる。パイロット仲間三人と一緒だ」

「接収住宅ですか、米軍だな」

「そういうことだ。もう、連中、飛行訓練を受けてるぞ」

二階の東側に並ぶ真ん中の部屋に入った白砂に続いた。

珍しく、キャノン中佐が軍服で電話をかけていた。いつも腰に差している拾円《じゅうえん》金貨をはめ込んだ拳銃は、ベッドの上に置かれている。腹心の韓国諜報機関の延禎《ヨンヤン》と背広姿の長光捷治《しょうじ》が見守っていた。通話を終えると、キャノンは大柄な体をこちらに向けた。赤ら顔にうっすらひげが伸び、青い目が落ち着きなく動いている。

「取り込み中みたいだな」

白砂が英語で声をかけると、キャノンは手を振り、

「このところ、毎日、郵船ビルのＪＳＯＢ（合同特殊工作委員会）に呼ばれてる」と床を伝うような、低い英語で言う。「朝鮮半島で、来月、でかい反攻計画があって、そいつの支援だ」

「辰巳さんから聞いてるよ」流暢《りゅうちょう》なキングス・イングリッシュで返す。「旧日本軍が作った朝鮮の地図を引っ張り出したりして、郵船ビルの連中、大忙しらしいじゃないか」

辰巳をはじめとして、郵船ビルには、中国や朝鮮半島に詳しい旧日本軍の軍人たちが集められているという噂《うわさ》だ。

「戦車揚陸艦の運航を日本人にやらせる腹だ」

「ほう」

「作戦に向けて、韓国の特殊部隊やうちの極東空軍や海軍、CIAなんかの情報部隊の親玉が集まって、地下工作の作戦を練ってるんだよ。手はじめに、延が明日、半島入りする」

白砂が延に視線を送り、「気をつけろよ」と声をかけた。

「国内で、ナガミツも協力する」

そう言われ、元上海憲兵隊中佐の長光は、杖《つえ》をついて立ち上がり、背筋を伸ばした。戦犯として巣鴨《すがも》プリズンに収監されていたが、中国に関する深い知識と語学力が買われて、キャノンに引き抜かれた。長光が率いる柿《かき》ノ木坂《きざか》機関は、気性の荒い人間がそろっているという評判だ。

「いま、ジャックが言った極東空軍の情報部だけどさ、オリバー大佐っていうのを知ってるかい？」

白砂が訊く。

「いや」

白砂はきょう、代々木で行われた民間航空人大會について説明し、そこに極東空軍の人間が参加していたことを付け足した。

「そんな大会に、空軍の情報部が顔を出すのは奇妙だな」

キャノンが言う。

「だろ。どうも、日本人が極東空軍で飛行訓練を受けているらしいんだよ。これについて、聞いてないかい？」

「知らんな」

キャノンは興味なさげだ。

「講和条約の締結で、いずれ、日本人による民間航空の経営が許可されるかもしれんが、それにしても、秘密めいている。そんな訓練をするのは時期尚早に思えるんだよ。極東空軍で、必要とされてるのかな？」

「情報部関係なら、七月に入って、横須賀のＦＲＵの連中から、中国に送り込むスパイ要員を寄こせって、矢の催促があるが」

「ＦＲＵって、ＣＩＡの現地調査部隊だろ？」

「ああ、去年、できたばかりで、頼りにならん連中だよ」

「それでスパイを融通《ゆうずう》したのか？」

「するわけないだろ。こっちの作戦で、全員使い切る」

「そうか……」

キャノンは用が済んだとばかり、ふたりの部下と打ち合わせをはじめた。白砂は、窓に寄り、上野広小路《うえのひろこうじ》で瞬《また》く松坂屋のネオンを見つめていた。

3

機体の外回りチェックをしていると、内田とウォレスの口論が耳に入った。

「どうして、きょうもあいつなんだ」

たどたどしい英語で内田が、ウォレスに声をかけている。

「厳しい訓練になる」

「だからこそ、やりたいと思ってるんだよ」

珍しく、内田は引く様子がなかった。

「次回だ」

ウォレスは、Ｂ26の機体に取りつき、航法士席に乗り込んでしまった。内田が堀江を睨《にら》みつけながら、不承不承、機首の爆撃手席に収まった。

九月に入って、内田が操縦したのは一度だけで、ほかの三回は堀江が操縦桿《かん》を握った。内田が操縦したいという気持ちはよくわかるが、英語がまだ力不足だ。中尾と組んでいる片岡も、同じ扱いだった。

午後四時ちょうど。堀江は操縦席に着き、管制とのやりとりを英語ですませ、北向き滑走路（ランウエー33）から離陸した。右旋回《せんかい》し、東京湾上空を飛んで館山ホーマーへ十五分で達した。きょうも快晴で、風も穏《おだ》やかだった。有視界飛行に切り換える旨、申告する。

ウォレスが、昨日と同じコースを飛ぶように指示し、自分はヘッドホンが装着された革ヘルメットを頭から外した。七〇〇〇フィートまで上がり、丹沢《たんざわ》にあるR114訓練空域まで、一六〇ノットで最短コースをとる。はるか真西に、くっきりと富士山が映え、その裾《すそ》に箱根《はこね》や丹沢山塊《さんかい》が手に取るように見えた。このコースを飛ぶのは、四度目になる。決まって夕方の時間帯だ。

インターホンに内田の声が入る。

「ウォレスは、ヘッドホンを外したな？」

「腕組んで、寝てますよ」

「……ったく、どうして、おれにやらせないんだ」

不平がはじまった。堀江は答えようがない。

「いつまで、こんな薄暮《はくぼ》訓練ばかりやるんだ」

内田が続ける。

航空機は、管制飛行で飛ぶ時代だから、推測航法や有視界飛行による薄暮訓練をする必要はないのだ。

「この訓練は、日本人のために、よかれと思ってやってるんじゃないぞ」当てずっぽうを内田が口にする。「おれたちを戦争に参加させる気だ」

「それはないですよ。訓練がはじまったのは、動乱がはじまる前だし」

「だったら、何なんだ、この妙ちくりんな訓練は？　何訊いたって、連中、答えねえ。こんなの、やってられるかよ」

「いまに、ちゃんとした訓練になると思いますよ。それまでの辛抱じゃないですか」

そう言ってみたものの、内田と思いは同じだった。自分たちは、ひどく特殊な訓練を強《し》いられている、と堀江も感じていた。

五時近く相模湾の訓練空域に入った。ウォレスがヘッドホンをつけ、本格的な訓練がはじまった。

立体8の字飛行、失速、木葉落とし、と立て続けに指示される。高度な技を要求され、最後に緩反転して丹沢方向に機首を転じた。少しずつ闇に覆《おお》われていく地上に、飛行を邪魔するものはなかった。息を大きく吸って吐《は》いた。これからはじまる山中の飛行を思うと、額《ひたい》に冷や汗が伝った。いつまで、こんな曲芸のような訓練をやらされるのか。黒々とした不安が、染みのように胸中に広がった。

4

九月最初の日曜日、関西地方に接近しつつあるジェーン台風の余波で、朝から雨風が強かった。荒天のなか、オリバーがラッキーストライクのカートンとジョニーウォーカーを抱えて、山王の接収住宅にやって来た。

待っていましたとばかり、片岡が冷蔵庫の氷でオンザロックを作り、暖炉のある応接室でオリバーに供した。光子がキャベツとコンビーフでさっと炒《いた》め物を作り、運んでくる。堀江も相伴《しょうばん》にあずかった。光子もコーラで乾杯する。

「ウチダは?」

とオリバーは、光子に尋ねた。

「呼んできます」

席を立ち、部屋にいる兄を呼んできた。

「体調でも悪いのか?」

オリバーが、現れた内田に訊いた。

「そんなことないですよ」

さらりと答え、ラッキーストライクをくわえて、火をつける。

中尾は留守だ。土日のいずれか、用事で外出する中尾だが、オリバーは、彼を信用し、黙認している様子だ。

「大邱《テグ》は大丈夫ですか？」

片岡がきょうの『朝日《あさひ》新聞』を広げて、訊いた。大邱は釜山橋頭堡の最前線だ。九月に入って、北朝鮮軍が大攻勢をかけ、各地で激戦が行われていると連日報道されている。

「大邱は先月の十五日、解放記念日の式典を行ったばかりですからね。持ちこたえていますよ」

さらりとオリバーが答える。「わがほうの兵力は、敵の五倍になりましたから」

「そうみたいですね。トルーマン大統領も、動乱は峠を越したと言っているし」

一面に、トルーマン大統領の写真が載り、〝全面戦争は防げる〟と見出しが振られている。ただし、中国とソ連が参戦しない限りは、という条件付きだ。

「オリバー大佐、訊いてもいいですか？」

水割りを舐めながら言った内田を、オリバーが振り向く。

「中尾さんと堀江が操縦桿を握って、わたしと片岡さんがナビゲーターになるパターンが続いています。これって、何か意味がありますか？」

「特にないが」

「わたしと片岡さんの英語が問題ですか？」内田が眉根《まゆね》にしわを寄せる。「そこそこ、ものになってきたと思うんですけどね」

「そうだな、そう思うよ」

「もっと操縦する機会を増やしてもらえないかなと思うんですよね」

片岡が「よせよ」と口をはさむが、内田はかまわず続ける。

「だいたい、薄暮訓練とか推測航法とか、そんなのばかりで、危険すぎると思いませんか？　われわれの身分だって、曖昧《あいまい》だし、万が一のときはどんな扱いになるのかな」

「悪いようにはしない。来月になれば、給料を上げるつもりだ」

「どれくらい？」

「月百ドル」

堀江は驚いて、光子の顔を見た。

給料取りの十倍の額だ。

「金は問題じゃないんですよ」内田が言う。「待遇です。将来の保証も何もないし。病気にでもなったら、どうしてくれるんですか？　だいいち、親にだって、仕事を話せない」

オリバーは内田の膝《ひざ》に手を当てた。

「きみの言うことは、もっともだ。いずれときが来ればわかる。それまで待ってもらえないか？」

横を向いた内田にかまわず、オリバーが、

「今週から訓練は、立川基地で行うようになる。ついては、明日、現地に移動してもらう」と言った。

「フィンカムですか」

堀江は航空資材司令部の通称を口にした。

「いや、西側の飛行場だよ」

極東空軍輸送部隊の基地だ。羽田での訓練は、目立つのだろう。

光子が不安げな表情を見せているので、「彼女はどうなるのですか」と堀江は尋ねた。

「ミツコ次第だ。少し遠くなるからね」

「立川なら電車で一時間ですから通えます」

光子が答えた。

「オーケー、交通費も支給しよう」

安堵の表情を浮かべた光子に笑みを送る。

しばらく、談笑して、三時過ぎにオリバーは帰っていった。入れ替わるように、中尾が戻ってきた。この暑さのなか、きょうも背広姿だ。少し疲れた表情だった。堀江は水割りを作り、ソファに落ち着いた中尾に渡した。

「ありがとう」

堀江もコップ片手に、横に座った。今週、訓練基地が変わり、移動させられると話した。

「立川基地なら、もっと日本人が多いけどな」

「そうですね」

終戦まで、立川基地の東側に巨大な航空機製造工場群があり、四万名もの人々が働いていたのだ。

「まあ、従うしかない」

「ええ。きょうはどちらに行かれたんですか？」

「午前中、松尾さんと山崎運輸大臣を訪ねたよ。午後は、柳田誠二郎《やなぎだせいじろう》さんと三人で、朝日新聞の論説委員と会ってきた」

松尾は知っているが、柳田というのは初耳だったので、誰なのか訊いた。

「海外事情に詳しい元日本銀行の副総裁。外国の航空事業に強い人だ。三人がかりで、日本の空は、日本人による航空会社の飛行機を飛ばさないといけない、って論説委員を説得したけどね」

「六月十六日のポツダム政令に関してですか？」

日本の国内航空路線を、外国の航空会社にのみ、許可するＧＨＱの命令だ。

中尾は、小さくうなずく。

「ひょっとして、どこかの航空会社に許可が下りたんですか？」

白砂次郎が推《お》すパンナムなどか。

「そうじゃないが、似《に》たようなものだ。いま、日本に乗り入れている七つの外国の航空会社がひとつにまとまって、ＪＤＡＣなるものを作った。Japan Domestic Airline Company の略だ」

「そこに許可が下りた？」

「いや、まだ。ＧＨＱに、ＪＤＡＣ設立が認められただけだ。でも、このままじゃ、そいつに日本の国内路線を持っていかれてしまう。何としても阻止《そし》しないと」

中尾がウイスキーを一口であおった。

「変ですね。どの会社も、単独でやりたいはずだし、許可をもらうために、必死でＧＨＱに取り入ってる最中でしょ？」

「うん、売り込みに必死だ。共同でやったって、うまくいかないと思う」

「それでも共同会社を作るなんて……ひょっとして、陰で誰かが動いた？」

堀江は中尾の顔を見つめた。

「そのようだよ。白砂氏だ」

どこまでも、外国資本による国内航空路線の開設にしがみつくらしい。

「とにかく、世論を味方にするしかない」中尾が気を引き締めるように言う。「しばらく、新聞社詣《もう》でが続くよ」

「運輸大臣は何と言ってますか？」

「会うなり、謝られた。吉田首相の意向もあって、一度は、パンナムでＯＫを出したから。安心していた矢先に、またこの騒動だ」

「大臣はどちらの味方なんですか？」

「もちろん、われわれだ。山崎大臣は力がある。松尾さんは、航空保安庁を一日でも早く運輸省に移管してもらって、旧航空法を廃止し、国内航空運送事業令を制定してもらうように頼み込んだ」

「その事業令を制定すると、どうなるのですか？」

「国内航空路線の免許を与える側になる」

「外国の航空会社に与えなくてもよくなるわけですね」

「形から言えばそうだが、要件さえ整《ととの》えば、許可を出さなくちゃいけない。それに、連中も黙ってはいない。とくに白砂氏あたりはさ。ところでカボタージュの権利って知ってるか？」

「聞いたことはありますが、よく知りません」

「国内の航空路線の運航は、あくまで、その国の航空会社にだけまかされるという権利のことだよ。アメリカも加入している国際民間航空条約で定められている権利だ」

「それを盾《たて》にすれば、外国の航空会社を排除できるんですか？」

「日本が独立国で、同じ条約に加盟していれば、可能だ。でも、いまの状態じゃ難しい。ただし、航空行政の管轄は、アメリカ本国の民間航空局だから、ＧＨＱも、勝手にこの権利について口出しできない」

「……なるほど」

堀江は口をつぐんだ。

「とにかく、国内航空運送事業令を制定してもらって、航空行政だけでも、取り戻さないとな。そうすれば、外国の航空会社が免許の申請をしてきても、文句をつけられる。運輸省の連中も、これだけは、明け渡さないと言ってくれてるし」

「心強いですね」

中尾は渋い表情で席を立ち、ウイスキーをコップに注《つ》いだ。

しかし、同じ日本人が、どうして、日本のためにならないことをするのだろうか。堀江には、まったく理解できなかった。

5

ジェーン台風がオホーツク海に抜けた九月四日の午後、マッカーサーの執務室に、ストラトマイヤー極東空軍司令官とウィロビー少将が急ぎ足で入ってきた。バンカーは、台風被害の報告を一時止めて、見守った。

「朝鮮半島の西海岸で、ソ連爆撃機を撃墜しました」

空軍司令官の興奮した口調に、マッカーサーは聞く体勢を取った。

「本日、午後一時二十九分、黄海《ファンハイ》三十八度線付近で作戦行動中の空母ヴァリー・フォージが、レーダーで、中国の遼東《リャオトン》半島から海上を南下する正体不明機を探知しました。コルセア戦闘機四機を出撃させたところ、北五〇キロの地点で、二機のソ連空軍の赤星マークをつけた双発爆撃機を発見、後方銃座から射撃されたため、ただちに応戦。一機撃墜、もう一機は北へ逃走しました」

「爆撃機というのは、たしかか？」

マッカーサーが身を乗り出して訊くと、ストラトマイヤーが写真を差し出した。

先端部の尖《とが》った双発機だ。爆弾搭載量が多く、エンジンも高性能で、急降下爆撃を得意とする、第二次大戦中から定評のあった中型爆撃機だ。

「ツポレフTu2。パイロットの証言から見て、これに間違いありません」

「偵察か？」

「そう思われますが、空母を狙ってきたのかもしれません。駆逐艦が一遺体を収容しました。認識票によりますと、ソ連空軍番号25054、ミシン・ヴァシレビウ中尉です」

「とうとう、爆撃機が来たか……」

マッカーサーが、深くため息をついた。

ソ連は正式に参戦していない。ヤク戦闘機に乗ったソ連兵の報告はあるが、爆撃機乗組員の遺体発見は重大だ。

これまで、北朝鮮軍側の戦闘機は、半島内を飛行するだけで、決して海上には出なかった。海に出て、撃墜されてしまえば、パイロットを救えないし、ソ連兵とわかってしまうからだ。北朝鮮軍に空母はなく、ヘリコプターを扱えない。

「どこから来た?」

マッカーサーがストラトマイヤーに訊いた。

「開戦以来、航空機偵察は困難ですが、いちばん近いのは、鴨緑江《ヤールーチャン》河口にある安東《アントン》基地と思われます。そこからだと、撃墜地点まで、三〇〇キロほどの距離です」

鴨緑江は北朝鮮と中国の国境を流れる川だ。

「現在、送り込んだ工作員により、安東付近を確認中ですが、複数の飛行場にソ連の航空機が集結中のようです」ウィロビーが付け足す。「瀋陽《シエンヤン》、鞍山《アンシャン》、吉林《ジーリン》、東北部には、牡丹江《ムーダンチャン》近辺の飛行場に集まっています」

「しかし、どうして、いまになって。コート、きみはどう思う?」

マッカーサーは、同席していたホイットニーに訊いた。

「昨日の大統領声明に対する答えではないですか?」

ホイットニーが答えた。

トルーマン大統領は、昨日、全面戦争を避ける唯一の方法は、中国とソ連が参戦しないことである、と共産国側に威嚇《いかく》とも取れる声明を出したのだ。

バンカーは考えあぐねた。これまで、航空戦では、米軍をはじめとする国連軍が圧倒していた。連日、ジェット機が北朝鮮機を追い回し、B29をはじめとする爆撃機で、北朝鮮軍への空爆を行っている。戦局が悪化した八月十五日には、敵が集結している倭館《ウエグアン》に、ノルマンディー上陸作戦以来の大爆撃も敢行《かんこう》した。

「羅津《ラジン》と清津《チョンジン》への爆撃で、ソ連は神経を尖らせているはずです」

ストラトマイヤーが言う。

どちらもソ連国境に近い港で、ソ連から続々と補給物資が入っている地域だ。B29が猛烈なレーダー爆撃を加えている。

「その報復か？」

「その可能性もあります」

「敵の九月攻勢の一端と思います」ホイットニーが口をはさんだ。「地上軍だけでは形勢が不利なので、北朝鮮軍は、ソ連の力を借りて、航空機の本格的な運用をはじめるかもしれません」

「そうなれば、日本も危ないではないか」マッカーサーが言う。「ソ連はすでに原爆を二十から三十持っている。連中のTu4なら、原爆を積んで日本まで飛べるぞ」

Tu4は大戦中、ソ連領内に不時着したB29を、ソ連側が解体コピーした大型爆撃機だ。

今年の二月、ソ連と中国は、中ソ友好同盟相互援助条約を締結した。日本と手を結んで侵略行為を行う国に対して、武力を発動することになったのだ。米国と中国が交戦すれば、自動的にソ連も参戦する。それは第三次世界大戦を意味していた。

「おっしゃるとおりです」ホイットニーが続ける。「敵はわが軍が原爆使用を考慮に入れていることを百も承知です。黙って、それを受け入れるはずがありません」

「その通りだ、なんとかせねばならん」マッカーサーは不安げに窓を一瞥《いちべつ》する。「いざとなったら、先手を打って原爆投下を本気で考えなければならない局面だ」

座が静まった。

「釜山《プサン》にいる李《イ》大統領は、相変わらずか？」

鎮海《チネ》から、釜山の大統領別邸に移った李承晩《スンマン》からは、来日して、マッカーサーと直談判したい旨の要請が連日、入っている。

「この戦局は、アメリカの責任だと言っています」

「閣下の言いそうなことだ。しかし、敵の攻撃はやみくもで、統一されていない。いずれ、崩れる」

「敵の兵站線《へいたんせん》は伸びきっています」ホイットニーが追従する。「十五日の仁川《インチョン》作戦で、一気に形勢逆転に持ち込めるはずです」

「そのつもりだよ」

明るさを取り戻したマッカーサーが、にやりと笑みを浮かべた。

バンカーは、仁川作戦に懐疑的だった。よほどの幸運に恵まれない限り、成功はおぼつかない。マッカーサー自身が、成功は五千分の一の確率だ、とオフレコで語っているのだ。

「それより元帥《ゼネラル》、中国人民解放軍の動きが慌《あわ》ただしいです」ウィロビーが顔をしかめて言う。

「葉剣英《イエチエンイン》指揮下の広東《カントン》軍の大部隊が、続々と北上中です」

葉剣英は中共軍トップのひとりだ。

「われわれの第七艦隊が、台湾の国民政府の動きを封じたからだろう」

蔣介石《チャンチエシー》による中国本土攻撃がなくなり、その分を北朝鮮に差し向けているのだ。

「そう思われます。東北人民解放軍の林彪《リンピヤオー》が、北朝鮮義勇軍の総司令に就任していますし。中共軍の動きが活発です」

マッカーサーは深くうなずいた。

「川ひとつはさんだとなりで、戦火が上がっているんだから、無理もない。やつらも、いずれ参戦する。ラリー、テレコンの支度《したく》をしてくれ」

「わかりました」バンカーが答えた。「元帥、ワシントンは明け方ですが」

「かまわん。大統領をたたき起こせ。ソ連の爆撃機が飛び立ったのだ」

「さっそく、いたします」

別室にあるテレタイプのスクリーンを起動させた。ワシントンを呼び出し、スクリーン越しに即時のやりとりをするのだ。大統領の判断で、国連に報告するかどうか、ただちに決まるだろう。ソ連兵の遺体が発見された以上、闇に葬《ほうむ》るわけにはいかない。ソ連の正式な参戦は認めないにしても、爆撃機の侵入は、ワシントンにも大きな衝撃を与えるはずだ。トルーマン大統領は、ソ連に対し、より強い警告を発するだろう。ソ連が正式に認めるはずはないが、爆撃機の侵入は、これを最後にしなければ、より強大な米軍の火力にさらされるのを覚悟しなければならない。原爆だけは、避けたいと思うはずだ。

6

九月終わりの空は、抜けるように青い。右手に、伯耆大山《ほうきだいせん》の美しい山容《さんよう》が見えてきた。その先、島根《しまね》半島が横に伸び、手前に美保《みほ》湾が広がっている。

「米子基地ですね……」

堀江が言った。

「そうだな」

C45軽輸送機の窓を覗《のぞ》き込みながら、中尾がうなずく。

ビーチクラフト改良型の双発機が、羽田空港を出て、二時間半が過ぎようとしていた。東風が強く、揺れがひどい。九つある客席に、堀江と中尾と内田の三人しかいない。三十日のきょうの朝、行き先も告げられないまま、飛行機に乗り込んだのだ。片岡が置いてきぼりになった理由もわからない。

「今度は、ここで訓練ですかね？」

「それならそれで、説明があるはずだけどな」

訓練が立川基地に移り、住まいも、国立《くにたち》の城山《じょうやま》にあるケヤキ林に囲まれた洋館に変わった。内田光子は、自宅のある旗の台から、東急《とうきゅう》線と南武《なんぶ》線を乗り継いで、最寄《もよ》りの矢川《やがわ》駅まで、通うようになっている。

「動乱の拡大で、立川基地の運用が、満杯になってるからではないですか？」

大型輸送機に加えて、爆撃機の発着が激増している。

「米子なら、朝鮮半島まで一時間の距離だぞ」

「……そうですね」

まさか、動乱の地に飛行機を飛ばさせるとは思えない。

九月十五日、台風をついて強行された仁川作戦が成功し、激戦の末、三日前には三〇キロ離れたソウルが奪還された。マッカーサーを招いて、華々しく遷都《せんと》式が行われ、昨日は、韓国軍がとうとう三十八度線に到達した。兵站の伸びきった北朝鮮軍は、全戦線で崩壊し、遁走《とんそう》したのだ。

「ソ連の出番が近づいてきたからじゃないか」中尾が言う。「今月のはじめ、黄海で、ソ連の爆撃機が米軍機に墜《お》とされただろ」

「ありましたね。三十八度線上空で」

新聞で大きく扱われたが、撃ち落とされた機種は報道されていない。

「もし、ボーイングスキーなら、きみに責任があるぞ」

冗談めかして、中尾が言う。

「十九年の鞍山、昭和製鋼所の空襲のことを言ってますか?」

「うん」

あのとき、堀江は鞍山飛行場で四式戦闘機に乗り、防空任務についていた。複数のB29が撃墜されたが、損傷した一機が国境を越えて、ソ連の沿海州《えんかいしゅう》地方に不時着した。それをソ連が解体調査して、大型爆撃機のTu4が生まれたという話は、何度か耳にしている。ロシア人の名前にスキーがつくことが多いので、ボーイングスキーというあだ名もついたのだ。

中尾が内田に、どう思うか尋ねた。

内田は陰気そうな目で下界を見ながら、

「こんなところに連れてきたんだから、訓練なんかじゃないですよ」

「じゃあ、何をさせる気だと思う？」

「わたしに訊かれたって、わからないですよ。こんなことなら……」

そこまで言って、内田は言葉を呑み込んだ。

最初から、訓練に参加するべきではなかったと言いたいようだった。

「洋娼《ようしょう》になんか手を出すなよ」

中尾に言われて、内田はちっと舌を打ち、

「金をどう使おうが、勝手でしょ」

とうるさそうに言った。

二万人からの日本人が働く立川基地周辺の繁華街は、米兵相手のバーやキャバレーが密集している。休日や風雨で訓練が中止になった日、内田は、曙《あけぼの》町にある立川パラダイスに足繁《しげ》く通うようになった。女をめぐって米兵と喧嘩《けんか》になり、顔に痣《あざ》を作って帰ってくることもあった。

米子平野上空に入った。美保湾と中海《なかうみ》にはさまれた弓《ゆみ》ヶ浜《はま》半島の砂州の上空を横切り、機はいったん中海側に出た。半島の北寄りに、米子基地の滑走路が見える。戦時中の美保海軍航空隊基地だ。銀色の中型機が格納庫前に整然と並んでいる。見る限りB26のようだ。真っ黒に塗装された機体もある。空爆の最前線基地らしく、不安が増す。大根島《だいこんしま》手前で右旋回し、向かい風のなか、踊るように着陸した。

すぐに降ろされ、三人の進駐軍兵士により、ジープで兵舎に連れ込まれた。会議室らしい大部屋に、制服姿のオリバーが待ち構えていた。部屋の真ん中にある机に、天井から吊るされた傘《かさ》付きの照明の灯りが当てられている。日本海からシベリアまでの大きな英語表記の地図だ。

「急に呼び立てて、すまない」オリバーはいつもとは違う、硬い表情で言った。「これまで、われわれが課した訓練を、黙々とこなしてくれて、あらためて礼を言いたいと思う」

「新しい管制方式の訓練をさせてもらい、こちらこそありがたく思っています」

中尾が強ばった表情で返した。

「そう言ってもらうとうれしい。聡明なあなた方だから、これまでの訓練の目的について、うすうす感じていたかもしれないが、きょうはそれについて話したい」

堀江は緊張した。立川で話せばすむのに、わざわざ、こんな遠くまで連れてこられたからだ。

「いま、われわれはいくつか重要な作戦を計画している。その遂行に当たって、優秀なあなた方の力を貸してもらえれば、大いに助かる。多少の危険はあるが、あなたがたの操縦技術をもってすれば、完遂できると思っている。拒否する権利は当然あるが、どうだろうか？」

「具体的にはどのような任務になるでしょうか？」

中尾が問い返す。

「米軍の軍事輸送や連絡飛行になる」

堀江はふたりの仲間の顔を見た。目が合った中尾は軽くうなずいた。内田は顔をひきつらせている。

「お引き受けしたいと思います」

中尾が答えた。

「米軍の軍事輸送や連絡飛行になる。作戦名、並びに使用する機体のコールサインはブラックバードとしたい」

いま見たばかりの黒く塗られたＢ26を思い起こした。あれからさらに、国籍マークや部隊章も消した国籍不明の機体を使うと想像できた。ブラックバードはそれから付けた名前だろう。

入室してきたウォレスとともに、オリバーは机の前に移動し、黄色い灯りが注《そそ》ぐ地図の一点に指を当てた。

Vladivostok
ウラジオストクだ。

「今晩、ここに行ってもらう」

驚いた。ソ連領内へ飛行するのか。しかも、今夜？

「イワンを降下させる」オリバーが続ける。「操縦はホリエ、ナビゲーターはウチダ、ナカオは後部座席で、降下するイワンの見張り役をしてもらいたい。使用する機体は、きみたちが乗りこなしてきたＢ26だ。これまでも、アメリカ人やフィリピン人パイロットにやらせたが、すべて途中で引き返している。きみたちなら、やり抜けると期待しているよ」

イワンというのが、スパイであるのはわかった。内田が何事か、言いたげに頬をふくらませた。しかし、口にはしなかった。ウォレスに説明が変わった。

「今晩、２２００に発進。竹島《たけしま》までは通常飛行してもらう」

細かな打ち合わせが続き、偵察機が撮影した目標地点の鮮明な写真を見せられた。ステーキの昼食を取り、三時近くまで、かかった。ベッドの置かれた兵舎で休息した。夕食は軽いハンバーガーで済ませた。着ていた海兵隊の服のポケットをあらためられ、身分を明かすものは没収された。九時半過ぎ、医官がやって来て、三人に注射が打たれた。

ふわっと体が軽くなったような感覚を堀江は覚えた。頭の中にあった不安がなくなり、何ともいえない高揚感に包まれた。目をしばたたく中尾が、覚醒剤だ、と打たれたところを揉《も》みながら、つぶやいた。これからの数時間、眠気をもよおさないための処置らしかった。支給されたB15フライトジャケットは、首回りにボアがあり、ナイロン製で分厚い。部隊章などは付けられていない。救命胴着の上からパラシュートを付ける。

午後十時五分前、兵舎から外に連れ出された。ジープに乗り、闇の中を滑走路端まで走った。

「点検はすませてあるから、チェック不要だ。すぐ飛べ」

横に張りついているウォレスが言った。

右手に、中海らしい水面がゆらめくあたりで止まった。黒々とした機体の前で降ろされた。薄ぼんやり見える形から、訓練で使ったB26であるとわかった。黒一色に塗られ、銃座などは、すべて取り払われている。プロペラの手前に、パラシュートを背負った背の高い男がたたずんでいた。外人のようだった。オリバーとウォレスが見守る前で、内田が機首の爆撃手席に収まり、中尾が男とともに、後部ハッチから、機内に消えた。

「行け（Go ahead）」ウォレスのかけ声。

堀江は手探りで機体の腹に取りつき、跳《は》ねるように主翼まで上がり、操縦席に収まった。手順通りパラシュートを確認し、酸素マスクや無線機をつなげる。靴に電熱カバーを装着した。主電源を入れる。計器の位置が訓練用の機体と違うところもあるが、問題はなさそうだった。革ヘルメットを被《かぶ》り、マイクに発声する。

「エンジンスタート（Eng start）」

「エンジンスタート準備よし（Ready for eng start）」

内田と中尾の応答があった。マスタースイッチを押し、頭上の点火スイッチを続けざまに入れる。轟音《ごうおん》とともに、ふたつのエンジンがかかり、プロペラが回り出す。懐中電灯を尻の横におさめ、輝くコクピット灯をぜんぶ消した。

「米子タワー、こちらブラックバード、感度いかが？（Yonago Tower, this is Blackbird, how do yo read?）」

あてがわれたコールサインで呼びかける。

「ブラックバード、こちら米子タワー、感度良好、どうぞ（Blackbird, this is Yonago Tower, reading you five, over）」

暗闇に突然、白い光が走った。滑走路両端に、導路灯がいっせいに点《とも》った。

「了解、目的地・竹島です。離陸位置までの移動（地上滑走）と離陸の許可を願います（Roger, request taxi and take-off instructions, VFR to Takeshima, over）」

「こちら管制塔、使用滑走路までの移動を許可します。風は南南東六マイルです（This is Tower, clear to runway, wind south south east six）」

「ブラックバード、了解（Blackbird, roger）」

クリアランス（離陸承認）が通り、エンジン出力を上げる。十時ちょうど、機は動き出した。

東向き滑走路を加速する。三分の二ほど使い離陸した。ギアアップ。滑り込むように美保湾上空に昇った。東の空低く、月齢十八日の月が浮かんでいる。満月に近い月光が、米子から大山町への海岸線を明るく照らしていた。オリバーの言ったとおり、昼間のように、地上がよく見える。逆に、地上からは、空の機影が視認しにくいという。今回のような作戦には、うってつけの天候だ。

左旋回しながら高度を上げ、島根半島上空を日本海へ抜けた。美保ホーマーに合わせてある自動方向探知機の針が、半周回転して下を指した。この先、無線航法で使えるホーマーはない。内田のナビゲートだけが頼りだ。三〇〇〇フィートまで上昇する。一六〇ノットで、隠岐《おき》までのルートを取る。行く手は薄い雲がかかるだけで、見通しはいい。油を流したように海は凪《な》いで、穏やかだった。中尾も内田も黙っている。五分かからず、島前《どうぜん》の島々が見えてきた。入り組んだ島々の中間を飛び、目印になりそうな西ノ島《にしのしま》町上空を通過する。四分ほどで島が後方に消えた。

インターホンから、機首の風防座席にいる内田の声が入った。

「竹島なんて、目と鼻の先だ。この天気なら、目だけで飛べるだろ」

「まかせてくれるなら、それでもいいですが」

「やってみろよ」

堀江は手元にある地図に目を落とした。方位計を見ながら、左ラダーを軽く踏み込む。操縦輪《りん》を左に回し、方位三〇〇で元に戻した。

「惜しいな。東風が強くなってる。方位三－二－二で一〇〇マイル」

「了解、方位三－二－二で一〇〇マイル」

堀江が復唱した。

「内田、遊びはいかんな」

中尾がたしなめた。

「実戦に駆《か》り出されてるんですよ」内田が反発した。「兵隊ならいいけど、おれたちはまるで透明人間じゃないですか。撃ち落とされたって、それきりだ」

それはそうだと堀江も思った。万一、墜落しても、戦死扱いすらされない。行方不明とされるだけだ。敵地に不時着したときのことを思うと、身の毛がよだった。

「不満があるなら、終わってからにしろ」

中尾の言葉に、内田が沈黙した。

十五分ほどで、海から突き出た岩稜《がんりょう》を捉《とら》えた。竹島だ。

手前の島にさしかかった。指示どおり、真北に変針した。

東経一三二度線に沿って、北へ向かう。このまま、まっすぐ飛べば、ソ連と北朝鮮の国境にある豆満江《とまんこう》の河口あたりだ。徐々に高度を落とす。五〇〇フィートで水平飛行に移った。海は凪いで、波ひとつ立っていない。航空無線を切り、衝突防止灯《アンコリ》を消す。ランデブー地点は、北緯四二度、東経一三一度五〇分。なぜ、こんな低高度を飛ぶ指示が出たのか。高空から、別の飛行機が指示を出してくれるのか。わからない。

「偵察機の写真は、えらく鮮明でしたね」

内田が思い出したように言った。

「戦時中にＦ13が撮ったんだ」

中尾が言う。

F13偵察機は、B29を空中撮影用に改良したもので、いまはRB29と呼ばれている。そのRB29がスパイ投下と合わせて、高空から目くらましのためにアルミチャフをばらまき、レーダーを攪乱《かくらん》させるという。このため、投下時間は秒単位で正確さを求められているのだ。

二回、内田から速度と針路変更を求められた。東風が強くなっているらしい。五十分ちょうどで、ランデブー地点に到着した。海のど真ん中だ。陸影はない。旋回飛行に入った。

「何か見えますか?」

上空を仰いだ。

「ひとつも飛んでない」

中尾が答える。

「飛行機は飛んでない」

内田も声をそろえる。

二周した。

「たまげた。海軍のお出迎えだ」

驚きの声を内田が上げた。

前方のどす黒い海面が、ふたつに裂けた。白い波頭とともに、真っ黒な塊《かたまり》が現れた。徐々に伸びて、潜水艦の形を作った。飛行機ではなかったのか……。

潜水艦は海上でゆっくり右に回頭し、やがて止まった。司令塔にあるマスト灯が橙《だいだい》色に点滅し出した。

「艦首の示す方向に飛べということか」

堀江の言葉に、中尾が反応した。

「そうだ。よく見て、針路を変えろ」

「了解」

右フットレバーを軽く押し、右へ少し操縦輪を回す。

潜水艦の艦首方向と、B26の向きが重なった。方向をずらさず、潜水艦から離れる。ランデブー後は、高度と速度を指示されていた。一〇〇フィートまで、高度を下げ、一五〇ノットに機速を落とす。天頂にさしかかった月の光が海面を明るく照らしている。プロペラの風圧で飛沫《しぶき》がかかるほど、すれすれを飛ぶ。方位計は六〇を示していた。油断できない。少しでも気を抜くと機首が下がる。笹の葉のような白波が、海上を覆うようになった。投下時刻は、日の変わった0100。

時計を見る。午前零《れい》時を回っていた。喉《のど》が渇き、水筒の水を一口すすった。低空飛行をこれほど続けるのははじめてだった。頭が冴《さ》え渡り、視力も衰えない。あの注射のせいだろうと思った。高度を上げたい欲求に突き動かされる。ソ連領空内に入っているのはたしかだった。高度を上げれば、ソ連側のレーダーに捕捉されてしまう。十五分が過ぎる。三十分、四十五分と経過する。

「西へ流されてる」内田から声がかかる。「方位七に変針。九三マイル」

「了解。方位七で九三マイル」

ゆっくり、操縦輪を回す。零時四十分。十五分経過したとき、長靴のような島が目に飛び込んできた。飛び立つ前、この島の写真を見せられている。先にも別の島影があった。島の左右を囲んだ海が、奥に向かい果てしなく続いている。ピョートル大帝湾だ。一面、草に覆われた島上空に入った。低い丘すれすれを飛行する。道路らしきものがあるが、構造物はない。いったん、洋上に出る。

「中尾さん、用意できていますか？」

内田が問い合わせる。

「できてる、いつでも降ろせる」

午前零時五十六分。白々と月の光に照らされた、横長の島が見えてきた。このコースに間違いない。平らな島を過ぎる。不揃《ふぞろ》いな形の島をふたつ通過した。大きな陸影が迫ってきた。右にエイの形をした小さな島。操縦輪を握り直す。パラシュートの開傘時間を考慮し、直前に高度を上げなければならない。

「投下時間だ」

内田から声がかかる。

「了解」

陸地にさしかかっていた。左手に、弓なりの海岸線が長く伸びていた。その先、右に岬が突き出ている。人工構造物はない。道らしきものがあるだけだ。ここは、と堀江は思った。あの何度も訓練をさせられた四万十川の河口と似ている。

「目標を確認した」内田が言った。「高度四〇〇フィートに上げろ」

足を踏みしめ、操縦輪を引く。

「この岬だ」

内田のかけ声があった。午前一時ちょうど。高度四〇〇。

岬上空に達した。爆弾倉が開く軽い反動が手に伝わった。

操縦輪を右に回し、右フットレバーを踏み込む。機が傾き、反転した。右手後方に白いパラシュートの傘が開くのを堀江は確認した。十秒とかからず、それは闇に消えた。地上に降り立ったようだ。

高度を一〇〇フィートまで、一気に下げる。一五〇ノットで、海面ぎりぎりを飛ぶ。

四十分、そのままの姿勢で飛んだ。海上の波はなくなり、鉛色《なまり》によどんでいる。

「方位一六〇で三七〇マイル」内田の声。

「了解、方位一－六－〇で三七〇マイル」

二時間ほどで、米子基地に戻れる。

十五分が過ぎた。高揚した気分が収まらなかった。クスリのせいか、それとも、危険な作戦をやり遂《と》げたからなのか、わからなかった。どこまでも、低空飛行を続けられるような気がした。

膝の上の地図に目を落とした。細かなところまで、くっきりわかる。ソ連の防空識別圏を出たと思われた。そのまま、十分ほど飛ぶ。午前二時、内田に確認し、OKが出たので、三〇〇〇フィートまで上昇した。二〇〇ノットに速度を上げる。静止していた自動方向探知機（ADF）の針が、ぐるっと回った。セットしたままの美保ホーマーを感知したのだ。機首をその向きに合わせた。もう一時間とかからず、帰投になる。衝突防止灯と無線のスイッチを入れた。

「こちらブラックバード、米子タワー、どうぞ」

堀江は呼びかけた。空電音が続き、しばらくして、

「こちら米子タワー、感度良好」

と応答があった。

「こちらブラックバード、一〇〇《ハンドレッド》マイルアウト」

作戦終了の暗号を口にした。

肩にのしかかっていた重いものがとれた。息を大きく吸って吐く。いまになって、心臓の鼓動が大きくなった。操縦輪を握りしめていた指先を緩める。吸い付いたように、なかなか離れなかった。降下地点で反転させた瞬間がよみがえる。あの背の高い男は、無事に目的地への道をたどっているだろうか。

前方で輝く月明かりが海上に映り込み、一条の光の道を作っていた。

7

十月に入って、それまでの暑さがうそのように消え去った。久方ぶりに晴れた九日の月曜日、堀江は中尾に連れられて、日本橋室町にある三鶴《さんつる》の暖簾《のれん》をくぐった。ひとつ南側の街区に三越《みつこし》百貨店があり、道をはさんでとなりには、下山事件で名前の知れ渡った日本貿易館《にほんぼうえきかん》がある。二階に上がると、きれいにヒゲを整えた松尾が、座敷であぐらをかいて待っていた。横に松尾と同年代の、メガネをかけた面長《おもなが》の男がいた。ちょびヒゲを生やし、仕立てのいい背広姿だ。

「おっ、来たな」

テーブルをはさんで、ふたりと向き合った。

「こちら、日特《にっとく》（日本特殊陶業《にほんとくしゅとうぎょう》）の森村勇《もりむらいさむ》社長さんだ」中尾が紹介してくれる。「わたしの知り合いで、堀江と言います」

「えっ、あの空の超特急の森村さんですか？」

堀江は驚きの声を上げた。

「外で松尾さんと会ってさ」

自分のコップに、キリンビールを注ぎながら森村が言う。

戦前、留学先のアメリカ、ニューヨークから、飛行機を駆り、六日間で日本に舞い戻ってくるという偉業を達成した。当時、新聞では、それをたたえて空の超特急、韋駄天《いだてん》と話題になったのだ。旧大日本航空の監査役でもあったはずだ。

ここは、航空関係者がひいきにする中華料理屋で、すぐ近くに会社があり、よく顔を出すという。食べ終えたらしく、森村の丼《どんぶり》は空になっていた。

松尾は大声で、ラーメンを三人前頼み、キリンビールを注いでくれる。

「で、きょうは、土曜の新聞の件だろ？」

松尾に訊かれて、中尾は飲みかけていたコップを置き、

「ええ、例の白砂さんが作らせたＪＤＡＣ、『日本国内《にほんこくない》航空会社』って言うんですか。ＧＨＱが設立を許可したみたいですね」

「あれは、あくまでＧＨＱが認めただけであって、日本政府が認可したわけじゃないから」

松尾は頭に手をやり、困惑げにつぶやいた。

土曜日の朝日新聞に、ＧＨＱがＪＤＡＣを許可したと報道されたのだ。

「直接、ＧＨＱに持ち込まれたのですか？」

「日本側の窓口になる運輸省にも提出させた。いまのところ、ＧＨＱの意向が通っている形だが、国内航空運送事業令が公布された暁《あかつき》には、正式に日本側が許可を与える立場になる」

「事業令の見通しは？」

「今月中には閣議を通して、十一月一日に公布予定だ。それをもって、正式にＪＤＡＣからの申請を受け付ける。ただし、申請の中身はすかすかだ。肝心の飛行機の運航はどの会社がやるのか、さっぱりわからん。路線や飛行場も、適当なもんだ」

「白砂がかついでいるパン・アメリカンは、南米の空を独占しにかかってるんだぞ」森村がぐいとビールをあおり、熱っぽく言う。「日本だって、そうならないとは限らん。このまま、認められたら、日本の国内航空路線は、永遠に日本人の手から離れる」

それこそ、白砂がもくろんでいることだ。

「こないだも、部下が外相公邸にいる白砂氏に呼ばれて、最近の航空機はこうだとか、ノースウエストみたいな田舎《いなか》会社はだめだとか、組むならパン・アメリカンだとか、さんざん説教させられてるよ」

松尾が付け足す。

「ＪＤＡＣにしたって、幹事がＧＨＱに食い込んでるノースウェストのドン・キング支店長だから面白くないんだろ」

「かもしれんな。ドンはマッカーサーと仲がいい。ノースウェストは、マッカーサーが作ると言ってた航空会社の話に一枚噛んでるんだろう」

「吉田首相は何か言ってるのか？」

「白砂の言いなりで、よくないね。ＧＨＱの窓口は民間運輸局で、うちに顔がきく部下がいてさ。そいつに、毎日、通わせて、日本資本の会社設立を働きかけてる。ＪＤＡＣなんて、しょせん、七社の寄り合い所帯だし、そのうち仲間割れするさ」

「させんといかんよ」

「うん、そうだ」

「運輸省は何か言ってるのですか？」

中尾が訊く。

「秋山《あきやま》次官に、あの手この手で、揺さぶりをかけてもらってる。日本側の資本参加についても、かねがねＧＨＱに文句をつけてるしな。とにかく、連中の思いどおりにはさせない。この十二月、われわれは正式に運輸省に移って、外局の航空庁になる。そうなれば、わたしが会社に許可を与える側になる。どっちにしろ、簡単に許可は出さん」

「それをＧＨＱは認めていますか？」

「認めさせるさ。民間航空は世界共通の話だから、ＧＨＱとしても扱いに困ってるんだよ。国防総省（ペンタゴン）あたりにお伺《うかが》いを立てたんだろう。そしたら、アメリカ政府の民間航空局（ＣＡＡ）に話がいって、日本の航空行政については、カボタージュの権利を無視できないとなっているらしい」

カボタージュとは国内の航空路線は、その国の航空会社だけが運航できるとする国際的な取り決めだ。

「そのCAAというのは、力があるの？」

　森村がタバコに火をつけながら訊いた。

「ある。民間航空は、すべてCAAの管轄になる」松尾はタバコの火をもらった。「ここがうんと言わなきゃ、GHQだって勝手な真似《まね》はできない。じつは先月、CAAのテーラーという中佐が来日して、いまわたしと折衝中だよ」

　堀江は中尾と合わせるように、身を乗り出した。

「占領軍にも昔、アーレン大佐という強い味方がいてね」松尾が続ける。「終戦直後から、いずれ日本にも民間航空の時代が来るから、それまで辛抱強く待つようにと励ましてくれた。テーラー中佐も、アーレン以上に日本の民間航空再開に積極的でね。何度も会って、話し合ってるんだ」

「そんなことがあったんですか」

　中尾が感心した。

「いちばんの問題は、日本がまだ占領中ということに尽きるよ」森村が言う。「講和条約が締結されれば、日本は独立国になるから、大手を振って日本資本の航空会社を作れるが、いまはまだ無理だ。でも、航空会社そのものは、日本側で作ってもおかしくないんじゃないか、という話になってる。そうだろ？」

　松尾が苦い顔でうなずいた。

　森村はかなり内情に詳しいようだった。

「日本の資本で作れるのですか？」

堀江が訊いた。

「飛行機は飛ばせんよ」松尾が答える。「でも、運航は外国の航空会社にまかせて、切符売りの会社みたいなものを作る。それを発展させて、近い将来、日本人の手で飛行機を飛ばせるようにしたらどうか、ということなんだよ」

「それで、松尾さんは？」

「賛成した。わたしから、山崎運輸大臣に話を通すということになって。大臣は大乗り気だよ」

「もう、民間も黙っていないですね」と中尾。

「ああ、航空再開の機運は盛り上がってるからな」松尾はとなりの森村を見る。「気の早い連中は、航空代理店なんかを作ろうとしてる。このお方も、髙島屋《たかしまや》と組んで、空港の地上サービス専門会社を開いたばかりだ。藤山《ふじやま》さんは何か言ってるかね？」

「引き受けてもらえそうだよ」

「それはよかった」

中尾が付け足す。

藤山コンツェルンを率いる藤山愛一郎《あいいちろう》が、公職追放（パージ）を解かれて、来たるべき航空会社の社長に就任する、と教えてくれた。藤山といえば、若くして日本商工会議所の会頭になり、旧大日本航空の取締役だったはずだ。政財界に顔が利《き》くから、うってつけの人だろう。

「阪急《はんきゅう》はどうなった？」

気になるらしく、森村が訊いた。

「同郷の白砂氏の肝《きも》いりで、パン・アメリカンの代理店になるだろうな」

飯野《いいの》海運はオランダのKLMと組むという。

「GHQとは、どう話をつけるんですか？」

中尾が訊くと、松尾はうつむいて、タバコを灰皿に押しつけた。

「そこが問題なんだが……テーラー中佐は、いずれ、折を見て、マッカーサーと話をつける、と言ってくれてる」

やや、トーンが下がった。

「マッカーサーは、自ら航空会社を作る腹づもりのはずですが、うまくいきますか？」

そう訊いた堀江に、森村が顔を向けた。

「フィリピン統治時代、マッカーサーは、フィリピン政府からもらっていたボーナスを鉱山株につぎ込んで、一財産築いてる。そっちの方でも抜け目ないよ」

「弁護士だったホイットニーの入れ知恵だろ」と松尾。

「もちろんだ。今回は航空会社で一儲けしようとたくらんでる」森村はせわしなく帰り支度をする。「うちもぼやぼやしてられんからな。じゃ失敬」

三人は森村と入れ替わるように運ばれてきたラーメンに手をつける。

畑違いの森村が、航空界に興味を持つに至った理由を松尾が話した。

留学先のハーバード大学で、当時としては珍しく航空機に興味を持つ山本五十六《やまもといそろく》と親しくなったのがきっかけだったという。大日本航空の監査役になったのも、山本にすすめられたかららしかった。

「ここに来て、大丈夫だったのか？」

心配げに松尾が訊いてくる。

「尾行もついていないし、いいと思います」中尾が答えた。「時間を取っていただいて、申し訳ありません。役所で会うわけにもいかないですから」

先週の終わり、中尾から電話を入れたのだ。

「訓練はきょう、ないのか?」

「水曜日から、休暇です」

「そうだったか。訓練は進んでるのか?」

「こんどB17の飛行訓練に入ります」中尾が堀江の肩に手を置く。「こっちは、B29の操縦桿を握ってますよ」

「それは、それは」松尾が堀江を見る。「どんな案配だ?」

「羽田で、B29のコックピットを見せてもらっているだけです」

原爆を落としたB29の内部を、どうしても、この目に収めたかったのだ。希望はあっけなくかなえられた。

「でかいだろ?」

「全長三〇メートル、全幅四三メートル、九トンの爆弾を抱えて九〇〇〇メートルの高空を六〇〇キロの速度で飛べます。航続距離は一万キロほど」

「与圧装置もあるからな」

「はい」

高空でも酸素マスクなしで、快適に過ごせるのだ。

「中に入った感想は？」

「操縦席全面がガラスで覆われていて、剝《む》き出しの空中にいるようなものです」

「ちょっと想像つかんな」

「計器の配置がわかりやすくて、左手にスロットル、右に自動操縦装置とブレーキ。単純で機能的です」

身振りで示す。

「この休み、嘉手納基地への往復に乗せてもらってるんですよ」

中尾が口をはさむ。

「帰りに、日向《ひゅうが》沖の訓練空域で操縦桿を握らせてもらいました。操縦が戦闘機並に簡単で、驚きました」

長崎への原爆投下は、爆風を避けるため、機体を六〇度傾け、右方向へ急降下旋回して離脱したと教えられ、それを試させてもらったのだ。

「わかった、わかった。あんなので、焼夷弾《しょういだん》をばらまかれたんだからな」

ビールを酌《く》み交わしながら、動乱の話になった。

「マッカーサーの勢いは止まらんな」

松尾が言う。

「平壌《ピョンヤン》は目の前だし、マッカーサーラインまで、時間の問題ですね」

中尾も追従した。

十月六日、三十八度線を突破した韓国軍は元山《ウォンサン》まで進攻し、国連軍は平壌を目指している。当面の北限は、マッカーサーラインと呼ばれる、平壌よりはるか北方の定州《チョンジュ》から咸興《ハムフン》を結ぶ線だ。

新聞では、仁川《インチョン》上陸作戦を大成功に導《みちび》いたマッカーサーへの賛辞がやまない。北朝鮮軍を三十八度線以北に撃退する、とする国連決議は達成され、撤退を重ねる北朝鮮軍に、マッカーサーは降伏勧告をした。むろん反応はないが、北朝鮮軍撃滅を第一とするマッカーサーの固い決意は国連総会でも支持され、ソ連と中国の介入がなければ、北進してもよい、とする米大統領命令も下った。戦争遂行はすべて、マッカーサーの手に委《ゆだ》ねられたのだ。

「元山港には機雷があって、日本の船が掃海《そうかい》に向かっているみたいですよ」

中尾が洩らした。二日前、オリバーから聞いたのだ。

「ほんとか？」

松尾が驚いて、中尾を見返した。

「それ以上は知りませんが」

「おまえたちも、実戦に駆り出されているわけじゃないだろうな？」

中尾が観念した様子で、ウラジオストクへのスパイ空輸を話すと、松尾は飲みかけていたビールを口元から離した。

「スパイの空投……実戦じゃないか」

動乱に参加しているわけではないが、共産圏への侵入は実戦に等しい。

「軍事輸送と連絡飛行に協力してもらいたいという要請でした。米軍は中国人や朝鮮人、フィリピン人のパイロットを試したけど、すべて失敗に終わった。大戦で日本人パイロットの優秀さを知っていた米空軍の中から、軍人をのぞいた民間人パイロットの養成をしてみたらどうか、という話になって、われわれに白羽の矢が立ったみたいです」

「それで、逓信省委託操縦生《ていしんしょういたく》のきみらが選ばれたのか……」

「ええ。わたしとしても、戦闘に参加しない保証があるなら協力すると答えるしかなかったですね」

「もし墜落して死体を見れば、東洋人とわかるぞ」

「それが狙いだと思います。スパイ空輸をやっているのが白人だと知れたら、まずいですから」

「われ、スパイなど関知せずか……空投したスパイの任務は、ソ連の航空基地の偵察だろう。航空偵察だけじゃ、限度があるからな」

「航空偵察は、かなりの頻度《ひんど》でやっているはずですけどね」

「そうか……しかし、そんなところまで、よく行ったものだ。海軍を巻き込むような作戦だろ。極東空軍だけじゃなくて、米本国が指図《さしず》してるはずだ」

「空軍関係者のあいだでは、ＯＳＳ（戦略情報局）のあとを受けた諜報機関がバックにあると噂されています」

「戦時中、諜報工作を一手に引き受けていたアメリカの情報機関だろ？」

「ええ、一度、彼らの口から、ＣＩなんとかいう名前を聞きました」

松尾はまなじりを吊り上げた。

「ＣＩＡじゃないか？」

「そう、それ、ＣＩＡだ」

「アメリカの対外諜報機関だ。一度つぶれたＯＳＳをそっくり受け継いでる。情報収集だけじゃない。本国のためなら、どんな謀略も厭《いと》わないらしいぞ。支局はどこにある？」

「わかりません。オリバーをはじめとする連中からは、われわれの隠密《おんみつ》飛行を絶対にＧＨＱに洩らすなと何度も怖いくらい念押しされています」

「マッカーサーは、戦時中から大のＯＳＳ嫌いで通っているからな。太平洋戦線で、ＯＳＳが出しゃばってきて煮《に》え湯《ゆ》を飲まされたらしいが」松尾は中尾を睨んだ。「ＧＨＱに、隠密飛行が洩れたら、どえらい騒ぎになるぞ」

「つぶしにかかってくる？」

「そんな程度ではすまん。マッカーサーが怒り狂って、日本人による航空会社など、金輪際《こんりんざい》認めないと言い出すかもしれん」

松尾の勢いに、座が静まった。

「動乱にも影響があると思いますが」

おずおず、堀江が切り出す。

「もちろんだ。考えてもみろ。隠密飛行が外部に洩れたら、日本人が戦争に加担していると判断されて、日本本土が共産側の攻撃対象にされかねん」

堀江はぞっとした。動乱で日本は、あくまで中立の立場だ。その日本人が共産圏にスパイを送り込んでいることが露見すれば、講和話など吹き飛んでしまうではないか。ソ連の爆撃機が飛んでくるかもしれない。

「ただ、この分なら和平も近いと思う」ひと息ついたように、松尾が言う。「おれは来週、テーラー中佐と一緒に、羽田から飛行機でアメリカに渡るよ」

驚いた中尾が、まじまじと松尾を見た。

「うん、向こうに行って、ＣＡＡ幹部と膝詰めの談判《だんぱん》だ。日本の空を奪い返すよ」

「それは是非お願いします」

中尾が頭を下げる。

「ついでに向こうの航空事情も、じっくり目に収めてくるつもりだ。うちの管制官のタマゴも先週、アメリカのオクラホマへ航空管制の研修に派遣したよ」

中尾がうらやましげに目を見張る。着々と日本人による航空再開の布石が打たれているようで、堀江は驚きを隠せなかった。

「アメリカの空はさぞかし、進んでいるでしょうね」

「ああ、日本なんか十年遅れてる。急がないといかんぞ」

中尾が松尾にビールを注ぐ。

「すべて、松尾さん次第です。頑張《がんば》ってもらわないと」

「その通りです。ぼくからも、お願いします」

堀江も深々と頭を下げた。

日本にも翼が戻ってくる日が近づいている。そう思うと体が熱くなった。われわれは、いまのままでよいのだろうか。だが、いったん米軍下に入ってしまった以上、簡単には抜けられない。

この自分にも、日本人として、晴れて飛行機を飛ばせる日は訪れるのか。

Douglas
A-26
Invader

第三章

対決

1

狭《せま》いベッドで目覚《めざ》めたとき、プロペラの爆音が、大統領専用機インディペンデンス号に乗っていると気づかせてくれた。ハワイを飛び立つ前に床《とこ》についたから、六時間は横になっていたようだ。わずかに開いたドアから、大統領報道官のチャーリー・ロスが四角い顔を覗《のぞ》かせていた。

「お早いですね」

「ぐっすり寝たからね」

広いテーブルを前に、ハリー・トルーマンは寝間着のまま、大統領専用席に腰を落ち着けた。すぐわきの窓のカーテンを開けた。警護のため飛んでいるB29の衝突防止灯が見えるだけで、外はまだ漆黒《しっこく》の闇《やみ》に覆《おお》われていた。十月十一日にワシントンを飛び立って、もう四日目。戦争指揮で忙しいマッカーサーに配慮する形で、地球を半周したことになる。

台湾の中立化を図ろうとするトルーマンの意思に逆《さか》らい、君主のように振る舞うあの男が台湾を戦争に駆《か》り立てるような言動を繰り返してから、二ヶ月が経《た》とうとしている。腹に据《す》えかねて解任を考えたものの、いまのこの時期、司令官の交代は士気に関わるため、思いとどまった。この五年のあいだ、三度も帰国を促したが、マッカーサーはすべてはねつけた。尊大なその態度は、仁川《インチヨン》上陸作戦を成功させたことにより、増長するばかりだった。しかし、世間からは絶大な評価を勝ち取っているのも事実で、トルーマンは来月に迫った中間選挙向けに、彼とともに写真に収まるのも悪くないと今回の会談を発案したのだった。もちろん、釘を刺しておかなければならない。軍の最高司令官たる大統領を差し置いて、勝手な真似《まね》はするなと。

ロスとともに、いつもの朝食を取る。

高校の同級生で、家族同然、何でも話せるありがたい相談役だ。広い額《ひたい》にしわが寄り、珍しく険《けわ》しい表情をしている。

「あまり顔色がよくないな」

「パールハーバーを見たせいだと思います」

「そうか、わたしもだよ」

ジャップがさんざん狼藉《ろうぜき》を働いた軍港の上空を低空飛行し、沈没したままのアリゾナ号を目《ま》の当たりにした。

「到着が遅れているようだね」

「追い風で速度調整しています」

とロスは、申し訳なさそうに言った。

極東軍司令官より先にウェーク島へ着いてしまっては、大統領の威厳が保てないと判断しているのだろう。大学も出ておらず、小柄で分厚いメガネをかけていることから『ピーナッツ』呼ばわりされていたトルーマンにとって、唯一無二の盟友だ。ルーズベルトから受け継いだ閣僚らは、東部の名門大学出身のエリート揃《ぞろ》いで、彼をのぞいて心を許せる相手などいない。

食事の最後に、コップに半分ほど注《つ》がれたバーボンを飲み干す。

「もう、元帥《ゼネラル》は到着しています。ウェーク島に着いたら、ゆっくり、一周しましょうか？」

「いいね」

大統領専用機を下から眺《なが》めさせるのも一興だった。

縁幅《ふちはば》の広いネイビーブルーのダブルスーツに袖《そで》を通した。ポケットチーフを胸元に差し込む。自席についてベルトをはめた。左旋回《せんかい》する窓から遠くに輝き出した島を眺めた。ハワイと東京の中間地点だ。

午前六時二十分、ようやく着陸した。じつに長い旅だった。ロスから渡された中折れ帽を被《かぶ》る。開けられた昇降口に立って、手を振った。まだ、薄暗かった。百名ほどの人の群れは、すべてワシントンからの随行員だ。マッカーサーには、記者の随行を禁止させていた。お供は、副官と軍事補佐官、そして韓国駐在大使だけだ。シークレットサービスが地上の安全を確保するなか、ゆっくりタラップを降りる。左手から、背の高い男が大股で進み出てきた。カーキ色の薄いシャツの襟元《えりもと》のボタンは外れ、使い古して、煮染《にし》めたような軍帽を被っている。正装はないのか。それでも、マッカーサーは、快活そのものの顔で手を差し伸べてきたので、トルーマンはいやいや、右手を上げた。なぜ、この男は敬礼しない？

「大統領閣下！」

強く握られたので、つい笑顔を見せ、

「元帥、元気かね。きみがここまで来てくれてうれしい。ずっと、会いたいと思っていたよ」

「この次は、間を置かずに会いたいものです」

「そうだね」

カメラマンの写真撮影に応じてから、古いシボレーに乗り込み、カマボコ形の事務所にふたりだけで入った。殺風景な部屋の窓際《まどぎわ》にある籐椅子《とういす》に腰掛け、マッカーサーは長椅子に座った。自分より四歳年上の男の面目《めんぼく》を潰《つぶ》さぬよう、ふたりだけで会う時間を作らせていたのだ。

「仁川上陸作戦の采配は見事だった。国民を代表して、礼を述べたい」

「ありがとうございます。閣下の承認があったからこそです」

「いやいや、軍人の鑑《かがみ》だ。尊敬する」

「とんでもありません」マッカーサーは窓の外を指す。「それから、スキャップ号を与えていただき、感謝に堪《た》えません」

元帥の乗るバターン号は、古く故障がちなので、新しい機体と替えてもらいたいとハリマンを通じて、要請してきたのだ。

「それくらいは当たり前だよ。ほかにほしいものがあったら、何でも言ってくれたまえ」

エアコンの効《き》き目が悪かった。トルーマンは用意されていたアイスティーを飲んだ。

「感謝いたします。マーシャル国防長官は見えないのですね？」

「彼は来ない」

マーシャルには丁重に同行を依頼したが断られた。かりにも軍トップの最長老だが気位の高い堅物《かたぶつ》だ。同じ歳《とし》で、同じ年に元帥に昇任したマッカーサーとは顔を合わせたくないのだ。

「大統領」マッカーサーは低姿勢で切り出した。「台湾に関する行き違いですが、心からお詫び申し上げます」

「それはいい。あとにしよう。李承晩《イスンマン》大統領はどうかね？」

「三十八度線など、存在しないと息巻いています」

「相変わらず、滅共統一か」

「その通りです」

トルーマンは足を組んだ。「ところで、元帥、気になっていることがあるんだが。今回の動乱で、中共とソ連の軍事介入はあるかね？」

マッカーサーは手を横に振った。

「閣下、その可能性はほとんどありません。戦争勃発《ぼっぱつ》直後に介入すれば、絶大な効果が上がっていたはずですが、あと二、三日でわれわれは平壌《ピョンヤン》を占領する段階に達しています。この期《ご》に及んで、介入などありえません」

トルーマンはしめた、と思った。すでにＣＩＡから、中共とソ連の介入は必至、との情報がもたらされていた。それに対処するため、原爆使用も含めた戦争の準備を進めさせている。かりに、両国による介入が現実となった日には、その責任をマッカーサーひとりに被せれば済む。

「北京《ペキン》駐在のインド大使経由で、周恩来《チョウエンライ》は『三十八度線を越えたら、軍を進攻させる』と伝えてきているが」

さらに念を押してみる。

「あの大使は共産かぶれです。信用なさってはいけません。中共は国境沿いの鴨緑江《ヤールーチャン》周辺に十二万ほど兵士を配置していますが、渡河できるのはせいぜい五万人ほどで、おまけに空軍は持っていません。ひとたび渡河したら、われわれの空軍による大殺戮《だいさつりく》戦が繰り広げられます」

「ソ連はどうかね？」

「こちらは、すこし事情が違います。シベリアに優秀なパイロットが乗るジェット機とＢ25やＢ29型の爆撃機が千機ほど駐留しています。また、ソ連の第七艦隊は三百機の艦載機を飛ばせます。しかしながら、わが空軍の敵ではないと判断します。地上軍にしても、これから動かそうとした場合、真冬になってしまいますから、問題はありません。中共の地上軍とソ連空軍が効果的にかみ合って行動するのは不可能です」

「なるほど」

「閣下、いずれにしろ、今回の動乱は、クリスマスまでには、けりがつきます」

「ほう、そうか。それはうれしい。ところで、ひとつ訊《き》きたいことがある」トルーマンはわざと咳き込んだ。きょういちばんの肝心な点だ。「先週八日のウラジオストク近郊のソ連基地攻撃だが、きみが命令したのかね？」

ジェット戦闘機F80シューティングスター二機で越境し、ソ連の飛行場を低空で銃撃した。大きな問題になり、ソ連が正式に抗議をしてきたのだ。

「いえ、あの近辺はソ連が北朝鮮に物資を送り込んでくる回廊になっておりますため、警戒に当たるわが軍の戦闘機が深追いしすぎたのでしょう」

そう言うマッカーサーを観察したが、うそか本当か、わからなかった。

「とにかく元帥、一歩間違えば、ソ連が参戦してきた」強く言い渡す。「二度とこのようなことがないよう、注意してくれたまえ」

予期していなかったらしく、マッカーサーは頰《ほお》を赤らめた。

「申し訳ありません。おっしゃる通りにいたしますので」

「くれぐれもたのむ」

「はっ」

しばらく、台湾問題について、互いの胸の内を語り合った。ようやくトルーマンは納得した。マッカーサーは思いついたように、この七月、原爆搭載可能なB29をグアムまで飛ばしてくれたことへの謝意を述べた。原爆はいつでも使う用意があると新聞にリークし、北京に知らしめたのだ。

「それくらい何でもない」トルーマンは自信を持って答えた。「釜山橋頭堡《プサンきょうとうほ》に追い詰められていた時期だし、参謀本部は本気で使うことを考えていたよ。ソ連も中国も、ひどく原爆を恐れているからね。心底、震えただろう」

「その通りです。航空機が頭上を飛ぶたび、連中はきょうこそ原爆が落ちると怯《おび》えています」

実際は戦術的な運用方法がわからず、断念した経緯がある。

「ベルリン封鎖のときも同じ手を使った。終戦直後、イランからソ連を撤退させたときも、核をひとつ、お見舞いしてやろうかと口で言っただけで、即刻引き揚《あ》げていった。ソ連など、少し脅せばおとなしく手を引く」

マッカーサーは、感心したようにうなずきながら、

「しかし、連中もいまでは原爆を持っていますが」

「数はどうかな？　三十発ほどだろう。わが軍はここから少し南に行ったビキニ環礁で、七十発は爆発させているぞ」

「そうですね。わが軍には、いつでも使える四百五十発が待機していますから。原爆の千倍も威力のある水爆（スーパー）も完成間近ですし」

ソ連の原爆実験成功を受けて、トルーマンは水爆製造を許可したのだ。

「ああ、一発でニューヨークが地上から消え去ってしまう。ときに、今度の動乱は決着がつきつつあるが、きみがソ連軍の司令官だったら、原爆をどう扱うかね？」

「それはまさに時宜《じぎ》を得た質問です。わたしがその立場なら、今後、雌雄《しゆう》を決めるような決戦が起こる事態になれば、迷わずこれを使います」

トルーマンは身を乗り出した。

「たとえばどのように？」

「戦場では、敵味方入り乱れているので効果は期待できませんが、人口多数を抱える空軍の後方基地に投下すれば効果は絶大です。ソ連はすでにB29同等の長距離爆撃機を持っておりますから」

「知っている。落とすとしたら、どんな基地かね」

「先月上げた情報日報（DIS）では、九月二十三日に、大連《ターリエン》で、四十五機のソ連機と中共軍の制服を着たロシア人が確認されています。二十五日には百機のソ連機が満州上空を飛行しております。これらは、ソ連が満州に爆撃機を送り込んでくる証拠ですが、この満州からは、日本本土が狙《ねら》えます。ヨコタまでは遠いですが、イタヅケならば、わが空軍の間隙《かんげき》を縫《ぬ》って投下できます。その場合、人口四十万人のフクオカは全滅です」

「ヒロシマの再現だな。厭戦《えんせん》気分が広がって、即刻敗戦だ」

「そうなってしまえば、日本も共産化されます。さいわい、わが軍は原爆については圧倒的に優位です。先手を打てば、必ずや共産軍を打ち負かせます」

「それはあなたが言う北朝鮮国境地帯への原爆投下だね？」

「おっしゃる通りです。複数の原爆を落とせば、あたりは放射性コバルトの帯ができあがり、今後百年間は人間が足を踏み入れることができなくなります」

「韓国の李承晩大統領は、原爆使用について何か言ってるかね？」

「われわれより、李大統領は切迫した状況に置かれています。いざとなれば、敵と刺し違える覚悟で原爆投下を望んでおられます」

「そうか……」

あの男なら、国民の犠牲など度外視して、原爆使用を迫ってくるだろう。

「現実的には、わがB29の爆撃で、すでに朝鮮半島は焦土《しょうど》と化していますし、敵が散開している地域に使っても、稲株を薙《な》ぎ払うだけで、意味がありません。ただ、満州には三十万人に近い中共軍がいます。これが攻め込んでくるような場合、戦術利用として使わざるを得ないと思います」

「わかっている。先月末、わたしは核兵器増産の大統領命令にサインしたよ。ところで、極東軍に派遣した原爆投下の研究チーム（ORO）の報告はまだ上がってきていないが」

「まもなく、中間報告を提出いたします。いまのところ、オキナワとヨコタに、百二十発ほど持ち込んで、いつでも使えるように準備するのが望ましいとなっています。戦術利用以外に、原爆を投下する中国とソ連の目標都市も設定中です」

「ルメイ中将も似《に》た計画を持っているはずだが。ところで、B29でなくても、空母の艦載機から落とせる新型原爆が間もなくできあがる。朝鮮でもそれを使えるはずだから、準備しておいてもらいたい」

るのだ。

原爆開発には、昔から天文学的な国家予算を投入している。原爆を使えという圧力は続いてい

「心得ました。ちなみに、大量の敵軍と地上戦闘となった場合、原爆の戦術利用につきましては、スピードが命です。OROも目標設定と投下は、一定地点に敵が留まっている時間は短いため、十一時間以内に行わなければ意味がないとしています。この場合、実際に核兵器を使うか否《いな》かは、現場にいるこのわたしが判断するしかないのですが、いかがですか？」

トルーマンは深くうなずいた。

「かりにそうなったら、もちろん、きみにまかせる」

「心強く思います」

「そのようなときが、来ないのを祈るだけだ。きみにわかってもらいたいのだが、わが国の航空兵力のほとんどが極東に展開していて、ソ連と向き合っている欧州は極端に手薄になっている。一日も早く、そちらに移転したいのだよ」

「わかります。原爆一発は、ひとつの航空師団に匹敵するかと思います」

「そうだ。効果のある兵器を使わないのは愚《おろ》かだ。使う時期が来れば、使えばよい」

ヒロシマとナガサキで、原爆投下命令を出したトルーマンの言葉に、マッカーサーは深々とうなずいた。

続いて別の建物に移った。長いテーブルを前に、マッカーサーを右手に座らせた。左に、トルーマンが随行させてきた高官を並べた。ペイス陸軍長官、ラドフォード太平洋艦隊司令官、ブラッドレー統合参謀本部議長、ハリマン特別補佐官、そしてラスク国務次官補ほか九名だ。マッカ

ーサーの横には、四人の彼の随行員がかしこまっていた。副官のバンカー大佐、ホイットニー准将、ムチオ韓国駐在大使、パイロットのストーリー少佐と紹介される。

クーラーの効き目が悪く、上着を脱いだ。マッカーサーが、タバコを吸ってもよいかと訊いてきたので、

「かまわないよ。わたしほど、ほかの誰かからタバコの煙を吹きつけられる人間はいないからね」

どっと笑いが起き、それを合図に、トルーマンが、はじめようかと議題のメモを取り出した。ロス報道官がマッカーサーの副官に、

「バンカー大佐、メモは取らないでくれ。会議の記録は残さない」

と声をかけると、副官は早々に手帳をポケットにしまった。トルーマンは、戦況について説明を求めたので、マッカーサーが語り出した。

「十一月二十三日の感謝祭までに、北朝鮮軍の抵抗は終わると思われます。未熟で装備もない十万の兵士が残っていますが、その二、三日後には、平壌も陥落《かんらく》する」

もっともだと思い、トルーマンはうなずいた。

用意されたパイナップルを一口、食べる。

「元帥、その後、軍事面でどのくらいの支援期間が必要ですか？」

マッカーサーからすれば、息子ほど年下のペイス陸軍長官が丁寧《ていねい》に切り出した。戦中、三年ほど軍隊経験があるのみで、戦後は、予算局の局長に就任し、その手腕が認められて、陸軍長官に指名された。マッカーサーの熱烈な信奉者でもあり、ふだんからその北進論を絶賛している。

「ふた月程度だろうか」

「軍事顧問団は必要ですか？」

「必要だ」

戦後の朝鮮復興について話が続き、日本と講和したのち、米軍が撤退すべきかどうかを話題にした。

するとマッカーサーは目を輝かせて、

「まだある程度の師団は駐留させるべきでしょう。その費用は日本側に負担させればよろしいと思います」

「欧州の防衛が大変に困難な状況にある。朝鮮半島にいる第二か第三師団を一月までに欧州に派遣できないだろうか？」

「可能ですよ。ベテランがそろっている第二師団がいいでしょう」

「わが陸軍が拠出しているガリオア資金は、講和後、止めることができますか？」

ふたたび、ペイスが訊いた。

占領地を救済する政府資金だ。

「もちろんです。講和後はGHQも完全に消えるべきだね。ガリオア資金停止とセットで行えばよい」

「それはいいアイデアですね」ペイスが感心した顔で賛同した。「そうすれば、日本人に対して、われわれは好印象を与えることができますからね。予算委員会対策としても、ぜひ実現したいものです」

「ペイス長官、その通りです」

「よろしい。その案は承認しよう」

トルーマンが答えた。

「または、不承認としよう」

ペイスがトルーマンの口ぶりをまねて言うと、どっと笑いが起こった。

そのあといくつか議論を交わし、隣室で会議の速記をしていた女性秘書を呼び、ブラッドレーらに会議記録作成の指示をした。

会議記録を取らないと思い込んでいたマッカーサーらは、一様に当惑の表情を見せたが、文句は出なかった。声明文が整《ととの》うと、トルーマンはマッカーサーとともに車に乗り込んだ。二年後に迫った大統領選挙の話題になった。マッカーサーは大統領選挙に出るつもりはないと言った。

大統領専用機の前に用意されたマイクロフォンの前に立ち、トルーマンはマッカーサーに宛てた感状を読み上げ、殊勲勲章をその胸につけた。大勢のカメラマンたちが、写真に収めた。そのあと声明を発表し、儀式は終わった。

トルーマンはマッカーサーと握手を交わし、飛行機に乗り込んだ。大統領専用席から、外の様子を窺《うかが》う。随行員たちも、すべて飛行機に乗ったようだった。広い滑走路には、マッカーサー以下侍医を含めた六人がぽつんと残されていた。離陸するため動き出した。マッカーサーたちが手を振る前を駆け抜けて、空に舞い上がった。ちょうど正午になっていた。

2

十月二十二日。

小雨《こさめ》のそぼ降る晩方、小山は白砂次郎とともにシボレーで本郷ハウスに乗りつけた。日曜のせいか、サロンは賑《にぎ》わっていた。斎藤昇は家族連れで来ていた。田中清玄や三浦義一もいる。白砂を見るなり、田中が声をかけてくる。

「おう、次郎さん、久しぶりじゃないの」

「そうだな」

白砂とともに、小山も田中の向かいに座る。

「平壌も奪還したし、動乱も大詰めだな」

田中が時の話題を口にする。

平壌は占領され、マッカーサーは二度も訪れた。李承晩大統領とともに、記念式典で、動乱も近日中に終わると宣言したのだ。

「ああ、マッカーサーは全軍に向けて、中朝国境の鴨緑江に突進せよ、って命令を出した」

「でも、アメリカの参謀本部は、韓国軍以外は、国境へ進撃しちゃならんと言ってるらしいじゃねえか」

「そんなこと、マッカーサーがかまうもんか。韓国軍なんか頼りにならねえし、だいいち国連から北朝鮮軍撲滅《ぼくめつ》の命令を受けてるんだぜ。米軍はウォーカーの第八軍団とアーモンドの第十軍団をおっ立てて、鴨緑江へ進撃中だよ」

ウォーカー中将はパットンを崇拝する勇猛な将軍だ。

「そうみたいだな。まあ、そんなことより、いよいよ、次郎さんの出番だぜ」

「何が？」

「動乱が終わりゃ、講和まっしぐらだろ。アメリカさんと一緒に金儲《もう》けだ」

「よせやい」

執事が運んできたバドワイザーを、白砂とともに、コップに注いで半分ほど呑《の》む。

「次郎さん、『国内航空』とかっていうあんたの会社、エアガールを募集するんだって？」

田中が話題を変えると、白砂はちっと舌打ちする。

「やけに情報が早《はえ》えな」

「そりゃ、いま話題の日本国内航空会社（ＪＤＡＣ）様々だからさ。パイロットは日本人かい？」

「なわけないだろ」

「ＧＨＱがそんなに簡単に日本人パイロットを許すはずがねえか。まあいいや。一番機が飛ぶときは、真っ先に乗せてもらうぜ」

「こないだとは、ずいぶん風向きが違うな。まあいい。それどこじゃねえんだよ。ＪＤＡＣは七社の寄り集まりだから、うまくまとまらねえ。そこに持ってきて、何も知らねえ役人どもが、やれ、通行税を取れとか、ここの飛行場は使えねえとか、さんざっぱら文句つけやがって」

ＪＤＡＣはパンナムやノースウェストなど、外国の航空会社七社で組織されているのだ。

「あれ、まだ許可が下りてないの?」

「まだまだ。向こうは、大日本製糖の藤山あたりを担《かつ》ぎ出して、こっちと張り合うつもりだ」

「やつはパージを外《はず》されたばかりだからな」

将校服に身を包んだ主のキャノン中佐が、杖《つえ》をついて歩く長光とともにやって来た。白砂の横に腰を落ち着け、長光も、杖を置き、その横に座った。キャノンは無精ヒゲもきれいに剃《そ》り上げ、先日とは別人のようだった。執事が運んできたローストビーフをうまそうに食べはじめる。

「ジャック、もうスパイもお払い箱だな」

田中が声をかける。

「どうして?」

キャノンは皿から顔を上げて、訊き返す。

「平壌も占領したし、動乱も大詰めじゃねえか」

「二、三週間でかたがつくだろうな」

うなずきながら答えて、また肉にかじりつく。

「例の四人組、山王の接収住宅から、国立に移りましたよ」ちびちびビールを呑みながら長光が言った。「林の中にある洋風のしゃれた一軒家に。四人のうちのひとりの妹が、賄《まかな》いで通っていますね」

「ほう、おまえも四人が気になるのか」

他人事《ひとごと》のように白砂が言うと、キャノンが、三人を部屋の隅《すみ》のテーブル席に移動させた。小山もそれにしたがった。

「立川基地でも羽田と似たようなこと、してるのか?」

白砂があらためて訊いた。

四人の軍歴も聞かされている。白砂はあうんの呼吸で、長光に四人を調べさせているようだ。

「しばらくB26に乗っていたけど、先週あたりから、B17に乗るようになりました」

「ますます、本格的になりやがったな。で、四人を束《たば》ねてる軍人の正体はわかったか?」

四人を統率する米軍人がいるようだ。

「米空軍のオリバー大佐。五十三歳、極東空軍情報部所属で、明治生命館の極東空軍司令部にいますが、たびたび、市《いち》ヶ谷《や》のパーシングハイツにある航空技術連絡部を訪れてます。住まいは東《とう》京《きょう》海《かい》上《じょう》新館。独《ひと》り身です」

長光はオリバーの姓名が記《しる》されたメモを白砂に渡した。

「おう、わかった」

と白砂はメモをポケットに忍ばせた。

「オリバーが四人の宿舎を訪ねたあと、尾行してみました。厚木基地に入ったんで、機関のライセンスを見せて、われわれもゲートを通りました。あそこ、まだ、旧日本海軍の格納庫を使ってるんですね」

「それで?」

「食堂で妙な男と会ってます」

「日系二世のジョー・イノウエだな」キャノンが低い声で言った。「JSOB(合同特殊工作委員会)に一度だけ顔を見せたCIA要員だ」

白砂は目を細めて、キャノンを見つめた。

「そいつの部署は?」

「CIAの秘密工作部門の政策調整部(OPC)。横須賀にある現地調査部隊(FRU)のキャリアだ」

「何をしている?」

「亡命や捕虜《ほりょ》になって日本に来た中国人やロシア人の中から、能力のあるやつにスパイ訓練を施《ほどこ》して、共産国に送り込む」長光が言った。「自前で、スパイの養成をするようになったようですね」

以前はキャノン機関で養成していたスパイ要員を寄こせと言ってきたはずだ。白砂は口をへの字に曲げ、

「そう、おいでなすったか……連中、日本人を使って、共産国にスパイの空投をさせる腹じゃねえか」

「もう、やってるかもしれんよ」

キャノンが言う。

「しかし、パイロットなんて捨てるほどいるのに、どうして、わざわざ、日本人パイロットにそんなことをさせるんだ……この件、ウィロビーは知ってるのか?」

「うちのボスは、現場のメンバーなど、いちいち、覚えてない」キャノンが続ける。「スパイ養成や敵地に送り込む機関は、ほかにもごまんとある。韓国軍特殊部隊(KLO)、韓国にいる空軍特別諜報部隊(ASIS)、あげたらきりがない。いろんな機関がてんでばらばら、勝手にや

ってる。パーシングハイツの航空技術連絡部はCIAの根城だ」

「その連絡部は、GHQが作ったのか？」

「もちろんだ。ほかにも言われるまま、施設や住宅、物資まで、ぜんぶウィロビーが用意した」

「横須賀にも、CIAの基地があるだろ？」

「そいつが問題だよ。CIAはウィロビーの許可もなく、横須賀海軍基地内に勝手に支局を作って、専用の放送設備までもうけた。戦時中と同じだ。当時も、OSSが太平洋戦線に勝手にスパイを送り込んだり、破壊活動をしたから、米太平洋陸軍司令官だったマッカーサーの怒りを買って、フィリピンでの活動が全面禁止された。かりに日本人の四人組がウィロビーに知れたら、ただじゃあすまない」

「マッカーサーはどうなんだ？」

「表向き、CIAは管轄下ではないと言ってるよ」

「じゃ、スパイ空輸がマッカーサーに知れたらどうなる？」

「ウィロビーと同じだ。それ以上かもしれん。そんな作戦にCIAが手をつけていることがわかれば、猛《たけ》り狂うだろうな。CIAは日本から追い出される」

「そんな程度で済むか？　日本人が戦争に加担してるんだぞ」

「だからこそだ。ソ連や中国が文句をつけてきて、停戦なんてできなくなる。冷戦がそれこそ氷戦になるぜ。日本の講和もずっと先だな」

「ジャックの言うとおりです」長光が語気を荒らげた。「とんでもない亡国の輩《やから》どもだ」

「やれやれ」

白砂はビールを一口あおった。

「四人のなかで、内田というのが、基地近くのキャバレー通いをしていて、基地の連中と喧嘩《けんか》騒ぎを起こしてますね」

長光があいだに入った。

「飛行機乗りにあるまじきやつだな」

「中尾を尾行したとき、松尾航空保安庁長官と会ってます」

白砂が驚いて身を起こした。

「連中、松尾とつるんでるのか？」

「そうみたいです。一度、四人のうち、ひとりくらい引っ張って、実情を訊いてみるのも悪くないですよ」

「はい、わかりましたって、しゃべるわけねえよ」

「女が狙い目かな」

「おいおい、何しでかす気かしらねえけど、おれは聞かなかったぜ」

そう言うと白砂は腕を組み、じっとしたまま動かなくなった。

何を考えているのか、小山にはわからなかった。

3

中尾が操縦するB17Eは、ホーマーに導かれ、レールを走る列車のように、ソウルに向かっていた。要人輸送専用機で、兵装はすべて取り払われている。月齢十七日の明るい月が、白綿のような雲に沈みかかっていた。雨模様の立川基地を飛び立ったのは、十月二十九日午前三時。三六〇キロの巡航速度で、日本海《にほんかい》の中間地点まで達している。戦地への移動ははじめてで、機内はぴりぴりした空気が漂っていた。

「敵機は襲ってこないから、安心していい」

後方の補助席にいるオリバーの声がインターホンに流れる。

「わからないですよ」同じく補助席にいる片岡の陽気な声。「命知らずのヤクが突っ込んでくるかもしれないし」

「昔の日本軍じゃないぜ」

舌打ちして内田が言う。

「敵の飛行機は鴨緑江の前線だけだ」オリバーが答える。「ただし、英空軍のシーファイアだけは注意してくれよ。ヤクと瓜《うり》二つだから」

「了解。敵機は空戦だけで、地上攻撃はしないようですね？」

中尾が訊いた。

「そのとおりだ」オリバーが答える。「水原《スウオン》飛行場でマッカーサー一行を狙ったとき、それから仁川作戦のときの二度だけ」

「それにひきかえ、米軍の地上攻撃は激しいな」片岡が言う。

「最初の頃は、戦果大だった。敵は高をくくって、長い縦列《じゅうれつ》で移動していたし、小銃で米軍の飛行機を撃ち落とせると思っていたからね」

「いまは違うんでしょ？」堀江が訊く。

「移動は夜で、おとりの灯火でおびき寄せたりする。わが軍も、夜間攻撃がほとんどだよ」

「第八軍も十軍も、国境が目の前だし、もう動乱も終わりですよ」

内田が口にした推測に、堀江も同感だった。二十日には平壌を占領し、国連軍は中朝国境の鴨緑江に向けて進軍している。ここ一週間、新聞の動乱報道は減り、講和問題の記事ばかりだ。

「そうなればいいが」中尾が言う。「四、五日前、国境に迫った韓国軍が中共軍と衝突したっていう記事があった」

同じ日の新聞に、国境付近を飛んでいた米戦闘機が、中国領から高射砲を浴びて撃墜されたという記事が載《の》っていたはずだ。

ふと、一昨日の晩、立川基地のオフィサーズ・クラブで、光子とともに聴いたジャズの甘いメロディが堀江の脳裏に流れた。「ユー・ビロング・トゥ・ミー」。ゲイ・セプテットによる演奏で、ナンシー梅木《うめき》のハスキーな歌声とそれにからまるピアノやギターの音色が絶妙だった。戦時中、飛行機乗りだったジョージ川口《かわぐち》のドラムも迫力があった。

ジャズは劇場や酒場で上演され、ラジオでもひっきりなしに流れる。一般の人気も熱を帯びているのだ。

「中国との国境近くの雲山《ウンサン》まで到達していたわが軍が、中共軍らしい敵と交戦した」

オリバーが口にした。

「いつですか？」

「二十五日。夜陰に乗じて、大量の中共軍がなだれ込んできた。全軍が打撃を受けて、撤退に追い込まれた。航空機偵察と捕虜の証言で、満州国境に数十万の中共軍が集結しているとわかった」

「数十万……」

「鴨緑江にかかる橋を渡って侵入している。チャルメラを吹き、ドラを叩《たた》いて雲霞《うんか》のごとく毎晩現れている。鉄条網に倒れ込んだ仲間の背中を踏みつけて進軍しているらしい。その音で陣地を放り出して逃げ出す部隊もあるようだ」

「国連軍は後退しているんですか？」

「そうだ。撤収中だ。どこまで後退するか見通しは立っていない。マッカーサー元帥は、ワシントンに鴨緑江にかかる橋の爆撃を要請しているが、許可されていない」

「中国の空軍は？」

「いや、新義州《シニジュ》爆撃の護衛についていたF80がソ連製のジェット機と交戦した」

「ソ連のジェット機と？」

「ミグだ。国境付近を飛んでいるらしい」

重苦しい雰囲気になった。

空が白みはじめ、雲海を下降する。雲が途切れて、午前六時半、漢江《ハンガン》近くにある金浦《キンポ》空港が視界に入った。

「……これは」

堀江は絶句した。戦中、頻繁《ひんぱん》に使った飛行場だ。いま、飛行場の北に広がる街はどす黒く、破壊し尽くされていた。原爆投下後の長崎のようだった。

B17Eは車輪を鉄板の滑走路《スチールマット》に印した。滑走路には、被弾した戦闘機や爆撃機がずらりと並んでいる。二〇〇〇メートル滑走路のほか、三つの滑走路を持つ、旧日本軍が作った巨大な空港だ。二階建ての大きな管理棟も爆撃で真っ黒に焼かれ、骨組みが露わになっていた。

仮宿舎で、オリバーから、今夜の目的地は長春《ちょうしゅん》と教えられ、堀江は驚いた。かつて新京《しんきょう》と呼ばれた満州国《まんしゅう》の首都。満州のほぼ真ん中にある。いまは吉林《きつりん》省の省都だ。そこにも中国軍が集結しているのだろうか。

堀江は操縦を命じられ、この地方に詳しい中尾がナビゲーター、片岡がスパイの子守役で乗り込むことになった。内田は外された。三人には、中国人の名前が記された身分証が与えられた。打ち合わせのあと、休息を取り、午後七時、飛行服に着替え、飛行場で待機しているB26まで歩いた。黒く塗られた機体の脇に、三人の中国人らしい男がいた。そのうちふたりは人民解放軍らしい軍服姿、残りのひとりは中国の警官の服を着ている。自分たちが使う自転車や通信機を機体後部の部屋に運び入れながら、声を掛け合う三人に、緊張感は乏《とぼ》しかった。

七時二十分、オリバーの見守るなか、曇《くも》り空の金浦空港を出発した。いったん、真西に飛んで、元山《ウオンサン》の沖から中尾の指示に従い、北へ転針した。東の空に上りかけた月齢十八日の月が雲間に見え隠れしている。

「ほんのひと飛びで満州か」爆撃手席にいる中尾が口にした。「もう真冬だな」

「そうですね。長春あたりはもう真冬だ」

「うん」

「戦中の新京、東京直行便はいつはじまりましたっけ?」

「一九四〇年。三菱のＭＣ20型旅客機で片道一五〇〇キロ、五時間かかった」

当時、日満、空の特急便と話題になったのだ。

「満州の寒さは」と中尾が続ける。「頬は割れるし、まつげにはつららが下がる。瞬《まばた》きしただけで、針を刺されたように痛む」

「そうですね、朝、エンジンの始動だけで、一時間かかりましたから」

炭でエンジンをあぶって暖めたのだ。

「零下《れいか》四〇度の空を飛ぶときは、死ぬかと思ったよ。電熱線入りの防寒服なんて役に立たない」

「中尾さん、ひとつ、訊いていいですか」堀江が言った。「戦前、三菱に所属してテストパイロットの第一人者になられたじゃないですか。それがどうして満州航空に行かれたんですか？」

「会社が一所懸命作った飛行機を陸軍から毎回毎回、こき下ろされてさ。六十機だ。飛ぶ意欲がなくなった」

「そうだったんですか」

「昔話はともかく、この三人やかましいですわ」スパイと一緒にいる片岡が声を上げた。「アメリカのドルをたんまり持ってますよ」

アメリカのドルは中国でも通用しているのだろうか。

「ふるさとに帰るつもりなんじゃないかな」と中尾。

「そのまま、日本に帰ってこなかったりして」

利原《リウオン》から北朝鮮の陸地に入った。衝突防止灯《アンコリ》を消し、低い禿山《はげやま》にそって北上する。対空砲火はなく、機影もない。似たような山並みが続き、地形が判別できなくなった。八〇〇〇フィートまで上昇する。

「もうじき、白頭山《はくとうさん》が見えてくるはずだが」

戦時中、満州航空に籍を置いていた中尾は、この付近を何十回と飛んでいる。雲間から、なだらかな白い稜線《りょうせん》が見え隠れしてきた。雪をかぶった山頂にさしかかる。銀色を放つ頂上のカルデラ湖を通過して、中国領に入った。中尾の指示が入る。

「速度このまま、方位三二〇で二五〇マイル」

「了解、方位三二〇で二五〇マイル」

堀江が復唱する。

七〇〇〇フィートまで高度を下げた。

低い山塊《さんかい》が続く。行く手から、明るい月が上がってきた。

「きょうは天気がいいな」

中尾が声をかけてくる。

「助かります」

「このあたりも黄砂《こうさ》がひどかった」

「春はとくに」

「この連中、西安《せいあん》出身の中国人だよ」インターホンから片岡の声が入る。「神奈川《かながわ》で訓練を受けたと言ってる」

「そんなこと言うんですか？」

スパイたちとは口をきくな、と命令されているのだ。

「親分格の男は人民解放軍の少佐だと言っている。陽気な連中だよ。投下地点には、けっこう仲間がいるらしい」

「ゲリラと落ち合うんでしょう」

「腕にバラの花の入れ墨《いれずみ》をしてるから、おかしいと思って訊いたんだよ。韓国の捕虜収容所にいたとき、『反共』の入れ墨をされて、それを隠すために上から彫られたみたいだ」

一時間経過した。どこまで行っても山また山。月が高いところまで上がってきていた。墨で塗りたくったように、地上は一面黒色だ。右手のその一画に、光が射し込んだ。それは線を描き、ぼんやり山の形を浮かび上がらせた。

「滑走路だっ」

内田が叫んだ。

「気づかれた。レーダーに捕捉されてるぞ」

中尾も声を張り上げた。

緊急発進《スクランブル》をかけられると堀江は思った。こんな低空でも、レーダーに捉《とら》えられたのか。滑走路を見つめた。飛行機はまだ発《た》っていない。前方から左手、かすかに浮かぶ山の形を目に焼き付けた。敵は高空に駆け上がり、下方を索敵《さくてき》するはずだ。自機は月光を浴びているから、すぐ見つかってしまう。逃げ込む場所は一ヶ所しかない。

「二時方向に敵機、左へ急反転」

目を凝らす中尾の声が響く。

堀江はスロットルを押した。ブオンとエンジンが唸《うな》る。操縦桿《かん》を思い切り右後方に引き、右踏棒を踏んだ。機が横転し、主翼が垂直になる。操縦桿を元に戻し、背面姿勢ぎりぎりで旋転を止めた。左方向に機首が向く。

スロットルを二〇〇〇回転まで絞《しぼ》った。さらに左へ操縦桿を切る。フラップを二〇度まで下げる。体勢を安定させ、山のあいだに滑り込んだ。箱根の山で受けた訓練どおり、三〇〇フィートの高度で、山肌ぎりぎりに飛ぶ。

目を凝《こ》らした。息を止め、全神経を操縦桿とフットペダルに集中する。

敵は、低空攻撃にそなえて谷間にワイヤーも張っているという。それは北朝鮮と中国国境付近に限られているはずだが、注意しなくては。

操縦桿を倒し、さらに高度を下げる。切り立った谷がぐんぐん迫ってくる。一六〇ノットのまま、まばらに立つ木造家屋の上を、かすめるように飛ぶ。ブォン、ブォン。エンジンが響く。左、また左と舵を取り、渓谷に沿って飛ぶ。左右から山が張り出してきて、谷が狭くなる。現れた村があっという間に後方へ飛び去る。ピシリ。翼が木の枝を払う音が伝わった。エンジンを絞り、操縦桿を引いて、山との衝突を避ける。こんもりした山が、行く手を壁のように塞いでいる。

「上がれっ」

中尾の悲鳴が響く。

一気に操縦桿を引いた。山の斜面すれすれを上昇する。三秒ほどで空に突き抜けた。機を水平に戻す。目の前に横たわる湖まで、十秒足らずで到達した。速度は一〇〇ノットまで落ちていた。湖面すれすれまで下降する。

湖の中央部分で右に反転した。黒面と化した湖上を飛行した。高度がわからず、目を凝らした。高度計は頼れない。勘で飛んだ。

「もういい、引け」

中尾が言った。

湖は瞬《またた》く間に過ぎ、黒々とした山が迫ってきた。足を踏ん張り、操縦桿を引く。這《は》うように駆け上った。ブォンブォン――。頂上を過ぎる。山を下り、ふたたび右に反転させられた。目前に、また狭い渓谷の入り口が近づいていた。

「一〇〇フィートのまま、川へ突っ込め」

低い山のあいだに開いた低地から、一〇〇ノットで渓谷に入った。目前に山が迫り、左に舵を切る。やや高度を上げ、次の関門を突破した。右左、また右。日が暮れかかり、黒々した山の塊《かたまり》を避けるように渓谷を突っ切った。山はそれまでより高く、頂上部分がうっすら明るいだけで、地面は闇だった。

「高度一〇〇フィート、速度一六〇ノットまで上げろ」

高い山の稜線を越える。急流に呑まれる小舟のように、十分ほど山間を飛び続けた。全身から汗が噴き出していた。敵航空機は飛来しない。ふたつめの山を越えると、平原が現れた。広い。長春に違いない。二〇〇フィートに高度を上げた。田園地帯の上を進む。

「右手二時の方向、投下地点発見」

中尾が放った声の方向を凝視する。三日月型の水面《みなも》らしいものが月明かりに反射した。小高い山に囲まれ、西側に丘陵地が広がっていた。出発前に見せられた航空写真と同じ地形だ。

「降下準備」

中尾が言う。

「降下オーケー」と片岡。

爆弾倉は使えないため、今回は後部ハッチから送り出す手はずだ。

投下高度の四〇〇フィートまで上昇する。

「降下っ」

中尾の声とともに、パラシュートが三つ開くのが見えた。黒いパラシュートがふたつ続く。

「投下完了」

「了解」

高度を上げ、反転した。山塊に入る。八〇〇〇フィートまで高度を上げた。北朝鮮領内に入った。山地を一路南下する。海岸線近くまで来て、厚い雲間の下で、雷《かみなり》のようなものが鈍《にぶ》い灯《あか》りを放っていた。

「清津《チョンジン》あたりの艦砲射撃だろう」

中尾が言った。

日本海に出て、西に転針する。金浦空港を無線で呼び出す。

「こちらブラックバード、一〇〇《ハンドレッド》マイルアウト」

金浦空港に帰投したのは、午前零《れい》時を回っていた。

翌日も午後六時、オリバーに見送られて金浦空港を出発した。内田がナビゲーターで入り、中尾がスパイ担当になった。行き先は、中国大陸の奥深く、一五〇〇キロも入った西安《シーアン》近郊だった。B26の機体は、昨日とはちがい、爆弾倉に増槽タンクが取り付けられていた。飛行時間が十時間以上延ばせるらしかった。今回は黄海《こうかい》で潜水艦が方位を示してくれるらしかった。堀江たち三人は、覚醒剤を注射された。

4

十一月二十四日。前線に零下一〇度の冬将軍が到来していた。進撃と同時に、マッカーサーは、鴨緑江の南五〇キロにある安州《アンジュ》の飛行場に降り立った。第八軍司令官のウォーカー中将から報告を受け、「ミグの攻撃はあるか」と尋《たず》ねた。鴨緑江南岸を爆撃するB29は、繰り返しミグの攻撃を受けているのだ。ジェット機のF80も、ミグには性能面でかなわない。

「相変わらず、続いています。追撃の許可は出ませんか？」

「だめだ、ワシントンはうんと言わん」

国境の鴨緑江を越えて、中国側へ侵犯してはならない、の一辺倒だ。爆撃も朝鮮側だけに限られている。

「鴨緑江が凍《こお》るのはいつになるか？」

「今月末には、凍ると思われます」

「それまでには、戦争を終わらせないといかんな」

川が凍結してしまえば、中共軍はいつでも渡河できる。

「おっしゃるとおりです。橋もまだ残っています」

Ｂ29による橋への爆撃は困難を極めている。

「ワシントンは、われわれが鴨緑江に達しさえすれば、そこに非武装地帯をもうけて、中共軍を国境の向こうに押し返せると考えているが、どう思うかね？」

「非武装地帯というのは、いまわれわれがナパームで焼き尽くしている鴨緑江の朝鮮側エリアと思われますが、無理な相談です。そんなことは絶対にありえません」

「その通りだ。非武装地帯など作れば、敵に甘く見られて、この戦争は敗北に終わる」

「そうです。朝鮮人民に対する裏切り行為です」

「わたしもそう思うよ。ワシントンには台湾の国府軍《こくふぐん》の援軍を求めると勧告しておいた」

「それはうれしいです。ただ、元帥、わが軍の情報が洩《も》れています」

「たしかに洩れている」マッカーサーも同感だった。「現地にいる英軍将校が、わが軍の動きを教えているのだ」

香港や中国貿易の権益を守るために、いち早く中国共産党政権を承認した英国をマッカーサーは信用していない。

「いまこそ、原爆を使うときです」ウォーカーが言う。「このまま、ずるずる撤退を続ければ、わが軍は消えてなくなってしまいます」

「それはワシントンもわかっている」マッカーサーが言う。「しかし、遠すぎて使う地点も時期もわからない。原爆を投下する権限をわたしに与えるよう、ワシントンに具申している最中だよ」

マッカーサーは、格子柄《こうしがら》の派手なマフラーを首に巻き、厚い防寒服をまとって、ジープで前線に向かった。大勢の従軍記者が従った。マッカーサーの顔色は、すぐれなかった。雪に覆われた峡谷《きょうこく》を歩く韓国軍は元気がなく、米軍の将兵も少なかった。最前線のコールター少将と会ったとき、「わたしは二個師団の兵士をクリスマスまでに家に帰すという約束を守りたい」とマッカーサーは激励した。

五時間に及ぶ前線視察を終え、飛行場に戻ると、マッカーサーは出迎えたストーリー少佐に、鴨緑江の河口に向かうように命じた。バンカーは耳を疑った。護衛のための爆撃機や戦闘機の用意はない。

「鴨緑江のすぐ向こうには、ミグが七十機います。危険すぎます」

ホイットニーが忠告した。

「大胆な飛行がカモフラージュになる」

自殺に等しい行為だが、決意は固そうで、従うしかなかった。

午後三時ちょうど、スキャップ号は単独で飛行場を飛び立った。いったん黄海海上に出る。五分ほどで、鴨緑江河口に達した。特別席から窓に正対して下界を見下ろすマッカーサーが、

「高度五〇〇〇フィートで川に沿って東に進め」

と命じたので、まわりにいた全員があわてた。

戦地上空を飛ぶ形になってしまうが、命令は実行された。

飛行機に乗る全員にとって、鴨緑江を見るのははじめてだった。

河口から五キロほどのところに、雪をかぶった街がある。「安東です」とウィロビーが説明した。一面の雪景色のなか、マッカーサーは身を乗り出して、黒く蛇行する鴨緑江を見ている。川

の両岸は切れ込んだ崖《がけ》が続き、手前にある北朝鮮側は黒々と焼かれた村々があるだけだった。川の西、中国側には、凍《い》てついた雪原が果てしなく広がっている。マッチ棒の先のような集落が点々とし、黒い道がそれらをつないでいた。あちこちで雪煙がなびいていた。山は低く、はるか先にある満州の平野まで望める。軍隊らしいものはどこにもなかった。

「コート、わがORO（原爆投下研究チーム）のジョンソン部長に見せたい景色ではないか」

「連れて来るべきでしたね」ホイットニーが言う。「いまこそ、原爆を使うときです。このま
ま、ずるずる撤退を続ければ、わが軍は消えてなくなってしまいます」

「そうだ。いったい、いつになったら、正式な報告が上がってくるのかね？」

「来月はじめには、まとまるようですよ。軍事費も大幅増額させるようだし」

「急がせてくれたまえ」マッカーサーは広大な景色が広がる窓に顔を近づけた。「あの平原に一発、原爆を落としてみてはどうだろう。キノコ雲が立ち上るのを見れば、中共軍はあっさり手を引くかもしれん」

「一発では足りませんよ」

マッカーサーは含み笑いをした。

「わがB29がやつらの頭上を飛ぶたび、中共軍の将軍は、きょうこそ原爆が落ちる、と恐怖で縮み上がっているというではないか」

「おっしゃる通りです。必死でトンネルを掘っていますからね」

「今朝方、ペイス長官から電話があったよ。ワシントンはようやく重い腰を上げそうだ。今週中にも、わが大統領は戦地で必要なら原爆を使用すると発表する」

「ほんとうですか？」

バンカーも驚いた。

「もちろんだ。本格的な核使用となると空中爆発型とはべつに、地表爆発型の原爆が必要になりそうだな」

「ジョンソン部長によると、近々本国で実験が行われるようです」

「それは心強い。コート、わが軍ではないか」

マッカーサーは、米軍が展開している真下の光景を覗き込んだ。同時に、スキャップ号は、翼を振ってマッカーサーの搭乗を示した。四十分ほど飛行したのち、ようやくマッカーサーは帰還を命じた。

5

十二月六日、午後二時。

風防が下げられたウィリアムズバーグ号の会議室のドアから、ポトマック川の冷たい風が流れ込んでくる。トルーマンは胸がふさがっていた。昨日まで共にいたチャーリー・ロス報道官が、昨晩突然、心臓麻痺《まひ》を起こして亡くなってしまった。しかも娘のマーガレットのコンサートが開かれる直前に。

どやどや音がして、昨日と同じストライプスーツを着込んだクレメント・アトリー英首相が、閣僚を連れて入室した。原爆使用も辞《じ》さず、との声明に驚いたアトリーは、三日前、あわててロンドンから飛んできた。昨日に引き続き、きょうも船上での会談だ。

五人はトルーマンの対面に座った。トルーマンの左右には、ビッグフォーこと、国務長官のアチソンとマーシャル国防長官、ブラッドレー統合参謀本部議長とハリマン特別補佐官。三軍の長官と参謀総長、作戦部長らも顔を揃えている。

「大統領、平壌は放棄され、共産軍の手に奪回されたと伺《うかが》っていますが、たしかですか？」

アトリーがロスの弔意を述べたあと、身を乗り出すように口にした。

「残念ながら、昨日、平壌から撤退しました」

マッカーサーによれば、中共軍兵士の波は果てしなく続き、山野は、中共軍で埋まっている。このままでは、わが軍も包囲され殲滅《せんめつ》されてしまうという。これを避けるためには、三十八度線へ撤退するしかない、と具申してきた。

アトリーは『ニューヨーク・タイムズ』紙を広げ、

「マッカーサー元帥は、ここにあるように米本国により満州への追撃と爆撃が許されないのは、戦争遂行上、歴史的な足かせである、と何度も訴えておりますが、いかがお考えですか？」

「越境攻撃と満州爆撃が、中共との本格的な戦争を招くのは明らかです」トルーマンは答えた。

「そうなれば、ソ連も加わって第三次世界大戦は避けられなくなる。これほどわかりきったことを、なぜ理解できないか不思議でなりません」

米首脳部に対して、マッカーサーは新聞であからさまな批判を公言していた。トルーマンの面目は丸つぶれだった。マッカーサーはウェーク島で、中国は参戦しないと言っていた。あれはうそなのか。ふたを開けてみれば中共軍は圧倒的で、もはや極東軍の力だけでは対処できないから、釜山橋頭堡への後退まで考慮しているというではないか。

「おっしゃるとおりです」アトリーが紙面を閉じた。「かりに、国連軍が三十八度線から南へ後退させられるような事態が生じたら、国連に対して、中共への制裁決議を申し立てるわけですね？」

「侵略国として認定させるつもりです。何よりも停戦が望まれますが、その見返りとして中共の国連加盟を認めないし、台湾を譲渡するつもりもありません。台湾の国府軍の投入も検討事項です」

「そうですか、国府軍まで……やはり、大統領は、中共はソ連の指図で介入してきていると思われていますか？」

「そのはずです。朝鮮を取られてしまえば、次はインドシナや香港《ホンコン》、マラヤと世界征服が続くはずです」

「われわれは、中共がソ連の衛星国ではないと判断しています」フランクス駐米英大使が居住まいを正して言った。「北京政府を認め、ソ連と対立するよう導くのが賢明ではないかとわたしは考えています。そのためには、まず国連に中共を加盟させるのが得策だと思うのですが、いかがですか？」

「それはできません」アチソンがあいだに入った。「げんに中共は侵略を行い、われわれと戦っているのですから」

「そのとおりです」トルーマンが口を添えた。「われわれは、朝鮮半島から逃げ出すようなことはしない。だいいち、国民が許しません。どんなに追い詰められようとも、最後まで踏ん張るつもりです」

アトリーは禿頭《とくとう》の額のあたりを赤らめて、

「おっしゃるとおりです。われわれも、閣下とともに戦い抜く所存ですから」

「ありがたい。じつはこの六日付で、わが統合参謀本部が、全世界の米軍司令官に、第三次世界大戦の開戦に備えて、準備をするよう発令しました」

アトリーは絶句した。

「そこまで、ソ連の脅威が迫っているのですか……」

「それが現実です。ただ、いまは米軍をはじめとする国連軍は、撤退戦の真っ最中で、米国史上最大の軍事的敗北に陥《おちい》りつつあります。このままでは全兵力の三分の一を失いかねません。いまはなんとしても、これの救出に全精力を傾けたい」

アトリーは中国との戦争をひどく恐れていた。それがソ連を巻き込んで、ヨーロッパにも戦火が飛び火すると。

「わかりました。かりに、攻勢が続いて中共側が有利になれば、停戦を提案する局面も訪れますね？」

「残念ながら、あります。その場合、三十八度線で停戦合意に達すればよしとせざるを得ません」

アトリーは、なぜか中共の国連加盟問題を蒸し返してばかりいた。会談を終えて、トルーマンはアトリーとふたりきりで話し込んだ。

「原爆を使う権限を現地にいるマッカーサー元帥に与えられたと報道されていますが、そのようになさるおつもりですか？」

　アトリーが言った。

「必ずしもそうではありませんよ。山岳の多い戦地では、原爆の効果は限定的ですからね。むしろ、マッカーサーは増兵を待望しています。なかなか難しいのですが」

　ペイス陸軍長官によれば、来年の三月まで、陸軍兵士の増派はできないのだ。

「それはよかった」アトリーがひとつ息を吐《つ》いた。「韓国の中《シン》国防長官が、国連に原爆使用の要請をしましたね」

　韓国は国連に対し、原爆使用の要請を行ったが、トルーマンの原爆発言が大きすぎて、その陰に隠れているのだ。

「韓国の新聞は、原爆こそ、起死回生の兵器だと書き立てています。李承晩大統領はもっと激烈です。前々から、なぜ原爆を使わないのかとウォーカー中将に詰め寄っていますからね。その気持ちはわかる。ＣＩＡによれば、北朝鮮内には、北朝鮮軍と中共軍が合わせて十二万ほどいるようだし、満州や北京近辺には五十万人を数える兵士が待機中ですから」

　原爆を使うとするなら、いまがそのときだった。ソ連の核保有量はいまだ少ない。それに対して、わが軍は四百五十発。アトリーの顔色が変わったので、それ以上の詳しい話はやめた。

「アトリー首相」トルーマンは続ける。「われわれは原爆を使う権利を手放すつもりはありません。何度もお伝えしているように、停戦を認めるような状況にはありませんから、その点よろしいですね？」

　アトリーは眉《まゆ》をひそめた。

「具体的にはどのような場合に原爆を使うのでしょうか？」

「中ソ空軍が出動してきた場合です。いま満州には二百機のソ連製双発爆撃機が駐留していますが、これが、国連軍基地に対して攻撃を仕掛けてきたら、わが軍は反撃しなければならない。そのような事態が起これば、ソ連軍の飛行部隊が、ウラジオストクから駆けつけるのは必定《ひつじょう》です」

トルーマンの勢いに、アトリーは息を呑んだ。

それが、この一週間、延々と続けられた会議で得られた唯一の結論なのだ。それに備えた作戦も実行中だが、口が裂けても言えない。

「大変なことです」アトリーが低い声で続ける。「われわれのとなりにはソ連がいます。その気になれば、いつでも原爆を投下できる距離です」

「われわれが、中国に対して原爆を使えば、その報復でロンドンに原爆が落とされるという意味ですね？」

トルーマンが確認を求めると、大きくアトリーはうなずいた。

「チャーチル氏も、ヨーロッパにこそ危機があると訴えていますし、英国民も皆そう考えています。ソ連は冷酷です。やりかねません」

おびえているアトリーを前に、トルーマンは、先の大戦末期、ポツダム会談で相まみえたスターリンの風貌を思い起こした。会談前は、日本に対してソ連を参戦させることが至上命題だったが、会談の期間中、原爆実験に成功したので、ソ連の参戦は不要になった。

当時自分を低く見ていた閣僚らに対して、原爆投下の決定は、トルーマン自身の力を見せつけるための絶好の機会だった。いざ、原爆使用に当たって、彼らは標的を軍事基地にして、投下前は警告を出すべきだ、とうるさかった。しかし、すべてはねつけて、一般市民の多くいる大都市を標的にさせた。実際は原爆を使わなくても、日本は降伏していた。無条件降伏を突きつけていたものの、天皇制維持をよしとする連合国側の意思は日本側にも伝わっていたのだ。それでも、トルーマンは、真珠湾《しんじゅわん》で、南太平洋で、硫黄島《いおうじま》で、残虐《ざんぎゃく》な振る舞いを繰り返した黄色いサルどもの頭の上に、何としても原爆の火の塊を落としたかった。

「冷酷なのは認めます」トルーマンは言った。「それゆえに、ヨーロッパにこそ、重大な危機があると承知しています。われわれにとって、最大の関心事はヨーロッパの防衛にあります」

「ありがたい」

「原爆使用に当たっては、必ずあなたに相談しますので、ご安心ください」

アトリーは、肩の荷を降ろしたように、安堵の表情を浮かべた。

しかし、国連には原爆使用の許可をとるつもりはない。

会議が終わり、英国側が退席したあと、トルーマンは居残った幕僚たちを振り返った。マッカーサーから具申されている三十八度線への撤退問題について問いかけた。すると、CIA立て直しのため、十月に就任したばかりのCIAのベデル・スミス長官が険しい顔をこちらに向けた。

「中国の介入に対抗するため、大幅な軍備増強が急務でありますし、ミグに対抗するため、ジェット機のF86セイバーの投入が必要です」

「そうだな」

「最終的には、三十八度線はいうに及ばず、朝鮮半島からの撤退も視野に入れておかなくてはなりません」

カブトムシのあだ名で呼ばれ、米陸軍一の猛烈な軍人と言われていただけに、発言には重みがあった。それに引き替え、極東軍情報担当のウィロビーは、動乱勃発も読めず、その後も台湾から得る情報に頼り切り、ミスを連発している。勝手な発言も目立つ。マッカーサーと合わせて、替え時かもしれないとこの日も思った。

「よろしい。正式には次回の国家安全保障会議で決めるが、当面、三十八度線までの後退を了承しよう。それから、今週末の十二月十五日あたりに、国家非常事態宣言の発令も視野に入れておきたい。ところで、プリンストンはもう到着しているのかね？」

シャーマン海軍作戦部長があわてて席を立ち、

「はい、三日前、日本海に到着しています」

と答えた。プリンストンは米海軍の大型空母だ。サンディエゴでジェット艦載機を運用するための改装をすませ、先月、朝鮮半島に向けて出発した。改装では、核爆弾の組立工場も設けさせた。

「ファットマン（Ｍａｒｋ４）は？」

長崎に投下したプルトニウム型原爆の改良モデルだ。威力が増し、空中姿勢も安定させた。核燃料本体が取り外し可能で、工場で量産された。

「分解した本物の三基が核組立工場にあります」

「そこで組み立てるのだね？」

「はい」

「サヴェージは？」

「日本のアツギ海軍基地から二機、飛ばします」

サヴェージは空母での発着艦ができる核攻撃機だ。ターボジェット付きの双発プロペラ機で、重さ五トンの新型ファットマンをすっぽり腹に収める。空軍に対抗するため、海軍がしゃにむに開発を進めてきた機体だ。運用は一昨年誕生した海軍の核攻撃飛行隊に任されている。

「発艦できそうか？」

プリンストンは大型空母だが、第六艦隊所属のコーラル・シーと比べて、ひとまわり小さいエセックス級になる。

「ぎりぎりのデッキ滑走で発艦できると思います」

「地中海のコーラル・シーが派遣できればよかったが」

「はい、コーラル・シーが、地中海を離れるとソ連に感知されてしまうため、プリンストンを使わざるをえませんでした」

ヨーロッパの防衛をないがしろにできないのはわかっている。

「カタパルトでは発艦できないのだね？」

「油圧式ですし、原爆も含めて三〇トンに及ぶ機体をはね飛ばす力はありません。ただ、プリンストンは、コーラル・シーとほぼ同じ甲板長《かんぱん》がありますため、デッキ滑走で発艦可能と思われます。来週中に試験させます」

「組み立ても投下も、本番を前提としての訓練だね？」

「はっ、ご要望通り、原爆投下の実戦命令を下します。訓練であるのは一部指揮官しか知りません」

「うまくいくといいが」

「士気は上がっています。万全を尽くします」

これからは、原爆投下を空軍だけに頼らずにすむ。いつ何時《なんどき》でも、思った場所で、空母から原爆を投下できるのだ。素晴らしい。今回の作戦をアトリーが知ったら、どうだろうか。

それにしても、ロスの不在。顔を見ているだけで何を考えているか、互いにわかった。ミズーリの田舎《いなか》で担ぎ上げられ、トルーマンが上院議員になったのは、五十歳のとき。ほんの二十年前だ。野心もなく無害であることが取り柄で、副大統領に持ち上げられ、ルーズベルトの死で大統領職が転がり込んできた。そして、再選。コップに満たされたバーボンを喉《のど》に流し込んだ。辛《つら》い政治家人生で、ずっとそばにいてくれた、無言の会話を交わせる唯一の存在を失った悲しみが、トルーマンの胸を満たしていた。

6

十二月十六日、土曜日。

薄暮のXアヴェニューは小雨で煙《けぶ》っていた。東京駅丸の内北口と和田倉門《わだくらもん》をつなぐ丸の内仲通りだ。堀江は光子とともに、傘《かさ》を差して歩く人の群れに加わった。日比谷《ひびや》通りに突き当たる。皇居前広場も人影はなく、ひっそりしていた。右に曲がったひとつめの角に、赤煉瓦《れんが》造りの西洋建築が重たげに建っていた。かつては東京銀行倶楽部《クラブ》だったが、いまは、米第五空軍の将校用『バンカーズ・クラブ』として使われている建物だ。正面から入った。堀江のコートの裾《すそ》はすっかり湿《しめ》っていた。二階に通じる石造りの階段の前で、支配人らしい男に、オリバーから貰《もら》ったチケットを二枚わたして、階段を上がった。また、あのゲイ・セプテットの演奏が聴けると思うと、期待で胸がふくらんだ。日本で一番人気のバンドなのだ。ふつうなら、チケットは手に入らない。

ラウンジには米軍兵士に混じって、平服の日本人もかなりいる。ミルクティーとサンドイッチを注文して、隅のテーブルで立ったままほおばった。びっくりするほど、サンドイッチが旨《うま》い。ミルクティーも格別な味だ。

兵士の会話に、朝鮮半島での停戦や撤退話が盛んに出ている。このところ、驚異的な速度で南進する共産軍に圧されて、吹雪《ふぶき》の中を南下しているのだ。数百万もの難民が発生し、第一海兵師団を含む米第十軍は海路で撤退している最中だ。

「きょう、ナンシー梅木は出る？」

光子に訊かれる。

「彼女めあての客も多いよ。きっと出る。おれはドラマーのジョージ川口を見たいな」

「満州で関東軍の飛行教官だった人ね？」

近頃、ジャズ雑誌を読むようになった光子は、かなりの情報通だ。

「うん」

「川口さんも、飛行機乗りだったから、ひょっとしたら、オリバーにスカウトされていたかもしれないわね」

「ありうる。そうなったら、それで楽しいけどさ」

「わたしの従兄弟《いとこ》、最近、朝鮮特需で休む暇もなく毎日働いているの。おかげで給料が倍近くになったって喜んでる」

「下丸子《しもまるこ》にある三菱の工場で旋盤工をしてる子だろ」

「ええ、ナパーム弾とか作ってるって」

「珍しくないな」

動乱が勃発して半年、米軍は繊維製品や軍事物資を大量に発注している。おかげで、町工場までも活況を呈《てい》し、子どもや主婦まで、焼け跡のくず鉄拾いをする有様だった。

「でも、恐ろしい」ミルクティーを飲む光子の目が宙に浮いた。「あなたや兄さんが、真っ暗な闇の中に飛行機ごと吸い込まれる夢を見たの」

「考えすぎだよ。大丈夫だ」

そう口にしたものの、飛行機に乗るたび、不安が増すのは事実だった。十月末、中国の長《ちょう》春《しゅん》と西安《せいあん》へ飛んだあと、間を置かず、北海道の千歳《ちとせ》基地から、ウラジオストク近郊の飛行場や港を偵察するロシア人スパイを空輸した。沿海州が近かったので、日本海では、一〇〇フィートの低空飛行を余儀なくされた。その高度を保ったまま陸地に到達し、ハバロフスクの街の灯りを右に見ながら、ウスリー川に沿って奥深く侵入した。投下地点の沼で、スパイを落とし、山肌の陰を縫うように飛んで帰還した。そのあとは、頻繁に硫黄島や沖縄、三沢《みさわ》などの米軍基地へ要人を送り届けたり物資輸送を命じられていた。

このところ、新聞には、毎日のように、国連軍の撤退のため、敵軍への原爆使用もやむを得ないとする記事が載る。これに対抗して、ソ連が日本に原爆を投下するという憶測記事も出る有様だ。なんといっても、広島と長崎に原爆を投下した大統領が、まだその座にいる。いざとなれば、原爆を使うことも躊躇《ちゅうちょ》しない。しかし、と堀江は思う。それだけは絶対にだめだ。人に対して原爆を使うような真似は、広島と長崎で終わりにしなければならない。

ホールは二百人ほどの聴衆で埋まっていた。大きなＧａｙ Ｓｅｐｔｅｔの舞台看板。クラリネットのレイモンド・コンデがリーダーだ。五時半の開演と同時に、舞台裾から、そろいの茶色いダブルスーツを着た七人が現れた。ナンシー梅木も同じ色のスカートスーツだ。いきなり演奏がはじまった。軽やかなクラリネットに、川口の叩くドラムのリズムが弾みをつける。ビブラフォンが加わり、ギターとベースがメロディーを追いかける。観客は総立ちになり、全身を揺らした。すっかり熱に染まる頃、ナンシー梅木が、メンバー紹介をすると、歓声と口笛がこだました。

「お聴きください、『オー・レディ・ビー・グッド』……」

小気味いいピアノの前奏に導かれるように、ナンシーの声がホールに満ちた。曲が終わる頃、客たちはスイングの音色にどっぷり浸かっていた。

一時間半ほどが、瞬く間に過ぎた。七時ちょうど終演になり、光子とともにクラブを出た。雨はひどくなっていた。ダンスホールはやめて、家路を急ぐしかなかった。丸の内北口に通じる近道を歩いた。ビルの谷間は暗かった。水たまりを避《よ》けて歩く。光子が遅れてついてくる。小さな悲鳴が上がった。振り返ると、光子の傘が目の前に転がった。脇に黒い車が停まっている。ドアが開いて、光子の細身のスキーパンツの足下が車中に収まった。ドアが閉まる。車が走り出した。後部座席の三角窓の内側に、光子の顔が張り付いていた。何が起きたのか、訳がわからなかった。

白い排気ガスを吐《は》いて、ゆっくり車は東京駅方向に走り出した。堀江は追いかけた。横にいる男が光子にのしかかった。日本工業倶楽部の角で、車は左に曲がった。突き当たりのWアヴェニュー（永代通《えいたい》り）で右折するのを見届ける。車の型を頭に焼き付けた。丸の内北口まで、夢中で走った。タクシー乗り場に停《と》まっていたルノーの助手席に飛び込むと、「永代通りへ」と叫んだ。五十がらみの運転手は、あわてて発進させた。右から都電がやって来た。鼻先をかすめるように、ルノーは鉄道総局前を走り、永代通りに突っ込んだ。ガードをくぐり、八重洲《やえす》に入る。降りしきる雨で、フロントの視界は、水槽の中にいるように悪かった。窓を開け、雨中に顔を出した。三台おいた先に、独特な卵形のトランクの車を見つけた。プリムス。あれだ。運転手に、車を示し、あの後ろにつくように急《せ》かした。呉服橋《ごふくばし》電停に差しかかると、プリムスは速度を上げた。日本橋の交差点を左折した。猛スピードで日本橋を渡りきる。室町日本橋電停の手前で、ようやく追いついた。プリムスの後部座席に男の影がある。この方角はと思った。先月、中尾や松尾とともに、ラーメンを食べた中華料理屋がある。

プリムスは室町二丁目の交差点を右に曲がった。それに続く。角に日本貿易館がある。目の前でプリムスが停車したので、追い抜かせた。振り返ると、プリムスから、人の塊がすぐ脇の建物に入っていくのが見えた。白い大きな洋風のビルのわきでタクシーを停めさせた。

プリムスはUターンして、日本銀行方面に走り去っていった。

こんなところに、どうして？　なぜ、光子がさらわれた？

必死で思いをめぐらせた。

横手にあるビルの『繊維《せんい》会館』という看板が目にとまる。入り口の左右に、しゃれたランプが取り付けられていた。そこから、ビルひとつはさんで、光子の連れ込まれた建物がある。単独で入っていく気にはとてもなれない。歩道の先に、公衆電話ボックスが目にとまった。……あの人なら、どうだろうか。百円払って、タクシーを降りた。電話ボックスに駆け込んだ。手帳を広げ、灯りにかざす。韓国代表部の電話番号を見つけ、電話をかけた。呼び出し音が延々と続いた。切ろうとしたそのとき、韓国語の声が応答した。

「韓《かん》さん……韓道峰《どうほう》さんはいますか？」

韓国語の呼び名は思い出せず、日本語で、その名前を告げた。

「わたし、村井ですが」

ようやく、日本語の応答があった。

堀江が名乗ると、相手は覚えていたようだった。

たったいま、連れが何者かの車にむりやり乗せられ、目の前のビルに連れ込まれたと口にした。どこにいるのか、と韓に訊かれた。

「日本橋の室町です。『繊維会館』の前にいます」

と答える。

「わかりました。すぐ行きます」

電話は切れた。繊維会館前を歩き、脇道を過ぎる。『鈴木洋酒《すずきようしゅ》』の立て看板のかかった、どっしりしたビルの際を歩き、光子が連れ込まれたビルの前にたどり着いた。幅三間《けん》ほどの茶色くて、細長いビルだ。三階の窓から灯りが洩れていた。一階の降りたシャッターに、『武田薬品工業《たけだやくひんこうぎょう》』とペイントされている。脇にドアがある。ここから、上がっていくようだ。

雨を避けて、庇《ひさし》のついたシャッターの下に入った。顎《あご》から雨が伝う。濡《ぬ》れ鼠《ねずみ》になっていた。午後七時半。タイヤから雨の飛沫《しぶき》を上げながら、目の前を車が通っていく。人通りは絶えてない。歩道に出て、三階を見上げる。変わりはなかった。十分ほど過ぎた。凍《こご》えるように寒い。中尾に助けを求めるべきだった。まだ電車は走っている。光子の兄にも、起きている事態を伝えなければならない。電話ボックスに向かった。振り返ったとき、日本貿易館の向かいに、大きな傘を差したコート姿の男がいた。目が合ったような気がした。そこに足を向けたとき、見えない手が首に巻き付いてきた。一気に羽交《はが》い締《じ》めにされた。身動きできなかった。口に布のようなものが当てられた。耳元で、人の息がする。それまで見えていた街灯の灯りが、だんだんと滲《にじ》んで、全身から力が抜けた。黒い幕が下りてくるように、目の前が暗くなる。倒れると思ったが、なにかに支えられて、意識が薄れていった。

7

寒い。頭の芯《しん》が鈍く痛んだ。薄目を開ける。竿縁《さおぶち》天井が視界に入った。ベッドの上に仰向《あおむ》けで寝ていた。金色のシャンデリアが灯りを投げかけている。饐《す》えたにおいが鼻先をかすめる。ここはどこなのか。どれほど、こうしていたのか。つい先ほどまで、ジャズを聴いていた気がする。ふと下着が湿っていた。着心地が悪い。ゆっくり、身を起こした。ズボンや上着は乾いている。ふところの財布はそのままだった。

広い洋間だった。誰もいない。三つドアがあり、ふたつある窓に、西洋風の厚いカーテンが引かれていた。床にはペルシャ絨毯《じゅうたん》が敷《し》き詰められている。金色のソファがふたつ。手前のそれに、堀江のコートが置かれていた。金縁《きんぶち》の鏡が壁に掛けられ、大理石のマントルピースの上に、白馬にまたがった貴族を描いた巨大な西洋絵画がかけられていた。ここは、外国なのか……。

映画の世界に閉じ込められているようだった。いつから、こんなところに寝転がっていたのか。襲ってきたのは何者か。どうして、こんな目に遭《あ》うのか。

痛むところはない。恐る恐る起き上がり、靴下《くつした》を穿《は》いたままの足で、音を立てないように左隅のドアを開ける。トイレとバスが備え付けられた部屋。真ん中のドアは、外へ通じているらしく、鍵がかかっていた。右手のドアは控《ひか》えの間になっていた。

窓のカーテンを少しばかり開ける。前から射し込む陽《ひ》の光が、まぶしかった。左手の先、白いどっしりした総二階の洋館が建っている。見る限り、荒れ放題の芝生が広がり、ずっと先に松の木々の先端部分だけが見えた。丘の上にいるようだった。人っ子ひとりいない。光子もここにいるのか。

力を込め、窓を上げてみる。開いた。そのとき、部屋の外廊下から、人の足音が聞こえた。複数だ。あわてて、ベッド脇にある靴を履《は》き、コートを手にとって窓から放り投げた。窓枠をまたぐように、外に飛び出た。コートを拾い、雑草の茂る庭を走り出す。ののしるような英語の声が聞こえ、後ろで銃声が響いた。冷やっとした。狙われている……。

上体をかがめ、ありったけの速さで駆けた。振り返る余裕はなかった。射線を避けるため、洋館を回り込む。大銀杏《おおいちょう》のあるロータリーを横切った。玄関のあたりを見る。建物の中に人の気配はない。砂利道の続く森の中に駆け込んだ。松並木のあいだを駆け下る。

ここはどこか。あの建物は何なのか。進駐軍の施設か。光子もそこにいるに違いない、と思った。助けなくては……。

後ろ髪を引かれる思いで、坂を下った。二〇〇メートルほどで門があった。乗り越えて外に出た。追っ手はない。舗装路《ほそうろ》を右に回り込んだ。広い通りにぶつかった。ゆるい傾斜がついていて、坂の上から都電が走ってくる。電停まで急いだ。『天神下《てんじんした》』の看板のついた電停にとまった都電に乗り込む。扉が閉まった。走ってきた道を振り返った。人影はなかった。息が上がっていた。このあたりの地理は詳しくない。自分がいたところの見当がつかなかった。なぜ、あんなところに連れ込まれたのか。

やすやすと逃れられたのは幸運以外の何物でもなかった。韓道峰の顔が浮かんだ。昨夜《ゆうべ》、現れたのはあの男だろうか。もしそうなら、自分が連れ去られたのを目の当たりにしているはずだった。

次の電停は『広小路《ひろこうじ》』だった。通りの先に、走っている電車が見えた。降りて、駅方向に足を向けた。上野の看板がやたらと目につく。途中の公衆電話で、国立の宿舎に電話を入れたが、出なかった。韓国代表部にもかけたが、こちらも応答はなかった。

光子の命がかかっている。警察に届けるべきか。そうすれば、こちらの身分について、根掘り葉掘り訊かれる。秘密飛行について、告白させられるのは目に見えていた。通りがかりの店の中の時計を見た。午前十一時を回ったところだった。まる一晩、自分はあの奇妙な建物にいたようだった。自分たちは、一体誰に狙われていたのか。秘密飛行のせいか。そうだとしたら、相手は何者なのか。光子だけが、どうして連れ去られたのか。わからないことだらけだった。道は人であふれていた。上野駅に着いた。追いかけてくる人の気配はなかった。とりあえず、宿舎に帰るしかなかった。

8

国立の宿舎と旗の台にある内田光子の実家は、厳重な兵士の監視の下におかれた。堀江ら四人は外出を禁じられ、個別にオリバーの尋問《じんもん》を受けた。予定されていた飛行は、すべて中止になった。堀江は男らに襲われたときの状況をくわしく話した。

オリバーによれば、堀江がいた場所は、旧三菱財閥岩崎家の敷地で、現在、GHQの諜報《ちょうほう》機関が使っているらしかった。その機関はウィロビー直属で、オリバーも、まったく手出しができないようだった。光子が連れ込まれたビルは、通称ライカビルと呼ばれていて、そこも同様のようだった。韓道峰については、何も知らないという。

「われわれの秘密飛行が、GHQに知られたんでしょうか?」

堀江はオリバーに訊いた。

「かりにそうだったら、いまごろここは、大騒ぎになっている」

オリバーは苦しげに返事した。

同じ米軍であるにもかかわらず、秘密飛行がGHQにも極秘で行われている理由が理解できなかった。秘密飛行を統括するCIAの活動が、GHQに煙たがられているのは、薄々感じていた。しかし、それが今回の内田光子の拉致《らち》と関わっているのかどうか、わからなかった。

オリバーが去っていくと、中尾に別室へ呼ばれた。

最初に尋問を受けた中尾は、思い当たることはひとつもないと繰り返したという。

「ぼくらの誘拐は、秘密飛行のせいだと思いますか？」

堀江は訊いてみた。すると、

「内田は何か言っているか？」

と訊き返された。

「知りません。内田さんが何か？」

「このところの行動がおかしかったし。外出のときは、片岡について行かせていただろ。昨日は、朝飯前にいなくなってた。あわてて出て行ったようだ」

「昨日ですか……」

自分があの洋館にいた頃、内田に何かあったのだろうか。

「こないだの土曜、松尾さんと会った」中尾が怪訝《けげん》そうに続ける。「先週の木曜、山崎運輸大臣が白砂氏に、白金の外相公邸へ呼び出されたそうだ」

「白砂さんから？」

「また、例の『日本国内航空』（ＪＤＡＣ）の認可話だと思って、大臣はいやいや出向いた。外相公邸を使うのは、吉田首相の肝いりだと言いたげだ。行ってみると、やっぱり、『年内にはＪＤＡＣの認可が下りるんだろうな』と凄《すご》まれたそうだ。大臣は、まだ作業が続いているので、無理かもしれないと答えるのがせいぜいだった。その帰り際、白砂氏から、巷《ちまた》でわれわれの秘密飛行の噂《うわさ》が流れているが、真偽はどうかと訊かれた」

堀江は驚いた。

「……山崎大臣は、秘密飛行をご存じなのですか？」

松尾は所管する山崎にだけは、伝えていたのだろうか。

「知ってる。松尾さんも、山崎大臣にだけは話を通していた。白砂氏から、その噂が本当だったら、GHQの怒りを買って、日本に航空権益が戻る機運など吹き飛ぶし、講和も遠のく。そうなったら、責任はどこの誰が取るのかと凄まれたらしくて」

「脅しですか？」

「山崎大臣はそう受け取った。そうなる前に、一日でも早くJDACの認可をすれば、いざっていうときのためになるとか、そんな話になったようでな」

「……それが光子さんの拉致と関係しているんですか？」

「関係ないと思うが」

中尾は困惑気味に言った。

宿舎の電話が鳴ったのは、翌日、火曜日の昼過ぎだった。電話のそばに陣取っていた内田が電話を取った。

「……帰ってきた……そうか、わかった」

短い通話で切った内田が、三人を振り返る。

「車に乗せられて、わたしの家の前で置き去りにされました。目隠しされたまま、玄関先にいたみたいで」

「怪我《けが》は？」

堀江が訊いた。

「ない。食べるものは食べていたらしい」

「いた場所はわかりますか？」

「洋室にいたと言ってるらしい。これから帰す、と言われて目隠しさせられて戻ってきた」

自分と同じあの洋館にいたのだ。

待機していたオリバーにことの次第を話した。

オリバーは内田光子を尋問するため、慌ただしく宿舎を出ていった。

宿舎の郵便箱に、奇妙な封書が放り込まれていたのは、翌日の夕方だった。兵士による監視は解けていて、誰の仕業《しわざ》かわからなかった。見つけた片岡が中尾に見せると、その顔が青ざめていった。堀江もそれを覗き込んだ。
英文タイプの文書が三枚。秘密飛行に携わっている四人の日本人名と生年月日。訓練場所と日時、その内容。そして、九月三十日、米子基地から飛び立った時刻と機体、乗員、飛行経路とスパイ空投地点が記されていた。十月末に行われた中国とソ連への秘密飛行、その後の硫黄島や沖縄、三沢などへの飛行の詳細も記されている。封書の表に、
HQ and HQ United States 8th Army No.APO500.
とだけタイプ打ちされていた。
これは何なのか。誰が放り込んだのか。宛名は何を示しているのか。中身について、ここまで詳しい情報を知っているのは、ここにいる四人とオリバーら空軍関係者だけだ。拉致されていた

光子は、具体的な情報を持っていない。放り込んだ人間は、この文書を一体どうする気なのか。

「おれたちに、文句つけようっていう連中か」片岡が口を開いた。「一体どこの何者なんだ」

「ソ連のスパイの仕業ではないですか？」

堀江が想像を口にした。米軍基地にはソ連のシンパとなる日本人スパイも多く潜んでいる。彼らなりの手段で、情報を得ているのではないか。

「もし、そうだとしても、新聞社にタレこめばすむ」

中尾が言った。

「日本人が戦争の片棒を担いでいるのが知れたら、米軍に不利になる」片岡が続ける。「でも、この宛名は何だろうな。GHQ宛てか？　オリバー大佐に知らせないと」

その可能性はあるが、No.APO500と書かれている意味がわからない。

中尾はせわしなく電話をかけた。相手は松尾静磨だった。

封書の説明をすると、すぐに電話を切った。

「これから、こっちに来るそうだ」

重要だと判断したらしい。軟禁状態にあるため、こちらから出向けないのだ。

「しかし、この中身」中尾は封書をつかんで言うと、内田を振り返った。「まさか、おまえが抜いたんじゃないだろうな」

内田は、はっとしたような表情を見せ、横を向いた。

「内田さん、光子さんの誘拐で、何かあったんですか？」

堀江も問いかけた。

「……ない」

ぼそっと内田が洩らす。

「日曜の朝早々にいなくなって」片岡が思いついたように言う。「あのとき、どこへ行ったんだ？」

内田は答えない。みるみる表情が曇る。

「まさか、妹の解放と引き替えに、おれたちを売ったんじゃないだろうな」

片岡が内田の肩を引き、強い口調で訊いた。

それを振り払った内田は、唇をかみしめ、

「だったら、どうなんだ」

と呻《うめ》くように言った。

「おまえなのか」

片岡が内田の服の襟元をつかんで、問いただした。

「……前の晩、電話が入って妹の声を聞かされて……」

「それで日曜の朝、ここを出るように言われたのか？」

片岡が続けると、内田はこくんとうなずいた。

「相手は？」

中尾があいだに入った。

「わかりません。車の中で訊かれただけで、どこの誰なのか……」

「外国人か？」

「日本人でした」

一時間ほどして、電話が鳴った。松尾からだった。

中尾とともに裏口から出て、宿舎近くの示された場所に向かった。

林の小径《こみち》に黒のシボレーが停まっていた。後部座席に松尾の姿があった。中尾と堀江が乗り込むと、運転手は外に出ていった。

中尾はさっそく封書を見せた。

一読し、松尾はそれを返した。

「大変なことになったな」松尾は腕を組み、表情を強《こわ》ばらせた。「こんなものが公《おおやけ》になったら、日本は戦争に巻き込まれる」

航空権益の返還、そして講和も立ち消えになる……。

「申し訳ありません。内田が洩らしたようです」

松尾は絶句した。

ふたたび、中尾が謝った。

「わかった」松尾が言った。「封書を投げ込んだ人間の当てがついた」

「誰ですか？」

「ＪＤＡＣの認可を急かしている人物が怪《あや》しい」

「白砂さん？」

今回の誘拐は、白砂次郎の仕業なのか。

「証拠もないのに、めったな口をきくなよ」松尾がたしなめた。「しかし、この文書がＧＨＱのお偉方の目に触れたら、とんでもないことになるぞ」

「その人物は、GHQにも送りつけていますか？」

中尾が訊いた。

「まだしていないと思う。ただし、こちらの動きいかんでは、そうするという脅しだ」

中尾も堀江もことの重大さに気づいて、口をつぐんだ。

「この宛名」松尾が封書の表を見て言った。「No.APO500」

堀江はあらためてその英数字を見つめた。

「マッカーサーへの親展扱いだ」

堀江には意味がわからなかった。

「親展？」と中尾。

「マッカーサー宛ての文書は、すべて副官が目を通すが、宛名にこうして書いたときだけ、マッカーサー本人が封を切る」

「この文書は、確実にマッカーサー元帥《げんすい》の元に届く、というわけか」

中尾が沈んだ口調で言った。

「これを知っている人間は、GHQ内でも限られてるし、ふつうの日本人は知らない。ごくごく、一部の上層部をのぞいて」

白砂次郎なら知っているだろう。

「これが元帥の元に届けば、GHQは上から下まで大騒ぎになる」松尾が口調をあらためた。

「そうなったらまずい」

「申し訳ありません」

「なるようにしかならん」松尾がとりなすように言う。「この十二日付で、われわれは正式に運輸省の外局の航空庁になった。もう、大見得切《おおみえき》って、航空行政にもの申せる」

「ですが」

中尾の顔を見て、松尾は、

「それより、早くオリバー大佐に知らせたほうがいいぞ」

「そうします」

「民間の連中はもう、来年三月には、日本人による民間航空がはじまるといって張り切ってる。読売《よみうり》なんか、元旦に羽田から伊丹へ、マーチン２０２の往復チャーター便を飛ばして、華々《はなばな》しく航空元年を祝う飛行をする気だ。山崎大臣や女優の高峰秀子《たかみねひでこ》とか、各界の著名人を乗せて。もう誰にも止められん」

追い出されるように車を降りて宿舎に足を向けた。松尾の受け止め方が、それほど深刻ではなかったのが意外だった。これから打ち明けるオリバーのことを思うと、身がすくむような気分だった。

9

十二月二十日。ジャンパーの首元に、凍えるような寒風が当たる。青一色のフライト・デッキ・ステインで塗られた飛行甲板は、降雪のため、うっすら白く染まりかけていた。雪がちらつき、白波の立つ海に、二機の救助用ヘリコプター（シコルスキー）が舞っている。

米空母プリンストンは、興南《フンナム》沖六〇キロの洋上にいた。風上に当たる北方向へ時速一五ノットで航行中だ。甲板には、艦橋近く、翼を折りたたんだF9Fパンサー戦闘機が五機、きちんと列線を作って並んでいるのみ。ほかの百機あまりの艦載機は、すべて二層の格納庫に収まっている。これほど、がらんとした甲板を見るのは、はじめてだった。

分厚い爆音が聞こえ、クレイグ・ウォード一等兵曹は、空母の後方を振り返った。爆撃機のような大型機体が、水平線すれすれに近づいていた。二〇〇キロほどの速度で、機首をまっすぐにしたまま、甲板に近づいてくる。甲板に差しかかった瞬間、わずかに機首を上げたかと思うと、ワイヤーに着艦フックを引っかけ、三〇メートルほど滑走しただけで止まった。紺色のサヴェージ（AJ）は、機体を上下に揺らしながら、タキシングし、艦橋の前で静止した。空母の艦幅ぎりぎりの巨大な機体だ。

米海軍第五混成飛行隊（VC－5）所属。原爆を収める胴体は、丸々と太っていた。エンジンの先端部分が極端に絞られ、全体にデザインは洗練されている。難しい着艦をやすやすとこなした操縦士の腕前に、いまさらながら感心した。燃料を補給する甲板員らが集まってくるが、操縦士は降りてこなかった。

「Wディビジョン隊員は至急、工場《ショップ》へ集合せよ……」

艦内放送が繰り返す。

いよいよ、はじまりかと思った。これからは時間が勝負だ。クレイグは艦橋の水密扉から、階段を駆け下りた。第二層にある水密扉の前で、小銃で武装したふたりの衛兵がにらみをきかしていた。ここから下は、クレイグが所属する核特殊部隊（Wディビジョン）の隊員しか入れない。

集まり出した部隊所属の士官が、水密扉のハッチを回して開けた。次々に入っていく隊員らに交じって、クレイグもさらに階段を下った。第三層に着くと、ロッカーでゴム底靴に履き替え、ジャンパーを脱ぎ、つなぎの軽装になった。

デトロイト出身のクレイグは、未婚の二十六歳。敬虔《けいけん》なカトリック信者として育てられ、物心ついてから、教会のミサは一度も欠かしたことはない。ダグラス・エアクラフト社の技師として働いていた今年の二月、海軍に召集された。ポートランド近くにあるハンフォード・サイトの核兵器工場勤務を命ぜられた。FBIに徹底的に身元を調べられたのち、技術兵として核特殊部隊に配属された。あのヒロシマやナガサキを業火《ごうか》で焼き尽くした部署で働くのは、悪夢にほかならなかった。たまたま、地域にあった航空機会社に身を投じた自分を呪った。しかし、両親ら家族のいる身で、脱走という重大犯罪を犯す選択肢などない。

狭い通路の先、右手の開いたドアから工場に入る。天井は低く、剝《む》き出しになった配管が這い回り、蛍光灯《けいこうとう》の明かりが隅々《すみずみ》まで照らしていた。摩擦を防止するゴム製の床が敷かれた奥に、長い空間にたっぷりあいだをおき、台に載せられた三基の原爆（Ｍａｒｋ４）が横向きに鎮座していた。どれも、ほぼ組み立てが終わり、弾殻《だんかく》が剝き出しのままだ。部品を収めた棚がまわりに置かれている。

室温一八度に保たれた室内には、すでに十人ほどの隊員がいた。半分は士官だ。クレイグは、自らの服をチェックして入室した。ほんのわずかな火花や摩擦熱で、原爆に積まれた二・二トンの爆薬に引火してしまう可能性があるのだ。万が一爆発すれば、空母は木っ端《こぱ》みじんになる。壁時計の針は十一時十分を指している。これからは分刻みだ。

慎重に歩みをすすめ、同僚のアイザックとともに、いちばん奥手にある原爆の脇についた。緑色に塗られた半円球の前部外殻と弾殻、そして、尾翼の付いた後部外殻はそれぞれ少し離れている。弾殻は、巨大な潜水夫のヘルメットのようで、フジツボのように無数のボルトがはめ込まれ、びっしり導線がへばりついている。中には二・二トンの爆薬が精密に配置され、中心部にプルトニウムのコアが収まる。弾殻の前には、正確に爆発させるための化け物のようなコンデンサが取り付けられていた。これらすべては、米本土の工場のラインで組み立てられたものだ。原爆といえども、もう通常爆弾と変わりはない。なんという世の中か。神よ……。

三日かけて充電した電源を取り付ける作業にかかる。電気が劣化するため、電池は使用直前に組み込む必要があるのだ。爆薬への引火を防ぐためにも、原爆は使用直前に組み立てなくてはならない。天井から吊るされた鉛《なまり》電池をふたりがかりでゆっくりと前にすすめる。コンデンサの前で止めて、少しずつ降ろす。悪魔の所業に手を貸す自分を許し給《たま》え……。

「目をつむってもできるだろ」

小柄なアイザックが声をかけてくる。

「あっ、そうだな」

心を見透《みす》かされまいと、緊張で震えのくる指を丸めながら答えた。

台座にはめ込み、ボルトで固定する。取り付けが完了すると、アイザックが口笛を吹きながら、前部外殻にある接地式起爆信管を軽く叩いた。ほかの信管が作動しなかった場合に備えて、爆弾が地面に接触したときに起爆させる装置だ。

後ろで監視していた信管担当士官が、

「黙ってやれ」

と声をかけてきた。

しかし、いったい、どこに原爆を落とすというのか。ここ二日ほど、戦火はやんでいて、中朝軍の部隊は雪原の中に姿を消している。天候も悪く、航空偵察もままならないはずだった。願わくは人のいないところに落ちますように……。

息を止め、慎重に導線を四つある信管につないだ。高度五八〇メートルで起爆する気圧信管。投下四十三秒後に起爆する時限信管。そして、地上からのエコーで起爆するレーダー信管。何度やっても、気味の悪い作業だ。額から噴き出る汗が、コンデンサに滴《したた》り落ちたのであわてて、指でぬぐった。

作業を終え、あらためてつなぎ洩れや間違いがないか手で触りながら弾殻を見る。

「ちゃんと作動しろよ。こいつは訓練じゃないからな」

アイザックが弾殻に声をかけたので、身震いがした。

二・二トンの爆薬が内部に向かって破裂し、その力で中心にあるプルトニウムを圧縮させて連鎖反応、そして核爆発を起こす仕組みだ。

クレーンを使い、半円球の前部外殻を弾殻にはめ込んだ。リベットでとめる。尾翼の付いた後部外殻も同様にはめ込んで、リベットで結着させた。丸々とした原爆が形になった。あとは前部外殻のハッチから、プルトニウム本体を挿入《そうにゅう》すれば、原爆は作動状態に入る。

いったん爆発すれば、表面温度五〇〇〇度、直径三〇〇メートルの火球が出現する。そこから、一・二キロの範囲で、生物を即死させる熱線と放射線が大量に放出される。なぜ神はこのような魔物を世にもたらしたのか。いくら考えても、その意味は見いだせなかった。

壁時計を見た。十一時三十分。

ほかの二発も、ほぼ同時に準備が整った。

士官に声をかけられ、組み立てた技術員は工場から出た。入れ替わるように、プルトニウムの入ったバードゲージを片手に持った挿入担当士官が工場の中に入っていった。プルトニウム本体は、ソフトボールほどの大きさの丸い球体だ。六キロほどの重さがあるが、起爆後に実際に核分裂を起こすのは、そのうちの一キロほどである。残りのほとんどはプルトニウムのまま放出される。

ドアが内側から閉められる。担当士官が行うプルトニウムの挿入は、見てはならないのだ。その作業が十五分ほどで終わり、クレイグらは着替えをすませて、ふたたび工場に呼び戻された。

プルトニウムが挿入された先端部分は閉じられていた。ふたりして、リベットでとめる。十一時四十五分。全長三メートル弱、直径一・一五センチ、緑色に塗装された重さ五トンの太っちょ（ファットマン）の完成だ。スケジュールどおり。投下決定から、最終的な投下まで、数時間の余裕しかない。そのあいだに組み立てをすませ航空機に載せ、投下地点に向かうのだ。

用意していたマジックペンで、記念のため、前部外殻に自分の名前を書こうとしたが、士官に止められた。

アイザックは不服そうだったが、従うしかなかった。

クレイグらにより組み立てられたファットマンは、専用のN－1台車に載せられ、エレベーターまで運ばれた。士官らとともに中に乗り込む。スイッチが押されると、鈍い音とともにエレベーターが動き出した。甲板までたっぷり時間がかかった。

外は寒風が渦巻いていた。サヴェージは真横にあった。それからは煩悶《はんもん》する余裕などなかった。冷たい空気のせいで頭が空っぽになった。ぱっくり開いた爆弾収納ハッチの下に、原爆を移動させる。油圧式ジャッキで、機体ごと押し上げられ、その腹部にファットマンが収まった。それがすむと、機体は牽引車《けんいんしゃ》に引かれて、甲板の後方へ移動していった。雪はやんで、風も穏《おだ》やかになった。

空母は東向きに針路を変え、全速で動き出した。風上方向だ。あっという間に三三ノットの最高速に達する。

「発艦準備（Prepare for launch）」

甲板にアナウンスが響いた。まわりにいた甲板員が、あわてて要員通路（キャット・ウォーク）に飛び降りる。クレイグも続いた。サヴェージのエンジンが、唸りを上げて稼働した。斜め前方にいる発艦担当士官が両手を上げ、くるくる手を回し、発艦OKの合図を送る。

機体後部から、ターボジェットの白煙が吹き出た。

「発艦（Launch）」

アナウンスの声とともに、真っ白い煙が噴出した。ものすごい量だった。もうもうたる煙で、火事場のようになった。その中から、青い機体が飛び出た。尾を引くように煙を吐き出しながら、みるみる速度が上がる。艦橋前に達した。煙が立ち込め、機体が見えなくなった。煙の中に、エンジンとジェット音が轟《とどろ》く。艦橋も甲板も、真っ白い煙に包まれて、見通せない。音が甲板前部へ達した。ひとしきり爆音を残したかと思うと、上方向へ音が遠ざかっていった。発艦できたようだった。煙が流れて、ようやく視界が利《き》くようになった。空母前方五〇〇メートルほどの空中に、サヴェージの機体が浮かんでいた。何という飛行機かと思った。そのまま、上昇し西向きに転じたかと思うと、瞬く間に雲の中に吸い込まれていった。

いよいよ地獄の門が開く。陸地に届くまでに、飛行機ごと海に墜《お》ちてしまえ。胸のところで、小さく十字を切り祈った。きっと神は願いを聞き届けてくれる。

Douglas
A-26
Invader

第四章
戦局

1

「合衆国陸軍中将マシュー・リッジウェイは、第八軍司令官に任命され、本日、着任しました」

マッカーサーの執務室の中央に立ち、緊張した面持《おもも》ちで、リッジウェイは敬礼する。

「着任を祝いたい」マッカーサーは言うと、笑みを浮かべ、リッジウェイの両手を取った。「マット、半年ぶりだな、飛行機の長旅はさぞ疲れたろう」

三日前の十二月二十三日、米第八軍のウォーカー中将がジープ事故で死亡した。それに伴《ともな》い、昨晩遅く、リッジウェイが来日した。

「いえ、何でもありません。元帥《ゼネラル》の元で働ける機会を与えられ、恐悦至極《きようえつしごく》です」

リッジウェイも口元にしわを寄せ、親しみ深い表情で、握り返した。

「わたしもうれしい」

続けて、参謀長のヒッキー少将が、リッジウェイと固く握手を交わした。

三人はソファに腰を落ち着け、コーヒーに口をつける。

「東京はいつもこのような霧が出るのですか？」

ちらっと、窓を見てリッジウェイが訊《き》いた。

「霧に見えるかね？　東京は車だらけで、煤煙《ばいえん》がひどい」

「煙霧ですか。こちらも戦場かと思いましたよ」

三人は声を上げて笑った。

「中将、州兵の派遣はありますか？」

ヒッキーが訊いた。

「残念ながらありません」

「欧州では西欧軍創設が決まった」マッカーサーが続ける。「ドイツも加入して、なんと、六十師団、百万人の兵力を持つそうじゃないか。アイクもさぞ鼻が高いだろう」

かつてフィリピン統治時代、マッカーサーの副官だったアイゼンハワーが、西欧軍の総司令官に指名されたのだ。

「マーチン下院議員は、ワシントンで、義勇軍を募《つの》れと声を上げているそうですね？」

ヒッキーが訊く。

共和党下院院内総務のマーチンは、マッカーサーの信奉者、かつスポークスマンだ。

「日本や台湾からも義勇兵を募れと運動してくれていますが、大統領は耳を貸さないようです」

「マット、きみがいた統合参謀本部とホット・パシュートについて議論しているが、飽き飽きしている」マッカーサーは苛立《いらだ》ちを隠さない声で言った。「大統領の意向が強いのかね？」

中朝国境から侵入してくる敵航空機に対して、国境を越えて追撃《ホット・パシュート》したいとのマッカーサーの度重なる要請を、米本国はことごとく退《しりぞ》けている。満州の交通の要衝《ようしょう》やソ連と国境を接する北朝鮮の都市への爆撃もOKが出ない。業《ごう》を煮《に》やしたマッカーサーは、とてつもない足かせをかけられていると、連日、不満の声明を新聞に出している。

「残念ながら、参謀本部はソ連を刺激するのを恐れています」

「参謀本部ではなく、あのピーナッツ野郎だろう。この非常時に娘の歌を悪評した人物をこき下ろすなど、大統領としてあってはならん」

火がついたように、顔を真っ赤に染めてマッカーサーが吐《は》き捨てた。

アトリー英首相との会談の夜、トルーマンは娘のマーガレットが出演するコンサートに出かけた。そこで披露されたソプラノを『プロの歌い手ではない』と切り捨てた著名な音楽批評家に、トルーマンは口汚く罵《ののし》る手紙を送った。それを十二月九日付の『ニューヨーク・タイムズ』紙にすっぱ抜かれたのだ。

「……最近になって、今回の動乱について、大手新聞はわたしへの批判を繰り返しているし、撤退も米軍史上最悪の敗北だとしている。腹立たしいかぎりだ」

自嘲《じちょう》気味に言うマッカーサーに、リッジウェイは即座に反応した。

「それはまったく的外れです。撤退作戦は見事に成功されましたし、死傷者数も、先のヨーロッパ戦線のいまだ五分の一に足りていません」

「マット、いずれにしても、近いうちに大統領へ、中国沿岸の封鎖と中国の軍需産業都市への爆撃、それから台湾の国府軍《こくふぐん》の参戦をもう一度進言してみるつもりだよ。とにかく戦地は寒い。補給も追いつかないし、空軍の支援攻撃もうまくいっていない」

「一週間前の平壌《ピョンヤン》への爆撃は、成功したと聞いていますが」

「そうだな。五〇〇ポンド爆弾とナパーム弾を使って焼き払った。ゲリラの潜む村も町も何もかも焼き尽くしている」

「いま、敵はどのあたりにいますか？」

「三十八度線を突破して、開城《ケソン》付近にいるはずだよ。敵は夜間、山の稜線《りょうせん》を移動してわが軍に攻撃を仕掛けてくるから、応戦のしようがない。充分、気をつけてくれたまえ」

「わかりました。ソウルはまだわが軍の手にありますね？」

「いまのところは。士気にもかかわるから、ここだけは死守したい。第十軍は第八軍に編入された。どんな状況であれ、きみ自身が下した判断をわたしはすべて支持する。たのむぞ、マット」

リッジウェイは謝意を述べ、ソ連が参戦してきたときの対応について訊いた。

「その場合は、日本に撤退せざるを得ないな」とマッカーサー。

「撤退ですか……何とか半島に留《とど》まりたいと思いますが、わたしが好機と判断した場合、攻撃に打って出てもよろしいでしょうか？」

マッカーサーは身を乗り出した。

「マット、第八軍はきみのものだ。きみがよいと判断したら、わたしに断る必要はない。好きなようにやりたまえ」

「心得ました」

バンカーは驚いた。ウォーカー中将は、すべての局面でマッカーサーの判断を仰いだが、リッジウェイには白紙委任するというのだ。

「ところで、中共軍の全面介入により、わが軍は撤退に追い込まれましたが、これを阻止するため、統合参謀本部では、原爆の使用を考慮中ですが、いかがでしょうか？」

「一昨日、ワシントンには報告済みだが、きみは入れ違いになったようだ。部下を紹介がてら、きみに報告しよう」

執務室の反対側にある会議室にリッジウェイを案内し、幕僚らを紹介したのち、めいめいの席に着いた。

バンカーは、コリンズ陸軍参謀総長から届いた照会の話に持っていった。『ソ連と全面戦争になった場合に備えて、原爆二十発の配置と投下目標、その優先順位について報告せよ』という内容だ。

「戦場で使う戦術核、敵勢力の集中している地域に使う戦略核、ともに有効に使うためには、当面、百二十発の核爆弾をヨコタとオキナワに配備しておく必要があります」

マッカーサーの向かいに座る研究チームのエリス・ジョンソン部長が口火を切る。

ジョンズ・ホプキンズ大学教授で、核戦術の専門家だ。掃海《そうかい》も得意としており、博士号を持つふたりの教授が部下にいる。

「米国が保有する三分の一をこちらに回すわけだね？」

ホイットニーが訊く。

「そうなります」

「しかし、多いな。万が一、敵に探知されたら、それこそ重大な報復攻撃の標的になって、原爆が失われると思うが」

ウィロビーが疑問を投げかける。

「その危険性に配慮して、米本土からは、小さな部品に分解して船で運ぶのが適当です」

「それは今回のプリンストンの試験でも行われただろ？」

「ええ、分解した三基の原爆をプリンストンで運びました。結果は良好で、組み立てもスムーズに行われ、サヴェージへの搭載もうまくいきました」

「指揮官をのぞいて、Wディビジョンの隊員や空母の乗組員たちは、実戦だと思ってやったそうだな」マッカーサーが言う。「さぞかし、緊張しただろう」

「おっしゃるとおりです。サヴェージは発艦後、アツギに向かわせました。搭載したファットマンには、核燃料を組み込んでおりません」

「それはそうだろう」

原爆を組み立てた要員や空母の乗組員は、原爆投下の報に接することはなく、煙に包まれたような気分を味わったはずだ。

「しかし、あの大きな機体がよく、空母から発艦できたな」

からかうように、極東空軍司令官のストラトマイヤー中将が口をはさむ。空軍と海軍は、原爆使用においてライバル関係にある。

「昨年から充分訓練を積んでいるので、問題ありませんでした。ちなみに昨日は、新義州《シニジュ》に目標を設定し、サヴェージにセメントを詰め込んだ偽《にせ》のファットマンを搭載させて、目標に投下しました」

「成功したんだな」

「もちろんです。それでは、極東における投下目標をご説明します」

そう言いながら、ジョンソン部長は壁に掲げられた極東の大きな地図の前に立った。

「まず戦術核として、現在、中朝軍が潜伏していると思われる三十八度線の開城近辺に三発を投下、戦略核としては、敵空軍が集中的に駐留している地域ならびに、共産軍の戦争遂行能力を減らすため、中国とソ連の二十一都市への投下が効果的な使用法になります。その順番をお示しします」


ジョンソンが地図にある番号を、順番にひとつずつ指していく。

「ウラジオストク、ヴォロシロフ、ハバロフスク、旅順《リーション》、北京、大連《ターリエン》……」ドリンスク、コムソモリスク・ナ・アムーレ、ブラゴベシチェンスク、ミハイロフカ、瀋陽《シエンヤン》、ソビエツカヤ・ガバニ、ハルビン、イルクーツク、チタ、ウラン・ウデ、ペトロパブロフスク、ナホトカ、青島《チンタオ》、アルテム、クイビシェフカ・ヴォストーチナヤ。


ウラジオストクと大連には二発投下と補足した。朝鮮で使う戦術核と合わせて、合計二十六発。


投下目標は中国北部から沿海州《プリモリー》、サハリンやカムチャッカ半島、択捉島《エトロフ》、そして中央シベリアまで広がる。全員が沈黙し、しばらく地図を見つめた。

「マット、きみは二十発と指定してきたが、少し数が増えたようだ」


マッカーサーがリッジウェイに声をかけた。

「問題ありません」リッジウェイが答える。「しかし、よくここまで詳細に選定されましたね？」

「われわれの放った諜報員のほかに、シベリアに抑留されていた日本人がもたらした情報が多いよ」

「なるほど」

「ひとつ伺《うかが》ってもよいですか」リッジウェイがジョンソンに訊く。「戦略空軍のルメイ中将が掲げるソ連への核攻撃と整合は取れていますか？」

「それは統合参謀本部にいた中将から、教えていただきたい事項ですが」そう前置きして、「戦略空軍は、ソ連の航空基地や都市ならびに工業地帯への核攻撃を計画していますが、いまは航空基地への攻撃を主とするブラボー作戦を優先しているようです。ここ四年間でルメイ中将は新型爆撃機の開発を加速させ、飛躍的に戦略空軍の練度を上げています。ソ連の早期警戒レーダーに米側の爆撃機が映り込んだその瞬間には、ソ連全土が核のキノコ雲に包まれると聞いたことがあります」

リッジウェイがジョンソンを向き、

「原爆使用の権限が大統領と国防長官、統合参謀本部議長、それから原子力委員会とに分散されて、結果的にルメイ中将おひとりに計画立案や原爆増産が任されています。統合参謀本部でも、中将の計画の全貌は把握していないのが現状です」

「彼は好きなだけ原爆を手元に置けるわけだね」マッカーサーが付け足す。「近頃では、原爆一基は戦車一台の値段で作れると聞いているが」

「その通りです」

リッジウェイが答えると、マッカーサーは両手を机にのせた。

「ブラボーは二時間ですませるとルメイは言っている。先制攻撃がすべてだ。アメリカ大陸、太平洋の島、イギリス本国から飛び立った爆撃機がソ連領内を縦横に横切り、モスクワを中心に火の海にする。幸いにも、われわれの今回の計画と一致するところがかなりある」

「もう一度確認したい」ウィロビーが慎重に尋《たず》ねた。「前回の報告では、標的の確定から投下まで、十一時間となっていたが、これに変わりはないか?」

「情報の収集と検証、上部への報告とその査定、投下決定後の飛行士への命令と標的地域への飛行と投下、それらすべてを合わせて十一時間というのは変わっておりません」

ウィロビーは頭を撫《な》で、ため息をついた。

「戦地で標的が見つかった場合、まずわれわれ極東軍に知らせ、そこからワシントンに許可を求める。原爆投下が決定すれば、米軍の各命令系統により日本のヨコタとカデナ、または空母にいる爆撃部隊に伝え、各部隊は使用する航空機を点検整備して原爆を搭載し、同時に飛行と爆撃コースを設定して発進させるわけだ」

「その通りです」ジョンソンが答える。「不時着した場合に備えた対応も講じておく必要があります」

「ようするに、標的の発見と投下まで、われわれ諜報機関がすべての局面で関与するわけだが、十一時間ではとても足りない」

ウィロビーが不服を伝えた。

もっともだとバンカーは思った。中国には、少なからず潜入したスパイがいるが、鉄のカーテンの向こうへスパイを送り込むのは至難の業だ。

「朝鮮の戦場では、それでも長すぎるくらいだ」マッカーサーが異なる視点から口にした。「中朝軍の大軍を見つけたら、即座に落とさなければならん」

「おっしゃるとおりです」ホイットニーが言い、ウィロビーを睨《にら》んだ。「戦略核の投下目標については、当地のスパイが欠かせないが、この二十一都市に信頼できるスパイはいるのかね？」

「現在、送り込んでいる最中です。ＣＩＡもウラジオストク偵察のため、ハバロフスク近郊にスパイを投下した模様です」

「その話はいい。コート、とりあえずは戦場で使う戦術核だ。現地のウォーカーから、いつ原爆を落とすのかとしつこく訊かれていたではないか。李《イ》大統領や韓国政府は、それ以上に原爆を望んでいる。彼らの期待を裏切るわけにはいかない」マッカーサーは自信たっぷりに続けた。「とにかく敵の頭上に落とす戦術核は、味方の兵士の血も流さないし、費用もかからない。一発落とせばすむことだ。一定の条件を満たせば、決定的な武器になると信じている。そうだね？　マット」

「おっしゃるとおりです。ちなみに、実際の投下はサヴェージで行いますか？」

「核爆弾の保管の問題があるからね。やはりヨコタかカデナ基地から、B29に載《の》せて投下するのが一番だろう」

「現時点では、それがよいと思われます」

ジョンソン部長が追従する。

「いずれにせよ、大統領は、原爆投下の責任は現地の司令官が有するとしている」マッカーサーは正面を向いた。「つまり、わたしの権限になる。それではけっこうだ、ジョンソン部長、細部まで詰めるようにしてくれたまえ」

トルーマン大統領から、マッカーサーに原爆投下の決定権が与えられるのは時間の問題だった。

「承知しました」

「まもなく、ヨシダ首相がお見えになる時間です」

バンカーは立ちかけたマッカーサーに声をかけた。

来年度の日本の国家予算が閣議決定され、その報告に来るのだ。

「わかった。マット、きみはどうする？」

「これからすぐ、ハネダから発ちます」

「そうか、李大統領もさぞかし、心強いだろう。よろしく伝えてくれたまえ」

「はっ、了解しました」

リッジウェイは、厳しい顔付きで敬礼した。久方ぶりの戦地に、心身とも緊張しているようだった。

2

午後八時、バンカーは専用車でGHQ本部をあとにした。煙霧は晴れて、見上げる空に星がのぞいていた。

夜まで朝鮮半島での地上戦の報告はなかった。朝鮮特需のおかげで、不景気は吹き飛び、日本は好景気に沸いている。経済は持ち直し、求人に至っては半年前の八倍まで跳ね上がっている。そのせいで、インフレ懸念が高まり、来年度の日本の国家予算も、ドッジライン下の均衡予算となった。ヨシダはきょうも、再軍備はしないと言い張り、マッカーサーも、日本人義勇軍について持ち出さなかった。

今年の冬は寒い。クリスマスは過ぎたが、皇居の石垣には、豆電球で描かれたMerry Christmasの電飾が赤々と光っている。大晦日《おおみそか》まで、このままだ。車が多かった。日比谷公園入り口には、ＧＩを誘惑する女たちが屯《たむろ》している。ダンスパーティー目当ての若者があちこちに繰り出していた。動乱景気が隅々《すみずみ》まで行き渡っている。

宿舎にしている帝国ホテル前のロータリーで降りた。入り口と飾られた大きなクリスマスツリーを見ると、てっぺんにあった赤い星が取り外されていた。ソ連を連想させるので、外されたのだろう。ホテルのロビーは、壁一面にデコレーションが施《ほどこ》され、将校と家族で賑わう食堂から、「ジングルベル」のメロディが流れていた。バーボンでもと思いラウンジに足を向けたとき、五十くらいの日本人の紳士が寄ってきた。ＧＨＱに出入りしている通訳のシミズ・ヒロシだ。

「お久しぶりです」丁重にシミズはお辞儀《じぎ》をし、流暢《りゅうちょう》な英語で続ける。「しばらくお目にかかりませんでしたが、お健《すこ》やかそうでなによりです」

「こちらこそ。最近、絵のほうはいかがですか？」

「おかげさまで、あちこちで展覧会を催《もよお》しております」

「それはよかった。また、お知らせいただければ、伺いますよ」

「それはうれしい。年明け早々にも、銀座で個展を開きます」

「わかりました」

バンカーの絵画趣味は広く知られている。ことに、日本画には目がなく、懇意《こんい》にしている横山《よこやま》大観《たいかん》の『日の出《ひので》』をＧＨＱ本部に飾っているし、川合玉堂《かわいぎょくどう》の『馬《うま》』をホテルの自室に置いている。シミズは、証券取引業界で働くかたわら、日本画家としても著名な人物で、英語も堪能《たんのう》だった。ここ数年、東京証券取引所の開設の交渉役として、ＧＨＱの経済科学局に足繁く通い、絵を通じてバンカーとも旧知の間柄だった。

「じつはお目にかかっていただきたい者がおりまして、お邪魔させていただきました」

「画家の方ですか？」

「いえ、政府関係者でして」

シミズが振り返った先に、口ひげを生やした背の高い男がいた。

「マツオ航空庁長官です」

コートを抱えた、長い顔に見覚えがある。シミズと同じくらいの歳《とし》だ。終戦直後、日本の航空行政について、GHQと渡りあった人物のはずだ。紳士然としているが、目が子どものように輝いて、底意のない表情だった。

「知ってますよ」

バンカーの一言に、マツオの表情もゆるんだ。

「よかった。マツオから、副官のほうに、折り入って話したいことがあるようで、ぶしつけながら連れてきました」

また、国内の航空路線についてだろう。この方面では、昨年来、外国の航空会社の画策が続き、陳情がひきもきらない。ここ半年は、シラス・ジロウがたびたび顔を見せて、JDAC（日本国内航空会社）の扱いに、特別な配慮をしてもらえないかと要望を寄せている。国内航空については、マッカーサー本人も関わっており、むげに断るのは危険だった。いつも使っている二階の応接室にふたりを連れ込んだ。

「お茶も差し上げられないが、お座りください」

とふたりに席に着くようすすめた。

マツオは緊張した面持ちで、英語で礼を言い、ともに腰掛けた。

「連合軍の撤退はさぞかし、お辛《つら》いでしょう」

シミズが口を開いた。

「全軍、元山《ウオンサン》から船で撤退中です。もう間もなく、釜山《プサン》に着く頃です」

「それは何よりです」

バンカーは去年再開した東京証券取引所の話をした。朝鮮特需のおかげで、活況を呈《てい》しているのだ。

「その節はほんとうにお世話になりました」シミズが言う。「副官のおかげで、無事再開に漕《こ》ぎ着けました」

「なんの。米国式の売買には慣れましたか？」

「すっかり。もう昔には戻れません」

かつての日本の証券取引は、口頭のみで行われ、記録を取る習慣がなかったのだ。バンカーはマツオに視線を振った。

「航空庁はできたばかりで、忙しいでしょう？」

声をかけると、マツオが日本語で答えて、シミズが翻訳《ほんやく》した。

「はい、おかげさまで、運輸省に移ることができました。しっかり地に足をつけて、仕事に打ち込めると思います」

「講和も近いでしょうし、航空関係はこれからですからね。ずいぶんと伸びるはずですよ」

「今年の六月に公布していただいたSCAPIN2106（ＧＨＱの命令）のおかげです。われわれ日本人のあいだで、民間航空再開の機運がずいぶん盛り上がっています。気の早い者は、航空会社を作ったりしていますし。ちなみに、この十月に発足したＪＤＡＣが、わたくしども航空庁に認可手続きを申請中でありまして、その扱いについて、現在、考慮を重ねている最中です」

「まだ、認可が下りていないようですね。日本政府が出した政令にのっとって、進めていくわけでしょ？」

マツオは少し困り顔になった。

この春から、シラス・ジロウが、たびたびバンカーを訪ねて、パン・アメリカン航空による日本の国内航空会社を設置できないか、と打診してきた。一時は日本に乗り入れているほかの国の航空会社の反対にあって、暗礁に乗り上げたが、その後ＪＤＡＣを作り、ふたたび外国資本による国内航空会社の設立に躍起になっているのだ。

「はい、十一月一日に国内航空運送事業令を公布しまして、その中身とすりあわせをしているのですが、申請者が皆、外国の航空会社でありますため、航空路線や飛行場の使用などについて、細部が詰め切れないでいる状態です」

バンカーにはマツオの腹が読めてきた。ＪＤＡＣの扱いに手を焼いているのだろう。

「この十月、アメリカに渡りまして、民間航空局（ＣＡＡ）のナイロップ局長と会ってきました」マツオの言葉をシミズが通訳する。「その席で、日本にもカボタージュの権利があるから、いずれ日本資本による航空会社が認められるだろう、という言葉をいただきました」

「わかっていますよ」バンカーは答えた。「先週、ＣＡＡのテーラー中佐がマッカーサー元帥《げんすい》と会って、その話をしましたから」

マッツオは、何もかも承知という顔でうなずいた。

「それについては、中佐から伺いました」

「講和がすんでいない状況で、日本資本による航空会社を作るのは無理があるから、運航は外国の航空会社にまかせて、営業や事務方などを引き受ける会社を作ってはどうか、という話でしたよ」

テーラーはマッカーサーを前に、一歩も引かず四十分近く話した。

マッカーサー個人による航空会社設立の意向があるのを知ってのうえだ。米本国が国際民間航空機関（ＩＣＡＯ）に加入しているため、民間航空行政がＧＨＱの権限内に収まる話でないのは、マッカーサーも心得ている。

「……それで、結論はいかがでしょうか？」

おずおずと、マッツオは訊いた。

「ご承知の通り、動乱がこのような状況で、元帥もなかなか判断が下せないような事情があります」

「それはごもっともです」マッツオはバンカーの顔色を窺《うかが》うように話を続けた。「それでじつは、わたくしどもにも手に余るというか、困った事情が起きまして、きょうはそのご相談に伺ったような次第です」

バンカーは様子の変わったふたりの顔を見た。

「何なんですか？」

「それが、お気に障《さわ》ると申し訳ないと、このマッツオがしきりに言うものですから……相談できるのは副官しかいないと説得して、こうして連れて参りました」

通訳もせず、シミズが言ったので、バンカーは先を続けるように促《うなが》した。

すると、マツオが懐《ふところ》から封筒を取り出して、バンカーの前にそっと置いた。

封筒の宛名に、元帥宛て親展のHQ and HQ United States 8th Army No.APO500.とタイプされている。何事かと思って、封筒の中身を取り出した。

三枚の英文タイプの文書だった。秘密飛行とタイトル書きされている。飛行には四人の日本人が従事していて、その飛行内容が詳しく記《しる》されていた。飛べないはずのソ連や中国への飛行もある。一読しても理解できず、ふたりの顔を見た。

「その四人は、戦中、日本の民間航空のパイロットとして、アジアの空を飛んでいた優秀な操縦士です」シミズがマツオの言葉を通訳した。「今年の五月に米空軍から個別に誘われて、従事しているようです」

はじめて聞く話だった。

「日本人の飛行が禁止されているにもかかわらず、ですか?」

「はい。彼らも当初はGHQに雇われたと思って参加したようですが、実際は違う系統による作戦であるようです」

驚きを隠せなかった。テーラーとの会談でも出なかった。ウィロビーからも、まったく聞いていない。GHQを通さず、日本人を飛行士として雇い上げ、共産国にスパイを空輸させている……。日本人からすれば、米軍に誘われたのだから、断れなかったのだろう。しかし、日本人を戦争に参加させていることに変わりはない。事実とするなら重大きわまりない。それにしても、いまになって、なぜこの自分に……。おりしも、CAAのテーラーは、来年発足する航空会社に日本資本も参加させたいと言っている。

「違う系統というとたとえば？」

バンカーは訊いた。

「はっきりしたことは申せませんが、隊員はCIAという言葉を何度か耳にしているようです」

バンカーは考えをめぐらせた。マッカーサーは、表向き、日本国内のCIAの活動について、管轄外という立場を取っている。しかし、その動きを掌握《しょうあく》しておくのは、日本を統括する指揮官として当然の義務だった。しかも、日本人をひそかに戦争に参加させているのを知らなかったでは、すまされない。

この事実について、日本政府は、GHQを飛び越えて、米本国に通報するような真似《まね》はしないだろう。しかしこうして、わざわざそれについて知らせに来たのは、特別な意味があると思われた。本国に知られたら、GHQの立場が悪くなるのは必定《ひつじょう》だった。だから、内密にしておく。ただ、ここまで協力しているのだから、日本資本による航空会社の設立を認めてもよいのではないか……。暗にそれを言いたくて来たのかもしれなかった。もしそうなら、JDACを担《かつ》いでいるシラス・ジロウとは逆の立場からの訴えになる。

どちらにせよ、CIAを毛嫌いしているマッカーサーが知れば、どうなるか。しかも、近日中にカブトムシこと、スミスCIA長官の来日があるかもしれない。米陸軍随一の猛烈な軍人として知られ、三年前まで駐ソビエト大使を務めた大物だ。

戦時中の欧州戦線では、アイゼンハワーのもとで、参謀長として奮闘し、独善的なパットン将軍更迭《こうてつ》の報を発表した張本人であるだけに、マッカーサーもウィロビーも神経質になっている。彼の前で、日本人による秘密飛行など知らない、としらを切ることなどできる話ではなかった。承知の上でやらせていたと認めるしかない。

クリスマスの暖かみも消え失せ、部屋は深々《しんしん》と底冷えがしていた。戦火も落ち着いている。明日あたり、この話題をマッカーサーに振ってみてもいいかもしれない。しばらく、難しい舵取りが必要になりそうだった。

3

「われわれの秘密飛行がGHQの知るところになった」オリバーが怒りを滲《にじ》ませた顔で言った。「あれほど、注意していたのに残念だ」

中尾と片岡は顔をそむけ、堀江も沈黙した。

内田は秘密厳守の誓約書を書かされたうえ、解雇されて戻ってこない。光子も同様だった。大晦日まで、残すところ四日。昨日から軟禁状態だ。

「GHQに秘密飛行を通報した人物だ。わかるかね?」

オリバーが続ける。

「あの封書を送りつけた人間だと思います」

中尾がまことしやかに言った。

「シラス・ジロウ氏かね?」

「はい」

「シラス氏が秘密飛行をGHQに通報して、何の得がある?」

「彼が推進しているJDACの認可につながると判断したと思います」

「それとこれとは、関係ないと思う。JDACの認可については逆効果だ」オリバーはじろりと三人を見比べた。「通報したのは誰かね?」

航空庁長官の松尾がマッカーサーの副官に直談判《じかだんぱん》したことは、口にできない。あえて、通報の挙に出た松尾の真意もつかみかねた。ただ、GHQ側としても、通報した松尾の名前は決して外に洩《も》らさないはずだ。

「十月にわれわれのボスが替わった。彼は軍人出身で規律に厳しく、秘密遵守も徹底している。今回の漏洩《ろうえい》を残念がっているようだ」

堀江も中尾も片岡も、オリバーの言葉を待つしかなかった。

「きみたちの献身的な仕事ぶりは、重々承知している。危機に陥《おちい》ったとき、誰もきみたちの救援には向かわないし、骨も拾いに行かない。日本人として認知もしない。そんな立場に置かれていることをわれわれのボスに伝えた。そこで、訊きたい。きみらの望みは何だね? 操縦桿《かん》を握っていれば満足というわけではないだろう?」

オリバーの目が中尾を向いた。

「講和がされたら、わたしたちはどうなりますか?」

中尾が訊いた。

「おそらく、いまと少しも変わりはない」

「秘密飛行は？」

「同じだよ。だからこそ、きみらに望みがあるなら、われわれのボスにも伝えたい。はっきり、言おう。きみたちは日本人の手に空が戻ってくるのを切に望んでいるんだろ？　自分たちで空を自由に飛ぶ日が来るのを」

「その通りです」

中尾が答え、堀江と片岡は同時にうなずいた。

「わかった。言うまでもなかったようだ」

「ひとつ確認したいのですが」中尾が口を開く。「秘密飛行の続行をＧＨＱは認めているわけですね？」

「いまのところは何も言っては来ない。ただ、情勢から見て、きみたちの仕事がなくなるとは思えない。その逆だ」

十月から、飛行回数が増えた。共産圏へのスパイ空投は、日本人であるきみたちにしかできない。ことあるごとに、そう言われている。

「われわれの調査では、一両日中にも中共軍の反攻があると見ている」

オリバーが言った。

ここ十日間ほど、戦火がやんでいるのだ。

「空中偵察でわかったのですか？」

堀江は訊いた。

「いや、通常の越境飛行は禁止されているし、秘密裏に飛ばしているＲＢ29による超高空偵察では、敵の情報は得られない。先月二十八日、きみたちが山東《シャントン》山中に空投したスパイが情報をもたらした」

芦屋基地から飛び立ったあの晩の飛行だ。

自分たちの飛行が、そこまでの情報をもたらしているとは。

「ほんとうですか?」

中尾の言葉に、オリバーは深くうなずいた。

「北朝鮮空軍はソ連国内で訓練中だし、捕虜によれば中国空軍もできたばかりで、ソ連の指導を仰いでいる状態だ。戦闘機を操縦しているソ連兵は、第二次世界大戦でドイツ軍とやり合った猛《も》者《さ》がそろっているようだ」

「ミグもそうか」

片岡がうめく。

「ミグは国境近くの安東《アントン》付近にいる。中国東北部には、爆撃機が進駐してるらしい」

「爆撃機ですか……」

堀江はつぶやいた。

「未確認だが、重大情報だから、あの手この手で探ってる状態だよ。とにかく、中国東北部に空軍基地が集中しているのはたしかだ。いまは雪に覆《おお》われて、スパイ空投は難しいが、三月になれば可能になる」オリバーは表情を引き締めた。「戦局によっては、多少の危険を冒しても、その方面に飛行する必要が出てくるかもしれない。そのときはまた、きみたちの出番だ。当面は前線を含めた基地への空輸飛行にのぞんでもらうことになる」

戦争遂行のため、スパイの空投は、必要欠くべからざるもののようだった。

「わかりました」

中尾が頭を下げたので、堀江も同じように答えた。

月齢十八日の飛行も怪《あや》しいものだった。必要があれば天候なども、これからは無視されるかもしれない。中国とソ連の軍事動向をつかむためには、危険を度外視して、現地にスパイを送り込むしか手はないのだ。

4

昭和《しょうわ》二十六年（一九五一）、一月一日。元旦。

遅いレーションの昼食を取っていると、まわりにいた兵が兵舎を飛び出していった。堀江も続いて外に出た。冷たい風が頰《ほお》を切る。青い空、手の届くほどのところに、頼りなげな単発機が浮かんでいた。L5偵察機だ。すとんと落ちるように、金浦《キンポ》空港の滑走路《スチールマット》に着陸した。群がる兵の前で停止し、白木綿《しろもめん》のチョゴリを着ただけの李承晩《イスンマン》大統領が、防寒コートを着た大男に支えてもらいながら降りてきた。男は着任したばかりのリッジウェイ司令官だ。猛禽類《もうきんるい》さながらの鋭い目つきで、両肩のサスペンダーに手榴弾《しゅりゅうだん》と止血帯をとめている。

昨晩、ソウル北方の三十八度線付近で、突如、はじまった中朝軍の猛攻撃の航空視察を敢行《かんこう》したようだった。耳を澄ませると、その方角から砲声が聞こえる。それにしても、ミグが遊弋《ゆうよく》する地域で、米韓トップが、紙飛行機のような偵察機に乗るとは。

L5の操縦席から降りてきた男を見て、驚いた。朴源孝《パクウォンヒョ》ではないか。李の信任が厚いと聞いていたが、ここにいたとは。目が合って、向こうも目を丸くした。

丁一権《チョンイルグオン》韓国軍参謀総長と金白一《キムペクイル》韓国陸軍第一軍団長に挟まれたふたりの指導者が、堀江のいるところに近づいてきた。道を開けて、その真後ろに張りつく。勇猛をもって知られるリッジウエイが、寒々しい李の背に手をあてがい、

「冷えますが、お体は大丈夫ですか？」

と英語で声をかける。

「これしき、何ともありません」

「閣下の督励《とくれい》のおかげで、前線は持ちこたえられそうです」

やはり、前線視察だったようだ。

「いや、将軍の力強い言葉があったからこそです」李がきれいな英語で返す。「しかし、どれほど維持できるか……せめて、避難民が逃げおおせるまで、やり抜いてもらわんと」

「わたしも同感です」

「やはり将軍、原爆を落としてもらわないと」

原爆という言葉が出たので、堀江は息を呑《の》んだ。

「それは考えていますが、いまここで使うとなると、われわれの兵士や避難民の上にも、業火《ごうか》が降りかかって……」

丁と金が割り込んで、やりとりが聞こえなくなった。

肩を抱かれて振り向くと、朴の顔があった。

「堀江兄《にい》、どうして、ここに？」

「そっちこそだ。お偉方を乗せて、どこを飛んだ？」

「山ひとつ越えた向こうの議政府《ウィジョンブ》まで」

寒さで赤く腫《は》らした鼻をつまんで言う。

韓国空軍の薄い、ツナギの飛行服一着とマフラーだけだ。

「そっちは戦場だろ？」

ソウルの北、一〇キロほどの街だ。

「そうですが、さほどの戦闘はなくて。捕虜が言うには、敵は昨日、いっせいに臨津江《イムジンガン》を渡ったみたいです。リッジウェイ司令官も、きょう、明日、ここも危ないと言ってますが」

「よくそんなところに行ったもんだ」

「わたしも命令を聞いたとき、耳を疑いましたよ。自殺行為ですから。ところが、いざ、飛んでみても、なかなか敵の部隊は見つからないし」

それは、先月来、ずっと言われていることだ。

「おまえ、こっちに来てたのか？」

「十一月終わりから、大邱《テグ》です」

大邱には第八軍総司令部がある。

「堀江兄も飛んできたんでしょ？」

じろりと朴は堀江の着ている海兵隊の服を見る。

「ああ」

「部隊章も階級章もない服を着ていて、よく平気ですね」

「軍属だから仕方ないだろ」

「飛行機を操縦する日本人軍属って、聞いたことないな」にやっと歯を見せる。「韓道峰《ハンドオボウ》さんから、聞きましたよ。東京でえらい目に遭《あ》ったんですって？」

やはり、あの晩見た男は韓だったようだ。

「聞いているのか？」

「ちょっとだけ。相手方とのあいだに入って、苦労したって言ってました」

「韓さんが白砂氏と？」

「その名前は知りません。とにかく、韓さんはGHQとパイプが太いですから」

最悪の事態まで至らなかったのは、韓道峰の存在があったためかもしれなかった。

「リッジウェイ司令官って、いつも肩に手榴弾を付けているのか？」

「中身は空ですよ。欧州戦線で空挺部隊を指揮していたとき、ずいぶん手榴弾に助けられたそうです」

「さっき、ふたりは原爆について話していたけど、使うのか？」

朴は堀江の視線を避けた。

「飛行機の中は、ずっとその話でした。老姑壇《ノゴダン》あたりを飛んでいると、ほかは雪で真っ白なのに、そこだけ黒々としてるんです。中共軍の兵士が山裾《やますそ》にびっしり張りついていて、李大統領はあそこに落とせって叫んだんです。リッジウェイ司令官は、南に韓国第一師団と米第二十五師団がいるから、巻き添えになると必死でなだめてましたけどね。大統領は、それでもいいから、落とせってしつこくせがんで」

「おまえはどう思った？」

「あそこへ一発食らわせば、敵は退散しますよ。絶対」

堀江は言葉がなかった。

原爆の惨状を経験していない人間だからこそ、安易にそう思うのだ。

「原爆は兵器じゃない。鉄の皮を被《かぶ》った悪魔だ」

堀江が強く言うと、朴は首をすくめた。

「黙ってたら、ソ連が先に使うとリッジウェイ司令官が言ってましたよ」

「ソ連も戦場で使うのか？」

「そう思いますが、ソ連はあまり数を持っていないみたいだし、米軍が原爆を貯蔵している基地に使うのが効果的じゃないですか」

「日本に原爆を貯蔵？」

「沖縄に置いてあるみたいですよ」

今度の動乱がはじまる直前、アメリカの国防長官が、ソ連から核攻撃を受けたら、沖縄にある原爆を使って、極東のソ連の都市に報復攻撃すると言っていたのを思い出した。

朴は胸元をあわせる。「寒いっ。これから、日本に戻るんでしょ？」

「ソウル市内の司令所にいる米士官を乗せて芦屋基地に戻るよ」

「待ってたって来ませんよ。迎えに行かないと。ぼくが案内しましょうか？」

「李大統領のお供はしなくていいのか？」

「もう、お役御免です」朴は操縦してきた飛行機を振り返る。「あれに乗って大邱に帰るだけです。大統領は汽車で大邱に行きますから」

「ソウルを撤退?」

朴は顔をしかめて、うなずいた。

ソウル撤退は二度目になる。そこまで、戦況は悪化しているのか。

兵舎にいる中尾に断りを入れ、朴が用意したジープの助手席に乗った。

基地を出て、北に向かった。雪をかぶり白く凍てついた平原に、泥だらけの道が延びている。ぬかるんで、タイヤが滑る。兵士を乗せたトラックや米俵を満載した牛車《ぎっしゃ》を引く避難民たちとすれ違う。ソウル市内から逃れてきたのだ。頬被りして荷物を背負った老女や子どもを抱きかかえた母親たちが、重たげに足を引きずっている。どの顔も疲れ切っていた。

「みんな、どこに行くんだ?」

「当てはないですよ」

五分ほどで漢江《ハンガン》のほとりに着いた。四時を過ぎたばかりなのに、日が暮れかかり、夕日が赤々と川を染めていた。耳のちぎれるような北風が吹きつける。川面《かわも》はびっしり氷結していた。鉄道橋は破壊され、右手に架設されたふたつの浮橋の上を、国連軍の車両が通っている。避難民は凍りついた川の、氷の厚いところを探すように、恐る恐る歩いて渡河している。

老姑壇方面の爆撃を終えたB26の編隊が頭上を通過していった。

「最後の爆撃ですよ」朴が言った。「韓国第一師団と米第二十四師団が敗走したところに、一〇キロ近い穴が開いてます」

「致命的じゃないか」

「敵は昼間、爆撃を避けて、夜、襲ってきます。照明弾を撃つと、丘も谷も中国兵で埋まってるんですよ。砲火を集中しても焼け石に水。地雷を踏んだ友軍兵士の背中を踏みつけて、突破してくるし、鉄条網があれば、すすんで身を投げ出しますよ」

「それ以上話すな。聞きたくない」

浮橋を渡る途中、悲鳴が上がった。すぐ脇で氷が割れ、牛とともにふたりが川の中に落ちた。助けるものはなかった。声はかすみ、やがて消えてしまった。割氷したところを遠巻きにして、避難民が延々と続く。長崎も酷かったが、極寒のここも地獄だ。

ソウル市内はところどころで火の手が上がり、避難民でごった返していた。建物の多くは残っているが、残っている人はいないようだった。

司令所に近づく頃、北漢山《プッカンサン》のふもとで、明かりがうごめいていた。

「敵の松明《たいまつ》だ」

同じ方角から、神経を逆なでするようなチャルメラの音が聞こえてきた。ドラを鳴らしラッパを吹く音が混じっている。

「はじまりやがった」

無念そうに朴が言う。

それに対抗するように、国連軍の野戦砲の音が地面を揺らした。

景武台《キョンムデ》の方角で、煙が立ち上っている。

「議政府も燃やすと言ってたし、うちの部隊が火をつけているんだ……」

退却時、街そのものに火をつけるのは、常識化している。

もう敵は、すぐそこまで迫っていた。

5

一月十五日。午前九時。

銀髪のコリンズ陸軍参謀総長と丸顔のヴァンデンバーグ空軍参謀総長が、マッカーサーの前に腰を落ち着けた。ふたりは、トルーマンの命により、朝鮮動乱情勢を把握するため、昨晩、羽田空港に降り立った。マッカーサーは上機嫌に、ワシントンからの来訪の礼を述べ、昨日届いたばかりのトルーマン大統領からの電文を朗読した。敵に比べ国連軍の兵力は少ないが、たとえ済州《チェジュ》島《ド》まで退いても、侵略軍に対する抵抗をあきらめてはならない、という内容だ。

一月四日、ソウルは放棄され、戦線の保持はできないとするリッジウェイの報告を受け三十七度線まで後退した。

「その電文は大統領の私信で、命令ではありません」

とコリンズが反応した。

太平洋戦争ではガダルカナル島攻略を指揮し、欧州戦線でも活躍した陸軍参謀総長の言葉に、マッカーサーは身を乗り出した。

「どういうことかね？　今朝の新聞にも、大きく取り上げられているが」

新聞の一面に、マッカーサーが口にしたのと同じ内容の、トルーマンの声明が掲載されているのだ。

「一昨日、西欧諸国は国連に朝鮮動乱の即時停戦を提議しましたが、これは中国との交渉を通じて、停戦を促すものであり、同時に中国への処罰を求めるものになります」

「そんなものに中国が応じると思ってるのかね？　引き替えに、また国連加盟を持ち出してくるのが関の山だ」

「それはわかっていますが、われわれ国連軍側が劣勢に立たされているいま、時間稼《かせ》ぎが必要ですし、国連軍を指揮する閣下の使命は、あくまで日本本土の防衛にあります」

マッカーサーの顔がみるみる赤く染まり出した。

「われわれはどうして、彼《か》の地で戦っているのか」マッカーサーが怒声を上げた。「米国の若者の血が流れているのだぞ」

コリンズは身を丸くし、口を閉じた。

「わたしを国連軍司令官に任命しておいて、その言いぐさは何だ……」

マッカーサーの反撃は五分ほど続いた。

コリンズが何度もうなずき、わかりましたと口にする。

ヴァンデンバーグが、現地へ向かう時間になったと告げて、コリンズとともに執務室を出て行った。代わりに、ＣＩＡのベデル・スミス長官が陸軍情報局長のボウリング少将を伴って入室した。

マッカーサーは気分を一新させ、にこやかな笑みを浮かべ、小柄なスミスと握手を交わし、手の甲を叩《たた》いた。

「ベデル、きみと会うのが楽しみだったよ」

「閣下、わたしこそ、お会いできて光栄です」

スミスは軽く頭を下げた。

席に着くと、マッカーサーはぎこちなさそうに、パイプに火をつけた。コリンズに対しては、まるで部下のような態度に終始したが、スミスに対しては違うようようだった。

「ときに、わたしの声明は読んでくれたかね？」

マッカーサーが問いかける。

「もちろん、拝読させていただきました」

「きみはどう思うかね？」

「はい、海軍作戦部長のシャーマン大将は、すでに米国と中国は交戦状態にあり、中国東北部の航空偵察をはじめとして、中国沿岸の閉鎖、国府軍の投入など、閣下のご提案に対して全面的な賛成の意向を示しています」

「それは心強い限りだ」

シャーマンは太平洋戦争中、ともに日本軍と戦い、戦後、ミズーリ号の降伏調印式にマッカーサーと肩を並べて臨んだ間柄だ。

「統合参謀本部の多くは閣下と同意見です。げんに、台湾の国府政府には、六〇〇〇万ドルの資金援助が予定されています」

「わかってはいたが、きみから言われるとこの上なくうれしいよ」

巧《たく》みな話術をこなすスミス長官を見て、バンカーは一筋縄にはいかないと思った。戦後すぐ、ソ連駐在大使としてスターリンと渡り合い、帰国後は第一軍の司令官として君臨していた。去年の十月、CIA長官に任命されて以降、内部の立て直しで、辣腕《らつわん》を振るっているという噂《うわさ》だ。

「うれしく存じます」スミスが切り出した。「ただ、最悪の状況を想定して、のちほど具体的な国連軍並びに韓国政府の半島からの撤退計画を具申したいと思っていますが、よろしいですね」

「承知している」

「じつは少しご報告したいことがあります。中ソ友好同盟相互援助条約が締結された結果として、この十月から、中国の東北や華北、中南に、合計十個航空師団ほどのソ連空軍が進駐してきているとの有力な情報が入ってきております」

マッカーサーはうなずきながら、

「それはわたしも聞いているよ」

「中でも、中国東北部について、吉林《チーリン》や長春《チャンシュン》、遼寧《リョウニン》省の鞍山《アンシャン》や瀋陽《シエンヤン》あたりに、集中しているようです」スミスはウィロビーを睨みつけたまま、低い声で揺さぶりをかけた。「極東軍情報部では、情報収集が追いついていないようですが、いかがですか?」

「いくつか複数の機関を使って、探索を続行中です」

ウィロビーが肩をすぼませ、緊張した面持ちで答えた。

スミスの来日を最も恐れていたのはウィロビーだった。昨年六月の北朝鮮軍の侵犯からはじまり、十一月の中共軍の介入など、重要な局面での予期に失敗し、ワシントンからの評価は低い。自身もパットンのように更迭《こうてつ》されるのではないかと疑心暗鬼《ぎしんあんき》でいるのだ。マッカーサーも同様の危惧を若干《じゃっかん》抱いている節がある。

「韓国軍特殊部隊（ＫＬＯ）がスパイとして、北朝鮮に浸透しているようですが、開戦後は極端に情報が減っている」スミスが続ける。「もともと、ＫＬＯは北朝鮮出身者がほとんどですから、寝返ったのかもしれませんね。とにかく、役に立っていない」

そこまで言われたものの、ウィロビーは苦虫《にがむし》を噛《か》み潰《つぶ》したような顔で、大きな体を縮こませている。

「ソ連空軍が中国東北部へ進駐している情報をもたらしたのは、日本で活動しているＣＩＡの秘密飛行部隊によるものですが、これについては？」

遠慮ない尋問《じんもん》姿勢に、反応できる幹部はいなかった。

「少しこみいった事情がございます」ホイットニーが口を開いた。「いま日本では、国内航空定期便の会社設立に向けて、細かな動きが出ているところです。そうした中で、秘密飛行の扱いについては、慎重を期している状況にあります」

スミスはうなずきながら、

「カボタージュの権利については、本国の民間航空局（ＣＡＡ）から事情を聞いていますよ」

「それならばよかった」

ホイットニーがマッカーサーを気にしながら言った。

「いずれにしろ、対共産圏との戦争は終わりません。ＣＩＡはこれまで以上に極東におけるこの動きを探るべく、工作員を投入する覚悟です」

「もちろんけっこうだ」

マッカーサーが答える。

「それにつけても、極東軍情報部とはより連絡を密にして、任務を遂行していく必要があります。なにしろ、鉄のカーテンの向こうを探るには、スパイを送り込むしか手がありません。これを可能にする秘密飛行をますます充実させたい」

「部隊を増やすのですか？」

ウィロビーが訊いた。

「必要があれば、操縦士を増やしますよ」

「……日本人操縦士を？」

「それも含めて検討しなければいけないでしょう」

スミスが口の端で笑みを作り言った。

「面白い」マッカーサーが応じた。「ちなみに、いま、日本人みずから航空会社を設立する話が出ているが、どう考えるかね？」

「われわれの秘密飛行で、日本人操縦士は文字どおり命がけで臨んでいます。その功績は戦いの帰趨《きすう》さえ左右するほどの価値があるのです。日本人による国内航空会社くらい、認めてやってもよいのでは」

ホイットニーは面食らったような顔でマッカーサーを窺った。

マッカーサーは答えず、パイプの煙を吐き出すだけだった。

「ウィロビー少将」スミスが声をかけた。「これからすぐ大邱に飛びますが、同行していただけますね？」

ウィロビーはさっと席を立ち、

「もちろん、そういたします」

と青ざめた顔で答えた。

6

一月十七日。

大手町界隈《おおてまちかいわい》は排ガスの煙霧がたち込め、木造二階建ての航空庁もその中に沈んでいた。建物前に車が並び、入り口付近で多くの人が出入りしている。それにまじって、堀江も中尾とともに入った。カメラを抱えた男たちが廊下にあふれ、大部屋の職員も総立ちになっていた。人だかりのする長官室の中を覗《のぞ》き込むと、松尾長官が記者相手に声を張り上げていた。

「……今月末には正式に公布される見込みですが、わが日本の資本による航空会社の設立が認められる内容となるはずです」

やはり、そうなのか。

十時ちょうど、国立の宿舎に、航空庁から重大発表があるので、すぐ来庁されたい、との電話が入り、中尾とともに駆《か》けつけたのだ。

「航空機の運航も日本人ができるのですか？」

記者から質問が上がった。

「残念ながら、今回は航空機の所有や運航は認められておりません」松尾が答える。「旅客や貨物を扱う営業部門のみの航空会社設立になります。ですがこれを第一歩として、今後は大きく飛躍できるものと確信しています」

「客室乗務員は？」

「エアガールとして、新会社により、日本人が採用されます」

拍手が沸き起こった。発表が終わると、中にいた人がぞろぞろ出てきたので、ふたりは入れ替わるように入った。まだ、五、六人ほど残っていた。ヒーターが効《き》いて暖かかった。どの顔も、興奮の色が消えていない。ちょびひげの森村勇もいて、すらっとした白髪の紳士と大声で話し込んでいた。

「藤山さん、さっそく、本日から業務開始ですな」

と森村が白髪の男に声をかける。

「準備万端、整《ととの》ってます。忙しくなるなぁ」

藤山が答えた。

森村が中尾を見つけ、ふところから一枚の青焼きを取り出して見せた。

「中尾さん、これ、ね、この、第三項のところ」

森村が英文タイプされた文書の中ほどを指さす。ＧＨＱが公布した命令書だ。

『第三項は、次のように追加される。(Paragraph 3 is added as follows.)

日本政府及び国民は、民間航空機の開発、製造、組立、所有または運航に参加しないことを条件として、日本政府は、日本が管理する法人に対し、国内航空輸送に関連する事業活動に従事することを許可することができる』

驚いた。松尾が言ったとおりのことが、はっきり書かれている。日本人の手による航空会社の設立……それは、日本の航空権益が日本人の手に返ってくる第一歩となるものではないか。

目の前にいた松尾がしめしめという顔で、

「今朝いちばんで、ＧＨＱに呼ばれてさ。総務のブッシュ准将《じゅんしょう》からもらった」

「これは去年の六月に公布されたscap2106の追加の形ですね？」

全文に目を通した中尾が訊いた。

scap2106は日本における国内航空路の開設について、外国の航空会社のみを認めるとしたＧＨＱの命令だ。

「そうだよ。われわれ航空庁が、日本資本の航空会社を認可するという公示だ。ＧＨＱはいっさい関わらない。今月の三十日付で公布される。関係者に知らせたら、わんさか押しかけてきて、こんな有様だ」

「ＪＤＡＣ側は何か言ってきましたか？」

中尾が訊く。

「ここしばらく、部下が大手町ビルにあるＧＨＱの民間運輸局《ＣＴＳ》に通いつめてさ。運航と整備はＪＤＡＣ、事業運営を日本側の会社にやらせるという線で決着した。ＪＤＡＣの連中も、うちがなかなか認可を下ろさないから、ひとまず協力しようという話になった。こっちも、さんざん引き延ばしてきたし、ひとまずＪＤＡＣ認可の手続きに入るよ」

堀江は疑問が湧《わ》いた。ＧＨＱの民間運輸局に相談をもちかけただけで、日本資本の航空会社が認められたのだろうか。かなりの折衝なり、そうしたことが裏で行われたのではないか。

「いやぁ、めでたい」近づいてきた森村が言い、松尾と藤山の顔を見る。「いよいよ、この日が来たんだなあ、ね、藤山さん」

「もっと、先だと思っていたんだけどね」と藤山。

「そんなこと言いながら、藤山さんはちゃっかり、この目と鼻の先の日本貿易館で、業務を開始してるからね」

まんざらでもなさそうに森村が言う。

「森村さん、あんただって同じじゃないか」

松尾がとりなした。

残っていた記者のひとりが、文書を覗き込み、

「その文書はまだ公表できないのですね？」

と訊いてくる。

「正式公布は先だから、だめだよ」

「こっちの藤山さんの会社は、さっそく業務をはじめた、くらいは書けるんじゃないの」

森村があいだに入った。

「あとで事務所に来てもらってもいいですよ」

藤山から声をかけられた記者は、しめたという顔で、そうさせてもらいますと、言いながら去っていった。

「これから忙しくなるな」

松尾が部屋の外を窺いながら言った。

「長官、あちこちから、航空会社設立の花火が上がりますよ」

森村が満面の笑みを浮かべて言った。

松尾は長官室をあとにして、大部屋の中に入った。課長席の前で、聞いてくれ、と声を発した。職員も民間の関係者も話をやめて、松尾に顔を向けた。

「ご案内の通り、GHQから、日本資本による航空会社設立の許可が下りることになりました。営業部門のみになるが、これは大きな前進です」松尾が声を上げた。「この六年間、日本人の手から取り上げられていた空が、ようやく戻ってくる情勢となりました。しかし、手放しでは喜べない。飛行機は所有できないし、運航は外国の航空会社に委託《いたく》する形になりますから。実際問題、いま航空機を飛ばせる日本人はいないということもあります」そこで一区切りして、身体を堀江のいるほうに向ける。「世界の航空業界は、戦時中からこの十年のあいだ、驚くほど進歩を遂《と》げています。わたしはこの十月、アメリカに渡りました。ニューヨーク近くに、マッカーサーフィールドっていう飛行場があるんですが、そこでわたしはDC3の副操縦席に座らされた。地上の電波に合わせて自動操縦スイッチを入れると、これがいとも簡単に離着陸できたので、ひどく狼狽《ろうばい》しました」

「長官ご自身が操縦桿《かん》を握ったんですか？」

廊下から質問が出た。

「や、飛んでる最中、機長から『旋回《せんかい》飛行、やってみませんか？』って声をかけられてね。断ったんだけど、『じゃ、そのスイッチを切り換えてください』と言われて、その通りにした。するとどうですか。飛行機は勝手に傾いて、ひとりでに旋回飛行をはじめたんだ。操縦桿に指一本ふれていないのに」

「そこまで進んでるんですか」

質問を発した男が返した。

「飛行機だけではない。航空世界の用語はすべて英語だし、いまの日本の空はぜんぶ米軍が取り仕切っていて、日本人が入る余地はありません。それでも、来たるべきときに備えて、操縦士の育成を働きかけ、また、地上誘導員《コントローラー》の養成も急務となっております。航空局としても、ここに注力して、アメリカに要員を派遣する所存であります」

どっと、歓声が沸き起こり、拍手で包まれた。

「これからの予定は?」

「航空会社については、民間から出願者の応募を受けますが、リスクを伴う未知の事業です。そこで、うちが事業計画のひな形を作ってみる所存です」

申請についての細かな話になった。

中尾に袖を引かれて、堀江は航空庁を抜け出した。高揚した気分が抜けなかった。新たな公布が出ても、自分たちの極秘飛行は変わりなく続けられる。複雑な気分で中尾と肩を並べ、駅に向かった。

7

二月十三日。

スキャップ号が水原《スウオン》を目指し、羽田を出発してから三時間。低気圧が迫っていて、揺れがひどい。バンカーは、パイプをくゆらせているマッカーサー専用席の前に移った。

「元帥、ご気分は？」

「素晴らしいよ」

体調はいいらしく、血色もよかった。

「ダレスは、キリノ大統領と格別なディナーを味わっただろうね」

マッカーサーが続ける。

「おそらく」

講和条件をつめるため、米国から派遣されたダレス特使は、一月二十五日から十八日間も日本に滞在し、一昨日、フィリピンに向けて出発したばかりだ。

「いまのマニラは花盛りだ」マッカーサーは昔を懐《なつ》かしむ。「火炎樹やホウオウ木《ぼく》の花も、きっと美しいことだろう。それにしても、特使はヨシダの頑固ぶりには、辟易《へきえき》しただろう」

マッカーサーの父親は南北戦争の英雄で、フィリピン初代軍政総監を務めた。マッカーサー自身も陸軍士官学校を首席で卒業し、一九三〇年、五十歳で米陸軍最年少の参謀総長に上りつめ、太平洋戦争においてマニラ駐在の極東陸軍司令官となったのだ。

「そう思います」

日本側の再軍備を要請したダレスに対し、ヨシダはあくまで早期講和と独立を主張した。交渉が暗礁《あんしょう》に乗り上げたとき、ヨシダは五万人の国防軍を創設すると約束してダレスが折れた。日米安保協定の仮調印まで行われたのだ。

マッカーサーは窓に目を当てた。

「わたしは、今回の攻勢はまもなくやむと思うよ」

一月末、国連軍はソウル南方まで陣地を回復したが、二日前からふたたび中共軍は攻勢に転じ、国連軍は防戦一方の状況に陥っているのが現状だ。

「そのようになることを祈ります」

正午、水原に着いた。リッジウェイや丁《チョン》参謀総長、金《キム》第一軍団長の出迎えを受けた。滑走路《かっそうろ》脇にある粗末なテントの中で、リッジウェイの報告を受ける。

「敵はこれまでのような戦法はとらず、一点突破の形に変更しています」リッジウェイは地図を指しながら言う。「ことに、砥平里《チピョンリ》では、米第二十三連隊が敵に包囲されて、猛攻を受けています」

「金浦空港は？」

一月末にふたたび奪還したのだ。

「危ないです」

「よろしくないな」

マッカーサーは、いつものように腰に手を当てる姿勢で、深くため息をついた。「……三十八度線で国境を線引きするような話があるが、まったく絵空事だ。せっかくここまで押し返したのだから、あとは北進あるのみ。李大統領も、そう言っているではないか」

韓国のふたりの将軍が、口を引き結んでうなずいた。

「このところペイス陸軍長官と毎日電話で話しているが、彼も北進に賛同してくれている」マッカーサーが続ける。「三十八度線で停戦するなど、もってのほかだとな」

「心強いです。ただ今回の攻勢は、これまでとは違います。わが軍は、今度こそ本物の敗退に追い込まれるかもしれません。気になるのは中国の背後にいるソ連です。ソ連が原爆を使う意図があるかどうか、そこを知りたいのですが」

「CIAやわれわれの情報部が総動員態勢で調査しているが、原爆使用の兆候はいまのところ不明だ。どうした？」

リッジウェイは納得していない様子だった。

「報告しなくてはなりません。先月の撤退時です。わたしの頭上にソ連の原爆が落ちたらと思うと、司令官として心胆が震えました。兵隊だけでなく、住民も巻き添えになり、地獄が出現します」

ふたりに比べて、子どものように背の低い金軍団長が、「わたしも、ソ連による原爆投下を危惧いたします」と口にした。

ソウルから逃げる難民を守った人望の厚い将軍だ。

「きみたちの危惧と希望は、充分に理解している」マッカーサーはリッジウェイを振り向いた。

「どうだろう、マット。かねてからの計画を実行するときが来ているのではないかと思うのだが」

リッジウェイの顔に輝きが増した。

「原爆使用ですね？」

「そうだ」

その言葉を聞きつけた小柄な丁参謀総長が、マッカーサーを外に誘った。

平原の彼方に見える低い山並みを指し、流暢な英語で、

「敵はあの向こうに潜んでいるはずです」

「ふむ」マッカーサーはそのあたりに目を懲《こ》らした。「しかし、中共軍というのはまったく不可解な軍隊だ。どんなに空爆をしても、地から湧くように現れる」

「さようです。まるでイナゴの群れのように襲ってきます」

「ふむ。わたしは満州への爆撃と原爆使用をワシントンに強く要望したが、将軍、あなたはどう思うかね？」

「元帥のお考えは、ひとつも間違っておりません。わたしも賛成いたします」

「そうか。わたしより、ずっと原爆の使用を願っておられた李大統領に対して面目《めんぼく》がたたない。拒《こば》み続けていたトルーマン大統領だが、まもなく認めてくれるはずだ。決戦まで、もう時間の問題だよ」

丁は目を輝かせ、「そうでありますか」と答えた。

横にいる金軍団長も、身を乗り出すように、「元帥」と呼びかける。

「わが李大統領は、常々『原爆は罪深いが、邪悪な敵には躊躇《ちゅうちょ》せず使うべきで、わたしの頭の上に落としてもらってもかまわない。たとえ、国民全員が息絶えても、この美しい国土に、たっ

たひとりでも、共産党員が居残ってはならない』と申しております」ここぞとばかり、強い調子で続ける。「李大統領も再三要請しているとおり、敵に先んじて原爆を使っていただけるようお願いしたい」

マッカーサーは金の肩に手を置く。

「重々承知しているよ、将軍。原爆を使うに当たって、まず第一に、敵の空軍力を取り除く必要がある。鴨緑江《ヤールーチャン》の安東《アントン》から、朝鮮満州ソ連国境の琿春《フイチユン》付近まで、ちょうど中国東北部、いわゆる満州の首にある空軍基地と物資集積所に三十から五十の原爆を夜間に落としたい。敵航空機や設備は地上で粉砕されて、飛行士も抹殺できる」

「賛成です」金が答える。「闇に乗ずるのが賢《かしこ》いやり方です。それに、原爆により壊滅させられたのちの復旧は、単線のシベリア鉄道に頼らざるをえず、短期間ではできません」

「問題はそのあとだ」マッカーサーは声を低める。「今回の攻勢で敵の補給路は延びる。そのときを逃さず、わたしは台湾から蔣介石《チヤンチエシー》軍五十万人を呼んで、わが二個師団とともに、水陸両用部隊を組織したい」

「朝鮮半島西海岸の安東と東海岸の羅津《ラジン》に上陸させるわけですね？」

リッジウェイが引き取った。

「そうだ。南北からはさみ撃ちにして、百万の敵を壊滅に追い込む。しかし、敵はまた満州から増援部隊も潜《もぐ》り込ませてくる。これを阻止するため、中朝国境の日本海《にほんかい》から黄海にかけて、コバルトを撒《ま》く」

「コバルトは比較的安価だと聞いていますが」

「原爆製造の過程で生まれる副産物だからね。これをいったん撒けば、今後六十年間、強い放射能で汚染されるから、援軍は入ってこれない」

　韓国の将軍たちは、理解できないようだった。

「どうした？　疑ってるのかね？」

「いえ。原爆はともかく、参謀本部は簡単に承諾しないのではないかと」

「その心配には及ばないよ。大統領や国務省は乗り気じゃないが、ブラッドレーが支配する統合参謀本部は、わたしの案に賛成してくれるはずだ。ちなみに、国務省はひどくソ連の正式参戦を恐れているが、きみはどう思うかね？」

「予想がつきかねますが」

　マッカーサーは地図の朝鮮半島に指を当てた。

「マット、ソ連がこんな地の果ての土地をほしがると思ってるかね？　原爆で壊滅した基地を目《ま》の当たりにすれば、ソ連はそれ以上、中国のためになど戦わない」

「それはそうかもしれません」

　根負けしたようにリッジウェイは言った。

「原爆の配備は極東だけではない。わが国は、ソ連に対抗するため、ギリシャにも原爆の基地を建設する。そうなれば、ソ連は欧州に手出しできない」

「たしかに。ただ、こちらは戦争の真っ最中です。ソ連が参戦してきてから、対応するのでは遅すぎます」

「問題はそこだ」マッカーサーは人差し指を振った。「ソ連が大規模な攻撃の予兆を示したとき、すかさず、これを叩かなければならん。ことに中国東北部には、ソ連空軍が大規模に駐留しつつあるようだが、そこからわが軍に向けて、攻撃を仕掛けてきたときだ」

「爆撃機などが出撃するような事態ですね？」

マッカーサーは大きくうなずいた。

「そうだよ、マット。そのときこそ、わたしは間髪《かんはつ》を容《い》れず核爆弾を使う。その準備として、本国に満州の空軍基地への核攻撃、つまりDデイ原子力を要求する。トルーマン大統領から原爆使用の許可をもらうのだ」

韓国のふたりの将軍が顔を見合わせた。

Dデイは戦略上、重要な作戦が開始される日を指す言葉になる。今回は原爆を投下する日として、特別に〝Dデイ原子力〟が使われるのだ。

「許可が下りれば、原爆を日本に輸送できるのですね？」

「その通り。その時期はわたしにまかせてもらいたいが、近日中であることは承知していてくれたまえ。引き続き、ペイス長官と連絡を取ってつめていく」

「承知しました」

リッジウェイとふたりの将軍は、緊張した面持ちで敬礼した。

「では、前線を視察しよう」

リッジウェイとともに、マッカーサーはジープに乗り込んだ。

8

大雪に見舞われた二月十五日の午後、堀江は中尾とともに航空庁の松尾を訪ねた。松尾は職員の出入りを止めて、長官室のドアを閉めた。窓際《まどぎわ》のヒーターに手をかざし、風で揺れる窓越しに外を見ながら、「ひでえ、雪だな」と口にする。

「台風並みですね」

中尾が答える。

「こんな日じゃ、米軍も飛べないだろ」

「ええ」

「最近は飛んでるのか？」

「もっぱら、白木の箱に収まった前線向けの乾燥血漿《かんそうけっしょう》の空輸で水原に」

「日本人の血も役に立ってるわけだな」

「なしではすまされませんよ」

「戦地の状況はどうだ？　膠着《こうちゃく》しているみたいだけど」

「これまでより、密度の濃い闘いが続いてますね。陣地を取ったり取られたり。一キロ進むのに、一週間かかるときもあるようですから」

「三十八度線まで、たどり着けるのか？」

「来月あたりはひょっとしたら。ソウルも近づいています」

「スパイの空投は？」

「先日、湖北の咸寧《かんねい》に落としてきたばかりです」

「そんなところにまで行ったのか……」

「水原から、往復十六時間でした」

「いったい、目的は？」

「敵の航空基地や部隊移動の偵察です。送り込んだスパイは暗号電文で情報を送ってきたり、現地を収めた写真をたずさえて帰投しています」

「やるじゃないか」

「こちらはどうですか？　新聞で日本資本の航空会社の設立が出ていましたけど」

「うまくいけば、五月あたりに一番機が飛べそうだよ。路線は北から、札幌《さっぽろ》、仙台《せんだい》、羽田、小《こ》牧《まき》、伊丹、岩国、板付だ」

「すごい。会社は決まったんですか？」

「五つも申請が出ちゃって、弱ってるんだよ。日本航空の名前で藤山愛一郎系と旧大日本航空系、日本航空輸送の名前でも、東急系と元立川飛行機系、それから阪急系では国際運輸の五社だ。その中から、一社に絞《しぼ》り込まないといけない」

「うれしい悲鳴じゃないですか」

「他人事《ひとごと》だと思って、簡単に言ってくれるな。五社ともやる気満々で、一歩も引かない。そのくせ事業計画を見ると、運航や整備面がどんぶり勘定《かんじょう》でさ。肝心の航空ダイヤをどうするんだと訊くと、ＪＤＡＣにおまかせと言うんだから、危なっかしいことこのうえない。このままじゃ、連中に足下見られるぜって、脅してるんだよ」

「それはまずいですね」

「ああ、五月に五社の公聴会を開く。それで決まるだろう。いや、決めなきゃいかん」

松尾はぴりぴりした雰囲気で言った。

「お願いしますよ」中尾が言う。「韓国のKNAだって去年の十二月から、釜山・大邱、釜山・済州島の二路線を就航させていますから」

「おお、そうだな。社長の愼鏞頊《シンヨンウク》が頑張ってるからな」

愼鏞頊の名前は聞いたことがある。日本統治時代から朝鮮の航空界を牽引《けんいん》してきた人物だ。

「この戦時下でも民間は頑張ってるんだから、遅れを取っちゃまずいですよ」

「わかってる。まかせてくれ」

松尾は決意をこめた顔で結んだ。

9

二月二十八日。

ホワイトハウスの大規模改修にともない、大統領府はペンシルベニア大通りをはさんで、迎賓《げいひん》館《かん》として使われていたブレアハウスに移っていた。目立たない外見だが、内側は四つのタウンハウスがつながる壮大な建物だ。トルーマンは、その三階にある書斎で戦況報告書の束《たば》をめくっていた。白いエナメルで仕上げられたマントルピースのある部屋は、トルーマンのお気に入りなのだ。敵の二月攻勢は終わりを迎えつつあるようだった。

昼前、ジョセフ・ショート報道官が入ってきて、「皆がそろいました」とにこりともしないで告げた。四十七歳になるロスの後任で、『ボルティモア・サン』紙の元ワシントンDC特派員だ。

重い腰を上げ、ダイニングルームに足を運んだ。ビクトリア朝時代の装飾と白壁で統一された閣議専用部屋だ。長いテーブルで待機していた幹部たちがいっせいに席を立った。トルーマンは真ん中に腰を落ち着け、

「国連軍はよく持ちこたえているようだね」

と座に告げた。

「前線の天候が非常に悪く、わが軍以上に敵に打撃を与えたようです」斜め前にいるコリンズ陸軍参謀総長が口を開いた。「先週の豪雨に加えて、雪解け水が大量に流れ込んで川が氾濫し、敵味方双方の補給路が水没している状況です」

「わが軍の士気は？」

「相変わらず、中共軍は夜になるとラッパを吹き、ドラを鳴らして、大量の歩兵を繰り出すというやり方に対して、わが将兵は恐怖を抱いていましたが、最近は航空兵力と圧倒的な火力で対抗すれば、勝てると自信を持ちつつあります」

「敵の航空機は現れているのかね？」

「国境付近にミグが出没していますが、前線には姿を見せていません」

端整《たんせい》な顔立ちのヴァンデンバーグ空軍参謀総長が答える。

「何とも不思議だ」

「ただし、大量の敵航空機、もしくは重爆撃機が出現するときは、ソ連の本格参戦と覚悟するべきです」

右にいるアチソン国務長官が渋面《じゅうめん》を作った。そのときこそ、第三次世界大戦だと思っているのだろう。しかし、ここにいる軍関係者たちは、そこまでの危機意識を抱いていないようにも見える。マッカーサー支持派のペイス陸軍長官も同様だ。

「そうなったら、どうする？」

「満州の基地に対して、核攻撃するしか道はありません」

「ホイト、準備はできているんだろうね？」

「戦略空軍（ＳＡＣ）は常に待機しています」ヴァンデンバーグが胸を張る。「大統領からの要請があれば、いつでもＤデイ原子力を発動できます」

「基地はオキナワか？」

「はい、オキナワのカデナです。昨年の七月、サンフランシスコのフェアフィールド空軍基地から、核物質抜きの原爆を搭載した十機のＢ29がグアムに向けて飛びましたが、その際の九発の原爆は、グアムの基地に残してあります」

「十機のうち、指揮官のトラビス准将が乗ったＢ29が離陸直後、エンジン不調で墜落した」

墜落後、原爆に搭載された爆薬が爆発し、二十名近い犠牲者を出した。核物質は挿入《そうにゅう》されていなかったので、核爆発こそまぬがれたが、新聞で叩かれたのだ。

「はい。そのため、グアムには九機しか行けませんでした」

長崎への原爆投下の指揮を執《と》っていたトラビスが事故で亡くなるとは因果なものだ。

「それをグアムからオキナワに運ぶわけだね？」

「はい。あとは、原子力委員会の許可が下りれば、核物質のコンポーネントを現地に送ることができます。来月早々、SACは投下に慣れるため、カデナ基地から朝鮮半島に向けてB29による通常爆撃を敢行する予定です」

「国防総省は？」

「空軍から要請があれば、即刻対応します」

マーシャル国防長官が答える。

「あとは三十八度線問題だ。どうするかね？」

「国連軍も米国も、武力により朝鮮半島を統一する義務は負っておりません」アチソンが答えた。「国連諸国も戦争の拡大は望んでおらず、最前から申し上げているように、国連軍にはあくまで三十八度線以内において、敵に徹底的な打撃を与え、交渉のテーブルにつかせるのが唯一の方策かと思っています」

トルーマンもまったく同意見だった。ハリマン特別補佐官も、しきりとうなずいている。ペイス陸軍長官をはじめとして、海軍作戦部長も空軍総長も、アチソン案に同意を示した。ブラッドレーが片手を上げ、

「お待ちください。中共軍は国連により正式に侵略軍として定義されました。侵略軍はあくまで朝鮮半島から追い出すことが求められています」

「三十八度線以北への進軍は、マッカーサーの判断に任せて、北進を続けさせるということだね？」

「おっしゃるとおりです。マッカーサー軍に新たな制約をかけ、和平交渉を提案した瞬間、敵は休息の時間を得て、次なる攻勢の準備を加速させます。国務長官の案には同意しかねます」

「マーシャル長官、あなたはどう思うかね？」

丁寧《ていねい》にトルーマンは尋ねた。気位が高い元帥で、大統領からして、ファーストネームで呼ばせないマーシャルは、感情を表に出さない顔で、

「和平交渉を持ち出せば、敵に足下を見られて、一気に攻勢に出ると思われます。国連軍が危機に陥るのは避けなければなりません」

「時期尚早ということだね？」

「国連軍はまだ三十八度線に達しておりません。そのときがきたら、この問題を話し合えばよろしいかと思います」

トルーマンは、小さくわかったと言い、背もたれに身を預けた。

統合参謀本部と国防総省トップの意見は重かった。どちらも、和平提案による士気の喪失を極端に恐れている。わからないでもなく、アチソン案はひとまず棚上げにするしかなさそうだった。こと戦争について、軍首脳らは極東軍司令官と同じ考え方を抱いている。この日もそう思った。マッカーサーのほくそ笑む顔が浮かんだ。

Douglas
A-26
Invader

第五章

Dデイ原子力

1

三月七日、午前十一時、マッカーサーを乗せたスキャップ号は、水原《スウオン》飛行場に着陸した。通算、十二回目の戦地視察だ。同乗していた記者たちと別れ、出迎えたリッジウェイや丁《チョン》参謀総長らとともに、粗末な指揮所のテントに入る。

「今朝、六時十五分、リッパー作戦を発動し、二ヶ所で漢江《ハンガン》を渡河しました」

開口一番、リッジウェイは告げた。

「マット、やはりきみだ。その分ならソウル奪還は早いだろう」

リッジウェイは、険《けわ》しい顔でうなずいた。戦線に入って三ヶ月。去年の暮れに会ったときより、顔の縦皺《たてじわ》が深くなっている。

「敵をひとりでも多く殺すのが目的です。今週末にはソウル入りできるかもしれません」

「このところの激戦で、敵は勢いをなくしているが、このままでは終わらないと思う。きみはどう考えるかね？」

「おっしゃる通りかと思います。いまはじっと力を蓄《たくわ》え、春の訪れを待って、一気にたたみかけてくる戦術をとるはずです」

「同意見だ。春からの闘いは、われわれにとって厳しくなる。戦地は雪解け水で泥だらけになって、わが軍の機甲師団は思うように進めなくなるが、中共軍は好きなときに夜間攻撃を仕掛けてこれる。現状、われわれの兵力は、米軍が二十二万、国連軍が二万、韓国軍が二十四万で、合わせて五十万弱。敵は八十万と国防総省は見積もっている」

「敵の数はもっと増えるはずです」リッジウェイはマッカーサーの耳元でささやく。「残念ながら、われわれの主戦力は、米軍だけと考えるのが妥当で、ざっと五倍の敵と対する覚悟が要《い》ります」

マッカーサーは渋《しぶ》い顔でうなずく。ふたりの韓国軍の首脳は聞かぬふりだ。

「それは認めなければならん」マッカーサーが丁と金《キム》の顔を窺《うかが》う。「われわれは三十八度線をはさんで、越境も許されず、非常に曖昧《あいまい》な戦い方を強《し》いられている。それが士気に多大な悪影響を与えているのが残念でならない」

「そのとおりです。敵はわれわれ国連軍を半島から追い落とすという単純明快な動機によって戦っていますから、士気も旺盛です」

「同感だ。きみはさしあたり、どのあたりまで北進するつもりかね？」

リッジウェイは居住まいを正し、韓国軍のふたりの将軍を見た。

「洪川《ホンチヨン》まで進軍できればと思っています」

三十八度線に、七〇キロまで迫る村だ。

丁参謀長は深くうなずき、金軍団長が顔を強《こわ》ばらせる。

「その意気だ。しかしマット、敵は新たな勢力を補給している」

「新たな勢力というと？」

「ＣＩＡの報告によれば、これまで中国東北部には、ソ連が十二個の航空師団を進駐させているが、その中心にあたる第六十四航空師団の戦力が日に日に増大しているとのことだ」

「敵の通信傍受で、その名前は聞いていますが」

「残念ながら、これら師団間で、暗号通信が飛躍的に増えている。三つの航空師団を中心に、整備師団や高射砲旅団、それから、夜間戦闘飛行隊や探照灯連隊まであるようだ」

「すべてがそろったわけですね」

「残念ながらそうだ。ソ連空軍が保有する千機の爆撃機のうち、四百機が重爆撃機だが、このうち百機ほどが極東に配備されているようだ。各基地には、数千名はくだらない数の空軍兵士がいる計算になる。第一線の飛行場は、もちろん中朝国境付近になるが。ラリー」言われて、バンカーは、地図をリッジウェイに差し出した。「そこにあるとおり、安東《アントン》とその南の東溝《トンコウ》、北の寛甸《クワンテイエン》、中国の東北防衛のための第二飛行場群には、爆撃機が駐留している」

「爆撃機？」

「北から吉林《ジーリン》省の吉林、延辺《エンペン》、その南の遼寧《リヤオニン》省では、鞍山《アンシヤン》、瀋陽《シエンヤン》、土城子《トウチヤンツー》などだが、これらの複数の基地に配備されているらしい」

リッジウェイは言われた都市に指を当てる。ふたりの将軍が覗き込んだ。

「これらのうちのどれかですね」

「そうだ。ずっと北にある牡丹江《ムーダンチヤン》やハイラルでは、中ソ空軍の演習が行われているらしい」

「元帥《ゼネラル》、これまでも、敵が偵察行動に使う中型爆撃機は確認できました。問題は大型爆撃機です」

マッカーサーはまなじりを吊り上げ、リッジウェイに向き直った。

「情報がある。ことは重大だ。大型爆撃機が駐留しているようだ」

「それは……」

大型爆撃機なら、朝鮮半島全域を攻撃できるし、日本もカバーできる。制空海権はこれまで、国連軍がほぼ一〇〇パーセント手中にしてきたが、これから先は危うくなる。

「いま、CIAが放ったスパイが敵地で偵察している。爆撃機の具体的な情報が得られたとき、大きな転換点が訪れる」

リッジウェイはマッカーサーの顔を見つめた。

「この十日に」マッカーサーは目を細めた。「わたしはワシントンにDデイ原子力を要求する」

原爆投下の要求をするのだ。

「……了解」

リッジウェイが言い、ふたりの韓国軍の将軍は互いの顔を見合わせた。

この場でそれをふたりに聞かせてよいのかとバンカーはいぶかった。本格的な原爆使用について、李承晩《イスンマン》大統領も知ることになる。

「肝心の話は以上だ。きょうはわが第一騎兵師団の闘いぶりをこの目で見てみたい。偵察機は用意できるかね？」

「驪州《ヨジュン》までですね。お供します。元帥にも、核爆弾を落とす地域をご覧いただきたいと思います」

「そのつもりだ。視察のあとは、ここで記者会見を開く。敵の春季大攻勢の兆しがワシントンに伝わるといいが」

「彼我《ひが》の兵力差は歴然としています。重大情報が入った以上、本国はわれわれの危機意識に同調してくれているはずです」

「きみのいた参謀本部は頼りになるが、国務省はそうとも限らない。よし、行こう」

マッカーサーはリッジウェイとともに、L1偵察機で驪州まで飛んで作戦を視察し、午後三時前、水原に戻った。いつもより、記者会見には時間をかけた。中朝軍は春先に大攻勢をかけてくる予兆が見られる、とマッカーサーは具体例をあげて説明した。そして、ワシントンは相変わらず、戦争遂行への大きな制約をかけ、増援部隊を送ってこないと不満をあらわにした。各社はそれを大きく書き立てた。

2

三月十五日。

補修が終わった金浦《キンポ》空港の滑走路《スチールマット》を飛び立ったのは、午後八時だった。天候はよかった。国連軍により、ふたたび奪還されたソウル上空をかすめるように、堀江はB26の機体の高度を上げる。ソウルの街は破壊され、ジープのサーチライトが動くだけの漆黒《しっこく》の闇《やみ》だった。

「ソウルは四度目の統治者交代だな」

ヘッドホンに、機首の風防席でナビゲートする中尾の声が伝わる。

去年の六月、北朝鮮軍に占領され、その後国連軍が奪還《だっかん》したものの、ふたたび中朝軍に奪い返された。そして、今回の国連軍による再奪還。

「戦前のソウルには百五十万人がいたけど、いま、どれくらいが生き延びていると思う？」

中尾が訊《き》いてくる。

「ほとんど難民になって、南へ逃げてしまったんじゃないですか？」

「まだ、二十万人ほど残っているらしいよ」

「そうですか」

その数が多いのか少ないのか、見当がつかなかった。

北東へ転じて、東朝鮮湾を目指した。二十分の飛行でまばゆい点滅を放つ地表が見えた。窓から細かな振動が伝わってくる。海側から元山《ウォンサン》に向けて、国連軍の艦船による艦砲射撃が行われているのだ。上空を避けて海に出る。

利原《リウォン》から陸地に入った。山沿いに北上する。西の空低く、月齢《げつれい》七日の半月がうっすら地表を照らしていた。

「来月、原爆災害の記録が公表されるそうだな」

「そうみたいですね」

原爆投下直後から三年間かけて、日本の学術界が総力を挙げ現地調査したものだ。

「実態がようやく公表されるのに、興味ないのか？」

一月に発行された『中央公論《ちゅうおうこうろん》』誌で、原爆を作った当のアメリカの機関による、詳細な原爆の情報が公《おおやけ》になり、今月号には、被爆直後の長崎の写真も多数掲載されていた。一読した夜は眠れなかった。

「仁科《にしな》博士も書かれているみたいですから読んでみたいです」

「その人、放射能を浴びて亡《な》くなったんだろ」

「はい、一月に」

戦時中から、日本の原爆開発を主導してきた物理学の泰斗《たいと》だ。

「広島に原爆が投下された二日後、政府がその人を現地に送り込んで、調査に当たらせた。大本営の参謀らと一緒に」

「そうですか？」

初耳だった。

「おれの後輩が一式双練を飛ばして、連れていった。軍人さんたちは、和平交渉なんて応じないで、本土決戦を覚悟して最後まで戦い抜くとか、威勢のいいことを言っていたらしい。原爆なんてわからんから、威力のある新型爆弾くらいにしか思っていなかった」

双練はエンジン性能がよく、視界も広くて、千機以上生産された機体だ。

「広島上空に着いてみると、真っ黒い煙があちこちから上がっていて、コールタールを塗ったように一面黒くて真っ平らだったそうだ」中尾が続ける。「東京や大阪の焼け跡とはぜんぜん違うと言っていたよ」

「着陸できたのですか？」

「なんとか。全身の皮膚が焼けただれた整備兵に迎えられた。地獄図だったそうだ。仁科博士から、外に出ないですぐ立ち去れと言われて、点検も給油もしないですぐに離陸した。あのとき、降りていたら自分も被爆して死んでいたと言ってるよ」

「仁科博士は、広島市内で調査してからすぐ帰京されたと聞いていますが。惨状を見て原爆とわかったんですか？」

「被災地の病院のエックス線フィルムが感光しているのを見つけて、原子爆弾だとわかった。九日の深夜に開かれた御前会議にそれが報告されて、ポツダム宣言が受諾されたんだが、もう一週間早ければ……」

中尾はすまなそうな顔で、堀江を見た。

「長崎の原爆も落とされなかったし、ソ連の参戦もなかった」

「昨日、航空庁へ様子を見に行ってきた」中尾が話題を変える。「予定していた六つの国内航空路線は半分になりそうだ」

「どこが取りやめに？」

「旅客施設を作る航空庁の予算が五千二百万円しかなくて、羽田、伊丹、板付の三つしか作れないらしい。札幌と仙台と岩国は後回しになるけど、これから倍の予算を要求するそうだよ」

「きっとつきますよ」

「ついてもらわないと困る」

「きょうの連中は騒がしいな」後部室で空投するスパイの世話をしている片岡が言った。「若いからかな」

三人の中国人だ。

「この前乗せた連中と似《に》た服だったな」

中尾が言う。

「そうです。きょうは中国人民解放軍の公安官。襟章《えりしょう》がやたらとでかい。ベルトも太いし、北朝鮮公安官の制服とそっくりですよ」

「北朝鮮に空投した連中は正体を隠すために、現地の警官と合流するようなことを言ってたな。そうすりゃ、スパイと気づかれないとか。きょうの連中もそうするかな？」

「そんなことを言ってますよ。スパイと疑われたら、逆に逮捕してやると息巻いてるくらいだから」

白頭山《ペクトウサン》を越えたのは、午後十時ちょうどだった。

「速度このまま、方位二五〇で三二〇マイル」

中尾の声。

「了解、方位二－五－〇で三二〇マイル」

堀江が復唱する。

きょうの空投地点は、堀江がいた鞍山南方にある千山《せんざん》山脈になる。白頭山を主峰とする長白《ちょうはく》山脈の支脈で、一〇〇〇メートルを超す山があり、その麓《ふもと》を流れる川の源流部だ。着くのは午前零《れい》時を過ぎたあたりだろう。

今月に入って、三度目のスパイ空投だった。ずっと堀江が操縦桿《かん》を握っていた。乾燥血漿《かんそうけっしょう》を空輸する仕事も続き、休む暇《ひま》もなかった。次回の空投の操縦は、中尾に代わってもらうのがいいかもしれない。

3

三月十六日。

本郷ハウスは、ほどよく暖房が効《き》いて冷えた体に心地《ここち》よかった。金曜日の今晩も、サロンには田中清玄や三浦義一が顔を見せていた。斎藤昇とその部下もいる。酒が入って赤ら顔になった主《あるじ》のキャノンを部下の延禎《ヨンヤン》や長光捷治、韓国代表部の韓道峰《ハンドオボウ》が囲んでいた。白砂とともに、小山は彼らの横の席につく。

「おう、次郎さん、久しぶりじゃねーか」

向かい側から、田中が声をかけてくる。

「忙しくってな」

「もうそろそろ、動乱はけりがつくんじゃねえか。リッジウェイが三十八度線で終われば大勝利だって言ってるし」

「それはマッカーサーがアコーディオン戦争なんて抜かすからだよ。そんな遊びみたいなこと言われたら、現地の兵隊だって頭にくるだろ」

「まあ、やる気がなくなるだろうな」

「馬鹿だか利口だか、わからねえよ。マッカーサーってやつは」

「そんなことを言う次郎さんの頭んなかは、新電力の人事一色か？」

電力事業の再編が決まり、現在の「日本発送電」は解体され、日本は九つの配電会社に分割されることになった。その配電会社の人事案が国会で揉《も》めているのだ。

「なるようにしかならねえな」

とさらりと白砂は流した。

「おれはいまの次郎さん、飛行機のことで、手一杯だと思うな」

三浦が口をはさむ。

「そうか、そっちだな」田中が言う。「日本資本の国内航空路線の会社が認められて、次郎さん泡食ったろ？　どうして急転直下、認められたんだ？」

「そんなこと、知らねえよ」

「まあ、ＪＤＡＣも認可されたんだから、めでたいじゃないか」

三浦が言う。

「ようやくだよ。やれ、通行税を取るだの、ガソリン税を取るだの、さんざん航空庁にいじめ抜かれた末だ」

「いいじゃないか。きょうの『朝日新聞』に藤山んとこの日本航空が設立の発起人集会を開いたって記事が出てたけど、参加したのかい？」

「そんな、けちな会社の集会に出るわけねえだろ」

「発起人のなかに、次郎さんの名前が入ってるんだろ？」

「そんなろくでもない話、どこで聞いてきたんだよ」

「藤山とつきあいは長いからさ。日本航空ができた暁《あかつき》には、やっぱり、飛行機の運航は次郎さんのパン・アメリカンがやるんだろ？」

「おいおい、日本航空がやるなんて、まだ決まってないよ。国内で五社も手を挙げてるんだ。月末にそろって申請するけど、どこが受かるかわからねえから」

「日本の会社はともかく、ＪＤＡＣなんて、しょせん外国の航空会社の頭数だけ並べたペーパー会社だ。運航なんて、できるはずないよ。おれはノースウェストがかたいと思うけどね。『読売』

の元旦《がんたん》飛行もやったろ」

白砂はむっとした顔で、給仕が運んできたバドワイザーに口をつける。

「こここそ、隠れてやりやがって」

白砂の言葉に、田中がおかしそうに三浦の顔を見て、オールドパーを舐《な》めた。韓と話し込んでいたキャノンが、興味ありげに振り返る。

白砂が気の毒で、小山は「まだ、日本側の航空会社も決まっていないし、ましてや飛行機の運航委託《いたく》先なんて、五里霧中《ごりむちゅう》です。それより肝心なのは航空法です」と口をはさんだ。

「そういや、先月、航空法の制定審議会ができた」三浦が好奇心たっぷりの表情で言った。「次郎さん、あんた、委員だろ？」

白砂はまんざらでもない顔でうなずいた。

「航空機製造は、戦時中からわたくしども通産省の所管でありましたから、白砂さんに入っていただくのは当然でした」

小山が答える。

「ほー、そっちは押さえたのかい。さすがに次郎さんだ」

「飛行機のことなんか、これっぽっちもわからねえ素人《しろうと》ぞろいだから、苦労してるよ」白砂が続ける。「日本の会社なんて、ろくに金もねえくせに、飛行機はぜんぶ自前で作りますって抜かすから、そんなの無理だって言ってるんだよ。外国の資本をじゃんじゃん入れないと、飛行機なんて作れねえ」

「そのとおりです」小山が請《う》け合った。「白砂さんは、外資比率を半々にしろと言っているのですが、よくて三分の一だという意見が大勢を占めまして、苦労しているところです」

やりとりを興味深げに聞いていたキャノンが韓に翻訳《ほんやく》させた。

「その意見に賛成だ」キャノンが低い声で言った。「ジャップじゃ飛行機は作れないぜ」

「そんなことはいいから、オヤジ」延がキャノンに声をかけた。「あさってには、送り込む連中をそろえないといけないんですよ」

「わかってる」

「うちの機関だけでは集められないです」

長光が言う。

やりとりに、韓が耳を傾けている。

「だから……デイまでで、いいんだろ。慌《あわ》てることはない」とキャノン。

うまく聞き取れなかった。何の日だろう。

韓がじっと考え込んでいる。

「これまでも、満州《まんしゅう》には送り込んだ」キャノンが言う。「まだ現地は雪だ」

「とっくに雪解けがはじまっているから、送り込めますよ」

「わかった。手配する。しかし、基地からそんな爆撃機が飛び立つとは思えんけどな」

「飛び立ったときには遅いんですよ」

延が口を酸《す》っぱくして言う。

爆撃機が飛び立つ？　何を言っているのだろう。

「ソ連空軍が大量に進駐しているのはわかってるんだ。どうしてそれだけじゃ、足りないっていうんだ」

「だから、Dデイが発動されるかどうかの分かれ目ですから」

Dデイ？　意味がわからないが、重大なことを言っているようだった。

キャノンは席を離れ、部下を引き連れて二階に上がっていった。

4

三月二十日。

コンク貝のフリッターをかじってから、トルーマンはエビのビスクに手をつけた。甘みのあるスープは喉《のど》ごしがよかった。甘酸っぱいキーライムパイをバーボンで流し込んで、居間兼執務室の窓際《まどぎわ》に移った。廊下から流れ込む海風が顔を撫《な》でる。アメリカ本土最南端のここ、フロリダのキーウエストにある別荘（リトルホワイトハウス）に滞在して一週間がすぎた。

机に並んだ新聞に目を通していく。

『政治決着しないなら、北進を続け、中共軍を鴨緑江《ヤールーチャン》まで押し返し、満州爆撃をしなければならない』

どの新聞も、ワシントンの政策に公然と反抗するマッカーサーの談話を載《の》せている。

ただ、当の現地司令官、リッジウェイの、『朝鮮動乱がもし三十八度線で終わるなら、それは国連軍の大勝利である』という声明を『ワシントン・ポスト』が報じていた。これは国連加盟国の大多数が賛成し、トルーマンも含めたワシントンも同様だった。

バーボングラスをテーブルに置いたとき、執務机の黒電話がけたたましく鳴った。ショート報道官が受話器を上げ、短い対応のあと、「国務長官です」とにこりともしないで言った。この男は別荘でもアロハシャツを着ない。きょうも、地味な格子柄《こうしがら》の長袖《ながそで》シャツだ。

休暇に入っても、アチソンは毎日電話をかけてくる。たいていは昼で、珍しい時間だった。少し不安を感じながら、電話を取る。

「お休みのところ、申し訳ありません」アチソンの太い声。すぐ用件を切り出す。「昨日ご報告した大統領声明文を作りましたので、ただいまからお送りします」

「その前に読み上げてくれたまえ」

「長いですが、かまいませんか？」

「かまわんよ」

「では……国連軍は三十八度線手前まで戦線を戻した。しかしながら、互いが引き続き戦闘行為を拡大すれば……」

しばらく読み上げが続いた。

中朝軍は三十八度線北に兵力を集中させ、中国本土には無数の予備兵力を温存させていた。これ以上の北進は、永遠に戦争を続けることを意味している。米国内にも平和を求める空気が高まり、国務省はもとより、国防総省も、和平交渉により戦争を終結させる方針が確定していた。

「……要約しますと、マッカーサーによる軍事作戦は行きづまっており、これ以上の戦闘を続けるのは無用、三十八度線において名誉ある終結が望ましい、となります」

アチソンは最後にそう結んだ。

「よろしい。敵も戦争の継続は望んでおらん。明日、ワシントンに帰り次第、その要約を発表しよう」

「承知しました。反響が大きいかと思います」

「もちろんだ。声明文をマッカーサーに送ってくれたまえ」

正式に発表すれば、戦争は終結に向かうはずだ。

「そちらも承知しました。明日、ご報告申し上げようと思っていましたが、敵は満州に続々と爆撃機を送り込んでいる模様です」

やはり、その報告か。ソ連空軍の動きは活発で、春季大攻勢の可能性は否定できない。いざというときのため、いつでも使えるよう原爆の用意はしておかなければならない。

「Dデイ原子力の準備はできているのかね？」

満州の空軍基地への原爆攻撃だ。

「戦略空軍が臨戦態勢に入っています。グアムで保管していた核物質抜きの九発の原子爆弾は、いつでもB29により日本のオキナワのカデナ基地に空輸できます」

「あとは原子力委員会（AEC）のゴードン委員長が軍への移管を認めれば、核のコンポーネントの……何といったか？」

「バードゲージです」

「それを空軍に引き渡すのだね？」

「はい。議会の原子力委員会の承認を経て、ルメイ中将が率《ひき》いる戦略空軍に移管後、ただちにフエアフィールド空軍基地からカデナに空輸いたします。原爆の移管は極東軍ではなく、あくまで戦略空軍になります」

政府だけでなく、議会にも原子力委員会が置かれているのだ。

「わかっているよ。間違っても極東軍に移管させない。移管後は原爆投下の決定は戦略空軍にゆだねられるのだね？」

「そのとおりです。大統領による原爆投下命令は不要です」

「わかっている」

ヒロシマもナガサキも、大統領による原爆投下命令書は存在しない。実際の投下も、電報で知らされたのだ。

「簡単に原爆投下というが、Dデイ原子力発動の際は、満州の空軍基地だけでなく、重工業都市にも投下することになる。軍はどれくらいの犠牲者を予測しているのかね？」

「およそ二千五百万人とみています」

トルーマンは絶句した。

「この件についてはマッカーサーに洩《も》らしてはならん」

「もちろん、そのつもりです」

「ルメイは何か言ってるかね？」

カーチス・ルメイ中将は絨毯《じゅうたん》爆撃と焼夷弾《しょういだん》爆撃の創始者だ。一晩で十万人を焼き殺した東京大空襲を指揮し、広島と長崎の原爆投下を采配した。鬼畜《きちく》と呼ばれ、民間人の犠牲を一顧《いっこ》だにしない空軍きってのタカ派だ。同時に共産主義を憎む点で、軍内部では右に出る者はいない。

「勇んでおられます。大統領命令が出たら、カデナから一時間以内に原爆を搭載したB29を発進させると言っています」

「ルメイならやるだろう」

ルメイは共産主義国家を地上から消し去るためには、どのような犠牲もいとわない。原爆使用についても『やられる前にやる』が決まり文句だ。実際、去年の戦闘が勃発《ぼっぱつ》した直後の六月末、ルメイは北朝鮮すべての都市に原爆を投下する計画を統合参謀本部に具申しているのだ。

「委員会のゴードンから、返事はないのか？」

「サバンナ川の水爆工場建設で手一杯だそうです」

「デュポンにまかせておけばいいのに」

建設はマンハッタン計画にも関わったデュポン社に一括して、委託契約をしているのだ。

「そうはいかないようです」

「水爆完成のためとはいえ、困ったものだな。一度、こちらに呼ぼう。用地取得の進捗《しんちょく》状況も聞きたい」

今回も少し脅してやれば、言うことを聞くだろう。

マッカーサーの反乱はあったにせよ、この声明で一年にも及ぶ朝鮮での動乱は、決着を見るだろう。妻のベスとともにきょう、二度目の海釣りに出た。日焼けした肌のほてりがさめず、痛みが増している。今晩のポーカーは、早めに切り上げるほうがよさそうだった。

5

三月二十一日。

早朝からGHQ本部に幹部たちが顔を見せていた。昨晩、ワシントンの統合参謀本部より和平交渉に移りたいとする驚くべき内容の電報が入り、マッカーサーが到着してすぐ、その返答の打ち合わせがはじまった。

「われわれに課されたこれ以上の制約は望まない」マッカーサーはいつもの批判を口にした。「だいいち、わたしは国連軍の指揮官であり、米国単独の意見に左右される必要はない」

「おっしゃるとおりですが、本国は和平交渉を強く望んでいるようです」

ホイットニーが言った。

「いや、コート、本国はひどいミスを犯してる」パイプのタバコに火を点《つ》けながらマッカーサーが続ける。「大国がいったん戦争をはじめたら、勝利するまで続行しなければならん。途中で放棄してしまえば敗北と同様だ」

「本国も中共軍の春季大攻勢を予測しています」ウィロビーが言った。「それがはじまる前に、和平交渉に持ち込みたいというのが本音だと思います」

マッカーサーは目を吊り上げ、席を立った。

「ワシントンは、われわれの若い将兵の血がどれほど流されたのか、わかっていない。このままでは、アジアは赤い中国に蹂躙《じゅうりん》されてしまうではないか。あのピーナッツ野郎は、いったい何を考えているのだ。だめだ。いまこそ、共産主義に鉄槌《てっつい》を下すべきときだ」

幹部たちが黙り込んだ。

「だからこそ、満州の空軍基地と工業都市を完膚《かんぷ》なきまでに叩《たた》き、破壊しなくてはならない。ホイト、いったい、いつになったら、Dデイ原子力の許可が下りるのだ？」

怒りの矛先《ほこさき》を突然向けられたヴァンデンバーグ空軍参謀総長は、目をしばたたいた。

「現在、ホワイトハウスが原子力委員会と折衝《せっしょう》中の模様です」

「もうグアムには核抜きの九発の原爆があるはずだが」

「はい。管轄する戦略空軍により、いつでもカデナに空輸できる態勢になっていると思われます」

「あとは原子力委員会の承諾と大統領命令があれば使えるのだな？」

「そうなります。原子力委員会の承諾が下りれば、原爆は戦略空軍に移管され、核コンポーネントも本土から空輸されてくるはずです」

「わかった。それならいい。一度ルメイに電話を入れておこう」マッカーサーはホイットニーを睨《にら》んだ。「問題はこの電報だ。どう思う？」

「血を流して戦っているわれわれを侮辱《ぶじょく》しています」ホイットニーは珍しく気色《けしき》ばんだ。「このまま黙っていたら、和平交渉は既定路線として進んでしまいます」

「コート、ワシントンが誤った政策を取ろうとしていることがわかった」マッカーサーが続ける。「それを諦《あきら》めさせる手段を取ろうではないか」

「はい。そのためには、われわれの抱《いだ》いている危惧を公にして、一般大衆を味方に引き入れるしかありません」

それこそ大統領を敵に回すことになる。バンカーはそう思ったが、口にはできなかった。

「さすがにきみだ。誰かうってつけな人物はいないかね」

「『ニューヨーク・タイムズ』も『ヘラルド・トリビューン』も、われわれの考えに同調してくれるはずです」

「そうだな。ほかには？」

「ロンドンの『デイリー・テレグラフ』もいいでしょう」

「さっそく、記者を呼んでくれたまえ」

「承知しました。それより元帥」ホイットニーは一歩前に出た。「われわれは重大な岐路に立っています。元帥自らの言葉で声明を出すべきです」

マッカーサーは神経質そうに机をパイプでつつき、深々とうなずいた。どうやって大統領に対抗するかで頭はいっぱいになっているようだった。

6

三月二十四日。

朝食をすませ、グラスに手を伸ばしたとき、ショート報道官が緊張した面持《おもも》ちでやって来た。

「トウキョウから、気にかかるものが来ています」

不安げに見守るベスをよそに、トルーマンは一通の電報を受け取った。

「現地の二十四日の朝、マッカーサー元帥が朝鮮戦線への視察に先立って、ハネダで発表したものです。昨晩の十時に届きました」

神経質そうにメガネに手をやり、ショートは言った。単なる現地司令官の言葉が綴《つづ》られた文書を、朝食の席にわざわざ持ってくるなどはじめてだった。

トルーマンは電報に目を落とした。

――われわれは組織された共産軍を南鮮から一掃したが、相変わらず国連軍は行動を制限されている。この制限を撤廃し、中国の沿岸及び内陸へと戦線を拡大すれば、中国を崩壊させることができる……軍指揮官としてのわたしの権限で、戦場において敵司令官と会談する用意は常にできている……。

読んでいて、頭がくらくらしてきた。まるで、マッカーサーという人間がいきなり大統領になり、停戦交渉をすべく敵に向かって、拡声器で声を張り上げているような錯覚に陥《おちい》った。

「これはもう、相手方も読んでいるのか？」

「もちろん、読んでいます」

ならばこれは、米国の、すなわち大統領の意思であると中国側に受け取られているはずである。むろん、全世界の国々にも。

「韓国の李承晩大統領も追随《ついずい》して、国連軍は三十八度線で停止せず、北進を続けるべきだとの声明を発表しました」とショートが続ける。

目がかすんだ。まだ自分が寝ていて夢を見ているのではないかと思った。しかし現実だった。

和平交渉による動乱終結を中国に呼びかけようとしているのに、マッカーサーは、最後通告を中国に呼びかけ、降伏か、全面戦争かの選択を迫っている。米大統領たる自分は、行政府の最高指導者であり、軍の最高司令官でもある。この自分が下した命令に、マッカーサーは公然と刃向《はむ》かった。これは、大統領の権威に対する露骨な挑戦にほかならない。

マッカーサー――おまえは何様のつもりだ。

来られる幹部を呼び上げた。国務長官のアチソンと次官補のラスク、そして国防副長官のラヴェットが顔を見せた。

「なんたる始末だっ」

トルーマンは拳で机を叩いた。

「やつは、われわれが停戦交渉を開始することを知っているのだぞ」

「おっしゃるとおりです」

アチソンが答える。

「それならば何だ、これは？」文書をつつく。「まるで最後通牒《つうちょう》ではないか」

「はい、敵からすれば降伏か、それとも全面戦争かの選択を迫られたも同然です」

「これはわれわれの政策を根本から覆《くつがえ》すものだぞ」

「はっ」

「このせいで、中国との交渉ができなくなった」トルーマンは電報を机に放った。「やつはわたしの停戦提案を握りつぶしたんだ。わかるか」

「とてつもなく、重大な越権行為です」

アチソンがようやくそれだけ答えた。

「わたしもそのように思います」ふだん冷静なラヴェットが禿頭《とくとう》を赤く染めて、怒りを滲《にじ》ませた。次期国防長官として指名済みの人物だ。「このまま放置しておくのは賢明ではありません。即刻、解任すべきです」

意外な人物から思わぬ言葉が出た。

「きみはそう思うのか?」

「もちろんです。あのような人物をのさばらせておけません」

嚙《か》みつかれるほどの勢いで言われ、トルーマンは席を立ち、三人のうしろに回った。

「そうだ……野郎、七十にもなって、気でも狂っているのか」部屋の中を歩き回る。「あのくそ野郎の尻を蹴《け》っ飛ばして、北シナ海に沈めてやれば、どれほど清々するか」

これほどの侮辱があったか? 米国の大統領を、いったいどう考えているのか。

「さしあたり、火を消さねばならん。ラヴェット。これ以上、マックが勝手に声明を出さぬよう、緊急電報を送りたまえ」

ラヴェットは興奮の冷めやらぬ顔で、

「はっ、現地司令官は大統領の許可なしに声明を出してはならないとする、昨年十二月六日付の大統領命令を再出いたします」

「それだけでは足りん。中共軍の指揮官が現地で休戦を申し出てきた場合、ただちに統合参謀本部に連絡して、訓令を待つように指示しろ」

「承知しました」

「大統領」アチソンが恐る恐る切り出した。「のちほど、国防長官から報告があると思いますが、ソ連は現在保有している爆撃機のうち、百機程度を極東に配置したようです。同じく極東にソ連は潜水艦を集結中です」

「潜水艦を？」

アチソンは一枚の写真をよこした。

かなりの高度から、湾全体を撮影したものだ。半島らしきものの下側に、湾が鋭角に切れ込んでいる。湾には、ボウフラのような船体が相当数写り込んでいる。

「RB29が超高度から撮影したウラジオストクの金角湾《ゴールデンホーンベイ》です。細長い艦艇が多く写っていますが潜水艦らしきものが交じっています」

「いてもおかしくないだろう」

「問題は数です。十隻《せき》、もしくはそれ以上かもしれません。これら潜水艦は、日本から朝鮮半島への物資の補給ルートを遮断するための軍事行動を取る可能性があります」

「軍事行動……」

ソ連は本気で介入するつもりか。ポツダムで会ったスターリンの顔を思い起こした。制海権を取られるのは許しがたい。

「この高度からですと確定できませんので、CIAが現地にスパイを送り込む予定です。同時に軍はソ連に対抗する作戦を計画しています」

「そんな生やさしいもので対処できるのか？」

「様々な手段を検討中のようですが、統合参謀本部は見込みのない場合は核爆弾の使用に踏み切らざるをえないと判断しています」

アチソンの太い眉《まゆ》がつり上がった。

「Dデイ原子力だな」

「そのようです」

「わかった。戦地で必要になったら、いつでも原爆が使えるよう、準備を進めなければならん。準備は整《ととの》っているか？」

「フィンレター空軍長官とヴァンデンバーグ空軍参謀総長から、正式な依頼が戦略空軍にありました。まもなく核抜きの九発の原爆がグアムからオキナワのカデナに向けて空輸される予定です。あとは大統領と原子力委員会の許可が出次第、核コンポーネントを米本土からカデナへ空輸いたします」

「よろしい」

「では、先ほどの件、トウキョウに打電いたします」

ラヴェットはきびすを返し、書斎から出ていった。

できることなら、いますぐにでも東京に飛び、マッカーサーの面前でその職を剝奪《はくだつ》してやればどれほど清々するか。しかし、おいそれといかないのは承知していた。Dデイ原子力の発動が控えている。現地には信頼のおける司令官が必要になる。なにより、停戦交渉という重大な局面で、米国随一の人気を誇る司令官の解任は、よほどのことでなければ国民は納得しない。そんなことをすれば共和党もマッカーサーびいきのマスコミも、批判の矛先《ほこさき》を政権に向けてくる。へたをすれば、この自分が罪人扱いされかねない。あまつさえ不人気な自分と政権にとって、とてつもない打撃になるのは目に見えていた。しかし、腹をくくるべきはいまだとトルーマンは感じていた。内外への影響を見極め、ことは慎重に進めなければならない。

7

三月三十一日。

〝つばめグリル〟のドアを開けると、奥の席で手を振る人がいた。韓道峰だ。まっすぐ歩いて席につく。

「お待たせしましたか？」

堀江は訊いた。

「着いたばかりですよ」

韓は温厚そうな表情で答える。ワイシャツの上に背広を着ているだけだ。彼岸《ひがん》を過ぎて、めっきり温かくなった。

「ハンバーグ、注文しておきましたけど、よかったかな？」

韓に訊かれる。

「けっこうです」

「きょうはまた何か？」

「去年の暮れの件です。遅れてしまいましたが、お礼を申し上げたくてお電話しました」

韓はにやりと笑みを浮かべ、

「ご無事で何よりでした。また何か困ったことがあったら、なんでもお申し付けください」

やはり、来てくれていたのだと思った。

「ありがとうございます」

拉致《らち》されたあと、自分がどういう扱いを受け、脱出できたのか。あの夜の経緯を知りたかったが、いざ面と向き合うと、細かく尋《たず》ねる気にはなれなかった。訊けば、秘密飛行に触れざるをえない。

堀江が拉致された本郷ハウスと呼ばれるところは、GHQのスパイ活動の拠点であり、ふだんから、韓が出入りしていると思われた。その韓の助力があって、自分は一足先に逃げおおせたのだろう。韓は秘密飛行について知っているかもしれないが、曖昧にしておくしかない。

午後六時を回っていて、窓の外はまだ明るかった。

運ばれてきたハンバーグを食べながら、堀江は戦地にいる朴《パク》の名前を出した。

「ああ朴、ときたま釜山《プサン》の飛行場で会いますよ」

と韓は言った。

釜山には韓国臨時政府が置かれている。

「最近も会いましたか?」

「今月のはじめに会いました」

「お正月は?」

「暮れだったか、会いましたよ」

朴とは、堀江も元旦に要人の空輸で飛んだ金浦《キンポ》空港で会ったのだ。

「朴は李大統領の信頼が厚いようですね」

「朴は最前線と釜山の仮大統領府の連絡係です。戦地の情勢も李大統領の意向もすべて知っていますよ」

「ほう、そこまで」

李大統領の私財を運んだくらいだから、よほど信頼が厚いのだろう。

「戦時中、朝鮮人もたくさん日本軍の航空兵になったけど、大型機を飛ばしてアジアじゅうを駆《か》け回っていたのは、あいつだけですから。操縦にかけてはずば抜けています」韓が堀江の目をのぞき込む。「やっぱり、あなたも飛んでいるわけですね？」

お見通しらしく、堀江はうなずいた。

五日前の三月二十六日、月齢十八日の明るい晩、千歳空港からふたたびウラジオストク方面に飛んだのだ。三人のイワンを降下させて帰投した。来月になれば、朝鮮の金浦空港あたりに行くかもしれないが、まだ決まっていない。韓はそれ以上、訊いてこなかったので、

「釜山の臨時政府にはよく行かれますか？」

と話を元に戻した。

「一昨日、釜山から戻ってきたばかりです。わたしの機関が集めた内外の情勢を李大統領に報告したり、命令を受けたりします」

「……機関というのは、あの旧三菱財閥岩崎家に置かれたやつ？」

「あれはＧＨＱの諜報組織ですよ。わたしとは直接関係がありません。あくまで李大統領直属の機関です」

「韓国代表部？」

「それは日本の出先のひとつにすぎません。何か？」

「いえ、釜山行きで、KNA便は使いますか？」

思いついたことを口にする。

「まれに、済州島《チェジュド》から。よく知ってますね」

「この戦時で、韓国はよく国内線を運航していると思って」

「韓国人の乗客なんて少ない。韓国に駐留している米軍兵士の輸送が収入源ですよ。ひとりあたり十ドルで。動乱が勃発した去年の夏、山口県に韓国の亡命政権をもうける話が出ましてね。六万人規模の。そのときも、かなり行き来しましたよ」

朴と一緒にいた韓と羽田で出会った頃だ。

「一般には内密でしたから。山口県知事は吉田総理に相談に行ったらしいのですが、追い払われてしまったようです」

「そんなことがあったんですか……」

「仁川《インチョン》上陸作戦が成功したので立ち消えになりましたけどね」

「いまの朝鮮半島の情勢はどうですか？　マッカーサーが停戦を呼びかけたりして、もう、日本に亡命政権を作る必要はないと思いますが」

「マッカーサーの呼びかけなど、米政府は認めていませんし、中国側は鼻にもかけていません。新華社《しんかしゃ》通信がマッカーサーの戯言《ざれごと》だと報じただけです」

「そうでしたね。国連軍側は進撃を続けて、三十八度線を越える日も近いような気がしますが」

米国は平壌《ピョンヤン》と元山《ウオンサン》を結ぶ三十九度線まで進撃し、そこで停戦を迎えるのが戦闘終結の条件であるとの憶測記事が新聞に載っていた。

「もう、韓国軍の一部は三十八度線を越えていますが、そう簡単に北進は続けられませんよ」韓がハンバーグを口に運びながら続ける。「中共軍が九万名の兵力を最前線近くに集結しているし。それに、新聞でもマッカーサーと米本国のやりとりが、ぎくしゃくしていると報じられているでしょ」

「そうですね」

マッカーサーがたびたび、政治的な声明を出すので、本国がそれを禁止するような記事が毎日のように新聞に掲載されている。しかし、マッカーサーはお構いなしに声明を発表しているのだ。

「トルーマン大統領は、マッカーサー元帥《げんすい》の北進を支持していますよね？」

ふたたび、堀江は訊いた。

「表向きはそうですが、停戦はあくまで政治判断だし、元帥が敵方と勝手に交渉するのを認めていません」

「台湾はどうですか？　国府軍《こくふぐん》は参戦しますか？」

このところ、新聞でよく国府軍について報道されているのだ。空軍や五十万もの兵隊が意気軒《いきけん》昂《こう》と待機しているらしい。

「さあ、どうでしょう」韓は怪訝《けげん》な顔で言った。「スペインのフランコ総統がアメリカと軍事同盟を結ぶようなことを言っていますが、果たしてどうなることか」

「たしか同じ日の新聞に、李大統領が『もし韓国が共産勢力の脅威の前に屈し、三十八度線を突破できなければ、国家的自殺を犯すことになる』というようなことをおっしゃっていました」

「それはそうです」韓がナプキンで口を拭《ふ》いた。「かりにいま停戦したら、韓国と北朝鮮は互いに大規模な攻撃をしかけます。北の共産主義者を滅ぼして祖国統一をしない限り、半島の未来はないです」

「滅共統一しかないわけですね」

「去年の十一月、中国が参戦したとき、李大統領は祖国を自分たちの手で守るしかないと決意したんです。それで、五十万もいる大韓青年団の武装化をトルーマン大統領に求めたところ、同意してくれた。でも、マッカーサー元帥はいま戦っている韓国軍部隊が弱すぎるという理由で武装化を拒否したんです」

「妙な話ですね」

韓国軍の新兵はみな若くて、使い物にならないという話はよく聞く。

「実際は、かりに米軍が撤退するようなことがあれば、韓国軍はそれを阻止するため米軍に銃を向けるとマッカーサー元帥は信じ込んでいるからです」

「本末転倒じゃないですか」堀江は少し間を置いて問いかける。「少し前の新聞で、アメリカのマーシャル国防長官が『間もなく、韓国は原子兵器などの秘密兵器を持つことになる』という声明を発表しましたが、あれは韓国に原子爆弾を配備するということですか？」

このまま、ずるずると戦っていれば、いずれは負けて、半島は共産化されてしまうと恐れているのだ。広島と長崎に原爆を落とされて六年、まだ原爆の余熱がくすぶっている。二度引き金を引いたトルーマン大統領にとって、三度目のハードルは低い。

韓は驚いた顔で、動かしていたフォークを止めた。

「何ともいえません」ぽつりと韓は言った。「どちらにしても、わが祖国のために、あなたにはひと働きしてもらわなければいけないときが来るかもしれません」

意味がわからず訊き返したが、韓は発言を取り消すように手を振り、べつの話題を口にした。

「満州にはソ連の空軍がたくさん駐在していますよ」

「そうみたいですね」

新聞でその記事は読んだことがある。

「万一、そこから戦地に大型爆撃機が飛んでごらんなさい。米軍はただちに報復攻撃をかけますよ」

妙な確信を持った言い方が気にかかる。

「……その報復に原爆を使うのですか？」

韓はじっと堀江の目を覗《のぞ》き込んだ。

「あなたは長崎生まれでしたね」

「そうですが何か？」

「ダレスが作った対日講和条約の草案が日本政府に送られました」韓がまた話題を変える。「日本の国内航空の扱いが特別に挙げられていますよ」

「どんなものですか？」

「民間航空権について、向こう三年間に限り、連合国に対し日本は最恵国待遇とすべし、という内容ですね」

「講和後、三年経《た》てば民間航空は日本人の手に戻るということですね？」

「そうです。もう、戻ったも同然ですよ」

食べ終えて、韓とともに店を出る。

日は落ちていた。中央通りを服部時計店のある銀座四丁目方向に歩く。天気もよく、土曜日のせいで人が多い。上野の桜も咲きはじめ、コート姿の人はいなかった。通りの道路際に、これまでなかった街路灯が三〇メートルおきに設置されていた。韓はそれを指して、「明日、灯《ひ》入れ式をやるんですよ」と教えてくれた。

「きれいでしょうね」

戦中、街路灯も供出された話は聞いている。

「そう思います」

ふたりは四丁目の交差点で別れた。

堀江が駅に向かうため、交差点を背にしたとき、ぱっとあたりが明るくなった。振り向くと、街路灯が点灯し、あたりは昼間のように照らされていた。通行人が歩みを止めて、見上げている。通りかかった車の何台かが、クラクションを鳴らした。そのとき、通りを渡ってくる女性に目がいった。向こうもこちらの視線に気がついて、歩み寄ってきた。裾《すそ》の狭《せま》いタイトスカートにピンクのブラウス。内田光子だった。

「きれいね」

堀江の横に立つと、光子は街路灯を見上げながら言った。

「うん、きれいだ」

「それだけ？」

「灯入れ式は明日と聞いていたけど」

「ラジオで今晩、試験点灯するからって流れて、それで来てみたの。ひょっとしたら……と思って」

「そうか、ラジオから」

「もうご飯はすんだのかしら？」

「いや」

つい、うそをつく。

「じゃあ、どこかで一緒に」

「もちろん。どこがいい？」

「たまには奮発して、お寿司《すし》屋さん」

「よし、行こう」

光子が腕を組んでくる。

「そのあとは？」

「さあ」

「ダンスパーティー、一度行ってみたかったの。どう？」

「オーケー」

堀江はこみ上げるうれしさを隠すように返事をし、光子とともに歩き出した。光子の兄について訊くのは、はばかられた。

8

四月五日。

朝食の席に、ショート報道官が雑誌と新聞を持ち込んできた。

「大統領に早く知らせなければなりませんでした」

思いつめた表情で言われ、トルーマンはまず保守系月刊誌の『フリーマン』を手に取った。開かれたページにマッカーサーの発言がある。

——武器なしで戦え
戦いたい韓国人が百万人もいるのに、武器を与えられない。その権限が自身にはなく、政治的判断でゆがめられている、とマッカーサーは舌鋒《ぜっぽう》鋭くワシントンを批判している。しかし、韓国人への武器供与はマッカーサー自身が反対していたのだ。

新聞は英国の保守系紙『デイリー・テレグラフ』だった。こちらも、マッカーサーのインタビュー記事で、国連軍は戦闘を遂行するに当たって、政治家の過剰な干渉があり、勝利がおぼつかない——。

トルーマンは読んでいて、無性に腹が立ってきた。どちらも、この自分に対して向けられた言葉だった。一読してショートに返した。何も言う気は起きなかった。近いうちに必ず、マッカーサーは、ふたたび重大な反旗《はんき》を翻《ひるがえ》すというかつてのアチソンの言葉を思い起こした。それがまさにいまだった。

食事をすませ、幹部の待つ三階の書斎に上がった。ひとしきり、マッカーサーへの批判が出たあと、トルーマンはブラッドレー統合参謀本部議長に視線を当てた。

「元帥、東部戦線の襄陽《シアンヤン》の最前線を視察したマッカーサーから、報告があったようだが」

元帥の称号で呼ばれて、ブラッドレーははにかむように、

「一定以上の北進については、大隊規模での偵察行動を取る、とする弱気な報告でしたので、われわれも戸惑《とまど》っています」

「朝鮮から帰還したときの声明では、今後は機動戦が中心になると言っているが、国連軍はいつ劣勢に立ったのかね?」

「国連軍は依然として主導権を握り、動乱勃発以来、最高の状態に維持されています」

「マックは、朝鮮での停戦の機会は消滅したと発表したが、これはわれわれへのあてつけかね?」

「各戦線では戦闘が行われていますし、西部戦線で臨津江《イムジンガン》を渡河した国連軍に対して、中共軍が強い抵抗を示していることから、マッカーサー元帥はそう判断したと思われます」

「勝手な判断は困る」トルーマンはマーシャル国防長官を見た。「世論調査の結果が出たようだが」

「アメリカ国民の三分の一が中国との戦争を支持しています」マーシャルが答える。「満州への爆撃についても、過半数が賛同しています」

「満州爆撃もか。国民も沸騰しているな」

「はい」

「スミス長官、極東地区に配備されたソ連の潜水艦はその後、どうなっているかね？」

「現在、航空機による偵察と現地に送り込んだスパイが調査中です。数日以内にご報告できると思います」スミスＣＩＡ長官が穏《おだ》やかな口調で続ける。「モスクワ駐在の要員から、ふたつほど気になる報告はありました。スターリンが会議の席でモロトフ外相に対して『アジアの問題を処理するように』との指示を出したようです。さらに信頼すべきポーランド政府筋によりますと、『ソビエト極東軍は、第三次世界大戦を回避するための充分な措置を行うように指示された』ということです」

「世界大戦を口走るとは、おだやかではない。中国に対する軍事支援どころか、やはり、ソ連が直接参戦する可能性も否定できないということではないか？」

「そのとおりかと思います」

「わかった。統合参謀本部の意見を伺《うかが》おう」

同席しているマーシャル長官をはじめとして、コリンズ陸軍参謀総長、ヴァンデンバーグ空軍参謀総長、ペイス陸軍長官らも報告書に目を落とした。

「心得ました」ブラッドレーが続ける。「休戦の選択肢はなく、作戦を続行させるべきです」

「同意する」

「ソ連にはシベリアからサハリンや千島《ちしま》にかけて、三十五個師団、五十万人程度が駐留する基地があります」ブラッドレーが一呼吸空《あ》けて続ける。「さらに欧州の信頼すべき筋から、ソ連はすでに二十五発の原爆を所有しているとの情報が入っています」

トルーマンは耳を疑った。

「ほんとうか？」

「はい。昨年冬から、ソ連は満州に大規模な空軍を駐留させていますが、朝鮮半島にいる国連軍に対して攻撃を仕掛ける場合、短時間で到達するため、本地域における重大な脅威となっております」

「ソ連による原爆投下もありうるのだな？」

「形勢を逆転するため、使う可能性は大いにあります。いま大戦後最大の危機が迫っています」

トルーマンは座を見渡した。

「鴨緑江《ヤールーチャン》の北、中国側にある基地から飛び立つミグは、現在でも国連軍航空機へ損害を与えています」ヴァンデンバーグが引き取った。「わが国はこれまで外交的理由により、中朝国境に隣接する敵の空軍基地に対する爆撃を避けてきましたが、これはわが軍に与える損害が比較的軽微であったからにほかなりません。しかしながら、ソ連空軍の動きから見て、近日中に大規模な国連軍への攻撃が予想されます。いったんそれが実行された場合、われわれとしてはこれを座視できません」

座が静まった。

「はっきりしたその兆候が見られた場合、つまり国連軍基地、もしくは日本に向けて満州から爆撃機が飛び立つようなことがあれば、即刻、その基地に原爆を投下する権限を現地の司令官に与える必要があります」

「マッカーサーに与えるべきかね？」

トルーマンはマーシャルに訊いた。

「現地司令官に与えるべきです」

マーシャルは答え、ペイスを振り返った。

「わたしも、それが適切かと思います」

もったいぶって答えたペイスを見て、胸くそ悪くなった。同じ陸軍長官でも、戦時中、原爆開発を推し進めたスティムソンと比べて何たる小物か。

「マッカーサーの前々からの主張を、われわれが認める時期がやってきたわけだな」

「現在、動乱でわれわれが得ている優位は、ひとえに米空軍による制空権にあります」ブラッドレーが言う。「これを共産軍に奪われるような事態だけは避けなければなりません」

「空軍だけでなく、海軍の制海権も同様です」

シャーマン海軍作戦部長がつけ足した。

「中国本土への攻撃は？」トルーマンが怒りをにじませる。「マックが言うように、空軍のみならず、米海軍による中国沿岸の封鎖、そして、台湾の国府軍を華南《かなん》の海沿いから進攻させる。そこまで踏み込むのか？」

「それは許容できません」

「そうだな。それをやってしまえば、間違いなく第三次世界大戦だ」

「どちらにせよ、朝鮮半島の戦線は重要な節目に来ています」ブラッドレーが言った。「さしあたっての重大な危機は、中共軍の大規模な増援と満州に駐在するソ連空軍です。彼らが本気で航空機を使用すれば、われわれは制空権を失いかねず、動乱の趨勢《すうせい》が一気に不利になるのは明白です。ソ連が大型重爆撃機を発進させれば、朝鮮のみならず、日本本土すら爆撃可能になります。

この事態を避けるため、取るべき手段はひとつしかありません」

切羽詰《せっぱつ》まった語り口に、トルーマンは身を乗り出した。

「何かね？」

「現地の司令官に満州の基地を原爆攻撃する権限を与えたとする布告をただちにワシントンとトウキョウで流すべきです」

小さな石が額《ひたい》に当たったような衝撃を受けた。これまで断固として禁止させていた越境攻撃、しかも原爆投下を認めろという……。

「Dデイ原子力に備えて、原子力委員会の了解を取りつけ、グアムからカデナに核抜きの原爆を移すときです」

ブラッドレーがつけ足した。

ようやく、そこまで思い至ったか。六年前のヒロシマ、ナガサキへの原爆投下はルーズベルトの代からの既定路線だった。トルーマン自身、それを使うことにまったく疑問を抱いていなかった。警告のための投下も阻止して、都市への投下を口頭で指導した。しかし、今回は違う。原爆使用の是非を決める暫定《ざんてい》委員会も存在しないし、英国にも内緒で原爆を使おうというのだ。たいへんな決断になるが、ここでひるむわけには断じてならない。

「同意しよう」トルーマンは言った。「プレスに流すのは通常兵器による爆撃までとするが、中共軍が大規模な増援部隊を戦地に送り込んだとき、大型爆撃機を国連軍もしくは日本に対して飛ばしたとき、満州の中国軍基地に対して原爆を使う。ただし、マッカーサーに原爆投下の権限は与えない」

「心得ました。戦略空軍には、いつでもDデイ原子力が発動できる態勢を取らせています」

「原子力委員会からの原爆の移管手続きはどうなる？」

「委員会の同意が得られた段階で、統合参謀本部を通じてヴァンデンバーグ空軍参謀総長からカーチス・ルメイ戦略空軍司令官へ原爆投下命令書が手渡されます。それが済めば、移管は完了し、原爆投下の決定責任は大統領から離れます。その後の具体的な原爆投下計画は、統合参謀本部から戦略空軍に指示します」

「わかった」

ヒロシマもナガサキも、大統領による原爆投下決定の命令書は存在しない。投下もあとになって知った。今度も同じだ。

「ルメイが原爆投下の決定をするのかね？」

「ルメイ司令官は、世界規模での指令を発動する立場にあり、ネブラスカのオファット空軍基地を動けません。実際の決定は現地にいる司令官が行います」

「誰だね？」

「原爆投下の指揮を執らせるため、ひそかに戦略空軍副司令官のトーマス・パワーをすでにヨコタに送り込んでいます。彼の元には、あらゆる情報が集まる態勢が整っています」

「トーマス……たしか東京大空襲を成功させた功労者だったたか」

「はい、ルメイ司令官がもっとも信頼している空軍きっての武人です」

残酷きわまりない男とのあだ名がついていたはずだが。

「彼が投下の決定を下すわけだね？」

「はい。実際の投下時には、パワー副司令官がルメイ司令官ならびに統合参謀本部と連絡を取り合い、命令が発出されます」

「いざB29が発進したあと、実際の投下は乗組員の判断にまかせられるわけだね？」

「気象条件等もありますため、そのようになります」

ヒロシマやナガサキへの投下のときとまったく同じようだ。

「トーマスの派遣だが、原子力委員会には知らせていないだろうね？」

原爆投下という重大な局面で、軍内部の指揮系統が複雑で綱渡りのようなものになるのを察知されてしまえば、移管が取り消されてしまいかねない。

「もちろんです。日本の極東軍にも秘密にしています」

「わかった。戦略空軍は二十四時間待機するように。それから正確な朝鮮戦線の情報がほしい。ペイス、きみはこの週末、現地に赴《おもむ》いて徹底的な調査をしてもらいたい」

ペイス長官は長い顔をこわばらせ、深々とうなずいた。

その程度の任務しか、この男には与えられない。

「了解しました。明日の閣議のあと、出発いたします。エニウェトク環礁の核実験の視察もあわせて行いたいと思いますが、いかがですか？」

「けっこうだ。そうしてくれたまえ。ほかのものも、来たるべき決戦に備えて、充分な準備をはじめてもらいたい」

幹部たちがいっせいに承諾の返事をした。そのとき、ショート報道官が飛び込んできて、「議会が紛糾しています」と耳打ちした。

「二月十二日にブルックリンで行ったマーチン議員の演説の写しです」

有無《うむ》を言わさず差し出された紙に目を通す。

――欧州一辺倒の米政府は、朝鮮情勢をないがしろにしている。アジアにおいて米国の優位を保つため、台湾の国府軍を参戦させ、中国沿岸部に第二戦線を形成する。

いつも通りのマーチンの主張だ。

「この演説について、マッカーサー元帥が書いた返信をマーチン議員がたったいま、議場で読み上げました」

「返信を読んだ？」

渡された〝返信〟に目を当てた。

――中共軍の介入に対抗するため、台湾の国府軍の使用は、不当ではない。ワシントンにとって、共産勢力が世界征服の第一歩としてアジアを選んだのを理解するのは難しいようだ。外交官らは言葉の戦いを繰り広げているのみで、われわれは命をかけて欧州の戦いを朝鮮で遂行している。ここでの戦争に敗れれば、欧州もまた陥落《かんらく》する。われわれは勝つのみ。勝利に代わるものはない――。

ショックで言葉が出なかった。マッカーサーは、国府軍の使用が却下されたことを知っている。にもかかわらず、公然とその使用を主張した。返事の後段では、水面下で行われている必死の外交努力を頭から否定している。

とうとう、そのときが訪れたとトルーマンは思った。しかし、まだ誰にも気づかれてはならなかった。自分が下した決断が洩れようものなら、ワシントンは混乱の極《きわ》みに放り込まれる。

「マッカーサーの言動に驚いて、同盟国の大使が続々と国務省に乗り込んできています。フランス大使をはじめとして、各同盟国は全員、マッカーサーの意見に反対しています。収拾がつきません」

「わかった」

「議会も混乱の極みです。共和党はここぞとばかり国府軍の投入を声高《こわだか》に叫び出しています」

怒りが喉元にせり上がってきた。この期《ご》に及んで共和党がマッカーサーの書簡を利用するのは許せなかった。なにより大統領である自分自身の威厳がたった一枚の書簡で傷つけられたのは言語道断だった。もはや待つ時間はなかった。

9

四月六日。午前十一時。

ＧＨＱ本部の会議室に、幕僚が顔をそろえていた。

「米第三師団と韓国軍第一師団はカンザス・ラインに到達しました」ホイットニーが地図を指しながら言う。「両師団には臨津江沿いを防衛させる予定です」

「予定通りだな」とマッカーサー。

「はい」

朝からマッカーサーの機嫌はよかった。昨日、ワシントンから満州の空軍基地爆撃の許可が下りたためだ。いずれは原爆使用も考慮するともなっていた。本日付の新聞も、原爆使用を除いたその記事が一面を飾っている。

「その右第一線には、米第二十四師団と第二十五師団を北進させています。目標とするカンザス・ラインには本日夜に到達いたします」

「ほかの部隊は？」

「英第二十七旅団と韓国軍第六師団を主体とする第九軍団もまもなくカンザス・ラインに達します。こちらも抵抗は軽微です。ただ傘下《さんか》の米第一騎兵師団は中共軍第三十九軍の強力な抵抗にあっており、華川《ファチョン》ダムの南で足止めされています」

「敵の水攻めを避ける必要があるが、ダムを制圧しなくてよいのか？」

「通常の爆撃ではダムは破壊できないとみています。リッジウェイ司令官はいまのところ、貯水量は半分しかなく、水門が閉まっているため作戦に影響はないとの判断を下しています」

「ならばよいが。マットにまかせよう」マッカーサーは幹部らの顔を見た。「作戦はことのほか順調だ。ここにいたって、ようやくワシントンはわたしの主張を認めてくれた。Dデイ原子力も正式承認される見込みだが、まずは許可の下りた満州の通常爆撃を試《こころ》みようではないか」

唐突な発言に、幹部たちは互いの顔を見合わせた。

「ジョージ、準備はできているかね？」

極東空軍司令官のストラトマイヤー中将が身を乗り出した。

「これまでと同様、いつでも飛べるようにヨコタとカデナ基地で待機しています」

動乱勃発後、マッカーサーは、戦略空軍所属の第十九爆撃航空大隊をはじめとする四つの爆撃大隊を極東空軍配下に移させた。これらは、マッカーサー私設部隊などと呼ばれ、三月三十日も、鴨緑江の新義州《シニジュ》に大規模な空爆を行っているのだ。

「よろしい。ではまず手はじめに、あの小うるさいミグのいる基地を潰《つぶ》そうではないか」

幹部全員が目を見開いた。

「安東《アントン》ですか？」

「ほかにあるまい。できるな？」

ストラトマイヤーはまわりを窺いながら、マッカーサーに視線を戻した。

「できます」

「では明日の朝一番で三十機飛ばそう」

「元帥」ホイットニーが口をはさむ。「今回許可の下りた満州への爆撃は、中国軍が大幅な増援部隊を戦地に送り込んだ場合と共産空軍が大型爆撃機を国連軍基地に向けて発進させた場合に限ります。これらが現実となっていないいま、いきなり爆撃を敢行《かんこう》するのは共産側に反撃の口実を与えかねません」

へたをすれば、ソ連に原爆を使われてしまうかもしれない。

「コート、そう弱気になることはないのではないか。現に、ミグが攻撃を仕掛けてきているのは間違いない。本日、偵察機を飛ばしてミグを目撃した場合、爆撃を行うという形にしてみてはどうかね」

「それならばよろしいかと思います。ただし、今回はミグの抵抗が予測されるため半分程度に絞《しぼ》ったほうが賢明かと思います」

「それではマッチの火程度だが……いいだろう。許可する。本日中にミグの姿を視認した場合、明日の朝、鴨緑江の橋、それからミグが一機も残らないよう徹底的に安東の基地を破壊してくれたまえ」

「承知しました」

「原爆についてだが、現地のマットはソ連が先んじて原爆を使うのを恐れている。わたしも同様だ。わが軍に対して、ソ連が原爆を使うような事態は避けねばならん。先日、核攻撃の権限を持つ戦略空軍のルメイに電話した。肝心の話はぼかされたが『わが空軍にも、先制攻撃より、待ちの姿勢をとるほうがよいと考えるような連中が多い』と嘆いていた。やつの喫《す》ってるシガーのにおいまで漂《ただよ》ってきたがね。とにかく、わたしから要請があれば、いつでも原爆を投下する態勢を取ってくれるはずだ。そうだな、ジョージ」

ストラトマイヤーが困惑げに、

「おそらく……カデナでは短時間で原爆の組み立てが完了する手はずが整っているはずです」

「あとは米本土から核燃料のカプセルが届けば、いつでも飛び出せるのだな？」

「そう思われます」

緊張したストラトマイヤーの顔をバンカーは見つめた。これで動乱は新しい段階に入ると思った。戦略空軍、そして極東軍が原爆を使う日が来るのは間違いなかった。そのとき、中国はまだ介入を続けるのか。ソ連はどう反応するのか。第三次世界大戦は起きるのか。会議が終わり、マッカーサーとホイットニーだけが残った。

「ワシントンから、何か情報が入りましたか？」

ホイットニーがマッカーサーに訊いた。

マッカーサーの書いたマーチン議員への書簡問題で、ワシントンは極度の混乱に陥っているのだ。国府軍の投入問題で民主党と共和党の対立が深まり、現地の新聞によれば国論が二分している状態らしかった。

「けさがた、ふたつほど電話が入ったよ。大統領がわたしを譴責《けんせき》するとか、そんなことを書いている新聞もあるらしい」

「『ワシントン・ポスト』の記事どおりですね」

昨日送られたきた新聞にも、そう書かれていたのだ。

「そう神経質になることはない」マッカーサーは続ける。「ペンタゴンの仲間は皆わたしの意見に賛成だ。おいそれと、処分など下せないよ」

「そう思います」

マッカーサーに対するアメリカ国民の信奉は厚い。軍内部のマッカーサーに対する信頼もゆるぎない。国防総省も統合参謀本部も、基本的にはマッカーサーの主張こそ戦争遂行の正論だと考えている。しかしとバンカーは思った。今回のワシントンの反応は、これまでとは違うように思える。問題が表面化して以降、数日間も沈黙を守っているのが不気味だった。

10

四月六日、金曜日。午前九時（日本時間午後十時）。

トルーマンは早々に朝食をすませ、書斎にビッグフォーを呼んだ。

国務長官のアチソンとマーシャル国防長官は、執務机そばのソファに身を沈め、ブラッドレー統合参謀本部議長とハリマン特別補佐官はその両脇に立った。トルーマンはふたりに座るように促《うなが》し、自らもソファの真ん中に腰を落ち着けた。四人とも呼ばれた理由をわかっている顔だった。

「今回の件について、意見を聞きたい」

トルーマンが口を開いた。

「国策について、マッカーサーが無許可で声明を出してはならないとする命令に違反しているのは明らかです」

ハリマンが即座に反応した。

「今回は手紙だが」

「同じことです。マッカーサーは二年前に解任しておくべきでした」

「理由は？」

「二年前の春、大統領が彼をワシントンに召喚《しょうかん》したにもかかわらず、多忙を理由に断ったためです。三年前にも同様のキャンセルをしています。大統領の命令に従わなかった段階で反逆者として処分しておくのが正しい措置でした」

「それもある」

短くトルーマンは答え、マーシャルに視線を移した。

「少しばかり考える時間が必要かと思います」マーシャルが言った。「いまの時点でマッカーサー元帥を解任すると、軍事予算を議会で通すのが難しくなります」

「議会の報復か。ありうる」

「いま、重大な人事を断行すると、朝鮮戦線のみならず、ＮＡＴＯ関連の予算も通過しづらくなりますので」

「事態を収拾するために、マックをこちらに呼びつけてみてはどうかね？」

「マッカーサー元帥が日本を離れた時点で、混乱に拍車をかけます。賛成できかねます」

「ブラッド、きみは？」

「マッカーサー元帥に数々の命令不服従と軍紀に違反した事実があるのは認めざるをえません」

ブラッドレーが真剣な面持ちで答える。「もし、大統領が信頼に足らないと判断したら、彼をやめさせる権利がありますが、ことは慎重に運ぶべきです」

「慎重とは？」

「軍のほとんどの者はマッカーサー元帥の考え方に同調しているのが実情です。解任に当たっては、さしあたりコリンズ陸軍参謀総長の意見を聞く必要があるかと思いますが、いまは不在で見つかりません」

何度か出た解任という言葉を、トルーマンは無視した。

一方的に上から職務権限を剝奪する解任は、軍人にとって最大の侮辱だ。マッカーサーの場合、病気でもないし、戦歴やその能力を疑われているわけでもない。陸軍で数多くの武勲を立てた米国一の英雄なのだ。

「軍人たちは雲隠れしているようだね」黙っていたアチソンが口をはさんだ。「いずれにしても、軍ではマッカーサー元帥の威光に絶対的なものがあるのは事実ですな」

「統合参謀本部すべての考えをくみ取っておかないと、統制の面で収拾がつかなくなる恐れがあります」

ブラッドレーの言葉にうなずかざるをえなかった。

「そうだな。必要かもしれん」

いまの段階で軍を敵に回しては、立ちゆかなくなる。

「Dデイ原子力を発動する場合、現地にはわれわれに忠実な司令官が要ります」

マーシャルが口にした。

「もっともだ。原爆投下の細目については、マッカーサーには伝えてはならん」

原爆投下は戦略空軍の管轄だが、マッカーサーに投下の権限を与えてしまえば、都合いいように戦況を脚色し、投下を強行するかもしれない。

「いずれにしても、マッカーサー元帥を解任した場合、政局がらみでたいへんな事態に陥ります」アチソンが引き取った。「へたをすれば閣下の政権の存立も脅《おびや》かされます」

アチソンから出た言葉に、トルーマンも承服せざるをえなかった。三年前にはマッカーサーがアメリカ大統領候補に指名され、へたをすれば大統領選で戦っていたのだ。残念ながらいまの自分は、人気の面でマッカーサーにかなわない。しかし、今度ばかりはなんとしても罷免《ひめん》しなければならない。軍も民衆も支持し、神格化されたマッカーサーをどうやめさせるか。問題はそのやり方だった。そのときが来るまで、軽々しくマッカーサーの解任を口にはできない。

定例閣議の時間になったので、ここでの話はオフレコとするよう厳命し、四人とともにダイニングルームに移った。いつもの顔ぶれのほかに、CIAのスミス長官が交じっていた。

医療保険問題や住宅政策について話し合ったのち、朝鮮戦線の問題に入った。アチソンが英国議会でマッカーサーの不信任動議が提出されたことを報告した。そのあと、トルーマンはマーチン議員の書簡問題について、マッカーサーがたびたび国家政策に反する声明を出すことに憂慮を覚え、いまの状況は放置できないと話した。すると閣僚から、次々にマッカーサーを批判する話が飛び出した。どれもビッグフォーと交わしたものと似ていた。話は長引いたが、トルーマンはここでもマッカーサーの解任について触れなかった。

ブラッドレーが戦地の情勢を説明し、スミスCIA長官に話を振った。すると、スミスは数枚の写真をトルーマンに差し出した。

そのうちの一枚を手に取った。入り組んだ港を埋め尽くすように黒々とした潜水艦が係留されている。

「そちらは、われわれが送り込んだスパイが撮影したウラジオストク港の様子です。三月三十日に撮影しました。それから、サハリンですが、相当数のソ連軍が南端のコルサコフ港に向かって陸路を移動中です。サハリンと北海道の距離は四〇キロ足らずしかありません」

ソ連軍が北海道に上陸する可能性もある。

別の写真には、小さな港に十隻以上もの潜水艦が並んでいた。

「けっこうな数ではないか」

「コルサコフ港をはじめとして、シベリアのほかの港にも、潜水艦が移動してきています。ウラジオストクが主になりますが、その数を合わせると、おおむね七十隻ほどが集結しています」

トルーマンは写真をほかに回した。

「ソ連はいよいよ本気だな」

「はい。いつでも朝鮮と日本のあいだを往復する国連軍の艦船を沈めることができます。こちらも、われわれが送り込んだスパイが撮影に成功しました。三月三十一日の撮影です」

スミスがよこした別の写真を手にとって眺《なが》めた。

黒っぽい土地に見覚えのある機体が並んでいる。

「B29?」

口に出したとき、手前の機体の尾翼に星のマークがあるのに気づいた。ソ連の機体か?

「ツポレフです」

スミスが言った。

「あのブルか?」

NATOのコードネームではブルと呼んでいるはずだ。

「はい、ツポレフTu4です」

戦時中、満州に出撃したB29がソ連領内に不時着した。ネジ一本まで分解し、すべてをまねて造ったソ連製の大型爆撃機ではないか。

「ここはどこだ?」

「満州の瀋陽《シャンシャン》です。十機程度駐留しています」

トルーマンは激しいショックを覚えた。以前からシベリアにはソ連の爆撃機が駐留しているのはわかっていた。しかし、現物を見るのははじめてだった。

「ソ連国内では少なくとも五百機以上製造され、半分以上がシベリアと満州に駐留していると思われます」

「稼働できているのだな？」

「できています。現地に送り込んだスパイが離着陸を目撃しました」

トルーマンはほかに写真を回した。

「満州のほかの基地には、どれくらい駐留しているのかね？」

「瀋陽以外に鞍山《アンシャン》、吉林《ジーリン》など十以上の基地に、少なくとも百機以上が配備されていると思われます」

「どこの基地からでも、朝鮮と日本へ空爆を敢行できる距離だな？」

「可能です」

「そこから爆撃機が飛び立ったという情報は得られるのかね？」

「おもだった基地には、現地にスパイがいます。爆撃機は昼間の時間帯に訓練などで離着陸しているようです」

「訓練でどのあたりを飛んでいるのかね？」

「編成替えも含めて、満州とシベリアの行き来が多いようです。朝鮮半島上空ならびに北朝鮮の北限になる北緯四十三度以南は決して飛びません」

「そこから南に入ってきた場合、危ないわけだな」

「われわれに対し、爆撃を敢行すると見て間違いありません」

「四十三度以南に飛び出てきたら、それらを察知できるのかね？」

「航空管制隊のレーダーや哨戒機《しょうかいき》による目視、または日本海ならびに黄海で航行する国連軍の空母のレーダーで捉《とら》えられます」

「朝鮮北部を監視するわが軍のレーダー基地があるはずだが。コードネームはたしか……」

「はい、〝歯医者《デンティスト》〟がありますが、ほとんど機能しておりません。また、日本のフクオカ近郊にあるシカノシマのレーダーが韓国の南半分ほどをカバーしています」

「どちらにしても、朝鮮半島を南下する正体不明の機影があれば、敵と考えていいわけだな？」

「そうです」スミスは居住まいを正した。「われわれ自由世界に対して、ソ連は壊滅的な打撃を与える機会を虎視眈々《こしたんたん》と狙《ねら》っています。ソ連が原爆を備蓄する前に、われわれは原爆を使用するべきです」

最後通告を受けたように、座が静まった。トルーマンは暗澹《あんたん》とした気分に襲われた。去年の十一月、中共軍の参戦報告を受けたとき以上だった。本物の危機がまさに迫っていた。

「制海権も制空権も断じて敵方に渡してはならん」

強い口調でトルーマンが言った。

アチソンが眼光するどくトルーマンを見つめた。

「時間的な猶予《ゆうよ》はありません。マッカーサー元帥の解任が決まれば、共和党は厳しく大統領を追及するはずです」アチソンが続ける。「それを抑えるには、前もってDデイ原子力を発動させ、共和党を黙らせるしか手はありません」

重い空気がたち込めた。マーシャルが顔をゆがめ、ブラッドレーがうつむいた。来るべきときが来たようだった。反対はなかった。

「わかった。了承する」

トルーマンが答えた。しばらく、どよめいた。

「原子力委員会は何か言っていますか？」

ペイス陸軍長官が先を急《せ》かすように口を開いた。

「閣議が終わり次第、ゴードン委員長と会ってこの話をする」

原子力委員会（ＡＥＣ）のゴードン委員長には了解させるしかない。

「わかりました」

「マッカーサー元帥によろしく伝えてくれたまえ。朝鮮半島視察の無事を祈る」

「ありがとうございます。午後いちばんで出発します。これ以上の混乱が起きないよう、しっかり説得してきます」

ふたりのやりとりが終わるのを待って、ヴァンデンバーグ空軍参謀総長が重たげに口を開いた。

「本日、戦略空軍のルメイ中将を呼んでいます。ゴードン委員長の了解が得られた時点で、わたしから彼に、原爆投下命令書を手渡します」

「けっこうだ。週明けにも渡してくれたまえ」

正午前に閣議は終わり、トルーマンは、ビッグフォーとともにふたたび書斎に入って、マッカーサー問題について話し合った。マーシャルにここ二年間の、マッカーサーと国防総省のやりとりを見直すように指示した。遅い昼食をはさんで休息を取り、午後四時過ぎ、書斎にゴードン委員長を呼んだ。慣例どおり、この日も正式な会見リストには入れていない。会うとすぐに水爆工場の話になった。

「用地の取得に手間取っているそうだね」

「なにしろ広大な土地ですから。千五百ほどの家がありまして、いま交渉中です」

黒縁《くろぶち》メガネに手を当て、神経質そうに答える。

「人もろくに住んでいない綿作のプランテーションがあるだけの土地ではないか。きみの手には国家予算の一割がある。簡単にいきそうなものだけどね」

「なかなか、うんとは言ってくれませんので」

「バーンズにやらせたらどうかね」

水爆工場は戦時中、原爆製造と使用の先頭に立ったバーンズ元国務長官が誘致した。戦後、バーンズはソ連に対し原爆を使った恫喝《どうかつ》外交を行い、トルーマンが罷免したという経緯がある。いったん下野したバーンズが、水爆工場建設決定と同時にサウスカロライナ州知事となっていたのだ。

「そうもいきません」

「そこをやり抜くのがきみの仕事ではないか。どのみち、黒人の小作人の尻を蹴り飛ばして追い払うだろうが。ところでローゼンバーグ夫妻の死刑が決まったようだね」

「はい、昨日死刑判決が下されました」

ソ連にアメリカの原爆技術を渡していたローゼンバーグ夫妻の公判は、世界的な注目を浴びた。サルトルやアインシュタインが無実を訴え、紛糾したのだ。

「それはめでたい。きみが得意とするスパイの摘発は終わったことだし、さっさと次の段階に移ってもらいたいものだ」

ゴードンは弁護士で、戦後司法省の報道官をしていたが、前職は南カリフォルニア大学法学部の刑法の教授だ。

「ほかでもないが、きょうの閣議でわたしはDデイ原子力を承認した」トルーマンが続ける。「聞いているかね?」

「さきほどショート報道官から伺いました」

「戦地の情勢については?」

「潜水艦やツポレフの写真など見せてもらいました。大変驚きました」

「カデナに核物質抜きの九発の原爆があるのは知っているね?」

「もちろん、知っております」

「その九発のために、核物質のコンポーネントを送りたいが原子力委員会の承認がいる。どうだね?」

「……わたしとしては、現下の情勢が大変厳しいのは承知しているのですが、やはり原爆使用となりますと、いささか熟慮が必要かと考えておりまして」

「これは驚いた。朝鮮動乱の勃発で、きみはソ連や中共を口汚く罵《ののし》ったあげく、原爆や水爆工場増設の旗を振ったではないか」

ゴードンが目をしばたたいた。

「あのときは、怒りに身をまかせていましたので」

「それだけかね?」

「マッカーサー元帥が早まって使ってしまわないかと……」

「それについては、心配しなくてよい。移管するのは戦略空軍であって極東軍ではない。それに原爆が稼働できる状態になったからといって、すぐに使うとは限らない。使用条件は聞いているね？」

「知っています」

「ならばどうだろう」トルーマンは強く言った。「すぐ委員会を招集して、了承を取りつけてくれないかね」

「はい……」

広い額にうっすら汗が浮かんでいる。

まだ四十代前半なのに、六十過ぎの老人のような疲れ切った顔だ。

「ゴードン、ソ連に原爆投下を先んじられたときのことを考えてくれたまえ」トルーマンは一歩踏み込んだ。「釜山やフクオカ、トウキョウといった大都市が一瞬で灰になる」

ゴードンはますます追いつめられたように、首を縮《すく》ませた。

「どうかね」

「はい、わかりました」苦しげに息を継ぐ。「週明け早々、月曜日に議会の合同原子力委員会を開いて承認を得ます」

リーダーは核兵器狂信論者のマクマホン上院議員だ。日本への原爆投下を、キリスト生誕と等しいキリスト教史上の出来事、とうそぶいた人間だから、あっさり承認されるだろう。

「ありがとう。よく決断してくれた」

トルーマンはゴードンの手の甲を叩いた。

Douglas
A-26
Invader

第十六章
発進

1

四月八日、午後二時。

中尾が操縦するB17Eが横田基地を出発して二時間半。大邱《テグ》を過ぎたあたりから快晴になった。空から見る戦地はどこも黒ずんで、泥だらけだった。春の訪れとともに、山々の雪は消え、勢いよく雪解け水が川にほとばしっている。きょうのスパイ空輸の出発はなかった。金浦《キンポ》空港に着陸したとき、堀江は一息ついたような気分だった。それでも、絶《た》え間なく軍用機の離着陸の続く滑走路に一歩出ると、戦地の空気に全身が包まれた。兵舎に中尾やオリバーらが入っていくのを横目に、しばらく空港を見渡した。自分の名前が呼ばれたので、振り向くと、背広姿の男が立っていた。さっと中折れ帽をとると、韓道峰《ハンドオボウ》の顔が覗《のぞ》いた。これまで見たことのない険《けわ》しい表情だ。どうしてこんなところにいるのか。

「急ぎだったので、釜山《プサン》からあれに乗って来ました」

と戦闘機にはさまれて駐機している双胴型のC119輸送機を指した。

狐につままれた気分で、木造のターミナルに案内され、事務所奥にある個室に導かれた。言われるまま、机を前にして椅子《いす》に座るなり、

「わたしに会うために来たのですか?」

と堀江は訊《き》いた。

「ほかにありません」

「きょう、ここに来るのをご存じだったんですね？」

「機関には逐一、入ってきますから」

当然のように韓は答えた。薄気味悪い。

「ここへはよく来ます」韓は続ける。「三十八度線では激戦が続いているようです」

「そうですか……」

最近の新聞は講和の話題ばかりで、動乱の記事はほとんど出ない。

「国連軍は少しずつ北進していますが、膠着《こうちゃく》状態です。ここにきて、マッカーサー元帥《げんすい》は強気ではないし、米本国も一日でも早く停戦したがっています」

冷えがきつい。韓は気にしていない。

「新聞でも、停戦の記事が多いですね」

韓はうなずき、両手を机にのせる。

「一月四日のソウル撤退で、わが祖国は重大な打撃を受けました。民衆も政府もまだ回復していません。敗走するわが韓国軍は足手まといだからと、国連軍にまるで捕虜扱いされているような有様です」

話はこれからのようで、堀江は韓の言葉を待った。

「今回のソウル撤退で、国連軍、いや米軍は韓国にとって耐えがたい計画を実行に移そうとしています。半島から逃げ出して、亡命政府を樹立させようという腹です」

「亡命政府？」

「政府関係者や軍人、警官、公務員、それらの家族合わせて百万人を日本の北九州に移住させるというものです」

「山口に六万人を移住させる計画とは違うのですか？」

韓は首を横に何度も振る。

「あれはもうないです。まったく新しい計画です。戦線が三十七度線まで下がったとき、計画は発動されます」

「……一月末の前線ですか？」

「そうです。米本国は五億の中国の民と五百万の共産軍、その後《うし》ろ盾《だて》になるソ連をひどく恐れています。四月攻勢がはじまるとの確度の高い情報があります。敵が本気になればひとたまりもない。国連軍が三十七度線まで押し返されるのは充分に考えられます。そうなったら、わが国民は今度こそ生きる場所をなくし、祖国を奪われます。なんとしてもそれは避けなければならないいましか、それはできないのです」

重大な作戦のようなものを考えているようだが、それが何かはわからない。

「あなたがたのミッションで重大な情報が米国にもたらされました。それを見て、今度こそ米本国も目が覚めたはずです。しかし、実際に計画が実行されるかどうかは不明です。それではいけない。確実に実行しなければなりません」

「重大な情報というのは、ソ連や中国の軍事基地の情報ですか？」

「ソ連空軍と海軍の本格的な参戦の証拠となるものです。あなたがたの功績は大です。一刻も早く、それらを地上から抹殺しなければなりません。そのための軍事作戦を実行することだけが、われわれの祖国を救う手立てです。ほかにはないのです」

「軍事作戦というと……」

「お察しいただけるものと思います」

「原爆ですか？」

韓は身じろぎもせず、じっと堀江の目を睨《にら》みつけるだけだった。

「三十八度線でわが祖国を北と南にわけたのは、それぞれに都合がよかった米国とソ連です。わが民族など、彼らにとってどうでもいいのです。こんな理不尽なことがありますか？」

激しい怒気《どき》に染まった顔で韓は言った。

「それは……」

「わたしは今朝、釜山でわが大統領と会ってきました。そして、大統領の名代として、いま、こうしてあなたと会っている。米国は弱腰です。われわれは、祖国を失う瀬戸際《せとぎわ》に来ています。あなたの力が必要なのです。わかってもらえますね？」

「いや……」

「なにも、あなたに攻撃してもらおうなどとは思っていません」韓は堀江の手を握った。「ただ、黙って見守ってくれればいいのです。難しいことなどひとつもないですから」

意味がわからず訊き返そうとすると、

「この件はわたしと大統領だけの了解事項です。軍に知れたら、その時点で崩壊しますから、そのおつもりで」

念ずるように、大きくうなずいてから韓は席を立った。ふたりして事務所を出た。韓は民間機スペースに駐機しているDC4を目指して歩き去っていった。ノースウェスト機、羽田との通常の定期便だ。目的を果たしたのか、釜山には帰らないようだ。韓が乗り込むと、二分もしないうちにDC4が動き出し、滑走路端《たん》に着いた。堀江は離陸をはじめた機体を眺《なが》めながら、韓の言葉を反芻《はんすう》するだけだった。

2

四月九日午前九時。沖縄嘉手納基地。

つなぎ一枚でちょうどいい、よく晴れた日になった。クレイグ・ウォード一等兵曹は、アイザックとともにジープに乗り、目の前をゆっくりと動く低床トレーラーを見つめていた。そこには、胃が痛くなるような細心の注意を払って組み立てられたばかりの原爆（Mark4）がシートを被《かぶ》せられた状態で載《の》っている。長さ三・二メートル、幅一・五メートル、重さは四・五トン。本日付で原爆を稼働状態にさせB29に搭載する、との命令が下されたのだ。型としては最大で、長崎に投下された原爆より、四割増しの三一キロトンの威力を持つ。ただし、核コンポーネントは未装着だった。

歩くよりも遅い速度なので、滑走路に着くまで時間がかかりそうだった。

「今度も演習じゃないだろうな」

とクレイグはひとりごちた。

「ばかなことを言うなよ」アイザックが言う。「今度こそやる」

滑走路端に駐機しているB29が見える。

「どうしてそう思う？」

去年の十二月は空母で船酔いになりながらも、必死に原爆を組み立てた。それをサヴェージの腹に収めて、飛び立ったところまでこの目で収めた。しかし、その日、原爆が落ちたというニュースはおろか、噂話《うわさ》ひとつ流れなかった。模擬演習だとわかったのは二週間もあとだった。

「満州にソ連がB29の偽物《にせもの》を大量に進駐《しんちゅう》させている」

アイザックが見てきたかのように言うが、新聞でもラジオでも、その話題は流れている。そこを米軍が爆撃するという話も。

「それはそうだけど、太っちょ（ファットマン）じゃなくて、ふつうに爆撃すればいいんじゃないか」

「おまえ、何もわかっちゃいないな。上は一発どでかいのを落とせば、ソ連側がひるんで、引き揚《あ》げていくとふんでるのさ」

「そんなものかな」

クレイグが言うとアイザックが眉《まゆ》をひそめた。

「去年の十二月の演習のときのバードゲージは偽物だったが、今度は違う」

「どうしてわかる？」

「昨日の夜おそく、B29が三機到着したが、気になってこっそり見に行ったんだよ。そしたらどうだ。それぞれの機から、バードゲージを持った将校が降りてきた。たぶん米本土から運ばれてきたんだ」

「……そうか」

偽物なら、そんな丁寧《ていねい》な扱いはしないだろう。

「まだ信じないか。ヨコタ基地には、戦略空軍のパワー副司令官が着任したらしいんだぞ」

「トーマス・パワー副司令官が？　ほんとうか？」

戦中、カーチス・ルメイ将軍の片腕として焼夷弾《しょういだん》爆撃を指揮し、トウキョウ上空で二時間近く旋回《せんかい》して、報告のため焼き尽くされる街を見続けた。仲間から〝残酷きわまりない男〟と囁《ささや》かれている冷酷な人間だ。

「ああ、間違いない」

「……じゃあ、今度こそ本物だな」

ヨコタでもここと同じように、原爆を組み立てているかもしれない。

滑走路端にある原爆搭載用ピットに着いた。クレイグとアイザックはジープから降りた。鉄の鋼材が二本渡されたコンクリート製の長方形の壕《ピット》の手前で、原爆を載せたトレーラーが切り離され、それを五人がかりで押して、鋼材の上を慎重に進ませた。真ん中に来たあたりで止めて、作業員がふたり壕の中に下りて、コンクリートに埋め込まれた油圧リフトの操作をはじめた。しばらくして、太い鉄柱に支えられた長方形の厚い鉄板が持ち上がり、トレーラーの底に接した。トレーラーごと九〇度回転して、ファットマンが壕と平行になったところで止まった。

トレーラーが抜き取られ、鉄枠に載せられた原爆が少しずつ沈んで壕の底に収まった。シートがはがされ、ファットマンがむき出しになる。

「格納するぞ」

監督が声を張り上げると、プロペラを逆回転させたB29が爆音を上げてゆっくり後退してきた。原爆投下専用に改造された機体だ。前側に連結された牽引機《けんいんき》をふたりがかりで左右に調整しながら、胴体がピットの真上まで来たところで停止した。ファットマンは油圧リフトに持ち上げられ、扉の開いたままの爆弾倉にゆっくりと上昇した。爆弾架と原爆のあいだは数センチ足らず。クレイグは爆弾倉の下から、固唾《かたず》を飲んで見守る。五分近く調整を続け、ようやく爆弾架に固定された。

そのあと、クレイグとアイザックは爆弾倉の中に這《は》い上がった。梁《はり》につかまり、ファットマンがしっかり固定されているかチェックし、すべての接続をあらためて確認した。核コンポーネントはすでに機内に運び込まれているかもしれず、離陸直後、ファットマンの中に組み込めば投下準備は整《ととの》う。

十五分ほどで作業が終わり、ふたりは爆弾倉から降りた。午前十時になっていた。

爆音を上げてピットから離れていくB29をクレイグは見つめた。あとは出撃命令を待つだけだった。命令が下されたら、中国東北部のどこかの都市に向かうはずだった。空軍基地の置かれた場所は多くある。そのなかでも、大規模なターゲットを選ぶに違いなかった。天候に左右されるため、複数の候補地が選定されている。ヒロシマ、ナガサキについで、第三の地獄を見る都市がもう間もなく出現する。そこは戦地でも何でもない。無辜《むこ》の人々が暮らす街なのかもしれなかった。それに手を貸した自分はまさに悪魔の手先にほかならなかった。自分の身の不運を呪った。

神よ、許し給《たま》え。

3

ペイス陸軍長官が米大使館に到着したのは、九日十二時半だった。曇《くも》り空に光が差し込み、五月を思わせる暖かい日だった。マッカーサーは満面の笑みを浮かべて年下のペイスの手を握りしめ、客間に案内した。

「昨日はどこに泊まったのかね？」

とマッカーサーは肩を並べながら訊いた。

「飛行機ですよ。グアムから飛びました」

「ウェーキではなかったか」

「エニウェトクに用がありましたので」

「原爆実験の見物かね？　一度この目で見てみたいものだな」

ペイスは用意されたテーブルに座り、シャンデリアのつり下がった高い天井に目をやった。バンカーはその横についた。

「豪華ですね」

「きみははじめてだったね。きょうはとびきりの料理を用意させている。堪能《たんのう》できるといいが」

「それはありがとうございます」

「原爆の見学は夜間かね？」

「そうです。昨日の午後七時、飛行機内から見ました」ペイスが興奮して身を乗り出す。「高い鉄塔に取りつけたＭａｒｋ６が炸裂《さくれつ》して、沈みかけていた夕日が真昼のように輝きました」

「爆発はどれくらいの規模だったのかね」

「八〇キロトンですから、ナガサキの四倍程度です」

「化け物だな」

「九月には重水素を使った水爆に近い核爆弾の実験をやるらしいですよ」

「水爆の開発も着実に進んでいるわけだ」

「はい」

運ばれてきたクランベリーのスープを見て、ペイスが目を丸くした。

「きみの好物だろう」

「日本にもクランベリーがあるのですか？」

「米本土のものだよ」

「それはうれしい」

さっそく、ペイスが手をつけた。

「ところで、こちらの情勢はどう思った？」

ペイスは今朝十時に羽田に着き、その足でＧＨＱ本部に入って、幹部から朝鮮戦線の現状について報告を受けているのだ。

「幹部の話もそうですが、こちらの報道も満州の爆撃一色なので驚きました」

マッカーサーがにやりと口元をゆるめた。

「おととい、安東《アントン》の爆撃を敢行《かんこう》したよ。きみがワシントンで運動してくれたおかげだと思っている」

安東爆撃については、ストラトマイヤー極東空軍司令官から、ワシントンの統合参謀本部へ報告が上がっているはずである。

「とんでもありません。中国側は北京《ペキン》放送で流したようですが、それだけですね」

「そのようだ。向こうも大きな問題にしたくないのだよ」

「そう思います」

「きみも気づいたと思うが、日本は戦地だ。ソ連の爆撃を日本人は極度に恐れている。九州では戦中のように、灯火管制がはじまっているからね」

「……そうですか」

「そうさせないためにも、先手攻撃は必定《ひつじょう》だ。早い時期に本格的な満州の爆撃を敢行しなければならん」

「敵の出方次第だと思いますよ」

「敵基地への爆撃は当然だが、満州には戦前から日本が造った重工業都市がある。瀋陽《シエンヤン》や鞍山《アンシャン》だ。これらを壊滅させれば、向こう三十年間、中国は満足に武器すら作れなくなる」

「それは伺《うかが》っています」ペイスは話題を戻した。「現在の戦況ですが、敵は占領している華川《ファチョン》ダムの水門を開けたそうですね」

「きみが飛行機で眠っている真夜中にな。川が氾濫して進軍はかなわんが、敵にとっても同じだ。たいしたことはない。カンザス・ラインは確保できるはずだ」

「それは心強い」

スープをすすりながらペイスが言う。

「まもなく、鉄の三角地帯の攻撃に入る」

マッカーサーはそう言い、スプーンを取った。

「激戦が予想されますね」

「おそらく」マッカーサーもスープを口に運ぶ。「明日はヨコハマにカリフォルニアの第四十師団が到着するよ」

「戦地ではなく、日本の防衛につくと聞きました」

「本土にいれば危機感はないだろうが、この日本にいると、ソ連の脅威を感じないわけにはいかないんだよ。北海道の目と鼻の先に、ソ連の軍隊が駐留しているから。ところで、Dデイ原子力はどうかね？」

突然振られた質問に、ペイスは沈んだ表情でスプーンを置き、ナプキンで口をぬぐった。

「口に合わないか？」

「いえ、とてもおいしいですよ」

「トルーマン大統領がすでに裁可《さいか》したという噂が流れているがほんとうかね？」

ペイスが答えづらそうに顔をそらしたので、マッカーサーはそれ以上口にしなかった。バンカーはDデイ原子力がすでに承認されたと判断した。

「戦略空軍のルメイ中将は乗り気だが」

とマッカーサーが独りごちた。

「のちほど詳しくお話しするつもりですが、このたびのマーチン議員への書簡問題で、ワシントンは大揺れです」ペイスが真剣な面持《おもも》ちで言う。「台湾《タイワン》の国府軍《こくふぐん》の参戦について、議会での意見は真っ二つに分かれています。元帥《ゼネラル》が中共への全面戦争を訴えていることについては、議会や国民のあいだで賛否両論が沸き上がっています」

「それはそうだろう」

「深刻なのは統合参謀本部です。元帥の返信が議会で読み上げられてから、参謀長クラスの人間がこぞって行方《ゆくえ》をくらましています。コリンズ参謀総長もそのひとりです。判断を求められるのが怖いからです」

トルーマンとその側近は、統合参謀本部の反発をもっとも警戒しているはずだ。

「シャーマンはどうかね？」

海軍のシャーマン作戦部長は、仁川《インチョン》上陸作戦を成功させたマッカーサーの熱烈な信奉者なのだ。

「もちろんシャーマン大将は元帥の味方をしていますよ」息せき切って言う。「ブラッドレー議長も必死で参謀本部内の意見のとりまとめをしています。マーシャル国防長官とふたりで元帥に手紙を書くと言っていましたが届きましたか？」

マッカーサーは眉を曇らせた。

「いや」

「元帥」ペイスが続ける。「大変に失礼とは存じますが、大統領は元帥が国連軍司令官としての範囲を逸脱して、繰り返し声明を発表していることに対し、非常に不快に思われていることをお伝えしないといけません」

マッカーサーは反応を示さず、ペイスから視線を外した。

面と向かって、ペイスがこれほどはっきり言うくらいだから、ワシントンは混乱の極みにあるのだろうとバンカーは思った。

「きみの役目は理解できる」マッカーサーは努めて明るく言った。「さあ、せっかくのご馳走だ。平らげようではないか」

ペイスもほっとした顔で、「そういたしましょう」と応じた。

しばらく食事を続けてから、マッカーサーがこのあとの予定を尋《たず》ねた。

「GHQ本部に戻って、ただいまの話の続きをお願いできればと思うのですがいかがですか?」

「けっこうだ」

「ありがとうございます。そのあとは、戦地に飛んでこの目で前線をたしかめてみるつもりです」

「それがいい。マットによろしく伝えてくれたまえ」

「少しでも力になれればと思っています」

「ペイス、きみならできる」

マッカーサーはいつもの調子で陸軍長官を勇気づけた。

4

午前中、休息を与えられ、昼食後、オリバー大佐から出発の命令が出た。今晩は月齢《げつれい》二日という。関東軍が作成した地図で空投場所を示され、堀江は目を疑った。瀋陽の南、渾河《こんが》河畔――。

瀋陽は戦時中、奉天《ほうてん》と呼ばれた大都市だ。去年の十月、奉天近郊にスパイを空投したし、先月もその南一〇〇キロにある千山《せんざん》山脈にスパイを落としたばかりだった。渾河は奉天の市街地の五キロほど南を東西に流れる大河になる。こんな街の近くへの空投はスパイはおろか、自分たちも発見されやすい。ましてや、ほとんど闇夜《やみよ》だ。きわどすぎる投下ではないかと堀江は口にした。

「緊急を要している」

オリバーは地図を指しながら言った。北側にわずかな人家が点在している河原だ。暗夜だから、地上からは飛行機が見えづらいのはたしかだった。しかし、市街地に近くて飛行機の爆音は感知されるし、空投場所が確認できなければ勘《かん》で落とすことになる。この時期、雪解け水で川が増水することも多い土地だ。奉天の地図の横にある気象予報図を見た。日本の九州地方から中国大陸全土をカバーしており、モンゴル方面から低気圧が張り出していた。

「投下地点はいつもどおり松明《たいまつ》をたかせる」

オリバーが見越したように言う。

中尾が空投地点の北側にある〝飛行場〟と記《しる》されたところを指した。

「ここは東塔《とうとう》飛行場ですが、この監視のために送り込むのですか？」

「そうだ」

オリバーがあっさり答えたので、堀江は驚いた。

東塔は鎮護のため、奉天の市街地の東西南北に置かれたラマ教の塔のひとつだ。抗日の東北軍の拠点だった時代もある東塔飛行場は、その塔の南側にある。

「東塔飛行場は奉天で最初にできた大きな飛行場です」たまりかねたように中尾が尋ねた。「レーダーで警戒しているし、探照灯や高射砲もあります。ソ連空軍の飛行機も駐在している。灯火管制も厳しいはずで危険ではないですか？」

以前も敵に気づかれて、戦闘機の追尾を受けたのだ。

「これは先月、きみたちが空投したスパイが撮ったものだ」

オリバーが差し出した写真に、B29らしい機体が複数写っていた。

「ツポレフTu4」オリバーが言った。「この編隊が東塔飛行場に駐留しているようだ」

「ボーイングスキー？」

中尾が堀江と顔を見合わせた。

「これがいつ日本に飛んでくるかわからない。軍内部でも神経をとがらせている。引き続き、この爆撃機の監視任務に就くスパイを送り込む」

「大佐、このツポレフが日本に飛来するんですか？」

あらためて堀江は訊いた。そして、爆撃を敢行するのか？

「日本本土ではなく、ソウルかもしれないし、釜山かもしれない。こいつが朝鮮半島を縦断《じゅうだん》して南下してきたら、わが軍はしかるべき措置を取る」

「満州の空軍基地を爆撃するわけですね？」

「そうなるだろう」

それは六日の新聞で大々的に報じられていたのだ。

「原爆を投下するという噂も流れていますがほんとうですか？」

「それも選択肢に入っている」

堀江の背筋に、冷たいものが這い上った。日本への原爆投下からおよそ六年。米軍もその威力について、充分すぎるほどの知識がある。なのに、またあの悪魔の兵器を使うのか。しかも、戦地ではない中国の大都市に。

戦時中、奉天中心部の人口は百万を超えていた。当時の満州を含めた日本では、東京、大阪、名古屋に次ぐ第四の都市だったのだ。

「奉天……いや瀋陽にはほかにも三つ飛行場がありますが」

中尾がふたたび訊いた。十年間満州航空に在籍していて、その本部のあった奉天は誰よりも詳しい。

オリバーが待っていたかのようにうなずく。

「ほかの飛行場も調べさせる。出発時間は午後十時、それまで休養してくれたまえ」

スパイの仕事まで教える義務はなく、オリバーはそれだけ言って去っていった。

「堀江、きみも奉天にいただろ？」

納得できない顔でいる中尾に訊かれる。

「鞍山と行き来していました」

終戦の年、所属していた独立飛行第八十一中隊が五月下旬、奉天に移駐し、さらに六月、新《しん》京《きょう》へ移る直前まで奉天で暮らしていたのだ。奉天と鞍山はわずか七〇キロ足らずの距離。堀江は新京には行かず、陸軍航空輸送部へ異動し終戦を迎えた。

「もうその頃、満空はとっくに奉天北飛行場に移っていたが」

奉天の北五キロに、清朝《しん》の初代皇帝を祀《まつ》った北陵《ほくりょう》と呼ばれる巨大な陵墓がある。そのすぐ北に奉天北飛行場があった。

「ええ。奉天の西側にもふたつ飛行場がありますよね？」

「奉天西飛行場と于洪屯《うこうとん》飛行場があった。いまもあるだろう」

「そっちにも、ソ連の空軍が駐留しているでしょう」

戦中、奉天西飛行場はグライダー訓練、于洪屯飛行場は日本陸軍の教育飛行隊が駐屯していた。

「大戦末期、きみも奉天の飛行場は、だいぶ使った口じゃないか」

その頃、中尾は大日本航空に移り、日本にいたのだ。

「鞍山空襲のあとをうけて、十二月には奉天も百機単位でB29の空襲がありましたからね。奉天には満州国軍と教育部隊がいただけだったので、うちの百四戦隊が防空戦闘に当たりました」

「工業区には、重化学から機械までたくさん工場があったからな。東塔飛行場は航空工廠《しょう》が隣接していたし」

「奉天爆撃は米空軍のルメイ将軍の指揮ですよ。空襲で鉄道の操車場と造兵廠が少しやられて、航空工廠は煙幕を張ったおかげで無傷でした。奉天上空では、二式単戦や複戦でやりあって、B29をかなりやっつけました」

「十機くらい落としただろ」

「ええ」

「それだけ落とせば立派だ」中尾が意味深げに続ける。「そういえば、九州地方すべての航空灯台をぜんぶ消すような指令が出たらしいぞ」

「米軍はこのあたりの飛行場から、九州に爆撃機が飛んでくると踏んでいるんじゃないですか？」

「かもしれん」

だから、国連軍も満州の空軍基地への爆撃を決めたのだ。

堀江は簡易ベッドに横になったが、胸騒ぎがして眠れなかった。午後九時半、電熱服と電熱ズボンを身につけ、冬用の分厚いフライトジャケットをまとった。中尾と片岡とともに闇に覆《おお》われた滑走路に出る。覚醒剤は打たれなかった。西の空に、細い眉のような繊月《せんげつ》が昇りかけていた。夜間爆撃から帰投してきたB26がタクシングしながら目の前を横切る。

滑走路端に、部隊名の入っていない真っ黒なB26があった。前任務でも使った改造された型だ。懐中電灯片手に、暗がりで飛行前点検を行っていると、ジープが走ってきて、主翼の手前で停《と》まった。三人の男が降りてB26に歩み寄る。ひとりは背の高いロシア人のように見えた。その前をゆく男の横顔が、基地の灯《あか》りに照らされてかろうじて見えた。堀江のよく知っている男に似《に》ているると思ったが、確認できなかった。

三人は中尾に案内されて、主翼の下にある開口部から後部室へ乗り込んだ。堀江は頭から黄色い救命胴衣を被り、パラシュートを背負った。ナビゲーター役の片岡が機首下のハッチから乗り込むのを見ながら、B26の胴体にとりついた。主翼前の胴体を必死で上がり、体をよじりながら操縦席に乗り込んだ。防寒用の靴カバーを装着する。酸素マスクを口にはめ、午後十時ちょうど、金浦空港を離陸した。

瀋陽への飛行コースはこれまで何度も使った、ミグの出現する安東付近を大きく迂回《うかい》するルートだ。以前より増えたソウルの街の灯りを横目で見ながら、空港をあとにする。

「往復で十時間ですね」

と堀江はインターホンで中尾に声をかけた。片道一〇〇〇キロ。往復で二〇〇〇キロになる。奉天到着時刻はいちばん暗い午前二時から三時のあいだ。

「もう少し見ておいたほうがいい。天気図だと、内蒙古《うちもうこ》とバイカル湖あたりの低気圧が急速に発達していた」

「その西側には高気圧がありましたね」

ゴビ砂漠あたりだ。

「気圧差が大きくて等圧線も密集していたぞ」

「現地は強い風が吹いているな」

シベリア高気圧に覆われた冬が終わり、春の到来とともに中国東北部では黄砂《こうさ》が発生する。飛行中、砂塵《さじん》に巻き込まれでもしたら、ひどいことになる。

「昼間の話の続きですが、ボーイングスキーが四十三度線を越えて南下してきても、すぐには感知できないですよね？」

堀江が訊いた。

「高度次第だ。おれたちみたいに低高度で侵入してきたら、目視しかない」

「B29ならできますよ」

操縦性、運動性能ともこの機に匹敵する。

中尾の声がしばらく途切れ、ふたたびインターホンに入った。

「きょうのイワンは、ひとりが本物のロシア人で、ほかのふたりは朝鮮系中国人かな。若いのは飛行機乗りだったかもしれん」

「どうしてわかります？」

「ほかのふたりは、パラシュート降下でびくびくしているけど、こいつだけは余裕綽《よゆうしやくしやく》々で、この飛行機は頑丈《がんじよう》だとか、降下姿勢の注意をしてる」

堀江はふと思いつき、その男の右手前腕を調べるように伝えた。一分かからず、中尾から、肘のあたりに火傷《やけど》の痕《あと》があると知らされた。

まさかと思った。

「その男、ひょっとしたらわたしの朝鮮人の戦友かもしれません」

「たしか朴《パク》……」

「そうです。朴源孝《ウオンヒヨ》」

「訊いてみる」

ふたたび中尾から応答があった。

「きみの戦友だよ」

「……そうですか」

奇妙だ。堀江のことはわかっていたはずなのに、搭乗するとき声をかけてこなかったのはどういうわけか。韓国の大統領直属の操縦士がスパイなどになる理由が呑《の》み込めなかった。月齢を無視したやり方、そして投下場所もこれまでのスパイ空投とは違う。朴にはべつの使命でもあるのではないか。昨日会いに来た韓道峰の顔と言葉が浮かんだ。韓は堀江の操縦する飛行機に朴が乗り込むのを黙認しろ、と言いたかったのだ。それを言うためにだけ、わざわざ金浦空港にやって来た。原爆を使うという軍事作戦が、朴と関係しているとしか思えなかった。胸に悪い予感が広がった。

「本人と話すか？」

中尾に訊かれたが、堀江は断って、操縦を交代してもらえないかと頼んだ。朴の履歴をくわしく話している余裕はなかった。中尾は驚いた様子だが、しぶしぶ承知してくれた。

「いま代わるか？」

改造されたこのB26は後部室とコクピットがつながっていて、代わろうと思えばできるのだ。

「この闇夜では危険です」

飛行中の操縦交代の経験はない。

「引き返すか？」

金浦空港に戻ればオリバーに怪《あや》しまれる。

「いえ、江陵《カンヌン》飛行場に。計器類の故障を申告して一度降ります。そこで」

「わかった。片岡は？」

「いいけど、こんな夜中のGCA（地上誘導管制）タッチダウン、大丈夫か？」

「まかせてください」

地上管制官がレーダーで航空機の位置を確認し、方向や高度をパイロットに指示して航空機を滑走路に誘導する手法だ。

すでに金浦空港の管制外だった。無線を短波のホワイトチャンネルに合わせ、北朝鮮上空を受け持つ戦術航空統制所（TACC）を呼び出した。かろうじて電波が届いた。了解してもらい、ADF（自動方向探知機）を江陵飛行場のホーマーに合わせる。風を考慮し、指針を右一〇度の方向に保ったまま進んだ。

視界の隅《すみ》で点滅するものがよぎった。左手、たくさんのサーチライトが光の模様を描いていた。曳光弾《えいこうだん》の筋も見える。敵側の斜面を照らしているのだ。

「八時の方向に華川ダムの攻防が見えます」

地上では国連軍と中共軍による激しい戦闘の最中だった。

「いい目印だ」機首風防でナビゲートする片岡の声が入る。「右旋回。方位二四で一六〇マイル。十四分でK－18（江陵）」

韓国内の飛行場はKのつく数字で表される。

「了解」

堀江は静かに操縦輪《りん》を回した。無線で江陵の管制塔（K－18）へ着陸を要請する。

「こちらブラックバード、K－18アプローチコントロール、計器飛行にて予想到着時刻九－四〇」

「こちらK－18アプローチコントロール、レッドチャンネルでGCA（地上誘導管制）にコンタクトせよ」

「ラジャー」

VHFチャンネルのHボタンを押し込む。

「遅延なしの予想、K－18の天候は西風二ノット、視界かなり不良、雲底《うんてい》五〇〇フィート（一五〇〇メートル）」

K－18管制塔から、レーダーで北東六マイル（一〇キロ）に捉《とら》えたとの交信があった。無線指示を受けながらオンコースで近づく。雲が途切れた。海らしい暗い盛り上がりがある。灯りに照らされた滑走路が目に飛び込んできた。着陸に備えて、混合気を上げる。パワーを落とし、機首の向きを滑走路に合わせる。進路三－〇－四、右風が強い。

「針路そのまま、接地まで四分の一マイル（四〇〇メートル）」無線の声。「オンコース、いま滑走路端だ。着陸しろ」

「ラジャー」

パワーを絞《しぼ》り、左足フットバーを踏み込んで、滑走路軸線をキープする。ありったけの力で操縦輪を握り、横風修正しながら機首を滑走路に合わせる。左に流されないよう右翼を下げる。接地した感触があった。左輪、右輪と滑走路のスチールマットに着地する。激しい振動とともに、荒々しい摩擦音が満ちる。滑走路前方の鉄板舗装は平坦でなく波打っていた。パワーオンの状態でブレーキをかける。車輪がロックした。止まらない。鉄板に付いた泥のせいで、機が左右に振られる。操縦輪にかじりつき、必死に操《あやつ》る。五〇〇〇フィート（一五〇〇メートル）のマーカー手前でようやく落ち着いた。速度を落としながらGCAに礼を言い、タキシングの許可をもらう。

停止と同時に開口部のドアを開けた。待機していた整備兵が駆《か》けつけてくる。主翼フラップ位置表示器の具合が悪いと申し出て、燃料補給も頼んだ。機から降りて、開口部の扉から出てきた中尾に謝った。

「朴と会って何を話すんだ？」

腰に手をあてがい、背を伸ばす中尾に訊かれる。

「わがまま言ってすみません。鞍山駐留時代、いちばんの親友でしたから」

「こんなミッションだし、今生《こんじょう》の別れになるかもしれんが」中尾が後部室を指さす。「ロシア人はハルビン生まれだそうだ。名前はセルゲイ。一家はシベリアの農家で戦中に満州へ密入国した口だよ」

「戦後、帰れなかったんですね」

許可なくソ連を出た者は、ソ連に帰国できないのだ。

「家族で移住したサンフランシスコで軍にスカウトされたと言ってる。ロシア人捕虜の尋問《じんもん》の通訳をしていて、今回駆り出されたみたいだ。父親は満州製糖に勤めていて、長いこと奉天で暮らしたらしい」

奉天には多くの白系ロシア人が住んでいた。

もうひとりの朝鮮人について訊くと、中尾が自分の上腕部を叩《たた》いた。

「鯉《こい》の入れ墨《ずみ》が入っている」

「人民解放軍の捕虜ですか？」

捕虜になっていたとき、共産陣営に戻れないよう、腕に『反共』などの入れ墨を彫《ほ》られていたはずで、それを消すためにべつの柄《がら》を彫り込むのだ。

「楊《ヤン》っていう中国人民軍第四野戦軍の大尉だよ。十月二十九日、長津湖《ちょうしんこ》の南付近の戦いで韓国軍の捕虜になったそうだ」

「中共軍が介入してきたときの緒戦ですね」

「パラシュート訓練も受けたらしい」

徹底的な洗脳教育を受けたはずで、信頼をおけるだろう。

「疲れたら、代わってもらうぞ」

中尾に言われ、

「もちろんです。いつでも代わります」

「おまえたちの話を聞く。マイクはオンにしてくれ」

「わかりました」

整備兵は怪訝《けげん》な顔つきで、どこも異常がなかったと言った。

「着陸のショックで直ったと思う」

と堀江は調子を合わせた。

燃料補給をすませると、整備兵は補給車に乗り、去っていった。胴体をよじ昇る中尾の搭乗を手伝い、堀江は開口部から後部室に乗り込んだ。要人空輸専門に改造されたB26は、爆弾倉そのものが六名用の座席を有する部屋に作り替えられていた。中に操縦席に通じる扉もある。

黄色の淡《あわ》い照明のもと、奥行き五メートルの空間に三人が向き合って座っていた。床にパラシュートが置かれている。ロシア人が左手前、右手前に朴、その奥に楊。三人とも厚手の中国服をまとい、腰のベルトに拳銃の入ったホルスターをつけている。奥には、一緒に投下する通信機材などが収まった箱が網で固定されていた。

中尾と別人と気づいたらしく、三人の視線が堀江に集まった。気にせず、堀江は朴の前に立ち、腰をかがめた。セルゲイが横にずれてくれ、硬い席に腰を落ち着かせる。ヘッドホンを耳につけ、ジャックにつなげる。

朴の四角顔に緊張の色が走った。細い目がかっと開き、両手を膝《ひざ》の上で固く結んだ。マイクをオンにしたまま、朴の顔に接するほど堀江は上体を倒した。

「志願したのか？」

と日本語で訊く。

「まさか、命令ですよ」

「誰の命令だ？」

朴は答えない。

「李承晩《イスンマン》大統領の命令じゃないのか？」

エンジンがかかり、勢いよくプロペラが回り出した。

「奉天に詳しいおまえだ。向こうで何をやらかすつもりだ？」

「おいおい話しますから」

朴の言葉が聞き取れなくなった。

ヘッドホンに発進許可を求める中尾の声が入った。機は動き出し、やがて、鼓膜《こまく》が破れるほどの車輪とスチールマットの摩擦音が満ちた。

機首が持ち上がり、左右の車輪がマットから離れる。摩擦音がやんだ。吹き上がるエンジン音とともに、機は一気に空へ駆け上がった。二分で海上へ抜けた。日付が変わり、午前二時になっていた。機は水平飛行に移り、巡航速度に落ち着いた。電熱服を脱いで、フライトジャケットの上からパラシュートを背負い直した。そうしてから、堀江は朴の左にいる楊の太ももを叩いた。

「どこの所属だった？」

思いつく中国語で訊いた。多少の会話はできるのだ。

「第十三兵団第四十二軍」

太い眉を動かし、楊は日本語で答えた。中共軍の中でも最強部隊のはずだ。三十代半ばだろうか。人のよさそうな感じを受ける。

「司令官は？」

「彭徳懐《ポンドーファイ》」

「最初に受けた命令は？」

「安東《アントン》に移動後、鴨緑江《ヤールーチャン》を渡れ」

開戦当初から、中国は介入を考えていたようだ。

「ここで尋問なんてしても意味ないですよ」横で見守る朴が言った。「こいつの部隊、ほとんど中国東北《とうほく》部出身で、楊も奉天生まれ、公学堂《こうがくどう》出身です」

「ほう」

公学堂は満鉄《まんてつ》が経営していた中国人向けの教育機関だ。

「今回の任務にはうってつけだな」

堀江が言うと、朴が楊の肩に手を置いた。

「こいつ奉天には知り合いがいるから、何かと便利ですよ」

「向こうには同じ任務に就《つ》いているスパイがいるはずだが」

堀江は朴の耳元で言った。

「もう脱出して日本に帰っていますから」

「簡単に脱出できるのか？」

強く訊くと朴は根負けしたように口を開いた。

「協力者が大勢いるからできますよ。だめなら隙をみて、ブルを横取りします」

「ブル？」

「ツポレフＴｕ４」

「ボーイングスキーを横取り？」

「軍の上層部はブルがどれくらいＢ29を真似《まね》ているのか、興味があるようです」

爆撃機の性能によっては、戦争の計画そのものを変える必要があるかもしれない。しかし、あまりに大胆すぎる。

「横取りなんて、できるのか？」

「状況次第だと思います」

Ｂ29は操縦士以外に、エンジンの始動や制御を受け持つ機関士、そして、後部室にある発電機の面倒を見る人間も要《い》る。航法士も必要だ。たったひとりで、コピーしたＢ29を飛ばせるのか？

堀江はほかのふたりに視線を当てた。

「この連中に操縦を手伝わせる気じゃないだろうな？」

「いざとなれば。上は、ブルが原爆を搭載できるかどうか検証をしたがってるんですよ」

たしかに原爆を搭載できるかどうかは、冷戦時代の戦争の帰趨《きすう》を決めかねない。

「どうやってブルに近づく？」

警戒厳重な空軍基地に入れるのか？

朴は返事をせず、口を閉じた。

「まさかおれに手伝わせる気じゃないだろうな」

朴の顔に、一瞬ひらめきのようなものが走った。

「それも……ありですね」

冗談も休み休み言え。

少しずつ呑み込めてきた。韓道峰は李承晩大統領から要請を受けて、朴らを今回の任務に就かせたのではないか。ブル横取りの真偽はともかく、そのような作戦をＣＩＡが許可するとは思えない。朴が降下すること自体、通常のスパイ空投とは異なる。

真下に見える漆黒《しっこく》の海に、利原《リウオン》の海岸らしい線が浮かんでいた。機は陸地に入り、高度を下げた。

「きな臭いな」ヘッドホンに中尾の声が入った。「かりにブルを横取りできて奉天を飛び立ったとしたら、どこへ向かう？」

朝鮮半島を南下すれば、国連軍の航空機の餌食《えじき》になる。中国からモンゴルを経由し、ヒマラヤ越えでインドに行くしかない。自動操縦装置が装備されているB29ならば、いったん離陸してしまえば、操縦士ひとりでおおまかな飛行はできる。しかし、限られた燃料で正確に飛行コースを作り、特定の空港の滑走路へ着陸するためには航法士が要る。ブルと呼ばれる爆撃機は、果たしてどこまでの性能を持っているか。これは本当に米軍の了解のもとでのオペレーションなのか。その疑問が口から出かかった。無線でたしかめたいが使用は封印されているし、たとえ使おうとしても山間地に入っているため電波は届かない。

ふと、ブルが朝鮮半島を南下し、日本列島を目指す情景がよぎった。十日前、韓道峰から聞かされた言葉がよみがえる。『万一、そこから戦地に大型爆撃機が飛んでごらんなさい。米軍はただちに報復攻撃をかけますよ』

国連軍が察知したら、原爆を積んだB29が沖縄から出撃するのではないか……。まさかと思った。米軍の掌中《しょうちゅう》にあるこの秘密飛行で、そのような向こう見ずな作戦が許可されるはずがない。

手の届くほどのところにある禿山《はげやま》を見ながら、堀江は焦燥感《しょうそうかん》にかられた。向かい風で、白頭《ペクトゥ》山《サン》まで一時間以上かかりそうだった。

5

四月九日。午前九時（日本時間九日午後十時）。

朝食後、トルーマンは書斎にビッグフォーを呼び出した。四日前も同じメンバーで会い、アチソンとは昨日も顔を合わせている。四人とも問題発覚直後の混乱した様子はなく、落ち着いていた。

まず、軍内部の意見を集約しているブラッドレー統合参謀本部議長に話を振った。

「土曜日以降、各参謀長に会って、それぞれの意見を聞きました」ブラッドレーが言う。「コリンズ陸軍参謀総長、ヴァンデンバーグ空軍参謀総長、ならびにシャーマン海軍作戦部長は、マッカーサー元帥解任について賛成いたしました」

「シャーマンは何と言っていた？」

国防総省《ペンタゴン》内にある統合参謀本部では、もっともマッカーサーびいきの大将だ。

「四人をわたしの部屋に呼んだのですが」マーシャル国防長官が口を開いた。「シャーマン部長は仁川《インチョン》上陸作戦を成功させた元帥に敬意を払うべきだと力説しましてね。トウキョウに飛んで、マッカーサーを説得したらどうかと言われました」

「ほう」

「断りました」無表情でマーシャルがつけ足す。「過去二年間の国防総省とマッカーサー元帥のやりとりを調査しましたが、解任するしかありません」

「わたしも二年前に解任すべきだと申しましたが同じです」

ハリマン特別補佐官が言う。

「わたしも同意します」とアチソン。

「わかった」トルーマンは言った。「じつはリンカーン大統領時代のマクラレン将軍を調べさせた。やはり、解任したリンカーンは正しかったよ。わたしは、文人による軍の統治こそ民主政府の根幹だと信じている。解任に賛成しよう」

はじめてトルーマンが解任の意思があると口にしたので、しばらく四人は押し黙った。実際にはトルーマンは木曜の時点で決めていたが、慎重に事を運ぶ必要があり、これまで口にしなかった。

「マックの後任は？」

続けてトルーマンは訊いた。

「現在の第八軍司令官のリッジウェイ中将が適任です」マーシャルが言った。「リッジウェイの後任には、ギリシャ軍を立て直したジェームズ・ヴァン・フリート中将がよいと思います」

「了解した。それでよい」

ブラッドレーが遠慮がちに「解任の手続きでありますが」と切り出した。「三人とは個別に会って、それぞれ長いあいだ話し合いました。とくに、コリンズからは、『かりに解任する場合は、くれぐれも丁重な手続きをお願いしたい』と言われています」

「わたしも同意見です」

さんざんこき下ろしてきたマーシャルまでつけ足したので、トルーマンは憮然《ぶぜん》とした。

「どうやればいいんだね？」

あらためて訊く。

「命令書を送るというだけでは、失礼かもしれません」

おずおずとブラッドレーが言う。

「それはわかるよ。なにか方法でもあるのかね？」

「大統領」マーシャルが口を開いた。「ちょうどいいことに、ペイス陸軍長官が朝鮮にいます。釜山《プサン》にいるムチオ駐韓大使あてに解任の暗号電文を送り、それをペイス長官に持たせて、マッカーサー元帥の宿舎になっている大使館で手渡すというのはどうでしょう？」

「いいだろう。そうしてくれたまえ。ほかはなにかあるかね？」

「突然のマッカーサー元帥の解任は日本側を驚かせます。懐柔《かいじゅう》にダレス国務長官顧問を日本に派遣するべきです」

とアチソンが言った。

「わかった。直《ただ》ちに出発するように伝えてくれ」トルーマンはマーシャルの顔を見て言った。

「解任の通知は誰が書くのかね?」

「わたしが……書きます」

マーシャルが答えた。

「微妙なものになるから、国務長官、きみも手伝いたまえ」

「心得ました」

「それではすぐに取りかかって、できあがったら見せてくれたまえ」

「承知しました」

四人は書斎から出ていった。


解任通知ができあがったのは、午後になった。書類は三通あった。解任に至った理由書と事務的な訓令が二通。

〈残念ではあるがマッカーサー元帥は、米国および国連のかかげる政策に反意を持つと確信するに至った。このため米国憲法と国連によって与えられた責任において、わたしはマッカーサー元帥の職を解き、後任をマシュー・リッジウェイ中将にゆだねるものとする……国家政策について、軍司令官は発令された命令に従わなければならない。……マッカーサー元帥は米国史上最大

の指揮官であり、感謝の意を示したい……〉

相手を尊重する部分もあるが、大筋では上官に従わないための解任であると明示する理由書だった。屈辱的《くつじょく》ともいえる文面は、マッカーサーを憎むマーシャルの人そのものを表していた。しかし、どれも単なる事務手続き上の書類に過ぎず、トルーマンに異存はなかった。三通ともサインし、直ちに朝鮮に送るように命令した。

6

低い山すれすれを真西へ向かっていた。向かい風が強い。機首がふらつき、それに逆らうようにエンジンが唸《うな》る。ときおり、中尾がクラッチにたまるスレッジを飛ばすため、ターボ過給器を効《き》かせた。このあたりの地形を知り尽くしている中尾でなければできない飛行だった。漆黒の闇が続く左前方に蛍《ほたる》のような灯りが浮かんだ。通化《つうか》だ。

山並みが途切れ、わずかな平地が覗き、河らしい蛇行《だこう》が輝きを発していた。抜きんでた高山もなく、目標物は皆無《かいむ》だった。皮膜のような雲が垂れ込め、小粒な石らしきものが機体を擦《こす》ったので聞き耳を立てた。

山地を過ぎて、遼河《りょうが》平原に入れば残りは四〇キロ。運が味方すれば、レーダーに捉えられず奉天まで届くかもしれない。

Kレーションの箱から、乾燥果物のクラッカーを抜いて口に入れる。朴との会話は途切れていた。敵の空軍基地に潜入し、大型爆撃機を奪うなど、とうていできるとは思えなかった。万一、やれたとしても、航法士なしで目的地に到着するなど不可能に近い。それでも、朴がやるとしたら……。

堀江はヘッドホンを持ったまま、三人から離れ、前に移動した。小さなハッチを開けて、補助椅子を上側に押し上げる。そこに昇って、飛行機上部にあるB26のコクピットの中に入った。爆音に満ちていた。シートを下げる。左手にある操縦席の中尾が、驚いて堀江を振り向いた。

「今回の空投はどう思いますか？」

中尾の耳元で呼びかける。

「CIAのミッションなのか、疑わしい」

「そう思います」

堀江は韓道峰について話し、彼の指令で朴がブルを乗っ取って、日本に向かうかもしれないと口にした。

「米軍に原爆投下させるために、今回の三人を紛《まぎ》れ込ませたというのか？」

「朴以外のふたりはともかく、ほかに考えられません」

「もしそうだったらどうする？」

「そう簡単にブルを横取りできるかわかりませんが、最後まで見極めたいと思います」

「見極めるって？」

「連中と一緒に降下します」

中尾は目を丸くして、堀江を見つめた。

「本気か？」

堀江は口を引き結んでうなずいた。

「考え直せ。そんなことをしたら命を落とすぞ」

「連中の出方次第では、とんでもない事態が起きる可能性があります」

万一、ボーイングスキーを横取りして、日本に向かうようなことがあれば、米軍は原爆を中国本土に落とす、と説明した。すると中尾が深刻そうな顔で前方の暗闇を見つめた。

おもいのほか時間が過ぎていた。午前四時を回っている。堀江は後部室に戻った。朴は腕組みしたまま、首をねじ曲げるようにして寝入っていた。ほかのふたりも、睡魔には勝てず、足を投げ出して眠りこけていた。

足を蹴《け》って起こすと、朴はあくびをしながら、窓の外に目をやった。

「奉天?」

言いながら、腕時計を見る。

セルゲイと楊も起き出して、外を窺《うかが》う。

「パラシュートをつけろ」

「了解」

朴がほかのふたりに声をかけ、三人はパラシュートの装着をはじめた。主傘《しゅさん》を肩に担《かつ》いで、予備傘を胸元にかける。朴がふたりの点検をし、堀江が朴のチェックをした。

「教えたとおりにやれよ」

朴が中国語で呼びかけると、ふたりは身を固くしたまま、朴を見つめた。

「いまさら、五点接地か?」

堀江が落下傘降下の着地について、日本語で声をかけた。

「エンジンのかけ方」

言葉少なに返した。

違ったようだ。

「ブルのか？」

訊くと同時に、中尾から、準備はできたか問い合わせが入った。

「できています。いつでも降下できます」

堀江も自分自身のパラシュートのチェックをし、食料と水筒を入れたバッグを肩掛けにする。

朴が何をしているのかという顔で堀江を見た。

山はさらに低くなり、丘と区別がつかなくなった。谷間の暗がりを飛ぶ。ふいに山らしき影がなくなり、紙を敷《し》いたような平地になった。レーダー探知を避けるため、高度が五〇〇フィートまで下がる。対空砲火も探照灯の出迎えもない。街ぎりぎりのところまで侵入するとは、敵側も考えていなかったようだ。自軍の航空機と思い込んでいるのだ。

「南へ流されてる」ヘッドホンに機首席の片岡の声が入る。「方位二一に変針。七〇マイル（一一二キロ）」

「了解。方位二一で七〇マイル」

かなりの修正だ。

「あと十分で降下地点」

堀江は三人に手袋をはめさせ、天井のワイヤーに各人の自動曳索《えいさく》をつなげる。これで、降下と同時に主傘が開き、降下者が開傘操作をしなくてすむ。物資の収まった投下物も同様につなげた。

機はさらに低いコースを取った。窓の外は墨を塗ったように暗い。空と地平の区別がつかなかった。エンジン回転数は一八〇〇を切り、対地速度も三〇〇キロを割っている。右手前方に、火の粉《こ》を散らしたような灯りの輪が見えた。奉天だ。探照灯も高射砲のお出迎えもない。エンジン音が変調した。地上から爆音が察知されるのを防ぐため、中尾がプロペラの同調を解除したらしかった。

「まもなく投下地点」片岡から声がかかる。

「高度四〇〇フィート（一二〇メートル）に上昇」

「降りるぞ」

堀江は声を張り上げると同時に、機が後ろに傾いた。

楊、セルゲイ、朴の順に開口部へ移動させる。セルゲイが梁《はり》につかまり、よたよたしながら進む。

「目標発見っ。開口部ドア開け」

「了解」と中尾。

両開きドアが下に向かって開いた。突風が吹き込んでくる。

「降下」

堀江が楊の背中を押した。開口部下の暗がりに吸い込まれるように、楊が落ちていった。セルゲイも続いた。強《こわ》ばった表情の朴の背を押すと、前方へ飛び込むように暗がりに消えた。物資の詰まった箱を外に押し出した。それも、瞬《また》く間に闇へ吸い込まれていった。

「開口部閉め」

堀江は言い、窓に張り付いて後方を窺う。

ロウソクのような頼りなげな灯りが見え、蛇行する渾河《こんが》らしき流れがぼんやり浮かんでいる。五キロほど離れた街にも爆音は届いているはずだが、高射砲の砲撃はなく、迎撃機も飛んでこない。どすんと開口部の閉まる音が響く。機が左に傾いたので、堀江は梁につかまった。そのまま反転する。

「中尾さん」堀江はインターホンで声を張り上げた。「わたしも降下します。開けてください」

ワイヤーに自動曳索をつなげる。

「どうしてもか？」

「ほうっておけません」

「おまえがそこまでやる必要はないぞ」

「お願いします」

「……わかった。戻って、落とす」

ふたたび機が反転する。松明の火があったあたりは、黒く塗りつぶしたような闇があるだけだ。火は消されたようだ。

「助けがいるなら、小西関《しょうせいかん》にある同善堂《どうぜんどう》の李静《リージン》を訪ねろ」

「どうぜんどう……」

「孤児院だ。無理するな。戦争が終わるまで、そこの世話になれ」

思わず「はい」と返事する。

中尾の声とともに、足下の両開きドアが開いた。

堀江は思いきり息を吸って止めた。宙に身を落とす。

激しい風圧が襲いかかった。飛行機の爆音が遠のいた瞬間、パラシュートが開いた。ショックで身体ごと上に引っ張られる。中空に浮いたまま、闇一色のまわりから首をねじ曲げる。奉天の街の灯りをみとめた。みるみるそれが低くなり、やがて見えなくなると、いきなり地面にぶち当たった。前方に転がって衝撃をやわらげる。

パラシュートを外《はず》し、背の低い草の上に立った。あたりに人気はない。水の流れる音の方向に歩いた。一〇メートルほどで、渾河の河畔《かはん》だった。右方向に濁流が音を立てながら流れていた。ぞっとした。やはり、増水している。ここに落ちていたら、おぼれ死ぬところだった。

右手の空がわずかに白《しら》みがかっていた。そちらが東のようだ。勢いをつけて、パラシュートを投げ込んだ。川の流れる方向と合わせて、自分がいる大まかな位置がつかめた。先に降下していった三人の姿は、どこにもなかった。B26の爆音は聞こえなかった。底知れない心細さが這い上がってくる。

野原を急いだ。二〇〇メートルほどで、道に行き着いた。道の向こうに、規則正しく畝《うね》の広がるコーリャン畑があり、少し先に大人数で踏みつぶした跡を見つけた。コーリャン畑に足を踏み入れた。松明を焚いた形跡もある。足跡はそこから北に向かって延びていた。

奉天の地図を頭に描きながら、あたりを窺う。真北に間隔の短い灯りが連《つら》なり、その右手にも規則正しい灯りの点が伸びている。灯りが途切れたあたりがかつての造兵廠ではないか。正面左手、かなり離れたあたりにも灯りの連なりが見える。日本人が多く住んだ新市街のようだった。とすれば、北の正面は、奉天城のある旧市街のはずだ。

造兵廠の位置が間違っていなければ、その真南に東塔《とうとう》飛行場がある。ここから五キロほどか。足跡は多かった。たどるのは容易だ。水気を含んだ畝に足を取られながら進んだ。左手に三層の丸屋根をいただく塔が浮かび上がった。中国皇帝の祈禱《きとう》所とする天壇《てんだん》だ。道に行き当たり、足跡がとだえた。向こう側の畑にも足跡がなかった。しばらく乾いた道なりに歩いた。

土塀に囲まれた集落があり、注意深く中に入った。起き出している家はなく、静まりかえっていた。共同炊事場の奥の物干しに、ぼろぼろになった男物の旗袍《チーパオ》がかけられていた。手早く軍服の上着を脱いで、それをまとった。食料と水筒を入れたバッグがないのに気づいた。降下のとき落としたのだ。旗袍は足首まで裾《すそ》が届いて、ちょうどよかった。ぼろ靴《ぐつ》もあり、足に合ったものと履《は》き替えた。それまで着ていた上着と履いていた靴を抱え、天壇に背を向ける形で先を急いだ。

いくつか畑の交差路を過ぎる。墓所の脇を通り、国民学校らしい建物を回り込む。右手に大きな集落がある。途中にあった穴にフライトジャケットを放り込み、靴も捨てて土をかぶせた。

集落に入ると、灯りのともった家が目立つようになった。用心深く路地を歩き、集落の北側に出た。ずっと先に、見覚えのある丸い塔らしきものが、ほの白く明けの空に浮かんでいた。東塔に間違いない。東塔飛行場はあの南側にある。

北に進むと、広い道が直角に交わる市街地に入った。戦時中、大東《だいとう》区と呼ばれた地域だ。くすんだ赤煉瓦《れんが》の家々が続き、早くも土埃《つちぼこり》をたてて馬車（マーチョ）が通りかかった。道の際も赤煉瓦の家も、茶色い砂埃がはりつき、昇り出した朝日のせいであたりはどこも黄ばんでいた。

懐《なつ》かしい風景を味わう余裕もなく、北に延びる道を早足で歩いた。造兵廠らしい高い塀に突き当たった。警察署だった建物は、まだ当時のままだった。東に通じる長い塀を歩き切ると、左手に朝日に浮かんだ東塔が見えてきた。東塔飛行場入り口も、戦時中のままだった。小銃を手に警戒に張り付いている兵士をやりすごし、そのまま歩いて、低い塀に囲まれた東塔の敷地に入った。

人っ子ひとりいない。頂上に傘《かさ》と像が載せられた東塔は、側面の煉瓦が剝がれ落ちて草が生え放題だった。彫刻が施《ほどこ》された土台に足をかけ、苔《こけ》むした丸い台座の上まで昇って、飛行場のある南の方角に目を向けた。

飛行学校や修理工場らしき建物と格納庫が目に飛び込んできた。それらの向こうのだだっ広い草原に、舗装された滑走路が延びていた。昔と比べ、一〇〇〇メートル以上に拡張されている。滑走路左手に先のとがった独特の形をしたソ連製戦闘機が二十機近く並び、反対側に双発の中型爆撃機が十機ほど距離を保って整列している。ブルと呼ばれるツポレフＴｕ４はどこにも見えなかった。

どこかに飛んでいってしまったのか。奉天にあるほかの三つの飛行場のどこかに移ったのだろうか。スパイの目にさらされているのはソ連側もわかっているはずで、頻繁《ひんぱん》に場所を変えている可能性もある。気象を考慮して移駐したのかもしれない。

とにかく、朴たちの目的がブルであるなら、ここに来ていたはずだ。不在を知れば、ほかを探すに違いない。彼らはどこへ行ったか。

やはり、奉天北飛行場だろうか。堀江も鞍山からたびたび飛んだ。昭和初期、張学良《ちょうがくりょう》が作ったもので、戦時中は満州国軍や満州航空の基地だったのだ。コンクリート舗装された滑走路があり、于洪屯や奉天西飛行場より規模が大きい。とりあえず、北か于洪屯の飛行場に行くしかない。

日はすっかり昇っていた。元来た道を引き返す。自転車に乗る人々と同じ方角へ行くと、大東辺門にたどり着いた。

奉天は日本人が開発した新市街と清《しん》朝時代からの旧市街に分かれ、そのあいだに外人居留区の商埠地《しょうふち》がある。

旧市街はかつて奉天城と呼ばれた二重に囲まれた城壁都市で、ここはその外側にあたる場所だ。城壁は日本軍により壊され、いまは鉄製の門があるだけだった。ここから先は城内となり、かつて大東関大街《だいとうかんだいがい》と呼ばれた商店街になっているはずだった。

商店や洋風の家々が軒《のき》を連ねる道の端を歩いた。旧市街への入り口になる大東門をくぐった先は内城《ないじょう》と呼ばれ、清朝故宮殿《こきゅうでん》もある、中国人たちが多く住む人口密集地帯だ。街区ごとに大きな門があり、狭《せま》い路地が十字に横切っている。せわしなく人や自転車が行き交い、馬車や人力車が派手な音を立てて動いていた。辻々《つじつじ》にいる水売りの呼び声を無視して歩いた。戦時中、よく見かけた詰襟《つめえり》の協和服は見かけなかった。時代が変わったと痛感した。

通りは故宮の裏手になった。かつての省公署や県公署が並ぶ官庁街だ。砂混じりの風が顔に吹きつけてくる。道も建物も黄色い砂がびっしりはりついている。制服姿の男たちの視線を避けて先を急いだ。ようやく、大西門《だいせいもん》にたどり着いて内城を出た。そのまま、まっすぐ延びる道に足を向けた。

このあたりから先は、小西関《しょうせいかん》地区になり、中尾の言っていた同善堂も、近くにあるはずだった。前から来た十歳くらいの男の子に、赤ん坊を抱きかかえる仕草をすると、見当がついたらしく、男の子は少し先にある交差した道の北側を指さした。

そこから三分ほど歩くと、鉄のレリーフでできた『奉天市同善堂』の看板がかかった門が目にとまった。ここはかつて日本人観光客も訪れる名所のひとつだったのを思い出した。孤児や女性、失業者などの弱者救済を目的とする福祉・授産施設だ。中尾が関わっている理由はわからなかった。門をやりすごしてしばらくすると、石造りの壁に『救生門』と彫られた半円形のアーチがあった。アーチを潜《くぐ》って少し奥まったところに、五〇センチほどの丸い穴がもうけられていた。育てられなくなった赤ん坊を差し入れる穴のようだ。覗き込んでみると、ガラス窓越しに白衣姿の中年の女と目が合った。驚いてさっと身を引く。戸が開く音がして、穴の内側から女の声がかかった。中国語なので意味がわからず、リー・ジンさんはいますか、ととっさに中国語で返してみた。すると、こちらにいます、と取れる言葉が返ってきた。もう一度穴に近づき、こちらを見つめる相手に、中尾純利の紹介で来た、と口にしてみた。

女は手でここで待つように示し、奥へ消えた。救生門の内側で待機していると、五十歳くらいの背広を着た丸メガネの男が門外の通りに現れた。

「中尾さんの紹介というのはあなた？」

日本語で訊いてきたので、そうですと答えた。

「日本人？」

遠慮がちにうなずくと、男は左右にするどい視線を飛ばし、堀江の腕をつかんで、同善堂の門のほうへ歩き出した。

「あなた、危ないよ」

それきり黙り、門の奥へ導いた。等間隔に置かれた植木鉢のあいだを抜け、煉瓦造りの事務所らしい平屋の建物に連れ込まれた。木製ドアを開けて部屋に入るよう促された。中は二対《つい》の机があるだけの簡素な造りだった。

「あなた中尾さんの知り合いか？」

「はい」

「わたしは李静《リージン》。あなた、新京のほうから逃げてきたのですか？」

「いえ」

抑留されたシベリアから逃れてきたと思っているのだろう。

「中尾さんはここの子どもたちを飛行場に連れていって、飛行機を見せてくれたりして面倒見てくれたんです。満州航空には中尾さんが音頭を取ってくれて、たくさん寄付してもらいました。大変な恩人です」

「そうだったんですか……」

「一度、子どもたちを、奉天上空の遊覧飛行に招待してくれてね。わたしはその頃まだ下っ端だったけど、いまはここの副所長してます。中尾さんは元気ですか？」

「はい……」

この人には思い切って、ありのままを話してもよいのではないか。

堀江は明け方、その中尾が操縦する飛行機からパラシュートで渾河近くに降下したことを話した。驚く相手に、ほかにも三人が降下していて、その男たちを追いかけていることを話した。

「その三人は何をするのですか？」

「ソ連の大きな爆撃機を奪い取って、中国から国外に持ち出そうとしています」

堀江はそれが中国にとっても日本にとっても、悪い事態を引き起こすと説明したが、李はあまり理解できないようだった。

「わかりました。とにかく、わたしはあなたの味方です。これからどうしたいのですか？」

まずその大型爆撃機がある飛行場をつきとめ、そこに潜《もぐ》り込んで三人を待ち伏せしたいと話した。そこから先は堀江にもわからなかった。

李からどこの飛行場から調べたいか、と訊かれ、堀江は奉天北飛行場と于洪屯飛行場に行ってみたいと答えた。すると、両方調べてみるから、きみはここに留《とど》まって、今晩はここに泊まれと言った。決して外に出るなとも。

丁寧に礼を言い、別室に案内された。そこにあった月餅《げっぺい》を頬張《ほおば》り、水で喉《のど》を潤《うるお》した。人心地《ひとごこち》付いたような気分で板の間に横になった。

もう中尾らは金浦空港に帰投している時間だった。堀江がいなくなった理由をどう説明しているだろうか。見たまま、聞いたままの状況を話せば、オリバーはわかってくれるだろうか。今回のミッションは元々からしておかしかったのだ。朴との会話を思い出し、あれこれ考えてみるが、まとまらなかった。しばらくして、沼に引き込まれるような睡魔が訪れた。

その音が聞こえたので、堀江は飛び起きた。夕方近かった。外に出ると、東の方角から、飛行機の編隊が奉天の上空を横切ろうとしていた。目を凝らした。B29……いや、ブルではないか。頭上を通過した六機のうち、先頭の一機が左ターンをはじめた。徐々に高度を下げ、ベースターンに入った。着陸するようだ。間違いない。あれは奉天北飛行場の方角になる。戦中、堀江自身が使った奉天北飛行場の場周経路を思い起こした。ブルはそのときと同じパターンをとっていた。

いまの編隊を朴たちもどこかで見ていたはずだ。彼らは明日、奉天北飛行場に行く。

7

十一日の朝は日の出とともに目が覚めた。堀江は李からもらったぼろぼろの上着に着替え、編み笠をかぶり、足に脚絆《きゃはん》を巻いた。手ぬぐいを首に巻き、李のあとについて同善堂の門から外に出た。薄曇りの西風の強い日だった。路地から大通りに出る。大西関大街だ。石造りの商店が連なる広い通りを西に向かう。新市街に入っていた。

道を渡り、南市場に入った。早朝から白菜やら大根やらがぎっしり積まれ、梅や花、鶏の入った籠《かご》からやかましい囀《さえず》りが響いている。李が気安く長袍《チャンパオ》を着た男に声をかけた。男は堀江の顔を見ながら、何度もうなずいている。

「この男が奉天北飛行場へ食料を届けている」李が言った。「もうじき出ると言ってる。一緒に行けばいい」

「わかりました。そうします」

「だめなら、戻って来い」

李は男にまかせたという顔で挨拶をし、去っていった。

男は崔《ツウエイ》と名乗った。口ひげを生やし、目尻のしわが深い。笑みを浮かべると、歯がほとんどなく顔の下半分が縮むようになる。

積んでくれ、と中国語で言われたので、堀江は馬車に小麦粉の入った袋を積んだ。漬《つ》け物の樽《たる》や鶏の入った籠を詰め込み、崔は手ぬぐいを水で濡《ぬ》らして馬車に乗った。堀江も同じようにして、その横に腰掛けた。崔は何も訊いてこなかったが、こちらが日本人とわかっているようだった。馬糞のにおいがひどい。指をひとつ立てるのは、一時間ほどかかるという意味と受け取った。

整然とした新市街は、かつて日本人が漢人と競い合うようにして作り上げたものだ。どっしりした忠霊塔の角から、中央大街を北に向かった。広々とした道にバスや車が走り、日本にはない欧州風の建物が軒を連ねている。自転車を漕《こ》ぐ人も大勢いる。ロシア料理店の前で、小麦粉の袋をふたつ下ろした。

満州医科大学だった建物は、広い敷地も校舎もそのまま残っていた。直径一〇〇メートルほどもある大広場にさしかかった。とがった塔の先を天に向けた日露《にちろ》戦役記念碑が堂々と真ん中に立っていた。広場では、奉天爆撃で撃墜されたB29の残骸を展示していたのだ。右回りに進む。大勢の人や馬車が行き交っている。ヤマトホテルだった壮麗な建物を通り過ぎる。東京駅と似た赤煉瓦の奉天駅を遠く左に眺めることができた。奉天駅の向こう側にある煙突から、盛大に黒い煙が上がっていた。たしか満蒙毛織《まんもうけおり》の工場だったはずだ。

警察局や三井ビルも昔のままだった。朝鮮銀行の角から、六〇メートル幅の浪速《なにわ》通りに入った。広い道にポプラと柳の並木が続く。東京の丸の内さながらの官庁街だ。旧市街の外側にある小西辺門まで進み、北へ取った。広場のロータリーから北西に通じる道を選び、奉吉《ほうきち》線の立体交差をくぐり抜ける。二キロほど東に行けば、満州事変の発端になった柳条湖《りゅうじょうこ》がある。

ゴルフ場を右に見ながら、北へ進む。旧満鉄連京《れんきょう》線を通り越す。鉄道工場らしき街区を過ぎると、行く手に北陵の森が見えてきた。新貝川にかかる北陵橋を渡った。広い敷地にモダンな建物が散らばる一帯が近づいてきた。軍閥時代の張学良が創設した旧東北大学《とうほくだいがく》だ。中国東北部の学術拠点として知られ、戦時中は日本軍の兵舎として使われていた。敷地の南側を囲む道を東に進んだ。塀越しに、若いそこそこの数の人が行き交っているのが見える。

「いまは大学か？」

と崔に訊いた。戦時中は廃校になっていた。

「東北工学院《とうほくこうがくいん》」

崔は言った。

工学専門の大学になったようだ。

塀に沿って進み、北陵道路と呼ばれていた道に行き当たった。左にとる。集落のあいだを土の道がまっすぐ延びている。崔は指をふたつ立てた。あと二十分で着くようだ。

「北陵」

崔が行く手、西側に広がる森を指して言った。

馬車に揺られながら、満州にしては珍しい、緑の広がる前を見つめる。懐かしさがこみ上げてきた。北陵の北端にある一本松、張学良軍がいた北大営の角、そして満鉄線文官屯《ぶんかんとん》駅の煙突——北飛行場への離着陸で目印にしたのだ。

「今晩はあぶない」

向かい風が強くなり、砂埃が舞いはじめた。細かな砂で目を開けていられないほどだ。崔に倣《なら》って、堀江も濡れタオルで鼻をふさいだ。森の向こうの西の空がどんより濁っている。

とそのあたりを見て崔が言った。

「なにが？」

「沙暴《シャーパオ》」

黄砂か。

「今年はひどい沙暴があったか？」

「まだないよ」

春先は黄砂のはじまる季節になる。年一、二度は立っていられないほどの大砂塵《だいさじん》に見舞われる土地だ。集落を通り抜ける。

松の木々の合間から、朱色の門や楼閣が見え隠れしている。北陵の森の中ほどまで達した。重くどんより曇った空に雷が走った。運動場を過ぎ、Y字路を右へとった。北陵の森から離れていく。コーリャン畑の向こうに、三角屋根の大きな建物が見えてきた。飛行機の格納庫に違いなかった。

格納庫の北側に大きな工場らしき建物が見えた。大陸風の黒煉瓦の建物も並んでいる。満飛こと、満州飛行機製造会社の工場に違いなかった。二千機以上の航空機が作られたのだ。

飛行場正面入り口が近づいてくる。四本の柱が立ち、衛兵の詰め所らしい小屋があるが、衛兵の姿はなかった。入り口から二本の舗装路が先にある二棟の兵舎まで続いていた。兵舎も格納庫も、旧日本軍が造ったときのままだ。

崔は入り口を横目に見て、左手にとった。広がる草地に道がついていて、そこから基地内に入った。左側に天幕《てんまく》張りのピストや粗末な小屋があり、その先に五棟の格納庫が並んでいる。滑走路は昔の倍以上にまで延びていた。そこに並んだ鈍《にぶ》く光る大型飛行機を見て、堀江は思わず息を止めた。ブルではないか。B29と比べて主翼の位置がやや高く、垂直尾翼の勾配《こうばい》も緩やかだった。それ以外は、そっくりそのままだ。ジュラルミンの地肌がむき出しで、機首は温室のガラスのような風防に覆われている。コクピット上の銃塔まで同じだった。腹と尾翼にソ連空軍を示す赤い星がついている。見える限り十機、いやそれ以上ある。

その何機かに兵がとりついて、整備をしていた。コンクリートの滑走路は堀江がいたときより、長くなっているように見える。

目の前のピストから、幅広い肩章をつけた背広型の軍服を着たふたりの男が現れた。堀江は身を固くした。ソ連軍の将校ではないか。片方の金髪の男が、ちらっとこちらを振り返ったが、それだけで横切っていった。黒ブーツを履いた兵士があちこちで動いている。地上勤務員だろうか。カーキ色の軍服に、太いベルトを巻いたソ連軍独特の恰好《かっこう》。やはりソ連軍は参戦していた。

四つ目の格納庫を通り過ぎ、掩蔽壕《えんぺいごう》らしい土の盛り上がりがあり、その奥に倉庫らしい長い建物があった。

兵舎の横に馬車をつけ、荷物を下ろしはじめた崔を手伝い、堀江も小麦粉の袋を肩に担いで兵舎に入った。中にもソ連兵が多くいた。中国兵や民間人と合わせて半々ほどだろうか。調理場の続き部屋で袋を下ろした。

何度か往復しているあいだに、崔は顔見知りの中国人から黒パンを受け取り、それを持参した袋に収めて、馬車に戻った。

何も訊かれないので堀江も同じように馬車に乗るしかなかった。中国人に化けているとはいえ、身を隠す場所もない。

崔が鞭《むち》を使ったとき、猛烈な突風が吹いて、上体がのけぞった。耳がつーんした。崔が身を低くして、先を急がせた。外にいた兵士たちが続々と兵舎内に入っていく。皆、同じ言葉を口にしながら、空を振り返っている。その方角に目を向けた崔が、「だめだ」とつぶやいた。顔を引きつらせながら馬車を格納庫の裏手に寄せると、飛び降りて兵舎に逃げ込んでいった。ブルの整備をしていた兵士たちも持ち場を放棄し、あわてふためいて兵舎に駆け込んでいく。

馬車が震え、兵舎がきしみ、草が風下に向けて地を這っていた。強風に上半身があおられ、尻が浮いた。そのまま馬車から落ちた。振り向きざまに見た西の空遠くに、茶色い滝のようなものが現れていた。生き物のように膨《ふく》らみを増し、近づいてくる。

砂塵暴《さじんぼう》――。

すぐ前の掩蔽壕から三人の兵士がぱっと出た。三人は滑走路の反対側にあるブルに向かって一目散で駆け出した。皆、袋のようなものを抱えている。先頭を走る兵士がこちらを振り向いた。

……朴ではないか。掩蔽壕に隠れていたのか。

堀江は反射的に三人を追いかけた。滑走路には人っ子ひとりいなかった。砂混じりの猛烈な風が顔に当たった。顔を手で覆い、掩蔽壕まで走った。朴はこのときを待っていたのか。

三人は爆弾倉の扉が開いたままのブルに着いた。背の高い男が機体の前と中程にある車輪止めを外した。セルゲイだ。楊は機体後部にあるハッチに取り付けられたはしごを昇っている。朴が爆弾倉から乗り込んだ。それに続いて、セルゲイも機体に入った。

堀江は風でよろめきながら、滑走路を渡り切った。風に体が持っていかれる。兵舎から追いかけてくる人影はなかった。口中にたまった砂を吐《は》き出した。

ブルに着いた。体をかがめて、開いたままの爆弾倉の下から中に入った。風圧が失《う》せ、風音だけが伝わる。薄暗い。爆弾倉に機の前後を結ぶはずの連絡通路はなかった。垂直に四本の爆弾架が取りつけられているはずだが、それもない。爆弾は搭載されていなかった。丸い壁面に油圧パイプや操縦索が這い回り、コクピットに通じる丸い開口部から光が差し込んでいた。そこから、中国語の怒鳴《どな》るような声が聞こえた。

堀江は爆弾架の梁を使って開口部までよじ昇り、コクピットを覗き込んだ。

五メートル近い奥行きがあり、立って歩ける広々とした部屋だ。手前にある通信士と航法士用の区画に人の姿はなく、その先にある正・副操縦士席も同様だった。声は右側をふさいでいる壁面の向こうから聞こえる。

四基あるエンジンを専門に扱う機関士席だ。朴とセルゲイが張りつき、エンジンをかけるための準備作業をしているのだ。ひとりの左半身が見える。朴のようだ。

烈風がごうごうと音を立てて、機体に当たっている。朝というのに、コクピットは夕方のように薄暗くなってきた。揺れを感じる。そのとき、機の後方から、ポンポンと軽い音が伝わってきた。エンジンがかかるまで電力を供給する補助発電機が回りはじめたようだった。後部ハッチから入った楊が動かしたのだ。

半身をさらけ出していた男が左手の正操縦席に座った。朴だ。拳銃を下げ、革ジャンパーを着た上に米軍のパラシュートをつけている。プロペラの角度の点検はおろか、機内点検もしないインターホンもつけない。一万メートル上空でも、機内を一定の圧力に保つための与圧装置もあるはずだが、そちらも見向きもしない。いきなり飛ばすつもりだ。右手の副操縦席には誰もいない。

爆弾倉の扉が閉じられる音がした。この開口部も封される。堀江はあわててコクピットに這い出た。左手にある航法士席の机の下で体を丸めた。それと同時に朴が操縦席を離れた。開口部のハッチを閉めると、堀江に気づくこともなく操縦席に戻った。ほっとした。

あらためてコクピットを眺め回した。本物のB29は、コクピットと後部をつなげる連絡通路があるが、壁にそれらしい穴はない。後部室と独立した設計だ。

正操縦席の朴は、計器類のチェックをはじめていた。水平儀《ジャイロ》を水平にセットし、自動操縦装置の計器盤をチェックしている。自動操縦装置がオフ状態にあるのをたしかめているようだ。トリムタブを調整し、油圧計に目を凝らす。そのとき、爆弾倉の扉が閉じる音が伝わってきた。

朴は右後方の機関士席にいるセルゲイに声をかけ、手も使って命令を繰り出した。あらかじめ教えていた操作をさせているのだ。

「一《イー》、二《アー》、三《サン》……」

中国語で朴が数を読み上げる。

八まで数えると、猫が喉を鳴らすような、くぐもった音がした。朴がブレーキペダルを踏み込み、ターボ過給器らしきダイヤルを回した。左手に握りしめたスロットルレバーをゆっくり前に倒す。ガクガクとあえぐような音がして、左手からエンジンの爆音が上がった。そのまま全開にした。続けて三つのエンジンがかかった。騒々しいアイドリング音が満ちる。

朴はスロットルを絞ってからエンジンを同調させた。リズミカルな振動に変わった。朴が後ろを振り返り怒鳴り声を上げると、セルゲイが副操縦席にあるレバーに手をかけた。フラップを下げたようだ。

外で巻き上がる石粒が機体に降りかかる。風で揺られ機体がきしんだ。風防越しに見える空が茶色く濁っている。機体近くに敵兵はひとりもいないだろう。しかし、ろくに点検もしないで、こんなときに離陸……。

躊躇《ちゅうちょ》する間もなく、朴がブレーキをゆるめ、スロットルを徐々に押し込んだ。ブルの巨体がゆっくり動き出した。車輪が硬い舗装路で回転する音が伝わる。感じたことのない振動が機体を震わせていた。ガラス張りの機首風防が赤黄色に染まっていた。生き物のようにうごめく砂塵暴が滝のようにこちらに向かってきていた。あれに突っ込む気か。

堀江は航法士席の反対側にある通信士席に座り、シートベルトをはめて鉄製の机にしがみついた。足を踏ん張り、体を支えながら、窓を見た。みるみる速度が上がる。一〇〇、一五〇――。

フラップが収納された。

二〇〇、二三〇――。浮かない。

およそ二五〇キロを感じたとき、一瞬、機が背伸びをしたように感じられた。地上の抵抗が消えた。機が後ろに傾いた。五二トンもある機体が上向いた。胴体の車輪が引っ込む音がする。全幅三二メートルの機体が持ち上がり、宙に浮く。怒濤《どとう》のようなエンジン音とともに、機体は砂嵐の中に突っ込んだ。黒幕を被せたように暗くなり、機のあらゆる部分に嵐のような風圧がかかった。石粒の当たる金属音が四方から押し寄せてくる。ブルがいまにも空中分解しそうな不気味な音を立ててきしむ。

まだ機は充分な揚力を得ていない。最悪の事態を想像した。目をつむり、歯を食いしばる。エンジンの爆音とともに、砂嵐が激しく機を揺さぶる。暗さが増した。

朴、おまえはこれを待っていたのか――。

地上からも空からも、何の干渉も受けずに飛び立てるこのときを。

風防の前を覆っていた赤黄色の嵐がやや薄くなった。砂をまぶしたような、赤く光る太陽が見える。そこに向けて、機体は上昇を続けた。戦時中、黄砂の中を飛ぶときは、太陽に向かって突き抜けろと教わった。朴はその通りの操縦をしていた。

通信士席の窓から外を覗いた。視界を遮る砂嵐は薄くなり、すっきり晴れた空へ抜けた。二〇〇〇メートルほどまで上昇したようだった。室内の温度が下がった。三五〇キロ前後の速度で水平飛行に移った。ターボ過給器を調整し、スロットルが絞られた。エンジン音が静かになった。巡航速度に移行する。

どちらに向いて飛び出したのか、頭の中で想像した。東北東一〇度ほどに傾いた滑走路を飛び出し、そのままっすぐ北東方面に向かっていると思われた。

朴はいったい、どこに向かってこの機を飛ばすつもりなのか。

堀江は正操縦席にいる朴の後ろ姿を覗いた。いつの間にか、ヘッドホンを装着していた。

8

四月十日、午後六時半、ワシントン（日本時間十一日午前七時半）。

「ダレス、あなたの対日講和演説は素晴らしかった。あらためて礼を述べたい」

夕食後、トルーマンは書斎でふたりきりになった相手に、そう切り出した。

「ありがとうございます。たいへん光栄です」

ジョン・フォスター・ダレス国務長官顧問は大きな体を縮めるように、低い声で答えた。

「日本も含めて、アジアの猿どもは、あなたなしでは一時たりとも油断できないからね」

「いささか過剰なお言葉ですが、たしかにほんの数年前まで、血みどろの戦いを繰り広げてきた相手です。いつも懐《ふところ》にナイフを忍ばせて、必要なら使うのも辞《じ》さない覚悟で臨んでおります」

「それでよい。再軍備を拒《こば》んでいたヨシダ首相も、あなたの前では赤子《あかご》同然だ。われわれが早期講和を呑んだら、ヨシダはあわてて、わが国の武力の庇護《ひご》を求めてきた。これで未来永劫《えいごう》、日本はわが国に従属する」

「その点、西側陣営に日本をうまく組み入れることに成功したと自負しています。ここだけの話ですが、どこまで相手を信用してよいのか、じつはいまでも疑っております」

「英国のような考え方だな」

「相手の底意を見抜かなければ、命取りになりかねませんので」

「なるほど。英国のアトリーはまだ中共を対日講和会議に参加させると言ってるのかね？」

「はい。困ったものですが、台湾を中共に返還するという主張も曲げませんし、日本の造船業も解体すべきだと言っています」

「どうして、そこまで固執《こしつ》するのかね」

「造船業にとどまらず、いずれ日本が世界の人絹織物《じんけんおりもの》市場を席巻《せっけん》する日が来るのを英国は極度に恐れています」

「やはり、そこか。まだ、交渉は時間がかかりそうだな」

「残念ながら」

「本題だが、今回のマッカーサー元帥の解任に伴《ともな》って、日本がどういう反応を示すかが気になっている」

ダレスは体を揺らして咳払《せきばら》いし、足を組み直した。

「日本人にとってマッカーサー元帥は天皇以上の存在です。政府はむろん津々浦々《つづうらうら》まで、激しい衝撃が走るのは必至です」

「やはりそうか。それだからこそ、あなたの出番だ。くれぐれも、ヨシダの不安を解いてくれるようにお願いしたい」

ダレスは共和党の重鎮だが、日本の懐柔を含め、いまこの人物をおいて、情勢を安定させられる人間はいない。

「微力ですが、閣下のご意思を伝えるべく、尽力したいと思います」

「ぜひとも頼む」

準備でき次第、日本に発《た》つという話をしていたとき、ブラッドレー統合参謀本部議長が血相を変えて入室してきた。気を利《き》かせたダレスが下がっていくとブラッドレーは、

「いましがたショート報道官が飛び込んできて、『シカゴ・トリビューン』の記者から『明日、マッカーサー元帥が辞任願いを出すようだが、本当かと訊かれた』と言っています」

「何だと？」

トルーマンは腰を浮かせた。

「同紙のウイリアム編集長によれば、いま東京ではマッカーサー解任の報道が流されているようです」

「ジョーは何と答えた？」

「もちろん、そのようなことはない、と突っぱねたと言っています。現在、アチソン国務長官とともに、情報収集に当たらせています」

「やつが勝手に辞任するだと。ゆるさん」トルーマンは蹴るように席を立った。「野郎がこのわたしに辞表を出すなど、もってのほかだ」

あまりの勢いにブラッドレーが直立不動の姿勢を取った。

「いいか、ブラッドレー、わたしだ。このわたしが野郎を馘《くび》にするのだ。わかってるか」

「はい、存じています」

トルーマンは怒りの持って行き場がなかった。ブラッドレーのまわりを、うろうろ歩くだけだ

った。

「ふざけてる、なんてことだ、あのボケナスめが」

「大統領」おずおずとブラッドレーが体を向ける。「じつは朝鮮にいるペイス陸軍長官と連絡が取れておりません」

トルーマンは足を止めた。

「どういうことだ？」

「彼のいる釜山司令部の陸軍通信隊の発電装置が故障して、通信回線が不通になっておりまして」

「ペイスはまだ、マック宛ての解任通知を受け取っていないのか？」

「はい、受け取っておりません。現在、長官はリッジウェイ中将の案内で前線視察に出かけていて、夜にならないと戻らないようです」

「では、明日の解任発表には間に合わないではないか」

「その可能性があります」

「なんたるざまだ」トルーマンは執務机を叩いた。「この期《ご》に及んで、まだわたしの通知が届いていないとは」

「申し訳ありません。ただいま、現地は復旧を急いでおり、まもなく回復する見込みです」

ペイス。この肝心《かんじん》なときに、まったく役に立たん男だとトルーマンは思った。あいつの手から解任通知を渡せないのなら、一兵卒と同様、一方的に解任を発表するだけになる。そんなことをすれば、世間はマックに同情し、返す刀でこの自分を非難する。どんなことがあろうとも、それだけは避けなければならない。

「きみもさっさとペンタゴンに戻って、向こうとの通信を再開してくれ」

「心得ました。ペイス長官に連絡がとれたら、即刻東京に戻り、マッカーサー元帥に通知を手渡すように命令します」

「頼む」

ブラッドレーは頭を下げ、部屋から出ていった。

ペンタゴンに戻ったブラッドレーから、電話があったのはそれから四時間後だった。

「大統領、申し訳ありません、ペイス長官はつかまりません」ブラッドレーの声は引きつっていた。「たったいま、東京のマッカーサー元帥に直接打電したのですが、こちらもうまく届いておりません」

「もう一度やれ。届くまでだ」

万事休す……。こちらの手落ちが非難を浴びるのは必定。一秒でも早く、マックのもとに解任通知を送らなければならない。もはやマックの体面など取り繕《つくろ》ってやる暇はなかった。

「悪い知らせがあります」ブラッドレーが続ける。「マッカーサー元帥解任が『シカゴ・トリビューン』紙に洩《も》れました。明日の朝刊に掲載されるようです」

「明日の……」

トルーマンはそれから先を呑み込んだ。

「申し訳ありません」

「もういい。すぐにも、こちらで記者会見をするしかない」

トルーマンは電話を切り、ショート報道官を呼んだ。

あわてて入ってきたショートに経緯を伝えると、「また『シカゴ・トリビューン』か」と呻《うめ》くようにショートは言った。

「手遅れだ。すぐマック解任の記者会見を開くようにしてくれたまえ」

「この時間にですか？」

すでに午後十一時を回っている。

「ほかにやりようがない。午前一時に特別記者会見だ。報道各社に連絡をしてくれ」

「わかりました。ただちに準備します」

「ブラッドレーを呼び出してくれ」

しばらくして電話がつながり、ブラッドレーに記者会見を開くことを告げた。

「このような事態になってしまい、まことに遺憾《いかん》に存じます」

「もうよい。この件は片がついた。明日の朝になれば、東京のボケナスはいなくなる」

「はい……それから大統領、ひとつ確認したいのですが」

「何だね？」

「明日から、正式にDデイ原子力の発動ということでよろしいですね？」

「もちろんだ。記者会見で発表と同時に、マックは消えてなくなる」

「心得ました」

あとは好きなときに、原爆でもなんでも使えばよい。

トルーマンは腹立たしい気分のまま、電話を叩きつけるように置いた。

9

北飛行場を飛び立って二十分。外は明るい。時速四〇〇キロの巡航速度に移ってから、針路を変えていない。黄砂に伴う西風のせいで、機はたえず東に流されているようだった。眼下は一面、茶色い黄砂に覆われて、ここがいまどこなのか見当がつかない。付近の飛行場から飛行機は飛び立てないはずだった。このブルが発進したのも、まだ気づかないでいるかもしれなかった。かりにインド方面に向かうとしたら、黄砂に逆《さか》らわず、その縁《へり》を迂回《うかい》しながら、少しずつ西へ針路を変えていくしかない。

通信士席にある機器類はB29のそれとそっくり同じだった。ほとんどが英語表示されていて、鉄製の机の上には、米国製の主受信機（BC－348）が鎮座《ちんざ》していた。左にある長方形の機器は、操縦席で周波数の自動切り換えができる長・短波帯長距離通信機（ART－13）だ。一〇〇ワットの高出力で、戦時中から量産されたものだ。ソ連が連合国側だったころ、B29を除いた米軍機が数千機貸与されていた。そのため、ソ連にも多くの通信機のストックがあったのだ。

天候さえよければ三〇〇〇キロまで届くはずのART－13の電源はONになっていた。アンテナ切り換え機や機内電話装置など、それらをつなぐ配線が壁に張りついている。机の右手下にあるのは、敵味方識別装置（IFF）や自爆スイッチのようだ。IFFのスイッチもONになっていた。

通信士席の反対側にある航法士席には、長距離電波航法装置（LORAN）をはじめとして、計器着陸装置などがびっしり配置されている。こちらも多くが英語表示だ。キリル文字で書かれた計器は少ない。

十分ほど経過すると下界の黄砂が少しずつ薄まり、まだらに雪をかぶった淡い黄色の地表が見えてきた。地形を目視して飛行する地文《ちもん》航法で、いちばん目印になるのは寺院や湖沼《こしょう》だが、高度が高すぎてうまく見えない。

堀江の思いが通じたかのように、ブルが下降しはじめた。三分ほどで一〇〇〇メートルまで降りた。目を凝らすと、煙を吐いて北へ走る汽車が見えた。大連から奉天を経由して、旧新京、現在の長春までつながる旧連京線《れんきょうせん》に間違いなかった。北飛行場から一〇〇キロは飛行しているはずで、だとすれば開原《かいげん》近くだ。右手前方に、大きな街の広がりが見えてきた。やはり開原だ。街の左手から茶色い砂嵐が蠢《うごめ》きながら近づいていた。ここもすぐ、砂塵暴に襲われる。飛行場があるはずで、見つかってはまずい。

朴は右方向へ針路を変えながら、高度を上げていった。開原の街を避ける気のようだ。雲海に入り、一気に三〇〇〇メートル近くまで達した。これなら目視されないが、レーダーでは捉えられているはずだった。ＩＦＦを入れてあるので、味方機と判別されているはずだが、実際はどうだろうか。飛行に気づかれていれば、無線の呼びかけがあるはずだが、いまのところない。まだ北飛行場は砂塵暴に呑まれたままなのだろうか。

叫び声がして振り向くと、セルゲイがすぐ後ろに立っていた。襟首を摑《つか》まれて、航法士席から通路側に引き出された。正操縦席にいる朴の首がこちらを向き、口をぽかんと開けて堀江を見た。

堀江はセルゲイの手を振りほどいて、朴に大声で呼びかけた。

「まさか、やるとは思わなかったぞ」

朴はシートベルトをはめた肩で大きく息を吐き、半円形の操縦輪を握りしめて前を向く。

「堀江兄《にい》、こっちこそだよ。どうやって来たんだ？」

堀江は機関士席の計器盤を見た。一面、レバーと計器で埋め尽くされていて、目がくらむ。燃料計を見つけた。ほぼ満杯だ。複数ある油圧計や電流計も正常のようだった。

セルゲイを機関航法士席に座らせ、ヘッドホンをつけさせる。そうして、堀江は厚い装甲板《そうこうばん》のついた朴の座る正操縦席の後ろについた。飛行機はいま、四〇〇キロの速度で飛んでいる。エンジンは二一〇〇回転。朴は左側にあるトリムタブを回して、機を安定させながら操縦している。

「ロシア人は基地からの無線交信のときに使う気なのか？」

と堀江は訊いた。

「そのつもりですよ」

交信はロシア語だから、朴では間に合わない。

「交信はあったのか？」

「いや、まだ」

「北に行くのか？」

朴が自動方向探知機を指した。細い針が北を示し、もう片方は右一〇度を指している。

「長春のラジオ局に合わせてあります」朴が答えた。「黄砂を避けないといけない」

長春に向かっているのだ。

堀江は朴の背中にあるパラシュートを叩いた。

「奉天で落とした物資の中身はこれか？」

「そうですよ」

最初からブルを奪う予定だったようだ。

「この機には後ろにつながる連絡通路がない。だいたい与圧装置はついてるのか？」

「後ろと別々に与圧する仕組みのようです。それらしいスイッチを入れたから、高高度まで行けると思いますよ」

「どこまで飛ぶ？　インドか？」

カマをかけてみると、朴は、はにかむように、うなずいた。

「五〇〇〇キロある。燃料は足りるのか？」

「B29と同じなら、充分のはずです。主翼にたっぷり三万リットル入っているでしょうから」

「下から撃たれたら、火の玉になる」

「そう簡単に撃たれないですよ」朴が続ける。「この機体、爆弾を積んでいなければ、急上昇反転も8の字飛行も楽々こなすはずです。与圧装置が働けば、一万メートル上空でも、酸素マスクなしだ」

自分自身も戦時中にB29と戦ったことがあるのだ。

「それはB29だ。この機体はわからん」

「まあ、ソ連機が来ないのを祈るだけですよ」

「だったら、どうしてもっと高度を上げない？　一万メートルまで上がれば、追いかけてこられない」

　ブルが精確なＢ29のコピーなら、その芸当ができるはずだ。

「堀江兄、そんな高高度に上がったら、燃料が保たないでしょ。わかってるくせに」

　高高度に上げれば、ジェット気流の影響を受けるし、エンジンを燃焼させるための酸素も薄くなって燃費が悪くなる。

「いずれ高度は上げますから」朴は辟易《へきえき》したように言う。「でもしばらく、計器飛行はできないし、地文で行くしかない」

「馬鹿な」

　堀江は吐き捨てた。

　針路を確認するため地表近くまで降下するなど、敵に見つけてくれと言うのと同じではないか。

「長春で真西に転針して、大興安嶺《だいこうあんれい》越えでモンゴルまで飛ぶ気か？」

「そっちにも中国の空軍基地がありますからね」

　朴は右側にある自動操縦装置操作盤に手をやった。ここもすべて英語表示だ。びっしり並んだスイッチのうち、方向指示器（ＰＤＩ）のトグルスイッチをＯＮにした。しばらくして、エルロン（補助翼）、方向舵、昇降舵の順にＯＮにする。そうしてから、ノブを調整して方向指示器をゼロに合わせた。飛行が安定した。自動操縦の状態になったようだ。

　それが済むと朴は正操縦席を離れ、機関士席で計器類と格闘するセルゲイを助けた。ときおり、ロシア語を交えた会話が続く。

堀江は頼まれもしないのに、副操縦席に座り、操縦輪を握りながら、ときおり外に目をやった。雲海の下はどこだろう。四平《しへい》あたりか。

五分ほど飛ぶと、朴が正操縦席に戻り、自動操縦を解除した。

「降下しますから」

言うなり、操縦輪を押し倒した。前のめりに機が傾いて雲海に突っ込み、瞬く間に抜けた。ガラス風防越しに、白い平原が広がっていた。左手に茶色い都邑《とゆう》が四方に伸びている。開原の北、広大な東北平原《とうほくへいげん》にある街で、これほど大きなものは長春しかない。街は左半分ほどが黄砂に呑み込まれていた。

それを確認したところで、朴は操縦輪を引いて、上昇をはじめた。みるみる街が遠のく。ふたたび雲の中に入り、三〇〇〇メートルまで上昇した。水平飛行に移ることもなく、今度は操縦輪を右に回し、右フットレバーを踏み込んだ。上昇しながら、二〇度近い右急旋回をはじめた。

堀江の体は背もたれに押しつけられた。機関士席にいるセルゲイが叫び声を上げた。体を突っ張りやり過ごす。高度四〇〇〇メートルで水平飛行に移った。朴は自動操縦装置を働かせ、正操縦席を離れる。機は安定した直線飛行に入った。

堀江はあっけにとられた。これでは、モンゴルとは真逆の方向になる。日本海へ突き抜けてしまうではないか。朴は機関士席で作業をして、すぐに戻ってきた。正操縦席で自動方向探知機を吉林のラジオ局に合わせる。そうしてから、自動操縦装置を解除した。

自動方向探知機の細針が北を示し、片方は右三〇度を指していた。吉林の南方へ抜けるコースを取るようだった。朴は口を利かず、ふたたび操縦輪を引いた。機が後ろに傾いて、上昇する。

一万メートルまで、十分かからずに到達した。息苦しさは少しも感じなかった。寒くもなく、与圧装置は正常に稼働しているようだ。

「後部室の楊《ヤン》は大丈夫なのか？」

思わず堀江は訊いた。さあ、と朴に軽く受け流される。

後部室が与圧されていなければ失神してしまう。暖房もだめなら命も危うい。

朴は身を固くし、覚悟を決めたような目で、前をにらみつけている。

「この砂嵐を読んでいたのか？」

あらためて堀江は訊いた。

「天気図にはいつも注意しているよ」

朴がぞんざいに言う。

「このミッションは米軍の命令なのか？」

朴は答えなかった。

「このまま飛べばウラジオストクだ」

「そんなところまで行かない」

朴は不敵な笑みを浮かべる。

「いまに、束になってソ連機が襲ってくるぞ」

「そうならないようにする。だいいち、この天気じゃ飛べないし、こいつについてこようとも思わないだろうな」

その言葉で朴の行動の意味を確信した。

「李承晩《イスンマン》大統領の命令で、韓道峰《ハンドオボウ》がＣＩＡに口を利き、われわれの秘密飛行におまえたちを突っ込んだ」堀江が続ける。「これからウラジオストクに向かう途中、南下して日本海に出るつもりだな。朝鮮半島を目指し、そこから最後の目的地は日本なのか」

そのルートに単機で入ってしまえば、ソ連の航空機は近づくことができなくなる。爆撃機を先頭に群れをなして日本めがけて飛べば、それこそ第三次世界大戦の勃発《ぼっぱつ》になるからだ。

「だから何？」

朴がまるで他人事《ひとごと》のような口を利く。

「李大統領はどうしても原爆を投下させたいが、マッカーサーにいくら頼んでも埒《らち》があかない。でも、日本にロシアの爆撃機が近づけば、沖縄から原爆を積んだ米軍のＢ29が満州に向けて飛び立つ」

朴は両手を広げ、わからないというジェスチャーをした。セルゲイも楊も、朴にだまされ、言われるままに手伝ってきたのだろう。韓道峰がわざわざ会いに来た理由も呑み込めた。原爆の悲惨さを知っている長崎出身のこの自分が、今回のミッションの目的に気づいて、中止させるのを妨げたかったのだ。

「どうして、そこまで李大統領に忠誠を尽くす？」

「米軍はわれわれ朝鮮人をばかにして、ろくに武器もよこさない。韓国を救う道はほかにない」

きっぱりと朴は言った。

そうはさせない、と堀江は思った。どこであれ、原爆など、この地球上に二度と落とさせはしない。五〇〇〇度の火球に街ごと包まれたあの日。長崎の人々は生きたまま焼かれ、死んでいった。

　原爆の毒をたくさん吸った妹の民子を看取《みと》った日がよぎる。被爆して四日後、全身に負った火傷《やけど》の、ようやく二度目の治療をしてもらった晩だった。腫《は》れた顔にかけていた布をとってやった。目が見えているか、そうでないかわからなかった。腕と背中の布もはぎ取ると、看護婦は首まわりの皮と腕の皮を剝《む》いてしまった。

「そう、ひどう剝いていいんですか？」

　と堀江が訊いた。

「剝いてしまわんとくさります」

　そう言い、白い油薬をつける。

　すると民子は「しょむか（しみる）、しょむか」と呻いた。

　堀江はベニヤ板の切れ端であおいでやった。

　その晩の空襲警報でロウソクの火が消され、夜半には呼んでも民子の返事はなかった。遺体は仮墓地に葬《ほうむ》られた。

　あの歴史の暗点をふたたびこの世にもたらすことなど、断じてあってはならなかった。

　堀江は腹に力を入れ、操縦輪を握りしめた。左フットレバーを踏み込むと同時に、操縦輪を引きながら思いきり左に回した。機は一気に傾いた。真横になるまでやめなかった。一回転するぎりぎり手前で操縦輪を押し込みながら、少しずつ水平飛行に戻した。なかなか元には戻らなかったが、やがて直線飛行になった。機は一八〇度反転し、進路が長春へ向いた。

　あきれ顔でこちらを見つめる朴の視線が上を向いた。そのとき、がっしりした腕が首に食い込んできた。眼前に金髪のセルゲイの顔があった。ものすごい力だった。

おまえが、朴に従う道理がどこにある……。

操縦輪を握りしめていた手が離れる。視界がぼやけ、一気に体の力が抜けていった。

10

四月十一日、午前十一時、GHQ本部（ワシントン四月十日午後十時）。

マッカーサーは昨日の戦況報告書を執務机に置き、副官のハフ大佐を見た。

「まだ華川《ファチョン》ダムは奪取できないようだな」

「はい、道路状態が悪く、渡河装備も充分ではなかったようです」

三日前の八日の午前零《れい》時、中共軍は華川ダムの四つの水門を開けて下流を水浸しにしてから撤退した。攻めていた米第一騎兵師団は、三十八度線の北に設定されたカンザス・ラインに達したものの、肝心なダムの奪取には失敗していた。

「まあ、よい。本日からはじまる進攻作戦の推移を見ようではないか。十四日の前線視察はできるだろうな？」

「もちろん可能です。今回で十六回目です」

「けっこうだ」マッカーサーはバンカーを見た。「ラリー、きょうの昼食は予定どおりだね？」

「はい、いつものように一時四十分から。マグナソン上院議員とスターンズ社長が元帥と会うのを心待ちにしています」

「わたしも楽しみだ」

ウォーレン・マグナソン上院議員は商務関係に通じる民主党の議員で、六日前、日本の船舶問題協議のため来日した。トルーマン大統領のポーカー仲間だが、人望があり誰からも好かれる。太平洋戦争に従軍したこともあり、マッカーサーとは個人的に連絡を取り合う仲だ。

マッカーサーとしてもトルーマンの考えやワシントンの空気について、じかに情報を得る絶好の機会になる。一方のウイリアム・スターンズはノースウェスト航空の社長で、こちらも自ら航空会社を持とうとしていたマッカーサーと個人的なつながりがある。

「わたしもヨシダ首相の園遊会を途中で退席して、昼食に合流いたしましょうか？」

バンカーは訊いた。

昼からは、目黒にある首相公邸で、政府やGHQ要人、報道関係者などを集めた毎年恒例の園遊会が開かれる。

スターンズ社長の来日は、日本の国内航空事業に関する内密な打ち合わせをするためだ。七つの外国航空会社が集まったJDACが、国内航空便を運航する予定になっているが、それが実現できると思っている航空関係者はひとりもいない。日米講和条約締結後の国内航空初便には、ノースウェスト航空が採用されるように、スターンズ社長は働きかけをするはずである。

「その必要はないよ」

「心得ました」

マッカーサーはバンカーが差し出した行政文書を読みながら、ワシントンの動向について、ホイットニーとしばらく話し込んだ。時計が十一時半を回ったとき、ストラトマイヤー中将とウィロビー少将が、青ざめた表情で飛び込んできた。

「どうした?」

マッカーサーが声を上げた。

「ブルが、ソ連の大型爆撃機ツポレフTu4が、北朝鮮最北部のオンソン上空を通過し、まもなく日本海に入ります」

「オンソン? どこかね?」

マッカーサーが壁に貼られた朝鮮半島の地図の前に動いた。

ストラトマイヤーが、北朝鮮最北部のとがったエリアを指した。

「ここです」

中国の延吉《イエンジー》のすぐ西側だ。

「豆満江《トウマンジャン》沖を航行中の空母プリンストンのレーダーが、延吉付近を飛行する不審機影を捉え、哨戒《しょうかい》中のパンサーに確認させたところ、ソ連の国籍マークをつけた同機を発見しました」

「今頃は日本海に出ているのか?」

「おそらく」

「一機だけか?」

「はい、護衛機はついておらず、敵味方識別信号も発していません」

「そいつが、日本に向かってきたらどうなる?」

ストラトマイヤーは、ウィロビーをにらんだ。

「元帥、最悪の事態を想定しなければなりません」

ウィロビーが深刻そうに洩らした。

「単独行動なら、原爆を抱えた決死行とみるべきかもしれん」

マッカーサーが舌なめずりするように言ったので、バンカーは背筋が凍りついた。

「このままなら、遅くても三時間後には九州付近に到達します」

ストラトマイヤーが言う。

「撃墜しないと」

マッカーサーはそう言うウィロビーの言葉を遮《さえぎ》り、

「それはならん」

「しかし、このままでは」

「これ一機ならいつでも墜《お》とせる。ぎりぎりまで、様子を見ようではないか」

ウィロビーはストラトマイヤーと視線を合わせた。

「わかりました」

ふたりは声を合わせた。

「ではルメイを呼ぼう。ラリー、電話だ」

「心得ました」

バンカーは震える手で、ネブラスカにいる戦略空軍司令官に直通電話をかけた。

現地時間は午後十時を回っているはずだ。

マッカーサーが執務机に腰を落ち着けた。

しばらくして、カーチス・ルメイの声が聞こえたので、バンカーはマッカーサーに受話器を手渡した。

手短に会話をし、マッカーサーは受話器を置いた。

「元帥、昼の会食は中止にしますか？」

動乱がはじまって以来、最大の危機が訪れようとしていた。日本が戦渦に巻き込まれるか否《いな》か。三度目の原爆を見舞われるかもしれなかった。

「その必要はないよ。ルメイは請け負《うお》ってくれた。朗報を待つだけだ。ラリー、戦争だ。少しぐらい攻勢を受けても、われわれが平然と構えているのをソ連側に見せつけてやろうではないか」

「心得ました。そのようにいたしましょう」

バンカーは震える手を押さえつけて答えた。

11

四月十日。午後十時十分。ネブラスカ戦略空軍司令部。

カーチス・ルメイが軍服に着替えて、部下からソ連爆撃機出現の報告を受けていると、マッカーサーから電話が入った。こんなときにと思ったが、取らないわけにはいかなかった。

「やあ、カーチス、まだ起きていたかね？」

「もちろんです。閣下。わが軍は二十四時間眠りません」

「大した心がけだ。さすがに戦略空軍だ」

「とんでもありません」

「先日言い忘れていたが、六年前、きみがB29を操縦して、サッポロからシカゴまでノンストップで飛行したが、それについて勲章を授けたいと思っている。受け取ってくれるかね？」

「もちろんです。ありがたく頂戴《ちょうだい》いたします」

「そうか、さっそく準備にかかろう。ところで、妙な機体が日本に向かって飛んでいるようだが、知っているかね？」

「はい。ただいま、ブルが日本海を南下中との報告を受けています」

「ならば早い。こいつは腹に原爆を抱えているかもしれん。撃墜するのは簡単だが、いますこし観察しようではないか」

一瞬、マッカーサーの言葉が理解できなかったが、言わんとすることはすぐわかった。米軍側が原爆を投下する条件を満たすまで、時間を少しでも引き延ばそうとしているのだ。原爆投下の条件は、原爆を搭載しているかどうかを問わない。単に重爆撃機が戦域に向かっている、というだけでよいのだ。ルメイも肯定し、

「ツシマまで一〇〇キロに近づいた時点で撃墜すればいいでしょう」

「心得た。そのようにしよう」マッカーサーが続ける。「ところで、きみが製作しているB36は間に合わないかもしれんが、今回、特別仕立てのB29を飛ばす用意はできているかね？」

「ファットマンを載せたやつですね。いつでも飛べるように滑走路に待機させていますよ」

B29の倍もある大型爆撃機B36の配備は今年の後半からだった。軽量化された新たな原爆も今年中には配備されるが、いまはまだ現状のものを使うしかない。

「そうか。では、発進のときを迎えたのではないかな」

「もちろん、そのつもりでおります。ただ、その前にいくつか了解を得なければなりません」

「統合参謀本部なら、きみの意見は通る。よろしく頼む」

「心得ました。おまかせください」

「では」

電話が切れた。

元帥はまだ、自分自身が解任されたことを知らないようで、驚いた。ルメイにしても、昨日知らされたばかりだが、それにしても何たる不手際《ふてぎわ》か。それはともかく、原爆投下の機会が目の前まで来ていた。

焦《あせ》る手でワシントンの大統領のもとに架電したが、ショート報道官はすでに大統領は就寝したという。午前一時からマッカーサー解任の特別会見を開くと言うではないか。驚きのあまり言葉も出ず、早々に電話を切った。ついでブラッドレーに電話をした。相手はすぐ出た。原爆を搭載している可能性のあるブルの報告をした。

「いま、それどころじゃない」ブラッドレーは苛立《いらだ》っていた。「もうじき、マッカーサー解任の記者会見だ」

「存じています。原爆を搭載している可能性のあるブルが日本を目指して飛行中です」

もう一度口にした。

「本当に日本海を南下しているのか？」

声色《こわいろ》が変わった。

「間違いありません。ところで元帥、ペイス長官はまだマッカーサー元帥に解任通知を届けていないのですか？」

「いろいろあって、長官とは連絡が取れていない。やむを得ず、記者発表になった。トウキョウには直接打電する」

ルメイはあきれ、これが名だたる将軍への仕打ちかと思った。そもそも、五十二年間も軍に仕《つか》えた、最大の功労者である元帥の解任には納得できなかった。加えて、通知すら手渡さず、一方的に発表するなど、公《おおやけ》の場で屈辱を与えるに等しい。もってのほかだ。一兵卒の解任ではないのだ。

「そのブルが原爆を搭載している確認は取れているのか？」

ブラッドレーが言う。

「取れていません」

「だったらどうする気だ？」

「原爆を搭載していなくても、Dデイ原子力の条件が整っています」

ルメイは答えながら、じりじりしてきた。いまは戦時中のヒロシマ、ナガサキへの原爆投下時より、急を要している。しかし、命令系統があいまいで、腹立たしかった。口先だけでも誰もやれと命令しないし、ましてや書面で名を残すのをいやがる。大統領による原爆投下命令書も存在しない。ヒロシマ、ナガサキのときと同じだと思った。あのときも、最終的な原爆投下決定は、大統領が口頭で了承したのだ。かろうじて残っている投下命令書には、当時の陸軍参謀総長と陸軍長官のサインが記されているだけだ。今回もほぼ同様となる。しかし、時は迫っている。やるべきことはやらなくてはならない。

「原爆を搭載したカデナのＢ29を発進させるほかないと思います」ルメイは言った。「いかがですか？」

ブラッドレーは黙り込んだ。

「マーシャル国防長官のご判断は？」

「彼も、もう寝ている」

「では、どうする気ですか」

「カーチス、先日、説明したとおりだ」

「マッカーサー元帥の解任発表の時点で、原爆投下の判断は大統領からわたしに移行する……」

ルメイはひとりごちるように言った。

「そのとおりだ。日付が変われば、原爆投下のスイッチはきみが持つ。そのときには投下地点に達している必要がある。手遅れにならぬよう判断してもらいたい」

「わかりました」

電話を切り、一呼吸入れた。机上を見渡し、ようやく間に合わせた原爆投下命令書を引き寄せて日付を入れる。サインして、副官にヨコタ基地にいるトーマス・パワー副司令官宛てに電報を送るよう命令した。それを済ませて、パワーへ直通電話をかけた。パワーはすぐ出た。命令の中身を口頭で伝え、数分で命令書が届く旨《むね》、説明した。パワーは冷静に応諾し、ただちにＢ29を発進させますと答えた。

12

四月十一日。午前十一時五十六分。嘉手納空軍基地。

海岸手前のぎりぎりのところで、B29はようやく滑走路から離れた。航法士のアラン・ウィショー曹長は、六分儀《ろくぶんぎ》の収まった箱を膝に抱えながら、手が届くほどのところにある水面を見つめた。五トンの原爆を抱えたまま、海に墜落するのだけは真っ平だった。

爆音が勢いを増し、かろうじて得た揚力《ようりょく》で、飛行機はようやく上昇軌道に入った。北に向けて、ゆっくり旋回をはじめる。雲海を抜けて四〇〇〇メートルまで上がると、頼りないほどにエンジンが静かになった。巡航速度に入ったようで、ひとまず胸をなで下ろした。海に面した嘉手納基地からの発進はいつもこの調子だ。

いつでも出撃できる準備は整えていたが、これほど早く本番が訪れようとは思ってもみなかった。機長によれば、東朝鮮湾《ひがしちょうせんわん》二五〇キロ沖を、ソ連の爆撃機が九州方面を目指して南下しつつあるという。それがわが軍の原爆投下の理由になっているらしいが詳しい説明はない。

乗っているB29は、すべての銃座が取り払われた原爆投下専用の機体だった。爆弾倉が強化され、エンジンも出力の高いR3350に替えられている。プロペラもエンジンの過熱を防ぐ可変ピッチになっているが、いかんせん、機体そのものは恐ろしく古い。ヒロシマ、ナガサキへの原爆投下の時は、原爆の威力を確認するために観測機が随伴《ずいはん》したが、今回は単独行だ。

核物質挿入《そうにゅう》担当士官とともに爆弾倉のハッチを開けた。ファットマン（Mark4）のぱっくりと開いた先端部が現れた。士官がバードゲージの中に収まったプルトニウムを慎重に挿入するのを手伝った。プルトニウムはできたてのパンのように温かみがあった。五分で終わり、ハッチを閉める。これで原爆は投下後、高度五七〇メートル地点で炸裂する。その高さで爆発させるのは、地上が放射能に汚染されるのを防ぐためだった。

仕事を済ませて、担当士官がぐったり席に着くのを眺めながら、アランは酸素流量計をもう一度チェックした。与圧装置の運用は航法士の役目なのだ。四〇〇〇メートルを超えたところで、与圧が開始されるように、高度計をセットした。本来なら離陸前にやるべき仕事だが、今回の発進は緊急を要していて、できなかったのだ。

箱の中の六分儀がきちんと動いているか確認してから、地図や計算尺やらの航法器具を机の上に並べた。天気図もわきに置いた。広げた地図には、今回の飛行コースが書かれている。このまま北上し、対馬《つしま》南西から日本海へ抜け、北朝鮮東沿岸を北上したのち、一万メートルの高度飛行に移り、そのまま西へ転針して中国に入るというものだった。

帰路も同じコースで、往復距離は四〇〇〇キロに及ぶ。護衛機はつかない。与圧装置を働かせて、敵の迎撃にさらされない一万メートルの高度で飛行できる時間は四時間。そのあいだに原爆を投下しなければならない。気になるのは、内蒙古《うちもうこ》から張り出した低気圧が猛烈に発達していることだった。

第一投下目標は瀋陽《シャンヤン》。第二投下目標は鞍山《アンシャン》。

この瀋陽から、ブルらしき機体が一機だけ飛び立ったとの未確認情報が入っていた。しかし、おりからの黄砂で、満州のほかの飛行場からは、航空機が離陸した形跡はないらしかった。

瀋陽は百万人の人口を抱える。いくら飛行場や工場が集中しているとはいえ、多くの人が暮らすそこに原爆を投下するときのことを思うと、身の毛がよだった。しかし、これは現実だった。

雲の切れ間から、白波の立つ青い海が垣間《かいま》見えた。六年前、広島と長崎に原爆が落とされたときは、サンフランシスコにある陸軍航空隊の兵舎で知った。あまりのむごさに、投下したB29の乗組員たちを憐《あわ》れんだ。しかしいま、同じ立場になった。大勢の人々が火だるまになり、逃げ惑う光景がまざまざと浮かんだ。女、子ども、老いた父母、恋人たち、民家や講堂、木々、ありとあらゆるものをなぎ倒す爆弾を運ぶルートを計算している自分が信じられなかった。

東風を受けながら四五〇キロの巡航速度で進んだ。一時間ほどで五島《ごとう》列島と平戸《ひらど》のあいだの狭い海域上空を通過した。哨戒についているシューティングスター（F80）の編隊が、目前を横切っていった。それから三十分ほどで右手に対馬が見えてきた。それもすぐ後方に過ぎ去り、代わって朝鮮半島の海岸線が海の彼方で視界に入ってきた。

少しずつ日本の陸地が離れて行く頃、搭乗員がいっせいに双眼鏡を持ち、右手の窓にとりついた。何なのかわからず、アランも通信士席へ移った。その窓から通信士のジェフが見ている方角を眺めた。はるか上空の筋雲のあいだに、きらっと光るものが見えた。飛行機だ。大きい。朝鮮半島の東側には、国連軍機しか飛んでいない。そんなに珍しいものなのかといぶかっていると、ジェフが双眼鏡をよこした。

「よく見ろ」

言われるまま、光点にレンズを向けた。すぐそれは視界に入ってきた。倍率を上げ焦点を合わせる。B29……。いや、主翼の形が違う。神経を集中して、じっと眺めた。腹に赤い星らしきものが確認できた。久方ぶりに見るソ連機に間違いなかった。あれが侵入機なのか……。まさか原爆を抱えている？

席に戻れと機長の指示が出たので、アランはそこから離れた。

数秒後、この機体とソ連機はすれ違っているはずだった。南北に向かうそれぞれの機が待ち構えている地獄を思い、アランは戦慄《せんりつ》した。

13

首から頭にかけて、細かな振動を感じた。シャフトやカムが動く音が耳朶《じだ》に伝わる。目が開いた。息苦しい。薄ら寒かった。両手が後ろ手に縛《しば》られていて、びくともしない。着ていた服が通信士席の支柱に回され、首に巻き付けられている。

堀江は横になり、自由になる指先で手首の結び目をまさぐった。どうにか人差し指が入り、親指とともにしごいた。しばらく続けると、ようやく紐《ひも》がほどけた。手を伸ばして、椅子に結わえつけられた服をほどいた。

下着姿のまま、膝立ちになって前を覗いた。朴が正操縦席にいる。壁を隔てた機関士席には、セルゲイがいるはずだが見えない。しかし、気配は感じる。

音をたてないように、窓にとりついて下界を見た。高度四〇〇〇メートルほどだろうか。刷毛《はけ》で引いたような筋雲の下に、波打つ灰色の海が広がっていた。日本海だと思った。海のずっと先に、海岸線らしき線が浮かんでいる。朝鮮半島か。

左側の航法士席に移り、窓から外を見た。陸影がない。やはり、朝鮮半島沖を南下しているようだった。十時方向に丸い島らしきものが見えた。高い山もある。鬱陵島《うつりようとう》かもしれなかった。朝鮮半島沖の日本海を南に飛行しているようだった。

はるか高空をジェット機らしい編隊が横切ったように見えた。飛行機雲が尾を引いた。国連軍の戦闘機だ。威嚇《いかく》にしては遠すぎる。この赤い星をつけた爆撃機を監視しているのだ。これまで朝鮮半島東岸にソ連機が現れたことはない。この事態を国連軍はどう受け取っているか。いまにも撃墜されておかしくないのに、なぜそうならないのか。

通信士席に戻り、窓から外に目を凝らした。遠くに見える海岸線の左端に、くびれた入り江のようなものが判別できる。形から迎日湾《ヨンイル》と想像がついた。おおよそ、機の位置がわかった。朝鮮半島の西海岸、浦項《ポハン》沖一〇〇キロほどのところを南に飛行している。四〇〇キロの速度だ。このまま飛べば、一時間で日本に着く。探知されているのは確実だった。浦項には国連軍の空軍基地がある。付近には空母もいるだろう。様子見しているのだろうか。

はたと気づいた。日本までこの機を到達させるのが米軍の目論見《もくろみ》ではないか。満州から飛び立った爆撃機が日本に近づけば、原爆投下の条件を満たす。この機が奉天から飛び立ったのを摑んでいる可能性もある。日本海に入った時点で、この機は国連軍に捕捉されていたはずだ。それからすでに一時間近く経《た》っている。……原爆を搭載したB29は、すでに嘉手納基地も飛び立ったのではないか。満州をめがけて。

原爆を投下させてはならない。いますぐ、この機を止めなければならない。セルゲイを説得している時間はなかった。

航法士席にある工具箱が目に留まった。開いて中からレンチを取り出した。それを持って、腰をかがめ、そっと前を窺った。

朴はヘッドホンを耳につけたまま前を向いている。自動操縦装置がONになっていた。機関士席に回り込んだ。シートベルトをつけたセルゲイが計器類をにらんでいる。こちらを振り向いた横っ面に、スパナを叩き込んだ。上半身が窓側に倒れ込み、シートベルトをつけたまま、だらりと脱力して目を閉じた。

正操縦席を振り向いたそのとき、朴が握るコルトが眼前に突きつけられていた。

「こんなときに」

朴がシートベルトをしたまま身をよじり、言った。

「セルゲイはだませても、おれは無理だ」

「だましてなんかいない。任務だっ」

「どんな任務だ？　原爆を落とさせる任務か」

朴は首を横に振った。

「なあ、堀江兄、わかってくれよ。もうあと少しだ。日本が見える頃には決着がつく。そこ」

朴が操縦輪から左手を離し、前方を指さした。

水平線の彼方に、ほんのわずか陸地が見える。

「対馬まで来てる」

朴が続ける。

「だめだ」堀江は言った。「気が狂った李大統領の片棒を担ぐ気か？」

「日本人だからそんなことが言えるんだ。見てみろ、祖国を」朴は銃を持った右手で、朝鮮半島の方向を指した。「街という街はナパームに焼かれて広島以上の人が殺されてる。片をつけるには原爆しかない」

「原爆投下後の街を見たことがあるのか？」

「見たくない」

朴がじっと堀江をにらむ。

「朴、中国人に恨《うら》みでもあるのか？　なにか悪いことをしたか？」

「やつら、我が物顔で祖国を蹂躙《じゅうりん》してる」

「外国の軍隊が攻め込んできたから仕方なく戦ってるだけだ。いまからでも遅くない。無辜《むこ》の人たちを巻き込むな。原爆など使っちゃならん。おまえも大統領も間違ってる」

「間違ってなどいない」

蚊《か》の羽音のようなものが右方向から聞こえたかと思うと、轟音《ごうおん》を伴って銀色の機影がコクピットすれすれを横切っていった。飛び去るシューティングスターに気を取られた朴が一瞬、視線をそらせた。

堀江は拳銃を握った朴の腕にしがみついた。弾《はず》みで目の前の銃口が火を噴《ふ》いた。銃弾が天井に当たり、跳ね返る音が伝わった。

両手で朴の手を思いきりねじ上げた。呻き声が洩れる。拳銃を奪い取った。そのとき、朴が思いきり操縦輪を倒した。機が一気に前方向に傾いた。堀江は前のめりに倒れ込んだ。爆撃手席まで転がり落ち、ノルデン爆撃照準器に頭を打ちつけた。

目がくらみ、気がつけば風防ガラスに背中からはまり込んで、青い空と操縦席を見ていた。下降圧力がかかり、体が抑えつけられて身動きできなかった。前頭部が痛みを発した。触ると血がついた。朴が急降下させた機体は、三分もしないうちに水平になり、堀江は圧力から解放された。自動操縦装置を入れたようだ。機は安定した姿勢を保っている。正操縦席の朴を覗くと、堀江がねじ曲げた右手をかばうように片手で操縦輪を操っていた。

拳銃は見えなかった。堀江の指に管のようなものが触れた。照準器の上下につながれたチューブらしく、引っ張ると抜けた。三〇センチに満たないそれを右手に巻き、堀江はゆっくり身を起こした。

朴がちらっとこちらを見たが、すぐに視線をもとにもどした。

うつむいたまま、堀江は正操縦席の右側に這い上がった。自動操縦装置操作盤に手をあてがい、朴を窺った。拳銃は見えない。息を大きく吐きながら、よろめくように立ち上がって、航法士席に戻ろうとした。力尽きたと思ったらしく、朴が気にする様子はない。

正操縦席の後ろから、朴の首にチューブを回した。思い切り、両手で引き絞る。くぐもった声が洩れ、朴がチューブに指を突っ込んだ。堀江は力をゆるめず、体重をかけて後ろに引いた。朴が上体をずり上がらせて、必死ではずそうともがく。堀江はなおも体重をかけて下に引いた。

足をばたつかせるが、朴はシートベルトのせいで、それ以上身動きが取れない。三十秒近く抵抗した。徐々に力が抜け、朴はぐったりと正操縦席の背もたれに体をあずけた。拳銃は腰のホルスターに収まっていた。

堀江は朴のシートベルトを外し、その上体を斜め前に倒しながら、計器類に触れぬよう慎重に正操縦席から引き抜いた。朴の意識はなかった。両脇を持って引きずり、航法士席の床に寝かせてから、堀江は正操縦席横の自動操縦装置がONになっているのを確認して、通信士席に戻った。

ヘッドホンを頭につけ、通信機のダイヤルを戦術航空統制所（TACC）の周波数に合わせた。

「TACCタワー、こちらブラックバード、感度いかが？（TACC Tower, this is Blackbird, how do yo read?)」

応答がない。

もう一度繰り返した。

応答なし。

浦項基地の周波数に切り替える。うろ覚えなので、なかなか合わない。

銃声がして、目の前の無線機に穴が開いた。通信音が消えた。

振り返ると寝転んだまま、朴がこちらに銃口を向けていた。動こうとしたとき、ふたたび朴が引き金を引いた。左肩に衝撃を受け、後ろ向きに倒れ込んだ。激痛に襲われた。

横たわったまま、堀江は体を回転させた。目の前に朴の顔があった。目がうつろだった。少し離れた床に拳銃が落ちている。手を伸ばしてそれを握りしめ、朴の頭めがけて銃把《じゅうは》を打ちつけた。呻き声がして、朴が仰向きになった。

右手で体を支えながら起こして、もう一度、朴の側頭部を殴《なぐ》った。朴はぴくりとも動かなくなった。

堀江はどうにか立ち上がり、正操縦席に座った。シートベルトをつける。またジェット機が二機、目の前を横切っていった。

毒づいて去っていったほうをにらみつける。額を伝った血が目に入り、視界がぼやけた。目を擦《こす》って取り除く。

「消えろ」

前方に対馬がはっきり視認できた。もう時間はなかった。スロットルを絞ろうとしたが動かなかった。体を右に倒し、自動操縦装置操作盤を上から覗いた。自動操縦装置をＯＦＦにする。とたんに操縦輪がかしいだ。右手で支える。

ターボ過給機のダイヤルを回し、出力を下げる。パワーが一気に落ちた。四つのスロットルに左手をあてがった。機首が下を向き、高度計の針がみるみる下がる。一〇〇〇メートル、七〇〇メートル……。速度は三〇〇キロまで落ちた。失速寸前だ。左肩の感覚がない。操縦輪にこびりついた血を見て、気が遠くなる。歯を食いしばり、左側にあるトリム調整輪に右手を伸ばした。なんとか摑んで回すと、下降がゆるやかになった。フラップを二十五度まで下げた。高度計は三〇〇メートルを切っていた。

白波を打つ海面が真下に近づいてくる。フラップを目一杯下げる。少しの浮力を得て、機が持ち直す。

速度二〇〇キロ、一七〇キロ、一三〇……海面すれすれだ。一〇〇キロ。衝撃が走った。操縦輪に胸ごとぶつかった。息ができない。真っ逆さまに落ちたような感覚。着水。爆撃照準器が根元から外れて、風防ガラスに突き刺さった。そこに穴が開き、海水が噴水のように噴き出してきた。ブルは止まらない。エンジンが悲鳴を上げるように唸っていた。水浸しのコクピットで、必死で計器を見た。ターボ過給機をゼロにする。エンジン音がやみ、ふいに静寂がやって来た。水音だけがコクピットを満たしていた。

14

四月十一日、午後三時（ワシントン四月十一日午前二時）。

アール・デコの独特のスタイルをした首相公邸は、やんだばかりの雨で濡れていた。日本庭園でのパーティーは中止され、大勢の賓客《ひんきゃく》に交じって、バンカーは吉田首相とともに大広間のガラス窓から外を見ていた。桜を口惜《くちお》しそうに眺める吉田に、「まだ蕾《つぼみ》は固そうですね」とバンカーは声をかけた。

「そうだね、去年もこんな感じだったよ。どうしたわけか、毎年雨にたたられる」

吉田はシャンパングラスを手にして、不機嫌そうに英語でつぶやいた。

「雨もいいものですよ」

「そうかね。せめて曇りぐらいなら、外で楽しめるが。元帥はきょうも来てくれんか」

「申し訳ありません。要人との重要な打ち合わせがありますので」

「マグナソン議員だろ。造船業は日本のこれからの生命線だからね。くれぐれも、彼には英国の言いなりにならないように、きみからも伝えておいてくれないか」

「わかりました。そのようにいたします」

そのとき、マーカット経済科学局長の部下から「大事なお話です」と耳打ちされ、挨拶《あいさつ》して吉田のもとから離れた。

「ワシントンで、マッカーサー元帥の解任発表がありました」

言われて、バンカーは息が止まりかけた。

「いつ？」

「たったいま」

ワシントン時間は深夜の二時過ぎのはずだ。

大広間がざわめき立ち、あちこちでそのニュースの話が出てきた。

バンカーは居合わせたシーボルト外交局長に、ワシントンに確認を取るよう伝え、それが終わり次第、吉田首相としばらくふたりきりになり、彼の不安を鎮《しず》めるように要請してから、米大使館に向かった。

車のラジオではマッカーサー解任の報が流れていた。信じられなかった。元帥の解任という重大な事態を一方的な記者会見で済ませるとは、なんということか。トルーマン大統領はそれほど元帥を憎んでいるのか。マーシャル国防長官がそうさせたのか。わけがわからなかった。

虎《とら》ノ門《もん》の大使館に着いて、廊下を急いだ。そのとき、客間に入ろうとしたハフ大佐と出くわした。ハフは赤字で至急とスタンプされた封筒を見せた。

「解任の至急電です」

本物のようだ。絶望的な気分で客間を覗いた。

マッカーサー夫妻とふたりの客、ホイットニーもいた。話はなごやかで、弾んでいるようだった。ハフに気づいたマッカーサー夫人がドアまで来て封筒を受け取り、マッカーサーに持っていった。

マッカーサーは受け取った封筒を手で破り、中を広げて見た。

にこやかな表情がさっと冷めた。しばらく目を通してから、体を密着させたままの妻の顔を見上げて、「ジニー」と口にした。何事か声をかけてから、電文を封筒に戻してわきに置き、平然とした表情でふたりの客に食事を続けるようにうながした。

「そういえば、Dデイ原子力が中止された」

ハフ大佐がバンカーの耳元でつぶやいた。

「カデナから飛び立ったB29は？」

バンカーは訊き返した。

「帰投中だ。例のブルはツシマ近くで不時着水した。操縦していたのは、韓国空軍の兵士だったようで。そいつが中国まで行ってぶんどってきたらしい」

「わが軍に原爆を落とさせるために？」

「そうらしい。軍命令なしで勝手に動いたようだ。いっしょに乗っていた日本人のＣＩＡ要員がそいつからブルを奪って着水させた」

「……ほう」

詳しい事情はわからないが、戦略空軍による原爆投下はいったん回避されたようだ。

客間にいるマッカーサーがふたりに解任通知を受けたことを話したらしかった。議員と社長はコーヒーに口をつけただけで、早々に退出していった。

終章

1

五月十八日。

ドアが開いて、肩幅の広い背広を着た中尾が入ってきた。堀江は起き上がり、ベッドに座った。

「寝てていいから」

中尾が気づかって、堀江の肩に手をあてがったが、大丈夫ですよ、と答えて腰を伸ばした。

「もっと早く来たかったんだが、許可が出なくてな」

堀江の膝《ひざ》に当たるほど近づいて、中尾が言う。

「ありがとうございます。もうすっかり、このとおりです」

と堀江は両手を伸ばし、スリッパを履《は》いて立ち上がった。

たしかめるように、中尾が堀江の脇から腰に手を当てる。

「もう、いいみたいだな」

「大丈夫です。いつでも乗れます」

「早まるなよ。こっちはおまえがしばらく行方《ゆくえ》不明になって、必死で探したんだから」

「そうでしたか」

「オリバーに訊《き》いても教えてくれないし。生きてるのか、死んでるのかもわからなかった」

堀江は自分の頭と胸に手をあてがった。

「ここここをやられて、一週間ぐらい意識がなかったらしいです。目覚めたときも、どこにいるのかわかりませんでしたよ」

「どこがひどかった？」

「肋骨が四、五本折れて、頭も内出血していたらしいです。左脚もはさまれて、ひびが入っていましたが、もう歩けますから」

堀江は窓際《まどぎわ》まで、歩いて見せた。窓からゆったり取られた敷地の向こうに、車の行き交う幹線道路が見える。

「最初は聖路加《せいるか》にある米陸軍病院にいたんですが、先週こっちに移ってきました。ここも米軍専門の病院ですが、名前も教えてくれなくて。新聞もラジオもだめですから」

「同じ米陸軍病院だよ。昔の海軍病院だ」

「ああ、築地《つきじ》の海軍病院ですか。どうりで贅沢《ぜいたく》な造りだ」

「個室だから文句は言えんな」

「変な夢でも見て、叫び声でも上げられたらまずいと米軍さんも思ってるんですよ」

米軍人たちと接触させてはならないと判断されているに違いない。

堀江はブルから救出されたときの状況を話した。ヘリコプターで空母に運ばれ、そこから佐世保《させぼ》港を経て、東京に戻ってきた。自分以外に助かった人間はなく、ブルは水没した。それ以上詳しいことは、堀江も聞かされていない。スパイ空投当日、中尾は金浦《キンポ》空港に帰投してすぐに、堀江の取った行動を伝えたという。そのせいもあって、救出はスムーズにいったようだった。ブルの南下については、表沙汰にされていない。

堀江は朝鮮動乱の現状について訊いた。

「先月からまた、三十八度線をはさんで中共軍の攻勢がはじまった。相変わらず、チャルメラを吹いて人海戦術で押してくる。米軍は空爆一辺倒だよ」

「向こうの空軍は？」

「それも変わりない。鴨緑江《おうりよくこう》近辺でミグが出没しているだけだ。おれたちもいままで通り、あちこち飛ばされてる。樺太《からふと》や大連《だいれん》とか。新しい隊ができてな。オリバーは、首を長くしておまえさんが帰ってくるのを待ってるよ」

「そうですか……」

「まだ飛ぶ気があるだろ？」

「はい」

中尾は煙草を取り出して、火をつけた。

「マッカーサーが帰国したのは知ってるな？」

「ええ、病院じゅう大騒ぎになりましたから」

「沿道に二十万も繰り出して、盛大な見送りだったよ。アメリカでも大歓迎されたみたいだ」

「陛下も参加したんですか？」

「しなかった。解任理由は、米本国の政策との行き違いだったらしいが、マッカーサーを解任したトルーマンはわら人形にされて、全米で燃やされたそうだ」

「マッカーサーの人気はすごかったですからね」

日本人から絶大な信頼を寄せられ、神に近い存在だったのだ。

「帰国直後に、マッカーサー記念館やマッカーサー神社なんかを作る計画が持ち上がってさ。たいしたもんだよ。ただ、マッカーサーに対するアメリカ議会の公聴会がはじまってな。たしかこの五日だったと思うが、その証言で同じ戦争で負けたドイツ人は成熟した四十五歳だが、日本人は十二歳の少年、とやってしまった」

「十二歳？　それが本音だったんですか？」

「日本人の熱気はいっぺんに冷えたよ。それより、日本資本の航空会社だ。先月公聴会があって、つい先週運輸審議会の答申が出た。日本航空に決まりそうだ。来週にも営業免許が下りる」

思わず中尾の横顔を見た。

「それはよかった」

「いよいよ、ＪＤＡＣとの交渉さ。どこになるんだか」中尾は腕時計を見た。「おっ、交代の時間だ。おれは失敬する」

中尾は去っていった。それから三分もしないうちに、またドアが開いた。パーマをかけた長髪の女が、さっと入ってきた。丸襟《まるえり》のサックドレスと白いハイヒール。

「やっと」

内田光子はため息を洩《も》らしながら、ベッドサイドにやって来た。

2

十月二十五日。午前七時半。

曇《くも》り空で無風の羽田空港の滑走路に、赤い横線の入ったマーチン202が翼を横たえていた。四十人乗りのアメリカ製双発旅客機で、コクピット近くに「もく星《せい》」、その後ろに大きく「日本航空」の文字。大阪伊丹行きの第一便だ。ふたりの操縦士はアメリカ人で、機体番号も米国籍のナンバーだが、機の持ち主はまぎれもなく日本航空だった。戦後はじめての日本の航空会社による運航になる。

搭乗を控えて、機体後ろ側の搭乗口に乗客が集まり、航空関係者や新聞記者が大勢で取り巻いている。その光景をダブルのスーツを着込んだひときわ背が高い男が見守っていた。六月に乞《こ》われて運輸省航空庁長官を辞《じ》し、日本航空に招かれた松尾静磨専務だ。

「きょうの客は三十六人だよ」

松尾が顔をほころばせながら言う。

「ほぼ満席ですね」

こちらもダブルのスーツに身を包んだ中尾が応じる。

「マッカーサーに見せてやりたかったな」

いたずらっぽく松尾が付け足す。

「この飛行機は、おれのものだと言い出すに決まってますよ」

「そうかもしれん」

帰国当初からトルーマン批判を繰り返していたマッカーサーは、先月の八日に行われた対日講和条約締結の式典に招待されなかった。いまはニューヨークでホテル暮らしをしながら、来年の大統領選挙に向けて、全国を遊説中との新聞記事をときたま見かける程度だ。マッカーサーによる日本の国内航空会社など噂《うわさ》にも上らない。

「おとなりの韓国は、国際線に乗り出したからな」松尾が言う。「うかうかしていられん」

「国際線に？」

中尾が訊いた。

「機体を台湾の航空会社から借りて、ソウル・羽田間の国際線運航をはじめた」

「それは知りませんでした」

「この六月だよ」

機の後部にある扉が開いて、搭乗客が階段を上りはじめた。

「整備会社ができて、一安心じゃないですか？」

中尾が松尾に訊いた。

「うん、いちばん遅れていた部門だからな。三年ぐらいあとに、うちが合併吸収するよ。管制官の連中も、米国派遣が決まったしな」

いよいよ出発か、と堀江は飛行機を見つめた。

昨年の五月、河辺虎四郎の勧誘を受けて秘密飛行に参加して一年半。二度と参加しないつもりだった戦争にふたたび身を投じた。銃撃で負った怪我《けが》のせいで、ふた月ブランクが空いたが、夏場には現場に復帰した。いまでも中尾とともにスパイ空輸に忙しい毎日だった。

「ノースウェストに落ち着いて助かった」

松尾がしみじみと言う。

飛行機の運航を行うはずだったＪＤＡＣ（日本国内航空会社）との契約は遅れに遅れた。ＪＤ

ACに参加している七社の意見の不一致が表面化したのが九月はじめ。GHQの了解を得て、日本航空はJDACとの契約を破棄した。その後、国内航空運送事業令の改正が行われ、日本の国内航空便に積極的だったノースウェスト航空との単独契約が締結されたのは、わずか二週間前の十一日のことだった。

「じつを言うと日航には肝心《かんじん》の格納庫がなくてさ」松尾が続ける。「こっそりノースウェストに提供してもらったわけだ」

「それはいいですよ。白砂氏は地団駄《じだんだ》踏んでるんじゃないですか」

中尾が言う。

「そうかもしれん」

松尾が堀江を振り向いて、肩に手を置いた。

「それもこれも、きみのおかげだ」

「かいかぶりです」

「きみが命がけでブルを止めてくれたおかげで、原爆は落ちなかった。きみの働きはアメリカも忘れていない」

中尾も柔和《にゅうわ》な目で堀江を見ていた。

そんな大それたことはしていない。ただ、人類が作り上げた最終兵器を心から憎んでいたことがそうさせたのだ。結果はよいほうに出たが、いまでも米軍は原爆投下に熱心なのだ。もう自分の出る幕はないが、一日でも早く動乱が終わってほしいと願うだけだった。

最後の搭乗客が乗り終えて、もく星号はタキシングをはじめた。見送る人々が大きく手を振る。やがて滑走路端に着くと、爆音を轟《とどろ》かせて走り出した。一キロほどのところで、機首が持ち上がり、ふわりと宙に浮いた。

上昇を続け、ゆっくり西にバンクしていく銀色の機体を眺《なが》めながら、堀江はひとつ坂を上り詰めて、新しい地平を目の当《ま》たりにしているような感慨が胸に広がった。中華《ちゅうか》航空に籍を置き、大勢の乗客を乗せて、アジアじゅうを飛び回った日々の情景が潮《うしお》のように心に満ちた。あの日に帰るのも、そう遠くない、と堀江は確信した。

謝辞

航空関係につきましては、元日本航空機長・坂井正一郎様のご助言を頂きました。謹んで御礼申し上げます。

参考文献

『飛行25000時間』 高山正之 文藝春秋
『空と人生 42年の奇跡』 水間博志 文芸社
『日本航空一期生』 中丸美繪 白水社
『アジアの激変と戦後日本（年報・日本現代史）』 赤澤史朗編 東出版
『朝鮮戦争と原爆投下計画—米極東軍トップ・シークレット資料』 荒敬編 現代史料出版
『白州次郎 占領を背負った男 下』 北康利 講談社文庫
『大空の証言II 再開』 駿河昭 日刊航空
『ダグラスマッカーサー 下』 ウィリアム・マンチェスター 河出書房新社
『マッカーサー回想記 下』 ダグラス・マッカーサー 朝日新聞社
『朝日クロニクル20世紀 第4巻 完全版 日米開戦と破局』 朝日新聞社
『知られざる日本占領 ウィロビー回顧録』 C・A・ウィロビー 番町書房
『決戦機 疾風 航空技術の戦い』 碇義朗 光人社NF文庫
『決戦戦闘機 疾風』 「丸」編集部 潮書房光人新社
『敵機に標準』 渡辺洋二 光人社NF文庫
『満洲方面陸軍航空作戦 1972年（戦史叢書）』 防衛庁防衛研修所戦史室 朝雲新聞社
『満州航空 最後の機長』 下里猛 並木書房
『航空輸送の歩み 昭和二十年迄』 大日本航空社史刊行会編 日本航空協会

『日本民間航空史話』　日本航空協会
『日本民間航空通史』　佐藤一一　国書刊行会
『昭和史の謎を追う　上下』　秦郁彦　文春文庫
『マッカーサー』　増田弘　中央公論新社
『空の旅』　柳沢光二　用美社
『明日に賭けるジェット王　松尾静磨物語』　梁取三義　アルプス
『日本の航空』　松尾静磨　東洋書館
『航空の時代を拓いた男たち』　鈴木五郎　成山堂書店
『知られざる占領下の東京』　洋泉社
『日本航空10年の歩み　1951―1961』　日本航空株式会社　日本航空
『朝鮮戦争1、2、3』　児島襄　文春文庫
『朝鮮戦争　内戦と干渉』　J・ハリデイ／B・カミングス　岩波書店
『北朝鮮とアメリカ　確執の半世紀』　ブルース・カミングス　明石書店
『現代朝鮮の歴史』　ブルース・カミングス　明石書店
『朝鮮戦争の起源1、2』　ブルース・カミングス　明石書店
『原爆か休戦か』　丁一権　日本工業新聞社
『黒雪　中国の朝鮮戦争参戦秘史』　葉雨蒙　朱建栄・山崎一子（翻訳）　同文舘出版
『別冊航空ファン　ILLUSTRATED №27　朝鮮戦争航空戦』　文林堂
『戦車マガジン別冊　朝鮮戦争―1　コンバット・ドキュメント・シリーズ№4』　デルタ出版

『朝鮮戦争空母戦闘記』 大内建二 光人社NF文庫
『朝鮮戦争空戦史』 ロバート・ジャクソン 朝日ソノラマ
『ザ・コールデスト・ウインター 朝鮮戦争 上・下』 デイヴィッド・ハルバースタム 文藝春秋
『韓国戦争1〜4』 韓国国防軍史研究所 かや書房
『キャノン機関』 畠山清行 徳間書店
『韓国大統領列伝』 池東旭 中公新書
『ナガサキの原爆を撮った男』 青山雅英 論創社
『長崎原爆写真集』 小松健一・新藤健一編 勉誠出版
『写真物語 あの日、広島と長崎で』 平和博物館を創る会編 平和のアトリエ
『原爆の長崎 記録写真』 北島宗人編 第一出版社
『ナガサキノート』 朝日新聞長崎総局編 朝日文庫
『日本の原爆記録11 長崎の証言』 日本図書センター
『時刻表復刻版 戦前・戦中編』 日本交通公社
『朝鮮戦争 分断三八度線の真実を追う（NHKスペシャル）』 饗庭孝典・NHK取材班 日本放送出版協会
『航空管制五十年史』 航空管制五十年史編纂委員会編 航空交通管制協会
『航空局五十年の歩み』 運輸省航空局 航空局五十周年記念事業実行委員会
『世界の傑作機No.127 ダグラスA-26インベイダー』 文林堂

『世界の傑作機No.52　ボーイングB－29スーパーフォートレス　1998／1／1』文林堂
『朝鮮戦争　上・下　歴史群像シリーズ』学研プラス
『トルーマン回顧録1、2』ハリー・トルーマン　恒文社
『ホワイトハウス日記　1945－1950』イーブン・A．エアーズ　平凡社
『東京案内記』木村毅　黄土社書店
『アメリカの秘密機関』山田泰二郎　晩聲社
『そこにCIAがいる』松本政喜　太田書房
『キャノン機関からの証言』延禎　番町書房
『秘密のファイル　上・下』春名幹男　新潮文庫
『骨太な男　永山時雄』穴倉政弘　東京法令出版
『下山事件　最後の証言』柴田哲孝　祥伝社文庫
『下山事件　暗殺者たちの夏』柴田哲孝　祥伝社文庫
『あの日の銀座』佐藤洋一　武揚堂
『あの日の日本橋』佐藤洋一　武揚堂
『秘史朝鮮戦争』I・F・ストーン　青木書店
『スパイ帝国・CIA』A・タリー　朝日ソノラマ
『森村勇』日本特殊陶業株式会社
『原爆　私たちは何も知らなかった』有馬哲夫　新潮新書
『アメリカはなぜ日本に原爆を投下したのか』ロナルド・タカキ　草思社

『原爆を落とした男たち』　本多巍耀　芙蓉書房出版
『別冊一億人の昭和史　日本のジャズ』　毎日新聞社
『日本のジャズ史　戦前戦後』　内田晃一　スイング・ジャーナル
『私はヒロシマ、ナガサキに原爆を投下した』　チャールズ・W・スウィーニー　原書房
『原爆投下部隊』　工藤洋三・金子力　工藤洋三発行
『毛沢東の朝鮮戦争』　朱建栄　岩波書店
『第二次世界大戦空戦録　戦略爆撃機B29　B－29 superfortress at war』
ディヴィット・A・アンダートン　講談社
『B－29操縦マニュアル』　米陸軍航空隊編著、野田昌宏監修、仲村明子・小野洋訳　光人社
『核戦争の基地日本』　新原昭治　新日本出版社
『「核兵器使用計画」を読み解く』　新原昭治　新日本出版社
『アメリカ空軍の歴史と戦略』　源田孝　芙蓉書房出版
『SIOPアメリカの核戦争秘密シナリオ』　ピーター・プリングルほか　朝日新聞社
『空爆の歴史』　荒井信一　岩波新書
『写真集　さらば奉天』　藤川宥二監修　国書刊行会
『日本鉄道旅行地図帳』　今尾恵介、原武史監修　新潮社
『満州航空史話（正、続編）』　満州航空史話編纂委員会
DOUGLAS A-26 INVADER / FLIGHT MANUALS ONLINE
American Airpower Strategy in Korea, 1950-1953　Conrad C. Crane : University Press of Kansas

A Cold War legacy : a tribute to Strategic Air Command, 1946-1992　Alwyn T. Lloyd, Pictorial Histories

〈雑誌記事、論文〉
ブラック・バード作戦　暴かれた航空界幹部の「スパイ空輸」　高山正之「文藝春秋」一九八九年一月号
「マッカーサー米議会証言録」番外編（1）「ウェーク島会談録」全訳 東京裁判とニュールンベルク裁判は全く抑止力はなかった 「正論」 二〇〇六年一二月号
Atomic Diplomacy during the Korean War　Roger Dingman
International Security, Vol. 13, No. 3 (Winter, 1988-1989), pp. 50-91

※このほか、新聞・雑誌記事、映像資料を参考にしました。

注・本作品は、月刊『小説ＮＯＮ』（小社発行）に、「ブラックバード」として令和二年九月号から四年二月号まで連載されたものに、著者が刊行に際し、大幅に加筆・訂正したものです。

——編集部

切りとり線

あなたにお願い

この本をお読みになって、どんな感想をお持ちでしょうか。次ページの「100字書評」を編集部までいただけたらありがたく存じます。個人名を識別できない形で処理したうえで、今後の企画の参考にさせていただくほか、作者に提供することがあります。

あなたの「100字書評」は新聞・雑誌などを通じて紹介させていただくことがあります。採用の場合は、特製図書カードを差し上げます。

次ページの原稿用紙（コピーしたものでもかまいません）に書評をお書きのうえ、このページを切り取り、左記へお送りください。祥伝社ホームページからも、書き込めます。

〒一〇一―八七〇一　東京都千代田区神田神保町三―三
祥伝社　文芸出版部　文芸編集　編集長　坂口芳和
電話〇三（三二六五）二〇八〇　www.shodensha.co.jp/bookreview

◎本書の購買動機（新聞、雑誌名を記入するか、○をつけてください）

＿＿＿新聞・誌の広告を見て	＿＿＿新聞・誌の書評を見て	好きな作家だから	カバーに惹かれて	タイトルに惹かれて	知人のすすめで

◎最近、印象に残った作品や作家をお書きください

◎その他この本についてご意見がありましたらお書きください

100字書評

ブラックバード

住所

なまえ

年齢

職業

安東能明（あんどうよしあき）
1956年、静岡県生まれ。明治大学卒。'94年『死が舞い降りた』で日本推理サスペンス大賞優秀賞を受賞しデビュー。2000年『鬼子母神』でホラーサスペンス大賞特別賞、'10年には「随監」で日本推理作家協会賞短編部門を受賞。緻密な取材が生む警察小説やサスペンス小説で多くのファンを魅了する。本書は朝鮮戦争で計画された原爆投下の機密作戦を巡る謀略を描く渾身の作。著書に『限界捜査』『ソウル行最終便』『彷徨捜査』『伏流捜査』（祥伝社文庫）『撃てない警官』『夜の署長』等。

ブラックバード

令和5年6月20日　初版第1刷発行

著者――安東能明《あんどうよしあき》

発行者――辻 浩明

発行所――祥伝社《しょうでんしゃ》

〒101-8701 東京都千代田区神田神保町3-3
電話 03-3265-2081（販売） 03-3265-2080（編集）
03-3265-3622（業務）

印刷――堀内印刷

製本――ナショナル製本

ISBN978-4-396-63645-6 C0093
祥伝社のホームページ・www.shodensha.co.jp

祥伝社

祥伝社文庫

容赦なく心を動かされる極上の警察小説！

生活安全部・結城《ゆうき》公一《こういち》シリーズ

聖域捜査

いじめ、ゴミ屋敷、認知症、偽札……理不尽な現代社会、警察内部の無益な対立を鋭く抉る珠玉の警察小説。

境界捜査

薬物、悪質ペット業者、年金詐欺……。生活安全特捜隊の面々が、組織に挑み、地道な捜査で人の欲と打算を炙り出す！

伏流捜査

脱法ドラッグの大掛かりな摘発が行われたが、売人は逃走しマスコミが騒ぎ出す。人間の闇を抉る迫真の警察小説。

安東能明

祥伝社

四六判文芸書

忽然と消え去った信長の財宝は
何処に。

信長の秘宝レッドクロス　岩室　忍

戦国時代の常識を覆した名著『信長の軍師』の著者が放つ、
織田宗家の栄枯盛衰